Adenauerallee

Alexa Thiesmeyer ist Juristin, verheiratet und Mutter von fünf erwachsenen Kindern. Sie lebt seit ihrer Kindheit in Bonn und war dort viele Jahre als freie Journalistin und Dozentin tätig. Seit 1987 schreibt sie Komödien, Bühnensketche und Satiren, die in Deutschland, Österreich und der Schweiz aufgeführt werden. Sie hat Kriminalgeschichten in verschiedenen Anthologien veröffentlicht. »Adenauerallee« ist nach »Melbtal«, »Kottenforst« und »Sonnenblumen zum Selbstschneiden« ihr vierter Roman.

Dieses Buch ist ein Roman. Handlungen und Personen sind frei erfunden. Ähnlichkeiten mit lebenden oder toten Personen sind nicht gewollt und rein zufällig.

ALEXA THIESMEYER

Adenauerallee

BONN KRIMI

emons:

Bibliografische Information der Deutschen Nationalbibliothek
Die Deutsche Nationalbibliothek verzeichnet diese Publikation in der Deutschen Nationalbibliografie; detaillierte bibliografische Daten sind im Internet über http://dnb.d-nb.de abrufbar.

MIX
Papier aus verantwortungsvollen Quellen
FSC® C083411

Umschlagmotiv: photocase.com/Soundboy
Umschlaggestaltung: Tobias Doetsch
Gestaltung Innenteil: César Satz & Grafik GmbH, Köln
Lektorat: Susann Säuberlich, Neubiberg
Druck und Bindung: CPI – Clausen & Bosse, Leck
Printed in Germany 2015
ISBN 978-3-95451-559-2
Bonn Krimi
Originalausgabe

Komm, weil der Hoffnung Schlösser so leicht und luftig sind,
Bring Wein! denn das Gebäude des Lebens beruht auf Wind.

Muhammad Schams ad-Din Hafis (1320–1389)

Herbst 1974 ...

Der rötliche Schein im Westen verblasste. Dunstige Düsternis hüllte den Garten ein, und über die Dächer der Häuserreihe schob sich die Sichel des Mondes. Das Rascheln der Amseln unter den Büschen verstummte, ein Spatz gab ein letztes Tschilpen von sich. Vom Apfelbaum löste sich still ein Blatt.

Der Friede war überwältigend. Aber der Mann in der Strickjacke, der am Rand der Wiese stand, vermochte nicht, ihn zu genießen. Es gab Tage, da war es ihm nicht möglich, da beherrschte ihn die Vorstellung, wie trügerisch alles war.

So lange war es noch nicht her, dass die Stadt im Bombenhagel lag, an einem Vormittag, an dem seine Mutter Äpfel einkochte. *Wir haben Glück gehabt*, schrieb sie an die Front, *viele andere nicht*. Die Trümmer sah er, als er aus dem Osten heimkehrte, wo Granaten seine Freunde zerfetzt hatten. Doch der Anblick der geschundenen Stadt, die er kaum wiedererkannte, war nichts gegen die Bilder des Grauens in seinem Kopf.

Schwer war es gewesen, sich zurechtzufinden. Und bald zu sehen, dass die Welt erneut auf heißer Glut gebaut war, die, wenn sie tüchtig geschürt wurde, ein Feuer nie dagewesenen Ausmaßes entfachen konnte.

Hier, am Sitz der Bundesregierung, würde es zuerst geschehen, hier würde die erste Bombe fallen.

Er fuhr sich mit den Fingern durchs Haar und presste die Handflächen gegen die Stirn. Schluss mit solchen Gedanken, sie lenkten ihn ab. Dem Boden entströmte schon nächtliche Kühle, und unter den Sträuchern breitete sich tiefe Schwärze aus. Die erleuchteten Fenster blickten zu ihm herab, als wollten sie ihn mahnen, endlich ins Haus zu gehen.

»Ein paar Minuten noch«, murmelte er vor sich hin. Er hatte sich vorgenommen, noch rasch einen Haufen Zweige zu zerkleinern. Das wäre längst geschehen, wenn die Gartenschere nicht verschwunden wäre. Unbegreiflich.

Langsam drehte er sich einmal um sich selbst. Er hätte schwören können, dass er sie auf dem Baumstumpf neben dem Komposthaufen abgelegt hatte. Aber dort war sie nicht, auch nicht auf dem Boden daneben. Vermutlich hatte er sie woanders deponiert. Die Woche war aufreibend gewesen, er hatte zu viel gearbeitet, endlosen Sitzungen beigewohnt, bis spätabends an der Schreibmaschine gesessen und zu wenig geschlafen, da war seine Schusseligkeit nicht verwunderlich.

Sein Blick glitt über die Wiese, um den Stamm des Apfelbaums herum und die Buchsbaumhecken entlang, über das Staudenbeet vor der Ziegelmauer bis hin zu dem Dunkel zwischen Blutbuche und Eibe. Unter einem tief hängenden Zweig schimmerte Metall.

Na, endlich! Erleichtert ging er darauf zu. Nach ein paar Schritten blieb er stehen. Es war nicht die Schere. Das matt glänzende Ding schwebte in Brusthöhe auf ihn zu. Was sollte das? Dieser Stab war ihm vertraut, auch wenn er ihn selbst nie benutzte. Der stammte von seinen Eltern und gehörte in die Küche, an die Hakenleiste über der Arbeitsplatte rechts neben der Spüle. Obwohl er rund geschliffen war, ähnelte er einem Dolch.

Nun erkannte er den ausgestreckten Arm und die Gesichtszüge dahinter. Er lachte gequält. Was für ein Theater! Nach solchen Späßen war ihm nicht. Der geisterhafte Ernst, der das Gesicht zur Maske machte, die zusammengepressten Lippen, die Furche über der Nase, der stahlkalte Blick – das war wie im Krieg.

Sein Lachen erstarb. Und er begriff: Das war kein Scherz.

Fehler, durchfuhr es ihn. Er hatte verhängnisvolle Fehler begangen, von Anfang an. Er war nicht schuldlos, er hatte nicht bedacht … Er hätte nicht … Ahnungen und Mutmaßungen ballten sich in seinem Kopf zu schwarzen Wolken. Wenn er wenigstens die Zeichen beachtet, die Kriegserklärung wahrgenommen hätte … Aus dieser Richtung hatte er nichts erwartet.

Statt zu reden, blieb er stumm. Statt zu handeln, stand er da. Er konnte nicht glauben, was er kommen sah.

Der Stab senkte sich.

Den hatte Mutter *Wetzstahl* genannt.

Der Stab schnellte hoch.

Er hob seine Hände. Die Bewegung war kraftlos, zur Abwehr taugte sie nicht. Für Worte war es zu spät.

Jahrzehnte später

EINS

Der Sessel polterte die Stufen hinab. Grimmig sah Isabell ihm nach. Je mehr es krachte, desto besser. Wenn er mit lautem Knall explodierte, wäre es am besten.

Der Eigentümer des Sitzmöbels lehnte lässig am Geländer in der ersten Etage. »Wozu soll das gut sein?«

Das feine Grinsen in seinen Mundwinkeln war nicht zu übersehen, hinter den Brillengläsern blitzte Spott auf – ein neuer Impuls für ihre Wut. Sie rannte zum Treppenabsatz und versetzte dem Sessel einen weiteren Stoß. Das giftgrüne Ding rumpelte die letzten Stufen hinunter und landete rücklings auf dem Terrazzoboden des Hauseingangs, die gedrechselten Beinchen in der Luft wie ein hilfloser Käfer.

Von oben ertönte Gunters Stimme. »Warum malträtierst du meine Möbel? Die können nichts dafür. Gib lieber zu, dass ich recht habe.«

»Du hast nichts begriffen«, brüllte sie hinauf. »Nichts!«

»Was vorbei ist, ist vorbei, das kannst du nicht ändern. Es ist blödsinnig, darüber nachzudenken.«

Diese grauenvoll kalte Logik! Sie schnaufte empört. Glaubte er denn nie, dass er irgendwas versäumt hatte? Streifte er die Vergangenheit ab wie benutzte Einmalhandschuhe, weg damit in die Tonne des Vergessens? Nichts bereuen, niemals? Vor allem nicht drüber reden?

Eine neue Welle des Zorns ergriff sie. »Nimm dein Zeug und verdufte! Ich hab genug von dir!« Sie lief zur Haustür, riss sie auf und wandte sich noch einmal zur Treppe um. »Wie doof muss man sein, um das nicht zu kapieren?«

Das war nicht die Isabell Troschert, die man kannte, die Journalistin, die für große Zeitungen schrieb, deren ausgewogene Meinung man schätzte, eine besonnene Gesprächspartnerin von angenehmem, ruhigem Wesen. Eine Furie war sie! Laut, unbeherrscht, engstirnig und maßlos übertrieben. Sie wusste es, und dennoch konnte sie nicht anders. Nicht an diesem Tag.

Sie schob den Sessel aus dem Haus und platzierte ihn auf dem Bürgersteig nah am Fahrbahnrand, lief zurück ins erste Stockwerk, füllte Gunters Reisetasche hastig mit allem, was von seinem Kram in ihrer Wohnung verstreut lag und nicht zu groß für die Tasche war, ergriff seine Stehlampe und lief erneut treppab. Heute war Abholtag für Sperrmüll. Das verlieh ihren Handlungen etwas Endgültiges, Unwiderrufliches, und das war ihr recht. Wieder treppauf setzte sie, soweit es ihr Keuchen erlaubte, die unterbrochenen Schimpftiraden fort. Sie klangen nicht mehr ganz so überzeugt.

Von Gunters Sachen war nicht viel übrig, stellte sie oben fest. Ein paar Klamotten, die sie sich über den Arm legte, und die afrikanische Riesentrommel. Die sollte sie lieber nicht die Treppe hinunterkegeln, sie musste die Stufen schonen, deren dunkles Holz hier und da schon frische Kerben aufwies, die es dem Sessel verdankte.

Sie schloss ihre Arme um das bauchige Instrument. Prompt verfehlte ihr Fuß die oberste Stufe. Halb taumelnd, halb springend, kam sie auf dem Treppenabsatz wieder ins Gleichgewicht. Nun fiel ihr eine Veränderung auf: Oben lehnte niemand mehr am Geländer.

»Gunter?« Sie legte den Kopf in den Nacken. »Wo bist du, Gunter?«

Die Zimmertüren standen weit offen, aber es kam keine Antwort. Sie vernahm keinen Schritt, kein Hüsteln, kein Knarren. Wie merkwürdig. Gunter war an sich von langsamer Natur. Konnte er wirklich so schnell das Weite gesucht haben, während sie am Fahrbahnrand beschäftigt war?

Sie setzte ihren Weg fort, stellte die Trommel zu den anderen Dingen auf den Bürgersteig, warf die Kleidungsstücke dazu und sah die Straße hinauf und hinunter. Wahrscheinlich holte Gunter sein Auto, um damit zurückzukommen und alles einzuladen. Das ging sie nichts mehr an, sie konnte ins Haus gehen.

Ihr fiel ein, dass sie nach der Post schauen musste, das hatte sie seit zwei Tagen nicht getan. Sie öffnete den Briefkasten an der Innenseite der Haustür. Er war leer, allerdings nicht ganz. Auf seinem Boden lag ein Schlüssel. Isabell starrte ihn an, als hege sie die Hoffnung, sich zu täuschen. Es war der blaue Schlüssel, der seit vier Monaten Gunters war. Das war deutlich. Und keineswegs erstaunlich. *Wie doof muss man sein, um das nicht zu kapieren?* Sie hatte sich im Ton vergriffen und Worte herausgeschleudert, die sie bereute. Gunter war endgültig fort und hatte nicht vor, zu ihr zurückzukommen. Schlagartig begriff sie, wie allein sie war.

War das nötig gewesen, dass sich die Flutwelle ihrer Krise in voller Breite über ihren Freund ergoss? War das eine Lösung des Problems? Eben noch hätte sie begrüßt, wenn das Müllauto alles zermalmt hätte, inklusive Gunter. Doch nun kühlte sie ab, als hätte ihr jemand einen Eimer Wasser über den Kopf geschüttet.

Sollte sie die Sachen zurück ins Haus schleppen? Die elende Plackerei retour – Sessel, Stehlampe, Trommel, prall gefüllte Reisetasche? Alles in ihr sträubte sich dagegen. Schließlich hatte sie heute nur ihren Vater im Kopf haben wollen und nicht diesen vernunftbetonten, nüchternen Gunter.

Heute war Papas hundertster Geburtstag. Sie hatte an ihn denken wollen, nicht irgendwie nebenbei, sondern richtig und mit ganzer Seele. Das war schiefgelaufen. Sie war selbst schuld daran.

Isabell stieg langsam in ihre Etage hinauf, suchte ihr Arbeitszimmer auf und trat an die steinerne Balustrade des kleinen Balkons. Wie oft hatte sie hier als Kind an der Seite ihres Vaters auf die »weißen Mäuse« gewartet, mit Blick nach Norden, Richtung Koblenzer Tor … Wenn die weißen Jacken und Helme der Motorradeskorte der Polizei endlich auftauchten, rollte mit offenem Verdeck und Standern an den Kotflügeln die glänzende schwarze Staatskarosse heran, und Vater und Tochter winkten von der *bel étage* den Präsidenten oder gekrönten Häuptern zu, die zu ihren Füßen vorbeizogen. Große Momente waren das, fast wie im Märchen, und Jahrzehnte her. Später gab es keine offenen Wagen mehr, die Staatsbesuche verloren ihren Glanz, und als Isabell älter war, blieb die Balkontür zu, weil die Straße sich in einen gähnenden Schlund verwandelt hatte, in dem mit Lärm und Staub der Tunnel für die U-Bahn entstand.

Nun lehnte sie wieder an der Brüstung und blickte zur Fahrbahn, soweit das Laub der Platanen es zuließ. Aber nicht nach Staatsgästen hielt sie Ausschau, sondern nach dem städtischen Sperrmüllwagen.

Sie atmete tief durch, und als ihr Herzschlag ruhiger wurde, versuchte sie zu begreifen, was mit ihr geschehen war. Für Gunter war das Grübeln über die Schatten der Vergangenheit anscheinend nichts anderes als Zeitvergeudung, während sie es dringend brauchte, um ihr Verhalten zu verstehen. Zwischen ihnen war ein Graben aufgerissen.

Was vorbei ist, ist vorbei, das kannst du nicht ändern. Wie konnte es vorbei sein?

Neunzehn Jahre war sie alt gewesen, als sie nach Paris aufbrach, um ein paar Semester an der Sorbonne zu studieren. *Raus aus dem miefigen kleinen Bonn,* hatte ihr Vater ihr geraten und ihr ein Zimmer nahe dem Arc de Triomphe besorgt. Er hatte sie zum Bahnhof gebracht und ihr eingeschärft, nicht ohne Begleitung im Bois de Boulogne spazieren zu gehen und des Nachts dunkle Gassen zu meiden. Eine Weile lief er neben dem anfahrenden D-Zug her, in dem sie am offenen Abteilfenster stand. Seine ergrauten Haare flogen auf, seine Krawatte flatterte. *Grüß mir die Seine, Bella!* Sie hörte sich lachen. Sein Gruß kam ihr albern und zugleich poetisch vor. *Wir sehen uns Weihnachten!*, rief sie, als schon mehrere Meter zwischen ihnen lagen. Er zog ein weißes Taschentuch hervor, mit dem er winkte, bis der Zug sie davontrug.

Sie sah ihn nie wieder. Nicht Weihnachten, nicht Ostern und auch die folgenden neununddreißig Jahre nicht. Ihr Vater war fort. Obwohl sie mit solcher Kraft auf seine Rückkehr gehofft hatte, dass es hätte ausreichen müssen, um ihn auf der Stelle herbeizuzaubern.

Natürlich waren ihr allerlei Möglichkeiten eingefallen, die sein plötzliches Verschwinden erklären konnten: Geheimnisse, die mit seinem Beruf als politischer Redakteur zu tun hatten, dramatische finanzielle und sogar kriminelle Verwicklungen, eine Spionageaffäre, aufgrund deren er sich, bevor die Sache aufflog, ins Ausland hatte davonmachen müssen, wo man ihm eine neue Identität gegeben und ihn unter Todesandrohung verpflichtet hatte, jeden alten Kontakt aufzugeben. Es war das Jahr, in dem der DDR-Spion Guillaume gefasst worden war – wer konnte wissen, was sonst noch passiert war, wovon die Öffentlichkeit nie etwas erfahren hatte?

In ihren Studienjahren und ihrem aufreibenden Job war Isabell immerzu beschäftigt gewesen, das Leben hatte sie quer durch Europa getrieben, die aufregenden Themen und Bekanntschaften hatten sie permanent mit sich gerissen. Es schien immer an Zeit zu fehlen, und das hatte sie gewollt.

Vor viereinhalb Monaten aber war sie aus Paris zurückgekehrt in die erste Etage dieses Hauses aus dem 19. Jahrhundert, wo alles fast unverändert an seinem Platz stand. Diese Räume waren bisher von Freunden, die vorübergehend in Bonn weilten, genutzt worden, und sie selbst hatte sich nur wenige Tage im Jahr hier aufgehalten wie eine Fremde in einem Ferienhaus. Nun wollte sie sesshaft werden, eine Heimat haben, beruflich kürzertreten und zur Ruhe kommen – und hatte nicht geahnt, was es bedeutete, vor dieser Kulisse zu leben. Jetzt schrie es ihr aus jeder Ecke entgegen: Warum hast du damals nichts getan? Wieso hast du nicht Himmel und Hölle in Bewegung gesetzt, um herauszufinden, was geschah? Warst du zu faul? Hattest du Angst?

Das war nicht *vorbei*, sondern höchst gegenwärtig. Aber es durfte nicht so weitergehen. Sie musste es überwinden. Oder dieser Wohnung, am besten ganz Bonn mit seiner hauptstädtischen Vergangenheit den Rücken kehren. Und mit jemandem reden, der nicht sagen würde: *Was vorbei ist, ist vorbei.*

Oder tat sie Gunter unrecht, hätte sie ihm mehr erklären müssen? Sie kannten einander noch nicht lange, erst seit Mitte Dezember, als sie, ermattet von ihren Einkäufen, an einem Glühweinstand des Bonner Weihnachtsmarktes gestrandet war und eine ihrer zahlreichen Tüten zu Boden fiel, worauf der Mann am benachbarten Stehtisch sich höflich danach bückte und sich eine Unterhaltung entspann.

Mit einem Seufzer verließ Isabell den Balkon. Sie nahm ihr Handy und wählte eine Nummer, die sie auswendig kannte – die ihrer zehn Jahre jüngeren Halbschwester Pilar, mit der sie bis vor Kurzem nicht viel mehr gemeinsam hatte, als dass sie Töchter derselben Mutter waren. Sie waren nicht im selben Haus aufgewachsen, weil Pilar bei der Mutter gelebt hatte und Isabell bei ihrem Vater, der nicht Pilars Vater war. Erst seit Isabell dauerhaft in Bonn war, hatten sie begonnen, sich einander anzunähern.

Pilar meldete sich nicht. Möglicherweise war sie mit dem Hund unterwegs oder in der Buchhandlung, in der sie neuerdings arbeitete, und ihre Handynummer besaß Isabell nicht, für ihre seltenen

Treffen hatte sie die nie gebraucht. Aber es gab noch jemanden, der für ihr Problem ein offenes Ohr haben könnte. Sie schlug das Telefonbuch beim Buchstaben *S* auf und blätterte bis *St.* Ihr Zeigefinger fuhr die eng bedruckten Spalten entlang und fand den gesuchten Namen: Stieger, Freddy, Privatdetektiv. Er war ein alter Freund ihrer Schwester, ein Mann von schmächtiger Statur und zurückhaltendem Wesen. Sie kannte ihn nicht gut, hatte ihn aber vom ersten Moment an gemocht.

»Bin zurzeit nicht im Büro«, vernahm sie seine Stimme auf dem Anrufbeantworter. »In dringenden Fällen erreichen Sie mich …«

Isabell legte auf. Ihr Vorsatz war erloschen, ihr Schwung dahin. Sie war kein dringender Fall. Der Wunsch, noch etwas über das Verschwinden ihres Vaters herauszufinden, kam ihr jetzt lächerlich vor. Es war viel zu spät, und dass sie fast vier Jahrzehnte gebraucht hatte, um sich dazu aufzuraffen, war unverständlich und peinlich. Ein Armutszeugnis.

Durch die offene Balkontür drang das Rappeln und Scheppern des Sperrmüllautos von der Straße herauf. Isabell rannte hinaus und sah Gunters grünen Sessel im Heck des Wagens verschwinden. Sie schloss die Augen und vernahm das Knacken und Krachen der restlichen Gegenstände, die nun für immer dahin waren.

Was vorbei ist, ist vorbei, das kannst du nicht ändern. Schöne kalte Logik. Und so praktisch, wenn man sie beherrschte.

***

Die Klänge der Gitarren, das Schnauben der Pferde und Bellen der Hunde, schräge Lieder aus zahlreichen Kehlen, Lachen und Gesprächsfetzen … Freddy Stieger war versucht, so zu tun, als ob er neben all diesen Geräuschen nichts anderes wahrnähme. Aber immer deutlicher und fordernder drangen sie ihm ins Ohr – die ersten Takte von »Suspicious Minds« von Elvis Presley. Das passte ihm jetzt nicht. Die Stimmung hier draußen war sagenhaft, hätte in keiner Kneipe besser sein können. Das wollte er sich nicht verderben lassen, selbst wenn ihm dadurch ein fetter Auftrag entginge. Doch »Suspicious Minds« gaben nicht auf.

»Dein Handy?«, fragte jemand neben ihm.

Freddy nickte. Der Blick des anderen erschien ihm stechend, beinahe vorwurfsvoll. Er hatte ja recht, man musste drangehen. Von Klienten wurde seine Mobilnummer zwar selten benutzt, aber es konnte Birgit sein, die einen Unfall erlitten hatte, oder die Nachbarn, die Diebe am Fenster oder Flammen im Dachstuhl bemerkt hatten.

Er zog sein Smartphone aus der Hosentasche und blickte aufs Display. *Achim*, las er. Wieso der? Der alte Schulfreund hatte in den letzten Jahren nicht das geringste Interesse an ihm gezeigt, und Freddys Hochzeit im vergangenen Herbst war ihm nicht mehr als eine SMS wert gewesen. Das hatte Freddy tief getroffen. Dennoch freute er sich jetzt. Er hing an seinen alten Kumpeln, selbst an den treulosesten unter ihnen. Unmöglich, den Anruf zu ignorieren.

»Hi, Achim, wie geht es?«

Was Freddy aus dem Handy vernahm, wirkte aufgeregt und hektisch. Achim schien völlig durch den Wind.

»Was ist los, Achim? Was hast du?«

Neben ihn trat Pilar Álvarez-Scholz, Freddys bester Kumpel, seit sie vor dreißig Jahren als junge Studenten in derselben Kneipe gearbeitet hatten, und reichte ihm einen Becher mit dampfendem Kaffee. Sie trug ein besticktes Band um die Stirn und war in einen Poncho aus buntem Garn gehüllt, was ihr mit der schwarzen Lockenpracht und den dunklen Augen das Aussehen einer Hirtin aus den Anden gab. Richard, ihr bärtiger Ehemann, der ungefähr ihr Alter hatte, aber schon stark ergraut war, hielt Freddy einen Pappteller mit einem goldbraunen Reibekuchen, von dem ein köstlicher Duft aufstieg, unter die Nase. Er deutete an, dass der für Freddy bestimmt sei.

»Iss ihn selbst, ich nehme den nächsten«, raunte Freddy ihm zu. Er hatte Mühe, halbwegs zu verstehen, was aus dem Handy zu ihm durchdrang. Um ihn herum war es ziemlich laut.

»Achim, ich bin in Gesellschaft, bitte fass dich kurz.«

Freddy hatte Pilar und Richard begleitet, um ein paar Pferdebesitzern zu helfen, eine Herde Islandponys auf eine andere Weide umzustellen, was offenbar keine Eile hatte. Große Kannen mit heißen Getränken gingen von Hand zu Hand, und auf einem umgedrehten Eimer saß ein weißhaariger Mann im ausgeleierten

Wollpullover und briet unermüdlich *Rievkooche* in Pfannen, die auf Campingkochern standen. Niemanden schien es zu stören, dass ein ungemütlicher Wind über den Hügel fegte und die Füße hier und da im Matsch versanken. Man hätte meinen können, mit einer Naturschutzgruppe irgendwo auf dem Land zu stehen, doch dies war Bonner Stadtgebiet zwischen Autobahn und Kreuzberghang, eines der wenigen noch unbebauten Areale mit einem Rest an Feldern und Wiesen.

»Wann raffst du es endlich? Hörst du mir überhaupt zu?«, tönte es an Freddys Ohr. »Evelyn – sie ist weg!«

»Ach. Seit wann?«

»Vorletzte Nacht. Ihr Handy ist aus, ich hab es x-mal probiert. Und alle Hotels hab ich durch, Freundinnen, Bekannte und so weiter. Nichts zu machen.«

»Polizei?«, fragte Freddy, während er die Nase so dicht über den Kaffee hielt, dass seine Brille beschlug und sein Schnurrbart feucht wurde.

»Quatsch, Polizei. Sie ist einfach abgehauen! Hat sich ihre Handtasche und ihre alberne Fuchsjacke geschnappt und ist kopflos aus dem Haus gestürzt. Da macht die Polizei doch nichts. Ich ruf dich nur an, damit du weißt, dass ich nichts dafür kann. Wäre ja möglich, dass sie bei dir aufkreuzt, sie mag dich, hat sie oft gesagt.«

»Woher soll ich wissen, dass du nichts dafür kannst?«

»Mensch, Freddy, ich bin dein Freund!«

»Habt ihr Streit gehabt?«

»Nicht direkt. Aber du kennst sie ja, sie ist so verdammt spontan.«

»Irgendwas muss doch gewesen sein.« Freddy nahm einen Schluck aus dem Becher. Der Kaffee war schön heiß. »Also?«

»Na ja … Valerie war zufällig da.«

»Wer ist Valerie?«

»Kennst du nicht. Eine Kollegin.«

»Wo war die *zufällig*? In eurem Doppelbett?«

»Sie war fast wieder raus. Das Problem war, dass Evelyn eine Stunde früher nach Haus gekommen …«

»Achim«, unterbrach Freddy schroff. »Solche Geschichten kenne ich von Berufs wegen, und privat mag ich sie überhaupt nicht. Bring das in Ordnung. Ihr habt eine Tochter.«

»Die ist noch in Kanada.«

»Sie will in eine intakte Familie zurückkehren.«

»Aber die Valerie …«

»Schmeiß sie raus. Mach Schluss.«

»Das geht nicht – ich liebe sie.«

»Ach, lass mich in Ruh.«

Verärgert legte Freddy auf. Er trank den restlichen Kaffee in großen Schlucken. Die vielen Ehen, die überall zerbrachen … Konnten die Leute sich nicht zusammenreißen? Lag die Lust auf Neues so sehr in der Natur des Menschen, dass es kein Halten gab? Dann waren ihm Wildgänse lieber. Die blieben bei dem Partner, für den sie sich entschieden hatten, und holten sich keine Valerie ins Nest.

»Eine unangenehme Nachricht?«, erkundigte sich Pilar.

Er erzählte ihr von Achim und Evelyn. »Könntest du dich ein bisschen umhören, Pilar? Sie wohnen auf dem Brüser Berg, du arbeitest ja dort. Manchmal wissen Außenstehende mehr als der eigene Ehemann.«

»Vom *Umhören* halte ich nicht viel.« Das klang nicht nach Zustimmung. Wahrscheinlich befürchtete sie, dass es auf eine detektivische Mitarbeit hinauslief.

»Vielleicht wird's ja wieder.« Richard, der sich entfernt hatte, trat wieder zu ihnen und reichte Freddy einen Teller mit einem frischen, kross gebratenen Reibekuchen.

»Richy, du Optimist«, sagte Pilar. »Ich kenne mehrere Paare, von denen einer Hals über Kopf abgehauen und nur zurückgekehrt ist, um die Hälfte des Hausrats abzuholen.«

Freddy runzelte die Stirn. »Mich stört es, dass solche Dinge schon fast normal sind.«

In den meisten Fällen mochte auch kein Grund zu übermäßiger Sorge bestehen. Doch wie er Evelyn einschätzte, befürchtete er, dass sie etwas Unüberlegtes tun könnte. Er empfand die zierliche, ernste Frau als extrem verletzlich. *Eine Mimose* hatte irgendwer sie genannt. Zwei gute Jobs hatte sie aus diesem Grund gekündigt, und niemand hatte es verstanden. Eine Geliebte im eigenen Haus musste für Evelyn die schlimmste aller möglichen Beleidigungen sein. Und sie pflegte ihre Entschlüsse in rasantem Tempo zu fassen. *Kopflos* und *verdammt spontan* – das passte. Es war nicht ausgeschlossen, dass sie ohne zu zögern bis zum Äußersten ging. Dass sie sich vor einen Zug warf, von einer Brücke in die Tiefe sprang …

Freddy musterte das fettige Küchlein auf dem Teller in seiner Hand. Ihm war der Appetit vergangen.

»Machst du dir Sorgen um sie?«, erkundigte sich Pilar neben ihm. »Du siehst so aus.«

»Nicht doch, Fred«, meinte Richard gemütlich. »Ich schätze, sie ist auf eine Trauminsel in der Südsee geflogen und pfeift auf das Miststück von Ehemann.«

»Das wäre eine Möglichkeit«, sagte Freddy, obwohl er sich nicht vorstellen konnte, dass Evelyn sich irgendwelchen Vergnügungen unter Palmen hingab, um ihren Kummer zu verdrängen. Aber man konnte es nicht wissen. Immerhin sah er sich nun in der Lage, in den Reibekuchen zu beißen.

***

Den schäbigen Pappkarton auf dem Kleiderschrank im Schlafzimmer hatte Thomas Teckelberg schon lange nicht mehr bewusst wahrgenommen. Es war ewig her, dass er ihn dorthin gestellt hatte, nachdem sein Vater in ein Pflegeheim gezogen und ein Großteil seines Hausstands in dieser Wohnung und dem zugehörigen Kellerraum gelandet war. *Ich schau in den nächsten Tagen da rein*, hatte Thomas damals zu Marion gesagt. Aber daraus wurde nichts, und in der dunklen Ecke neben der Gardine geriet der Karton bald in Vergessenheit.

Wenn es nach Thomas gegangen wäre, hätte das Ding noch weitere Jahre dort oben einstauben dürfen, es fiel ja nicht besonders auf. Doch Marion nervte ihn damit, dass der Karton dort verschwinden müsse, weil sie alles säubern und die Wände frisch streichen wolle, denn mit dieser miesen, kleinen Wohnung müssten sie sich wohl für immer abfinden – und deshalb sei Verschönerung das Mindeste, was sie tun könne, um es hier noch länger auszuhalten.

Thomas fand die Vier-Zimmer-Wohnung in dem mehrstöckigen Haus in der Weststadt ideal für eine vierköpfige Familie und kein bisschen *mies*. Man war schnell in der Innenstadt, merkte kaum was von der nahen Autobahn, hatte Bäume vorm Balkon und zahlte sich nicht dumm und dämlich, sogar die Nachbarn waren in Ordnung. Was wollte man mehr?

»Holst du die Kiste jetzt bitte vom Schrank und siehst sie durch?« Sie sagte es zum dritten Mal, und es klang deutlich gereizt. »Aber stopf sie nicht zu dem anderen Kram!«

Er wusste, was sie meinte: Der kleine Kellerraum war völlig überfüllt, und was sich dort staute, war in erster Linie das Zeug seines Vaters. Aber Marions Ungeduld passte Thomas nicht. Und ihre ständige Unzufriedenheit noch weniger. Die Verschönerung der Wohnung war wieder so eine Idee, die sie bestimmt nicht durchzog, so wie ihr Wunsch, irgendwas an der Uni zu studieren, im Sande verlaufen war. Sie hatte keinen einzigen Versuch gestartet, an einen Studienplatz zu gelangen, ja, nicht einmal überlegt, welches Fach es sein sollte, was man von einer Frau mit Mitte dreißig doch hätte erwarten können. Stattdessen hatte sie sich dreimal die Haare umgefärbt, einen Haufen Klamotten gekauft und ihren Job bei einer Ärztin für Allgemeinmedizin geschmissen, um eine bequemere Teilzeittätigkeit in der Privatpraxis eines emeritierten Professors anzunehmen. Und wozu die Wohnung streichen, die es noch lange nicht nötig hatte? Thomas verstand es nicht, wollte aber keinen Streit entfachen.

»Ich kümmere mich morgen drum.« Oder übermorgen oder nächste Woche, sagte er sich im Stillen. »Jetzt bin ich kaputt von der Arbeit, ich hab heute zeitig angefangen.«

»Das ist doch kein Kraftakt, mal eben da reinzugucken. Am Montag ist Altpapiersammlung, dann wäre das erledigt.«

»So Knall auf Fall kann ich das nicht entscheiden. Schließlich gehören die Briefe meinem Vater.«

»Als wenn er das noch mitbekäme! Der kann einen Brief nicht vom Klopapier unterscheiden, der ist völlig daneben.«

Thomas erwiderte nichts, zog sein Sakko aus und hängte es auf einen Bügel. Den aufwallenden Ärger sah man ihm an, bemerkte er im Spiegel. Der verkniffene Mund passte nicht zur Stupsnase, die gerunzelte Stirn nicht zu den Gesichtszügen, die ansonsten recht jungenhaft wirkten, obgleich er Mitte vierzig war. Beschwichtigend lächelte er seinem Spiegelbild zu. Marions geringschätzige Bemerkungen über seinen Vater waren nichts Neues. Es war zwecklos, darüber zu debattieren.

Während Marion in der Ecke neben dem Kleiderschrank herumkramte, begab sich Thomas in die Küche, nahm ein alkoholfreies Weizenbier aus dem Kühlschrank und ging damit ins Wohnzimmer. Er ließ sich auf dem Dreisitzer nieder und legte die Füße auf die Tischplatte.

Mist, dachte er. Vergessen, die Schuhe auszuziehen. Er angelte sich die Tageszeitung heran, die dort ausgebreitet lag, und schob sie unter seine Hacken. Das Bier trank er aus der Flasche. Als der erste Durst gelöscht war, las er wahllos die Überschriften, soweit seine Schuhe sie nicht verdeckten.

Die aufgeschlagene Seite enthielt das Feuilleton. Das interessierte ihn nicht, Sport wäre besser gewesen. Doch als er sich zurücklehnen wollte, fiel ihm ein Name ins Auge. Er beugte sich weiter vor. Der Artikel handelte von französischer Literatur, und geschrieben hatte ihn *Isabell Troschert, Paris*. Der Vorname sagte ihm nichts, aber der Nachname kam ihm bekannt vor. Er wäre ihm nicht aufgefallen, wenn sie nicht über die Kiste gesprochen hätten, oder war es nicht derselbe?

Thomas sprang auf und lief ins Schlafzimmer hinüber, während er flüchtig dachte, dass es ihm eigentlich egal sein könnte.

Marion stand gebeugt vor der geöffneten Kommode und wühlte in einem Berg Pullover. Sie hob verwundert den Kopf. »Genug ausgeruht?«

Er schob einen Hocker neben den Schrank, stellte sich drauf und zog vorsichtig den maroden Karton herunter. Eine Wolke feinen Staubs wehte ihm entgegen. Er klappte den Pappdeckel halb auf und sah es sofort. Zuoberst lag ein Briefumschlag, der ihm die Rückseite zuwandte und den mit schwarzer Tinte geschriebenen Absender zeigte: *Bernhard Troschert*. Derselbe Nachname wie in der Zeitung. Aber war das wirklich so erstaunlich? Den Namen konnte es öfters geben. Und schließlich hatte der Freund seines Vaters in Bonn gewohnt, und die Autorin des Artikels lebte in Paris. Die beiden mussten nichts miteinander zu tun haben.

Thomas trug den Karton ins Wohnzimmer. Da er ihn nun schon heruntergeholt hatte, wollte er die Sache sofort hinter sich bringen.

Aus dem Schlafzimmer vernahm er Marions Stimme: »Super, dass du es jetzt machst.«

Er stellte die Kiste auf den Tisch und öffnete sie vollständig. Wie konnte einer so viele Briefe schreiben? Thomas schätzte, dass es mindestens fünfzig waren, alle vom selben Absender – Bernhard Troschert. Manche bestanden nur aus losen, leicht vergilbten Blättern, die meisten aber steckten in geöffneten Umschlägen. Alle schienen aus den sechziger und siebziger Jahren des letzten Jahrhunderts zu stammen, danach war die Korrespondenz wohl eingeschlafen.

Es waren sogar viel mehr als fünfzig, stellte Thomas fest, wahrscheinlich neunzig oder hundert. Sein Blick fiel auf die obere rechte Ecke eines losen Blattes, dessen Rand bräunlich verfärbt war. *Oktober 1962*. Er zog es heraus. Vorn und hinten war es mit einer eckigen Schrift bedeckt, die nicht zu dem schlanken, grauhaarigen Mann mit den buschigen Augenbrauen zu passen schien, den Thomas aus seiner Kindheit vage in Erinnerung hatte. Vermutlich lebte er nicht mehr. Bernhard Troschert war mindestens zehn Jahre älter gewesen als sein Vater, der schon siebenundachtzig war.

Thomas setzte sich auf die Armlehne des Sofas.

Mein lieber Freund!

War es überhaupt in Ordnung, einen fremden Brief zu lesen? Seinem Vater schien das gleichgültig gewesen zu sein, seine Post hatte früher stets offen herumgelegen, und meistens landete sie irgendwann im Papierkorb. Warum hatte er diese so sorgsam gesammelt?

Thomas' Augen hatten sich bereits entschieden, weiterzulesen, und wanderten durch die Zeilen.

Du weißt, was ich seit Langem mit größter Sorge beobachte. Obwohl alle Welt sich offenbar daran gewöhnt hat, kann ich es immer noch nicht fassen. Kaum liegt das Grauen, das unendliche Leid des gigantischen Krieges hinter uns, baut man mit Eifer an neuen Waffen zur bestmöglichen Ausrottung ganzer Völker. Wozu hat ein umsichtiger Gott dem Menschen Verstand und Verhandlungstische geschenkt? Je fürchterlicher, desto besser, scheint die Devise. Mit unglaublicher Raffinesse tüfteln sie an tödlichen Mitteln, die, wenn

es hart auf hart kommt, die Menschen vernichten werden, zu deren Schutz sie angeblich bestimmt sind.
Jetzt gibt es kein Beschönigen mehr, der gefürchtete Moment steht kurz bevor: Falls kein Wunder geschieht, muss es zur Katastrophe kommen. Sowjetische Raketen auf Kuba! Nukleare Sprengköpfe zweihundert Kilometer vor der Küste der USA! Das kann nicht gut gehen. Auch wenn ich Kennedy für einen besonnenen Präsidenten halte, die Sowjets kann niemand einschätzen, und den Militärs traue ich auf beiden Seiten nicht. Haben wir die Hölle des Zweiten Weltkriegs überlebt, Hunger und Elend bewältigt und nach vielen Entbehrungen unseren Wohlstand mühsam aufgebaut, um mit Kind und Habe in einem dritten Weltkrieg unterzugehen?
Es soll Leute geben, die sich einen Atombunker bauen. Dazu kann ich mich nicht entschließen. Was sollen ein paar Überlebende in einem radioaktiv verseuchten Gebiet? Bonn wird als Regierungssitz ganz sicher Ziel eines atomaren Angriffs. Ich hoffe, dass es gelingen kann, rechtzeitig fortzukommen, sofern man auf die Zeichen achtet. Man muss nur vorbereitet sein, man braucht Notvorrat und Geld, ohne erst zur Bank laufen zu müssen, wozu es im Ernstfall zu spät ist. Was meinst Du? Sollen wir zusammen einen Plan machen, bist Du dabei? Lass von Dir hören, Paul!
Sei gegrüßt vom alten Bernhard, der jetzt bangen Herzens Nachrichten hört.

Kopfschüttelnd faltete Thomas den Briefbogen wieder zusammen und schob ihn zwischen die anderen. Das *Wunder* war geschehen, die Sorgen des alten Bernhard waren Schnee von gestern. Die Kubakrise und den Kalten Krieg kannte Thomas nur aus der Schule. Er hatte sich nie vorstellen können, dass jemand so geisteskrank gewesen wäre, einen Atomkrieg anzuzetteln. Dem einschläfernden Monolog seines Geschichtslehrers zufolge dienten die nuklearen Waffen nur der Abschreckung des Gegners. Allerdings hatte Thomas kaum zugehört, weil er unter der Bank Heftchen gelesen hatte, die um einiges spannender gewesen waren.

Er erinnerte sich nun, dass sein Vater, als er ins Pflegeheim übergesiedelt war, irgendwas über Bernhards Briefe gesagt hatte. Aber was? Dass die Briefe ruhig in den Müll konnten? Oder dass man sie gut aufheben sollte? Aber wofür? Zu jener Zeit war beruflich und privat bei Thomas der Teufel los gewesen – in der Agentur die Hälfte der Belegschaft erkrankt, zu Hause jede Nacht Babygeheul, ein Stress, bei dem er unmöglich im Gedächtnis behalten konnte, was der alte Mann vor sich hin gebrabbelt hatte. Und inzwischen war die Kommunikation mit ihm schwierig geworden.

Thomas bedauerte es manchmal, dass er nicht rechtzeitig die eine oder andere Frage zur Vergangenheit gestellt hatte, und nun schien im Kopf seines Vaters alles, was einmal war, ausgelöscht oder zu unbrauchbaren Resten erstarrt. Obwohl … Man wusste nie so genau, was in seinem Hirn noch in Bewegung war, ganz selten gab es Augenblicke verblüffender Klarheit.

»Ich fahr noch mal schnell zu Vater!«, rief Thomas seiner Frau zu, die im Schlafzimmer auf dem Bett saß und auf dem Bildschirm ihres Laptops knallfarbige High Heels betrachtete.

»Modell Palermo von Luigi, brandneues Design«, murmelte sie, ohne ihn anzusehen. »Zweihundertachtundneunzig Euro …« Ein tiefer Seufzer folgte.

»Vergiss es«, empfahl er, während er schon die Wohnungstür zuzog. Marions Einkäufe machten ihm Sorgen. Wenn eine Frau über genug Geld verfügte, mochte das eine liebenswerte Schwäche sein, aber Marions Konto war überzogen, und wenn es so weiterginge, würde sein eigenes es auch bald sein.

Bis zum Pflegeheim St. Martin war es nicht weit. Der Weg von der Weststadt zur Südstadt ließ sich zu Fuß erledigen, aber da es fast halb sechs war, nahm Thomas sein Fahrrad. Im Heim stand bald das Abendessen an, und danach würde das Personal die Bewohner bettfertig machen.

Zwanzig vor sechs betrat er den hellen, mit Möbeln seines Vaters ausgestatteten Raum im modernisierten Altbau des Heims. Der alte Herr stand mitten im Zimmer, stützte sich auf seinen Rollator und nuschelte vor sich hin.

»Wie bin ich hierhin gekommen? Das muss das Hotel am Meer sein, das wir gesucht haben, ich höre die Brandung rauschen.« Er drehte sich um. »Gut, dass du jetzt da bist, Wolfgang, hier geht es drunter und drüber.«

»Irrtum, Paps, ich bin Thomas.« Wolfgang war sein Bruder,

der schon lange in Australien lebte. »Und was da rauscht, ist der Autoverkehr vom Bonner Talweg.«

»Thomas?« Sein Vater zog die Augenbrauen zusammen. »Das kann nicht sein. Thomas kommt nie.«

Obwohl er Äußerungen dieser Art gewohnt war, trafen sie Thomas immer noch. Zuletzt war er vor drei Tagen hier gewesen, er kam zwei- bis dreimal die Woche. Sanft nahm er den Greis beim Arm, führte ihn zu seinem Sitzplatz am Fenster und setzte sich ihm gegenüber.

»Das ist ein schlechtes Hotel hier«, klagte sein Vater. »Vier Uhr morgens und noch kein Kaffee.«

Thomas sann darüber nach, wie er den reduzierten Verstand des Alten an das Thema heranführen konnte. Es hatte keinen Zweck, sich mit langen Einleitungen aufzuhalten, sein Vater ermüdete für gewöhnlich zu schnell.

»Der Kaffee ist furchtbar hier«, moserte der alte Mann. »Schmeckt wie Spülwasser. Aber eine Delikatesse gegen den roten Tee.«

»Paps, erinnerst du dich an deinen Freund Bernhard?«

Das Gesicht seines Vaters blieb unbewegt. »Ich hab keine Freunde.«

»Bernhard Troschert.«

»Kenn ich nicht.«

»Er hat dir vor vielen Jahren einen Haufen Briefe geschrieben. Du hast sie in einem Karton gesammelt. Und der steht bei uns. Was sollen wir damit machen?«

»Bernhard steht bei euch? Mit dem braucht ihr nicht viel zu machen.«

»Paps, es geht um den Karton mit den Briefen.«

»Herr Karton? Kenn ich nicht. Wer ist das?« Seine knochigen Hände zitterten.

»Bernhard hat dir geschrieben, dass er Angst vor einem dritten Weltkrieg hat. Sein Plan war, rechtzeitig wegzukommen. Dafür wollte er sich Notvorrat bereitlegen. Und Geld.«

Ein jähes Zucken durchlief den Körper seines Vaters, das Gesicht verzog sich, als müsse er weinen, dann brach er in hysterisches Gekicher aus. Speichel spritzte aus seinem Mund, Sekret lief aus seiner Nase.

»Hans em Leim«, schrie er, falls Thomas die drei Silben richtig deutete. Es konnte ebenso gut »alles im Leim«, »Heimerzheim« oder »ganz allein« bedeuten, sein Sabbern ließ die Konsonanten zerfließen.

»Was ist ganz im Leim, Paps? Meinst du: alles in Butter?«

Das Kichern des Alten wurde wilder, seine Finger schraubten sich um Thomas' Handgelenke. Sein Gesicht war rot, fast lila, die Augen traten vor. Er kippte zur Seite. Japsend hing er über der Armlehne des Sessels.

»Paps … Was ist?«

Thomas fühlte sich hilflos. Wo war die Notrufklingel? Hektisch sah er sich um. Sein Vater hustete und stieß tierische Laute aus, seine Fingernägel, die geschnitten werden mussten, bohrten sich in Thomas' Haut. Ein Glück, da war der rote Knopf, neben dem Vorhang an der Wand, gut zwei Meter entfernt. Aber wie dorthin kommen mit diesem Bleigewicht von Vater an den Armen?

Mit einiger Kraft gelang es Thomas, eine Hand aus der Umklammerung zu befreien, sich nach dem Tisch zu strecken und einen langen Schuhlöffel zu ergreifen. Damit drückte er gegen den Schalter, der sofort aufleuchtete.

Einige Sekunden später flog die Tür auf, und herein kam ein weiß gekleideter stämmiger Mann.

»Ich komm ja schon, Herr Teckelberg!«

Es war einer der älteren Pfleger, schätzungsweise Anfang fünfzig, mit schwarzer Hornbrille, einem kleinen Schnurrbart, schütterem braunen Haar und leicht gewölbtem Bauch. Er arbeitete noch nicht lange hier, Thomas hatte ihn erst zweimal gesehen und sich seinen Namen nicht gemerkt. *Ulf Racker*, stand auf einem Schildchen an der linken Seite seiner breiten Brust.

»Keine Sorge, Herr Teckelberg, gleich geht's Ihnen besser.«

Der Pfleger tätschelte dem alten Mann liebevoll die Schulter und löste seine mageren Finger behutsam von Thomas' Arm. Er setzte ihn wieder auf, griff nach einer kleinen Spraydose zum Inhalieren, die zwischen Tablettenschachteln und Cremetuben auf dem Tisch lag, und gab ihm einen Sprühstoß in den offenen Mund. Thomas wandte sich ab. Das Gebiss seines Vaters hatte sich gelockert. Racker schob es zurück an den Gaumen und zog mit der anderen Hand ein Blutdruckmessgerät aus der Kitteltasche.

»Hat er sich über irgendwas aufgeregt?«, erkundigte er sich.

»Ich weiß nicht«, murmelte Thomas. »Ja, vermutlich. Es war seltsam.«

»Für uns ist das Seltsamste normal.« Racker schlang die Manschette um den Oberarm seines Schützlings, steckte sich das Stethoskop in die Ohren und pumpte. »Da muss irgendwas raus aus ihm. Der tollste Blödsinn wahrscheinlich, aber wer weiß denn, was in den Leuten vorgeht? An Ostern war einer völlig durch den Wind, weil er meinte, der Osterhase kommt ihn holen. Sie bringen alles durcheinander.«

Thomas entfuhr ein Stöhnen. Wie die Pfleger das alles aushielten, war bewundernswert. Selbst bei den ekligsten Vorgängen blieben sie gelassen, als sei es völlig selbstverständlich.

Es zischte, und die Luft wich aus der Manschette. Racker beobachtete den Zeiger auf der Skala.

»Der Blutdruck ist noch im Rahmen«, sagte er. »Wenn Sie möchten, gehen Sie ruhig.« Er säuberte mit einem Papiertuch die Nase des alten Herrn und überprüfte den Sitz der Zähne. »Ich bleib bei ihm, bis er zur Ruhe kommt. Soll ich Sie nachher anrufen und informieren?«

»Nein, nein. Schon gut.«

Der hat geschnallt, dass ich auf *tollsten Blödsinn* nicht scharf bin, mutmaßte Thomas. Er sandte ein Lächeln zum verzerrten Gesicht seines Vaters, der vor sich hin starrte und nicht darauf reagierte.

»Tschüss, Paps, gute Besserung«, sagte Thomas mit gespielter Munterkeit. »Ich komme übermorgen wieder.«

Er zwang sich, langsam zur Tür zu gehen. Am liebsten wäre er gerannt. Hatte er etwas falsch gemacht? Warum war sein Vater so durchgedreht? Irgendwas war dem Alten durch den Kopf gerast. War es eine bestimmte Frage gewesen, ein bestimmtes Wort?

Geld, fiel Thomas ein, als er sich aufs Fahrrad schwang. Das Wort, das seinen Vater zum Ausrasten gebracht hatte, war *Geld*.

Als Thomas seine Wohnung betrat, fühlte er sich zerschlagen. Das Bewusstsein der eigenen Ungeschicklichkeit, im Pflegeheim nichts anderes erreicht zu haben, als seinen Vater aufzuregen, machte ihn fertig.

Sein Blick blieb an dem geöffneten Pappkarton auf dem Wohnzimmertisch hängen. Missmutig setzte er sich aufs Sofa und zog einen weiteren Brief heraus. Er datierte vier Jahre später, 1966. Die USA führten Krieg in Vietnam, und Bernhards Ängste wurden nicht weniger. *Die Supermacht im Westen, die uns beschützen soll, was tut sie da?*, schrieb er. *Wir hören von unvorstellbaren Abscheulichkeiten und sind machtlos. Wann das Feuer der Gewalt übergreift, ist nur eine Frage der Zeit.*

Plötzlich stieg in Thomas die Erinnerung auf, wie sein Vater über den Freund gespottet hatte. Ihm fielen sogar Worte ein, die ihm als Kind faszinierend rätselhaft erschienen waren: *Dieser Pessimismus! Bernhard vergällt sich sein Leben, der wird noch alles falsch machen.* Thomas war fünf oder sechs Jahre alt gewesen und hatte Pessimismus für eine Art Alkoholproblem gehalten.

Er legte den Brief zurück in den Karton. Es reichte. Sein Vater konnte damit nichts mehr anfangen, und wenn er noch mitreden könnte, fände er es sicher in Ordnung, dass die Briefe endlich wegkämen. Ihn hatten anscheinend weder die atomare Aufrüstung noch irgendetwas anderes beunruhigt. Er hatte täglich eine Flasche Rotwein geleert, der Umsicht der Verantwortlichen vertraut und das Wirtschaftswunder genossen, indem er mit grenzenlosem Optimismus spekulierte. Zuletzt hatte er alles auf eine Karte gesetzt und sein gesamtes Geld in eine Firma mit angeblich phantastischer Zukunft gesteckt. Bald darauf hatte er alles verloren.

Möglich, dass dies in seinem Kopf noch präsent war. In dem Fall war es kein Wunder, dass er bei Erwähnung von Geld gänzlich die Kontrolle über sich verlor. Thomas seufzte. Die untergegangenen fünfhunderttausend D-Mark hätte er heute gut gebrauchen können. Vom Vermögen seines Vaters war kaum mehr als ein Silberbesteck geblieben.

Verärgert stieß Thomas den Karton von sich weg. Er war todmüde, die Woche war anstrengend gewesen, er wollte nicht an diese Dinge denken, sondern ans Wochenende, ans Trainieren, er war froh, dass er wieder damit angefangen hatte, seit die Kinder aus dem Gröbsten raus waren. Das Wetter versprach schön zu werden, und bald stand das nächste Radrennen an. Sollte Marion doch entscheiden, was mit dem Karton zu geschehen hatte, wenn sie den unbedingt loswerden wollte.

»Na?« Als hätte sie seine Gedanken erahnt, steckte Marion den Kopf zur Tür herein. »Kann das weg oder nicht?«

»Mach damit, was du willst. Ist mir egal.« Thomas gähnte. »Dieser Mann ist ein seltsamer Kauz. Mich wundert, dass Vater den ganzen Schrott aufgehoben hat.«

»Alte Leute heben alles auf.«

»Damals war er nicht alt. In den sechziger Jahren war er Mitte dreißig. Vermutlich hatte er einen Grund, die Briefe zu sammeln. Aber wen interessiert das noch?«

Vielleicht hätte Thomas seine Worte sorgsamer abgewogen, wenn er bedacht hätte, dass er lediglich zwei Briefe gelesen hatte. Zwei von neunzig oder hundert.

ZWEI

Evelyn lief.

Sie lief, als wäre das ihre einzige Aufgabe im Leben. Sie konnte sich kaum noch vorstellen, etwas anderes zu tun, als zu laufen.

Es war sinnlos und erschöpfte sie nur. Aber das war gleichgültig. Einen Sinn konnte sie sowieso nirgends entdecken, und sie wusste nicht, wo sie bleiben sollte. Sie dachte oft an die kleine dunkle Wohnung in Berlin, in die sie sich gern verkrochen hätte, die Wohnung ihrer Eltern, die Verständnis für das Ausmaß ihres Elends gezeigt hätten. Aber dort lebten jetzt Fremde. Ihre Eltern waren auf der Autobahn ums Leben gekommen, weil ein übermüdeter Lastwagenfahrer auf seiner Tour von Spanien nach Litauen die Kontrolle über seinen Sattelschlepper verloren hatte.

Zwei Nächte war Evelyn von ihrem Reihenhaus auf dem Brüser Berg kreuz und quer durch verschiedene Stadtteile unterwegs gewesen, hatte wahllos mal diese, mal jene Strecke eingeschlagen und manches Viertel mehrfach umrundet. Die Tage hatte sie in der Stille eines Friedhofs verbracht und auf einer Bank geschlafen oder gedöst. Morgens und abends hatte sie sich in einem Laden Brötchen, Wasser und Schokolade besorgt, nachdem sie in den spiegelnden Schaufensterscheiben überprüft hatte, ob sie noch einigermaßen aussah. Jetzt, wo es erneut dunkel wurde, lief sie wieder im Eilschritt vorwärts, als stünde am äußersten Zipfel der Stadt ein Zug, den sie unbedingt erreichen musste.

So reihten sich die Kilometer aneinander, ebenso die Stunden, die sie schon lange nicht mehr zählte. Wahrscheinlich würde sie irgendwann zusammenbrechen, denn sie brachte Distanzen hinter sich, die sie bisher nur im Auto zurückgelegt hatte, aber nie zu Fuß. Manchmal wählte sie gewundene Straßen, die sie in eine andere Richtung führten, dann konnte sie nicht mehr einschätzen, wo sie sich befand, bis sie auf eine größere, verkehrsreiche Straße stieß.

Inzwischen musste Mitternacht wieder einmal vorbei sein, sie wusste es nicht genau. Ihre Armbanduhr hatte sie verloren, vermutlich als sie mangels Toilette ein Gebüsch aufgesucht hatte. Um die

Uhrzeit auf dem Handy abzulesen, hätte sie es einschalten müssen, was ihr widerstrebte, weil sie so unerreichbar sein wollte, als hätte sich eine Erdspalte aufgetan und sie verschluckt.

Sie eilte durch ein Viertel, das sie als Altstadt kannte, doch an Karneval hatte sie jemand belehrt, das sei die Innere Nordstadt, und die historische Altstadt, die zum Rhein hin gelegen habe, hätten im Krieg die Bomben ausradiert. Ihre Füße taten nur mäßig weh, aber seit einiger Zeit verspürte sie Durst, der sich nicht mehr ignorieren ließ. Als wenige Schritte von ihr entfernt eine Kneipentür aufschwang, fasste sie sich ein Herz und tauchte in das schummerige Licht ein, in das Lachen, das Gemurmel, das Gläserklirren und die einschmeichelnde Musik.

Ein Blick in die Runde, und sie wusste, dass sie für diesen Ort zu alt war. Die Einrichtung bestand überwiegend aus Sofas und niedrigen Hockern, die offenbar alle besetzt waren, manche der jungen Gäste saßen auf dem Boden. Evelyn blieb vor der Theke stehen und bestellte bei dem Mädchen, das dahinter stand, ein Kölsch. Der junge Mann auf dem Barhocker neben ihr musterte sie und sprach sie schließlich mit »Mutti« an. Er deutete auf die Uhr an der Wand und meinte, um diese Zeit seien alle Muttis im Bett, außer Puffmuttis. Sie stürzte ihr Bier hinunter und verließ die Kneipe. Hinter sich meinte sie spöttisches Lachen zu hören.

Noch verzweifelter als zuvor lief sie nun weiter und erreichte Straßen mit Häuserblocks, von denen sie nicht wusste, ob sie noch zur Nordstadt oder bereits zu Graurheindorf, Buschdorf oder Auerberg gehörten, für sie waren es fremde Gebiete, deren Namen sie nur aus der Zeitung kannte. Kaum jemand begegnete ihr, und nach weiteren Kilometern befürchtete sie, dass bald nur noch Felder, schlafende Dörfer oder finstere Werksgelände folgten und sich dahinter die Riesenstadt Köln erhob. Sie fühlte sich unsagbar müde und kehrte um.

Am Stiftsplatz setzte sie sich auf eine Bank ohne Rückenlehne und starrte auf die neugotische Backsteinkirche, den *Kuhle Dom*. Der Anblick der beiden Türme, die sich düster vor dem Nachthimmel abzeichneten, gab ihr keinen Trost, und der Wind im Blattwerk der Bäume war böig und unfreundlich. Vor ihr befand sich der Christusbrunnen mit seinen großen Steinfiguren, aber

Christus, der erhöht in der Mitte der Evangelisten stand, blickte zu den Parkplätzen hinüber, als wären sie ihm wichtiger als die schmächtige Frau im fuchsartigen Kunstpelz auf der Bank.

Wenigstens fror sie in ihrer Jacke nicht. Es war ein fast knielanges Designerstück, das sie kürzlich in einem Secondhand-Laden erworben hatte. Achim hatte sich darüber lustig gemacht, *im Frühling was Warmes!*, und nicht mal gesagt, dass es ihr gut stehe. Aber sie war froh über diesen Kauf. Die Nacht war kalt, und ohne *was Warmes* würde sie es hier auf der Steinbank nicht aushalten.

Sie legte ihre Handtasche als Unterlage für den Kopf hinter sich ins niedrige Gesträuch, zog die Kapuze über ihre Haare und schob ihre Hände tief in die Seitentaschen. Hoffentlich gibt es keinen Regen, dachte sie, bevor sie sich dem Schlaf überließ.

Stunden später weckten sie die Kirchenglocken, der zunehmende Verkehrslärm oder die Kälte – sie wusste es nicht und wurde nur langsam wach, obwohl es längst hell war. Sie zog die Jacke enger um sich und bewegte die schmerzenden Zehen. Über den Platz wehte der Duft frischen Backwerks.

Mit steifen Beinen erhob sie sich, ging fröstelnd durch die belebten Straßen und entdeckte eine Imbissbude, wo heißer Kaffee und belegte Brötchen verkauft wurden. Doch während sie aß und trank, fühlte sie sich zwischen den Lkw-Fahrern, Bauarbeitern und Putzfrauen, die hier ihr Frühstück einnahmen, fehl am Platz. Sie hatte das falsche Aussehen, die falschen Klamotten und die falsche Sprache, hier palaverte man auf Bönnsch oder mit der Färbung einer fernen Heimat, man redete mit den Händen und dem ganzen Körper, aber nicht in diesem kalten, korrekten Hochdeutsch wie sie. Hier war niemand mit einem Juristen verheiratet, niemand kam aus einem Reihenhaus mit Terrasse und Garten.

Nachdem sie den letzten Bissen ihres Brötchens verzehrt hatte, lief Evelyn weiter, durcheilte Straßen, in denen sie nie zuvor gewesen war, wechselte häufig die Richtung, kannte sich wieder aus und ging auf das kurfürstliche Schloss, das Hauptgebäude der Universität, zu. Sie trat durch das Koblenzer Tor und folgte der verkehrsreichen Bundesstraße 9, die von hier ab Adenauerallee hieß. Nach einigen Schritten drehte sie sich um und betrachtete das prächtige Torhaus mit seinen Doppelsäulen, dem kurfürstlichen

Wappen und der vergoldeten Figur des Erzengels Michael. Das Tor sollte ich als Symbol ansehen, sagte sie sich, es geleitet mich auf die alte Route entlang des Stroms, und schon zu römischer Zeit waren hier unzählige Menschen unterwegs zu einem Ziel.

Auch sie brauchte ein Ziel. Sie musste sich eines erfinden.

Aber wie? Sie erblickte einen Bau aus dunklem Backstein im neugotischen Stil, das erzbischöfliche Collegium Albertinum, das sich, wie sie wusste, auf dem Gelände einer ehemaligen römischen Siedlung erhob. Kurz entschlossen überquerte sie den Parkplatz und folgte dem Wegweiser zu den Resten einer römischen Badeanlage. Auch kleine Ziele, dachte sie, lenken mich ab.

Es war ein Hinabsteigen in die Stille, in der sich kein anderer Mensch aufhielt. Evelyn zog die Stahlgittertür auf, das Licht schaltete sich ein. Sie trat in einen länglichen unterirdischen Raum. Als die Tür hinter ihr zuzufallen drohte, ergriff sie eine unerklärliche Angst. Wenn sie nicht mehr herauskäme, bei den zweitausendjährigen Steinen gefangen wäre … Sie schob einen Fuß in den Türspalt und warf einen hastigen Blick auf die vordere Informationstafel. *Gräberfelder*, las sie, zur Römerzeit links und rechts der heutigen Adenauerallee – das war kein gutes Omen. Sie wandte sich um und raste die Treppe hinauf.

Wie kindisch, schalt sie sich, oben angelangt. Dennoch sollte sie auf dieser Straße nicht weitergehen. Noch ein kurzes Stück, und sie stünde vorm Juridicum, von dem sie früher fast täglich den Jurastudenten Achim Eber abgeholt hatte. Nein, sie bog lieber in die abschüssige Erste Fährgasse ein, die sie entlang der hohen Ziegelmauer des Albertinums hinunter zum Rhein führte. Durch eine Wolkenlücke strahlte die Sonne von der anderen Seite des Flusses und ließ die Ausflugsschiffe an den Anlegern weiß aufglänzen. Übers Wasser zog leise tuckernd ein Kahn in Richtung Meer.

Auf der breiten Promenade war kein Mensch zu sehen. Evelyn stützte sich auf das eiserne Geländer der Uferbefestigung aus grauem Basalt. Sie hielt ihr Gesicht dem grellen Strahlen entgegen und schloss die Augen. Jetzt langsam weiter noch vorn beugen. Immer tiefer, bis sie den Halt verlöre. Mit dem Kopf auf die Steine prallen, ins kalte Wasser gleiten, mit der Strömung dahinziehen … Und alles bliebe hinter ihr. Sie kniff sich feste in den Arm – solche

Sehnsüchte musste sie sich verbieten, sie hatte eine Tochter, die erst sechzehn war und ein Auslandsjahr in Toronto verbrachte. Ich müsste sie anrufen, dachte Evelyn, aber nicht jetzt, das schaffe ich nicht.

Eilig schoben sich dicke Wolkenpakete vor die Sonne, als wäre das gleißende Licht ein Versehen gewesen. Sie verbanden sich zu einer dichten Decke und packten alles wieder in kühles Grau. Evelyn ging weiter, die Uferpromenade stromaufwärts, die Rheinkurve entlang. Bei jedem Schritt war ihr, als ob sie alles zum letzten Mal sähe – die bläuliche Silhouette des Siebengebirges, den Post-Tower und den »Langen Eugen«, einst Hochhaus der Bundestagsabgeordneten, jetzt UN-Campus. Wie wäre es, an einen Kahn heranzuschwimmen und sich von der Schiffsschraube erwischen zu lassen? Oder von der Südbrücke in die Bugwelle zu springen? Oder noch besser: tagelang weiterzulaufen, die Schweiz zu erreichen und sich den Rheinfall von Schaffhausen hinabzustürzen?

Es gab viele Möglichkeiten. Sie wusste nicht, wie lange sie widerstehen könnte.

***

Mit deutlichem Herzklopfen überflog Isabell die fett gedruckten Namen in den schwarz umrahmten Vierecken. Die Seite mit den Todesanzeigen hatte sie früher nie beachtet, im Gegenteil, sie hatte sie gemieden, als ginge von ihr die Gefahr der Ansteckung aus. Doch an einem Samstag Ende März war ihr in dem Bestreben, die Doppelseite möglichst schnell zu überblättern, ein Riss ins Papier geraten und ihr Blick daraufhin an einem Kästchen hängen geblieben, das zwischen den großformatigen Traueranzeigen für einen Staatssekretär im Ruhestand und eine Baronin mit klangvollen Titeln rührend verloren wirkte:

Nach kurzer, schwerer Krankheit …

Sigrun Bitter, geborene Bach.

Isabell hatte auf den Namen gestarrt, als hätte sie dessen Bedeutung an dieser Stelle nur mit Mühe erfassen können. Das war ihre Schulfreundin Sigrun, die früher in der Arndtstraße gewohnt hatte. Die Zeitung in Isabells Hand hatte gebebt wie im Sturm, und geblieben war das beißende Gefühl tiefer Reue. Von ihren Klassenkameradinnen war Sigrun die jüngste gewesen – und nun die Erste, die es erwischt hatte, jedenfalls die Erste, von deren Tod Isabell erfuhr. Die Möglichkeit eines Wiedersehens hatte sie unrettbar verpasst.

Seitdem stand sie jeden Morgen unter dem gleichen Zwang: Kaum war sie erwacht, zog es sie die Treppe hinunter, und bevor sie sich in der Lage fühlte, irgendetwas anderes zu tun, holte sie die Zeitung herauf, riss, noch im Stehen, die Seiten auseinander, bis sie zu den gefürchteten Rechtecken gelangte. So wie jetzt. Sie lehnte im Pyjama am Küchenschrank, las die Namen und gab einen Stoßseufzer von sich. Es war niemand dabei, den sie kannte.

Während sie den Toaster mit zwei Brotscheiben belud, dachte sie an Sigruns Beisetzung. Auf dem Friedhof im Stadtteil Duisdorf, der ihr bis dahin unbekannt gewesen war, hatte sie die Gruppe dunkel gekleideter Menschen vor der Kapelle schon von Weitem gesehen. Unwillkürlich war sie stehen geblieben. Ihr wurde bewusst, dass sie von der Familie niemanden kannte, weder den Ehemann noch die erwachsenen Kinder noch Sigruns jüngere Geschwister, die zu ihrer Schulzeit so klein gewesen waren, dass man sich ihre Gesichter unmöglich hatte einprägen können. Ja, nicht einmal von der verstorbenen Sigrun selbst konnte Isabell behaupten, sie gut gekannt zu haben, weil die Eltern Bach ihre Tochter mit vierzehn Jahren auf ein Internat geschickt hatten, worauf der Kontakt zwischen den Freundinnen abgebrochen war.

Das alles hatte Isabell veranlasst, während der Trauerfeier und der anschließenden Beisetzung im Hintergrund zu bleiben und die Trauernden, die ihr völlig fremd waren, nicht neugierig zu mustern. Erst als alle sich entfernten, ging sie zum Grab und warf den Strauß, den sie aus Frühlingsblumen ihres Gartens gebunden hatte, auf den Sarg in der Tiefe. *Koblenzer Straße, weißt du noch?*, hatte sie dabei geflüstert, denn so hieß ihre Straße zu der Zeit, als sie noch draußen spielten, und erst später, nach dem Tod des Altbundeskanzlers, wurde sie umbenannt.

Hätte sie die Freundin doch sofort kontaktiert, als sie ihren Namen bei »Stayfriends« im Internet entdeckt hatte! Aber nein, sie hatte gezögert, sie hatte Bedenken gehabt. Als alberne Schülerinnen hatten sie sich zuletzt gesehen, zu lange her, um im Großmutteralter einfach zu schreiben: *Hallo, wie geht's Dir so?* Vor allem hatte Isabell befürchtet, dass sie einander nichts zu sagen hätten – Sigrun, die Frau mit Mann, Kindern und bodenständigem Familienleben, und Isa, die alleinstehende Journalistin, die in Paris, Barcelona und Madrid ein ganz anderes Leben geführt hatte.

Die goldbraunen Scheiben sprangen aus dem Toaster. Isabell nahm Butter und Marmelade aus dem Kühlschrank. *Das dicke Ende kommt noch!* Verwundert blieb sie mitten in der Küche stehen. Diese Redewendung ihres Vaters fiel ihr in letzter Zeit häufiger ein, und während sie früher nicht anders geklungen hatte als ein ungünstiger Wetterbericht, kam sie ihr jetzt so vor, als bezöge sie sich in unheimlicher Weise auf sie selbst. Sie war *schwierig*, wie ihre Mutter oft sagte, sie hatte es nie geschafft, ihre Freundschaften dauerhaft zu pflegen, und mit ihren Männern war es früher oder später auch immer schiefgelaufen. Solange ihr Job sie in eisernem Griff gehalten hatte, war das nicht tragisch gewesen, aber jetzt ...

Die Haustürklingel riss Isabell aus ihren Gedanken. Herrje, sie war noch im Schlafanzug! Normalerweise war es ihr zu Hause gleichgültig, ob sie den halben Tag so blieb, wie sie aus dem Bett gekommen war. Kaum jemand klingelte bei ihr überraschend, und wenn doch, war es meistens der Paketbote. Oder war es Gunter? Eine Panikwelle ergriff sie. Wie sollte sie reagieren? Würde sie wieder das Falsche tun?

Sie langte nach dem seidenen Morgenrock, der über einer Stuhllehne hing. Ihre Hand zitterte, als sie den Gürtel um ihre Taille schlang, ihr Herz schlug schnell. Sie drückte auf den Türöffner und horchte auf den Takt der ersten Schritte auf dem Steinboden im Eingang.

»Hallo, Isabell, bist du das?«, hallte eine unbekannte Stimme durch den hohen Hausflur, der ihr heute sehr dunkel vorkam.

Nicht Gunter also. Isabell machte Licht, trat näher an die Treppe und musterte die Frau, die rasch heraufkam. Sie mochte Mitte oder Ende dreißig sein und trug eine leuchtend blaue Lederjacke über einer weißen Röhrenjeans. An ihren Ohrläppchen baumelten grellgrüne Plastikringe, ihr blondes Haar erinnerte an Sauerkraut. Diese Aufmachung und der unstete Blick hinter den Brillengläsern in der pinkfarbenen Fassung irritierten Isabell. Auch das helle Lachen, das ihr entgegenschlug, befremdete sie.

»Schau doch nicht so misstrauisch!«, rief die Frau ihr entgegen. »Erkennst du mich nicht? Du bist doch Isabell Troschert?«

»Woher sollte ich Sie kennen?«

»Ich war noch ganz klein.« Wieder dieses Lachen.

Womöglich ist ihr Auftritt nur ein mieser Trick, um Geld zu ergaunern, dachte Isabell. Die Wohnungen in dem alten Haus waren zum Treppenhaus offen, das hatte sie nie gestört, doch jetzt fehlte ihr eine Etagentür, die sie dem ungebetenen Gast vor der Nase zuknallen könnte.

»Und ich erinnere mich sogar an dich«, beharrte die Fremde.

Wie sie so vor ihr stand und sie durch die unmögliche Brille anstrahlte, hatte sie etwas Liebenswertes an sich. Isabell beschloss, weniger misstrauisch zu sein.

»Wer sind Sie denn?«, fragte sie eine Spur freundlicher.

»Karin!«

»Karin«, wiederholte Isabell. Zu diesem Namen fiel ihr nichts ein. »Und wie weiter?«

»Die kleine Schwester einer Schulfreundin, die du ewig nicht gesehen hast!«, rief die andere durchdringend.

Oh, verdammtes Gedächtnis. Hatte eine ihrer damaligen Freundinnen eine Schwester gehabt, die Karin hieß?

»Hoffentlich weißt du noch, welche Schule das war.« Die jüngere Frau grinste spöttisch.

»Clara-Schumann-Schule«, murmelte Isabell.

»Ja, genau.«

»Ich hatte mehrere Freundinnen.«

»Dann denk mal nach.«

Isabell blickte grübelnd auf die schlanken Säulen des Geländers. Für die kleinen Schwestern der anderen hatte sie sich nie interessiert.

»Nach dem Abitur habe ich alle aus den Augen verloren.«

»Ist ja meistens so«, sagte die andere. »Weißt du überhaupt noch, wie die alle hießen?«

»In der Oberstufe war ich oft mit Renate, Ingrid und Gaby zusammen«, überlegte Isabell. »Die eine hatte einen älteren Bruder, die anderen waren Einzelkinder.«

»Da gab es noch mehr Mädels, stimmt's?«

»Das ist Jahrzehnte her. Mein Gedächtnis wird schlechter, ich bin Ende fünfzig.« Ihr fiel ein, dass zwei der Verstorbenen, deren Namen sie heute in der Zeitung gelesen hatte, ein paar Jahre jünger waren als sie selbst. »In meinem Alter sterben manche schon.«

»Ja.« Die Frau namens Karin schluckte und holte tief Luft. »Leider lebt meine Schwester nicht mehr.«

Jäh durchfuhr Isabell eine Ahnung. War das möglich? Aber wer sonst? Sie sah ihr Gegenüber forschend an.

»Doch nicht Sigrun?« Sie bekam nur ein Flüstern zustande. »Die hatte jüngere Geschwister, aber ich weiß nicht …« Isabell bemerkte ein Leuchten hinter Karins Brillengläsern. »Ist es Sigrun?« Unverhoffte Freude durchströmte sie. Was für ein Wunder, ein klitzekleiner Trost, genau das, was sie brauchte! »Wirklich? Du bist Sigruns Schwester?«

Die andere nickte mehrmals. Sie schien erleichtert, dass Isabell endlich der richtige Name eingefallen war.

»Aber wie kommst du auf mich?«

Isabell erinnerte sich nur an zwei rotzfreche Dreikäsehochs und ein schreiendes Bündel im Kinderwagen, das möglicherweise ein Mädchen gewesen war, aber nach allem, was sie über Kinder wusste, nichts von ihr im Gedächtnis gespeichert haben konnte. Wahrscheinlich kannte Karin nur die Fotos, auf denen Isabell neben Sigrun zu sehen war. Aber war die Frau nicht zu jung, um das Baby von damals sein zu können? Vermutlich war sie älter, als sie aussah. Im Schätzen war Isabell eine Niete, sie hatte sich schon oft geirrt.

»Woher hast du meine Adresse?«

»Sigrun hat mir erzählt, dass sie dich besuchen wollte. Aber du warst nicht da«, erklärte Karin.

»Sie war hier? Wann war das?«

»Öh … Ein paar Monate, bevor sie starb.«

»Warum hat sie keine Nachricht hinterlassen?«

»Ach, sie hat nicht gern geschrieben.«

»Sie hätte mich doch anrufen können.«

Nicht ohne Weiteres, dachte Isabell sogleich, ich hab nur eine Mobilnummer, die nicht im Telefonbuch steht.

»Ja … Keine Ahnung.« Karins Gesicht verzog sich zu einer

kläglichen Grimasse, ihre Unterlippe zitterte. »Da hab ich jetzt gedacht, wir könnten ein bisschen reden.«

Isabell fühlte den Eisklotz in ihrem Innern schmelzen. Dieser kleinen Schwester hatte Sigrun viel bedeutet, das war offensichtlich. Und dass die alte Freundin sich wenige Monate vor ihrem Tod vergeblich in die Adenauerallee bemüht hatte, war tragisch. Sie hatte sich zu dem ersten, schwierigen Schritt entschlossen, vor dem Isabell zurückgescheut war.

Woran Sigrun wohl gestorben war? Das konnte sie schlecht fragen, solange deren Schwester im Treppenhaus stehen musste, als bitte sie um Almosen. Isabell studierte das Gesicht vor ihr, über das ein unsicheres Lächeln glitt. Ließ sich zwischen Sigrun und Karin ein wenig Ähnlichkeit entdecken? Nach fünfundvierzig Jahren war ein Vergleich schwierig. Sigrids Haare waren dunkler gewesen, aber das bedeutete nichts, denn Karins Haar war blondiert, und die Sauerkraut-Krause war künstlich. Die blassblauen Augen, die helle Haut ... ja, das konnte hinkommen. Sicherlich gab es Schwestern, die sich weniger ähnelten.

»Komm rein, Karin. Frühstücken wir zusammen.«

Die Schwester ihrer Schulfreundin trat über die Schwelle des Wohnzimmers. Wieder fiel Isabell der erleichterte Ausdruck ihres Gesichts auf.

»Wow!«, rief Karin aus. »Was für ein Raum! Beinahe fünf Meter hoch, was?« Sie legte den Kopf in den Nacken. »Und diese irren Verzierungen da oben, sogar um die Lampe herum – wie in einem Schloss!«

»Stuckdecken waren Mode, als das Haus erbaut wurde. Bei uns hat sie zum Glück niemand abgeschlagen wie in manchen anderen Häusern.«

»Bewohnst du die ganze Etage allein?«

»Im Moment ja.« Isabell unterdrückte ein Seufzen. *Die ganze Etage allein*, das war noch so frisch. Vor drei Tagen hatte sie noch mit Gunter gefrühstückt.

Eine Stunde später genoss Isabell das Gefühl, eine neue Freundin zu haben, die, obwohl wesentlich jünger, anscheinend echtes Interesse an ihr hatte. Damit hob sie sich wohltuend von den meisten

Menschen ab, die Isabell im Laufe ihres Lebens kennengelernt hatte. Auch gefiel ihr, dass Karin sich für das alte Haus und die Antiquitäten von Isabells Großeltern begeisterte, was zudem erstaunlich war, denn von Stilen, Hölzern, Furnieren und Einlegearbeiten schien sie keine Ahnung zu haben, das war offenbar Neuland für sie. Das Einzige, was Isabell ein bisschen störte, war, dass die jüngere Frau ihrem Blick zuweilen auswich.

Auf ihr Drängen erklärte Isabell sich bereit, ihr auch den Garten zu zeigen. Sie tauschte Pyjama und Morgenrock gegen Jeans und Bluse aus und nahm den Ring mit den beiden Kellerschlüsseln vom Schlüsselbrett neben der Wohnzimmertür.

»Brauchst du dafür zwei Schlüssel?«, fragte Karin.

»Nur den größeren«, antwortete Isabell. »Der andere ist für die Straße.«

Karin runzelte die Stirn, ihr schien nicht klar zu sein, was Isabell damit meinte. Aber als sie in den Keller hinabstiegen, um in den Garten zu gelangen, glättete sich ihr Gesicht. »Spannend, so was.«

»Am Wintergarten der Parterrewohnung ist eine Außentreppe, aber die benutzen nur meine Gäste«, erklärte Isabell, als sie Karin durch den hinteren Raum des Untergeschosses führte. »Alle anderen gehen hier lang.«

»Da könnte man auch noch wohnen«, sagte Karin.

»Das war früher die Küche. Das Essen wurde durch den Speiseaufzug vom Souterrain heraufgeschickt.« Isabell deutete auf eine Nische in der Wand. Ihre Großmutter hatte sich häufig beklagt, dass man heutzutage kein *Personal* dafür habe.

»Und jetzt lagert ihr hier Kisten«, stellte Karin fest.

In den drei Umzugskartons, auf die sie deutete, hatte Isabells Mutter vor vielen Jahren den Papierkram verpackt, den ihr Vater in seiner Wohnung auf Sesseln, Stühlen, Kommoden und dem Fußboden angehäuft hatte. *Nichts Besonderes*, hatte sie Isabell mitgeteilt, *schau da mal rein, wenn du für länger in Bonn bist*. Nun war sie *für länger* hier, war aber bisher nur daran vorbeigegangen.

Dennoch fiel ihr jetzt etwas auf: Die Oberseite des vordersten Kartons war verändert. Die Deckpappe hatte einen Knick, und der war neu. Es musste sie nicht beunruhigen. Oder doch?

Karin rüttelte bereits an der Klinke der Tür zum Garten. Isabell schloss sie auf. Sie stiegen die vier Stufen der überdachten Kellerterrasse hoch, an deren Wand ein Spaten und eine Hacke lehnten, durchquerten den gepflasterten Hof und erreichten über zwei weitere Stufen den Garten. Die zierliche graue Katze, die Isabell von ihrem Balkon aus schon öfters bemerkt hatte, schoss unter einem Strauch hervor, sprang auf die Mauer und verschwand aus ihrem Blickfeld.

»Das hier war das Ein und Alles meines Vaters«, erklärte Isabell und breitete die Arme aus, als wollte sie die Wiese, die alten Bäume und das wuchernde Grün umfassen. »Er liebte es, die Erde zwischen seinen Fingern zu fühlen und alles wachsen zu sehen.«

»Kann ich verstehen«, sagte Karin. »Hatte er ein Lieblingsbeet?«

Isabell deutete auf das Areal neben dem Flieder längs der rechten Mauer. Der Duft der dunkelvioletten Blüten schien ihr zauberisch. Sie sog ihn tief ein, bevor sie antwortete.

»Sein Staudenbeet. Dort ist die Erde auch heute noch am besten, und die Wurzeln der großen Bäume reichen nicht so weit. Ganz hinten, bei der Gartenhütte, hatte er noch ein Beet für Erdbeeren und Gemüse.«

Da es zu regnen begann, begaben sie sich wieder ins Haus. Isabell, die heute keine dringende Arbeit zu erledigen hatte, bat Karin, zum Essen zu bleiben, und freute sich über die Begeisterung, mit der sie die Einladung annahm. Was sie aber an dem Besuch am meisten beglückte, war, dass Karin ein offenes Ohr für die alten Geschichten hatte: Sigrun und Isabell wären beinahe von der Schule geflogen, weil sie in einer Freistunde die Ärmel von fünfundzwanzig Lehrermänteln zugenäht hatten; nachmittags strolchten sie oft am Rhein entlang, weit über das Bundeshaus hinaus zu den Feldern, wo später der Rheinauenpark entstand, hielten am Bismarckturm Picknicks mit Lakritz ab und veranstalteten auf unbebauten Geländestücken Mutproben, indem sie in die Brennnesseln sprangen, und … Isabell kam so viel in den Sinn, sie hätte unentwegt weiterreden können.

Während sie Zwiebeln, Zucchini, Auberginen und Paprika für eine Gemüsepfanne klein schnitt, schlenderte ihre neue Freundin allein durch die Wohnung. Ihre bewundernden Ausrufe konnte Isabell in der Küche hören. Jetzt hatte Karin den kristallenen Kronleuchter entdeckt. Sicherlich würde sie auch das Strickzeug in der Sofaecke bemerken, das Isabell sonst wegräumte, bevor Besuch kam, weil sie es als geistigen Niedergang empfand, dass eine Frau, die Prominente interviewt hatte, neuerdings Gefallen daran fand, rechte und linke Maschen aneinanderzureihen.

Erst jetzt fiel Isabell auf, dass Karin noch kein einziges Detail aus ihrem eigenen Leben erwähnt hatte. Sie beschloss, sie danach zu fragen, auch über Sigruns Lebensweg wollte sie einiges wissen. Sie bedauerte, sich von den Menschen auf der Beerdigung ferngehalten und deshalb versäumt zu haben, Karin im Kreise ihrer Familie zu sehen.

»Und dieser wuchtige alte Schreibtisch!«, tönte es aus dem Wohnzimmer. »Wie für einen Präsidenten.«

»Der ist von meinem Vater!«, rief Isabell, die gerade Öl in den Schmortopf goss. »Ich hab alles so gelassen, wie es war. Wenn ich arbeite, sitze ich an dem kleinen Sekretär im vorderen Zimmer.« Sie hatte Karin nichts vom Verschwinden ihres Vaters erzählt, das hatte noch Zeit.

Isabell war ganz froh, als es eine Weile still war. So konnte sie sich besser aufs Kochen konzentrieren. Vielleicht hatte Karin das Fotoalbum entdeckt, das auf der kleinen Wurzelholzkommode neben dem Schreibtisch lag. Sie würde ein Bild von Sigrun darin finden, im Alter von zehn oder elf Jahren, mit einer Zuckerstange in der Hand.

Mit einem breiten Messer schob Isabell das klein geschnittene Gemüse vom Schneidebrett ins heiße Fett. Es zischte und brutzelte laut. Dennoch vernahm sie ein Geräusch aus dem Wohnzimmer.

»Karin?« Ihr war, als habe sie das leichte Quietschen gehört, das die Tür des linken Schreibtischblocks von sich gab, wenn man sie öffnete oder schloss. Sollte Karin etwa …? »Was machst du?« Sie hoffte, dass ihr jähes Misstrauen nicht aus den drei Wörtern herauszuhören war.

»Ich komme schon!«, rief Karin. Sekunden später erschien sie auf der Schwelle. Ihr Gesicht war gerötet. »Soll ich dir was helfen? Den Tisch decken?«

»Das wäre nett«, erwiderte Isabell.

Vergiss das Quietschen, ermahnte sie sich im Stillen. Falls Karin sich überhaupt an dem Türchen des alten Möbels zu schaffen gemacht hatte, lag es gewiss daran, dass die aufwendig geschnitzten Säulen, die daran angebracht waren, sie fasziniert hatten – das war schon vielen so gegangen.

***

Das bewegte Grau des Wassers schien einen Ton dunkler zu werden. Still und sachte begann es zu nieseln. Evelyn zog ihre Kapuze über den Kopf, die ihr zu groß war, und schnürte das Band unterm Kinn so eng wie möglich. Warum schlug sie sich mit Selbstmordgedanken herum? Es war das passende Wetter, um den Ehemann umzubringen. Oder besser seine Geliebte, um ihn aufs Neue zu erobern.

Ach Unsinn. Sie wollte Achim nicht mehr. Aber was wollte sie dann? Nirgendwo war eine Idee in Sicht, wie sie weitermachen sollte. Alles war eine graue Soße wie der Himmel, wie das Wasser, dem man nachsagte, dass es beruhigte, sie aber vollends deprimierte.

Sie öffnete ihre Handtasche und zog das Mäppchen mit den Visitenkarten heraus. Die hellblauen Kärtchen begleiteten sie seit Jahren, aber die Adresse war nicht mehr ihre, sie hatte kein Zuhause mehr. Sie nahm zwei heraus und schob sie in die Tasche ihrer Jeans, vielleicht träfe sie noch jemanden, der sich ihren Namen merken wollte, unmöglich war das nicht. Das Mäppchen mit den übrigen schleuderte sie in hohem Bogen in den Rhein. Sie streifte ihren Ehering ab und warf ihn hinterher. Der Finger, der ihn getragen hatte, fühlte sich leer und überflüssig an.

Lange schaute sie dem silbrigen Fließen des breiten Stromes zu, ohne dass sich an ihrer Stimmung etwas änderte. Ich brauche einen Ort, wo ich hingehöre, war der einzige klare Gedanke, dann schaffe ich es vielleicht.

Es musste längst Nachmittag sein, als sie weiterging. Immer noch quälten und beherrschten sie die krassen Bilder im Kopf, ohne zu verblassen: die nackte Frau auf der Kante des zerwühlten Bettes, Achims Hand an ihrem Hintern, ihre blutrot lackierten Fußnägel, die schwarze Unterwäsche auf dem Bettvorleger. Stumm vor Entsetzen hatte Evelyn sich umgedreht, war in den Flur gerast, hatte ihre Handtasche und die neue Jacke ergriffen, war aus dem

Haus gerannt und über die Straße. Bremsen hatten gequietscht, Männerstimmen geflucht, sie hatte nicht nach rechts und nicht nach links geschaut, Tränen hatten alles vernebelt. Weg, nur weg! Eine Szene wie im Film, aber so erbarmungslos real, dass ihr stundenlang kotzübel gewesen war.

Ausgerechnet jetzt war sie ohne Job. Auch in dieser Hinsicht war ihr alles missglückt. Sie hätte nicht die Nerven verlieren dürfen, nur weil der Chef sie als *Trantüte* bezeichnet und sie zu Unrecht verdächtigt hatte, ein Schriftstück nicht weitergeleitet zu haben. Ihre Kündigung Anfang März war eine dumme Kurzschlussreaktion gewesen, und etwas Neues hatte sie noch nicht gefunden. Auf ihrer Stelle als Redaktionssekretärin saß inzwischen eine andere und in ihrem Bett ebenfalls.

»Evelyn – hab ich recht?«

Sie fuhr zusammen. Zwar hatte sie gemerkt, dass jemand mit aufgespanntem Schirm entgegenkam, aber nicht auf die Person geachtet, sondern aufs Wasser gestarrt, auf dem ein Tankschiff mit rauschender Bugwelle vorbeizog. Wer war die Frau in dem schwarzen Mantel? Das Gesicht war fein geschnitten und nicht mehr jung, das glatte, kinnlange Haar war teils dunkelbraun, teils silbrig grau. Ja, sie erinnerte sich. Eine etwas eigenwillige freie Journalistin, die bis vor Kurzem in Paris gelebt hatte, interessante Reportagen schrieb, aber nur selten in der Redaktion aufgetaucht war, um mit dem Chef zu sprechen.

»Isabell?«, fragte Evelyn, obwohl es keinen Zweifel gab. Seit Karneval waren sie per Du, erinnerte sie sich. Zwischen Luftschlangen, Krapfen und Kölschgläsern hatten sie sich – Evelyn als Mary Poppins und Isabell als Fliegenpilz – ernsthaft miteinander unterhalten, indem sie sich gegenseitig ins Ohr brüllten, während Lieder der Bläck Fööss und der Höhner aus den Boxen dröhnten und um sie herum die seltsamsten Gestalten tanzten oder schunkelten.

Vor Evelyns innerem Auge entfaltete sich das Bild des Hauses, von dem Isabell erzählt hatte, eines alten Bonner Bürgerhauses an der Adenauerallee. Mit vielen Zimmern, von denen eines vielleicht leer stand …

Der Regen hatte aufgehört. Isabell klappte den Schirm zu, und

Evelyn schob die Kapuze zurück. Sie schlenderten zusammen weiter. Mit einem Mal fand Evelyn das Strömen des Wassers, das Klatschen der Wellen an der Ufermauer und das Brummen der Frachtkähne höchst ermunternd. Es fiel ihr nicht schwer, Isabell ihre Lage zu schildern, die Journalistin war eine wunderbare Zuhörerin. Evelyn wollte keinesfalls berechnend sein, und doch kam es so, wie sie gehofft hatte: Isabell bot ihr das möblierte Gästeapartment im Hochparterre an. Ohne Miete und so lange sie wollte. Zwei Zimmer, Wintergarten, Kochnische und Bad. Viel zu schön, um wahr zu sein. Sicher gab es einen Haken.

»Wer wohnt denn sonst noch im Haus?«, erkundigte sich Evelyn.

»Im Parterre sind die beiden Räume zur Straße an einen Bundesverband vermietet, der dort eine Nebenstelle einrichten will, aber bisher nur ein paar Sachen abgestellt hat, zum Beispiel einen scheußlichen Garderobenständer, an dem man auf dem Weg zur Gästewohnung vorbeikommt. Die erste Etage ist meine, in der zweiten wohnt Ulf Racker, ein Altenpfleger, und im Dachgeschoss leben Johann Hochscheitel, ein Schauspieler, und seine kranke Frau Lore.«

»Stört es dich nicht, wenn ich auch noch dort einziehe?«

»Im Gegenteil. Es würde mich kolossal beruhigen.«

»Wieso?«

»Das unbewohnte Parterre behagt mir nicht, es kann Einbrecher anlocken. Möglich, dass schon einer da war. Eine der Kisten im Keller sieht aus, als habe sie jemand geöffnet.«

»Ach du Schreck. Wurde was geklaut?«

»Wahrscheinlich nicht. Die enthalten nur Zeitungsartikel, Manuskripte samt Durchschlägen, Zeichnungen und ähnliche Dinge, die mein Vater oben in der Wohnung gestapelt hatte. Aber mir kam der Gedanke, dass der untere Teil des Hauses belebter sein sollte.«

Sie schwiegen eine Weile, während sie die Uferpromenade verließen und die Treppe zur Tempelstraße hinaufstiegen, einen romantischen alten Aufgang, der mit einer reliefartigen Darstellung des römischen Weingottes geschmückt war. Das schmiedeeiserne Gitterwerk der angrenzenden Grundstücke erinnerte an die Zeit, als wohlhabende Rentner und Fabrikanten sich repräsentative Domizile in der ruhigen kleinen Stadt am Rhein bauten, wie die

Villen, die Evelyn oben an der Straße erblickte. Sie bildeten einen Kontrast zur modernen Einfahrt gegenüber, die zum zweiten Dienstsitz des Auswärtigen Amtes und zum Bundesamt für Justiz führte. Isabell erklärte, dass früher dort die Villa der kaiserlichen Prinzen gestanden habe, die zum Studieren nach Bonn gekommen seien.

»Früher«, wiederholte Evelyn, »für mich war das die Zeit, als meine Welt noch in Ordnung war.« Sie sah ihre Begleiterin prüfend an. »Versprichst du mir, niemandem zu erzählen, dass ich bei dir Unterschlupf gefunden habe?«

»Nicht einmal den Hausbewohnern?«

»Achim soll es nicht erfahren«, erwiderte Evelyn. »Er kennt so viele Leute. Da kann es der Zufall wollen, dass er auf Umwegen erfährt, wo ich bin. Dann will er diskutieren, und das will ich nicht. Es ist aus.«

»Ich verrate nichts«, versicherte Isabell. »Aber die anderen Bewohner werden merken, dass sich irgendwer in der Gästewohnung aufhält.«

»Ja, *irgendwer*. Wenn einer fragt, sag einfach, ich sei deine Cousine.«

Vorbei an einer Synagoge gelangten sie zur Adenauerallee. Als sie die vierspurige Fahrbahn überquerten, blickte Evelyn in Richtung Innenstadt und stellte fest, dass das Juridicum weit genug entfernt war, um den früheren Jurastudenten vergessen zu können.

Kurz darauf standen sie vor einem weiß gestrichenen Reihenhaus im spätklassizistischen Stil. Vor der ersten Etage schwebte ein kleiner Balkon, dessen dreiteiliges Fenster von einem portalartigen Stuckrelief umrahmt war, ergänzt von Löwenköpfen, bärtigen Männergesichtern, kleinen Engeln und Girlanden, eine Art von Zierrat, die Evelyn an die Fassade eines Schlösschens erinnerte.

Diesen Teil der Adenauerallee kannte sie nur flüchtig vom Vorbeifahren. Sie hatte angenommen, hier gebe es nur Büros, und mehr auf die berühmten Bauten geachtet, die weiter stadtauswärts lagen, die Villa Hammerschmidt, den Zweitsitz des Bundespräsidenten, das Palais Schaumburg, den Bonner Dienstsitz der Kanzlerin, sowie das naturkundliche Museum Koenig, wo einst der Parlamentarische Rat das Grundgesetz verhandelt hatte. Dass an der geschichtsträchtigen Meile auch Privatleute wohnten, war ihr nicht bewusst gewesen. Und nun sollte sie selbst dazugehören. Sie fühlte einen Hauch von Optimismus in sich aufsteigen.

Isabell öffnete die hohe Haustür, die mit Schnitzwerk, verschnörkelten Gittern und undurchsichtigem Glas versehen war. Der Türflügel schwang auf und gab den Blick auf das Mosaik eines Terrazzobodens frei. An seinem Ende schimmerten Stufen aus dunklem Holz neben einem mächtigen, einer Säule ähnelnden Treppenpfosten, hinter dem ein schmaler Flur in den Hintergrund abzweigte. Evelyn überschritt die Schwelle und trat auf das sternartige Ornament in der Mitte des Steinbodens. In ihrem Rücken fiel die Tür zu. Sekundenlang überkam sie die Furcht, die Entscheidung könnte falsch sein. Warum?

Ihre Zweifel verflogen, als sie zur stuckverzierten Decke aufsah, von der eine Lampe mit einem Behang aus gläsernen Tropfen herabglitzerte. Sie meinte, ein zartes Klirren zu hören, das wohl der Luftzug verursacht hatte. Mit einem Mal schien alles gut, und sie fragte sich, ob sie ihr Glück dem Schicksal oder dem lieben Gott verdankte. Die Wunde, die ihr Achim zugefügt hatte, würde heilen. Hier begann ein anderes Leben, das nicht schlechter sein musste als ihr bisheriges – daran wollte sie jetzt einfach glauben.

DREI

»Du übertreibst, Pilar, und ändern kannst du sowieso nichts«, sagte Richard. »Entweder sie kommt zurück oder nicht. Warum machst du dir so viele Gedanken um eine Frau, die dir ein paarmal auf Freddys Feten begegnet ist?«

Er war dabei, mit einem feuchten Lappen über den Küchentisch zu wischen, der sich über Nacht verwandelt hatte: Ketchupflecke, geriebener Käse, Eierreste und einzelne Spiralnudeln, wo man hinsah – die Söhne, Anfang zwanzig und Studenten, hatten ein spätes Mahl veranstaltet. Als der Kater Goethe jung war, hatte er solche Spuren beseitigt, sodass man am Morgen nichts mehr davon ahnte. Jetzt war er nicht mehr scharf auf solche Reste, und Pilar und Richard mussten selbst für einen sauberen Tisch sorgen. Damian und Lukas waren mit nassen Haaren aus dem Haus gestürzt, um den nächsten Bus zu kriegen und pünktlich in der Uni zu sein. Leider hatte ihr nächtlicher Hunger weitgehend für die Leerung des Kühlschranks gesorgt, und Pilar, die schon eine Weile hineinstarrte, fragte sich, ob überhaupt etwas zum Frühstücken da war.

»Hat Freddy dir den Floh ins Ohr gesetzt, sie könnte sich was antun?«, hakte Richard nach.

»Ich hab schon von vielen gehört, dass Evelyn …«

Weiter kam Pilar nicht, denn Richards Wahnsinnshusten, der Grund, warum er nicht in seinem Büro im Landwirtschaftsministerium weilte, polterte wie ein Gewitter durch die Küche. Den konnte man wirklich nur der eigenen Familie zumuten. Tajo, der Hund, sprang erschrocken auf, und Pilar hätte beinahe das letzte Stück Käse fallen lassen, während der getigerte Kater gelassen auf der Heizung liegen blieb, selbst als sich das Getöse aus Richards Brustkorb mit den Tönen der spanischen Nationalhymne vermengte, mit der das Telefon loslegte.

»… dass Evelyn oft unüberlegt handelt und sich damit in Schwierigkeiten bringt«, vollendete Pilar ihren Satz und ging zur Ladestation. Sie wusste, was ihr Mann von solchen Betrachtungen hielt, und wenn nicht der Husten und das Telefon dazwischengekommen wären, hätte er sicher einen spöttischen Kommentar losgelassen. *Aber du, Pilar, handelst immer nach reiflicher Überlegung?*

»Álvarez-Scholz«, meldete sie sich am Telefon.

»Endlich krieg ich dich, Pilar!« Es klang wie ein lang gezogener Aufschrei.

»Hallo, Mama.«

Pilar hielt den Hörer weit vom Ohr weg. Richard nahm die Zeitung und verschwand damit im Badezimmer.

»Seit Tagen versuche ich, dich zu erreichen«, beklagte sich Pilars Mutter. »Ich könnte tot sein, du würdest es nicht merken. Wahrscheinlich hättest du nicht mal die Zeit für eine anständige Beerdigung.«

»Nun hast du mich ja erreicht, Mama.«

»Du musst unbedingt kommen, Pilar. Ich hatte den Schreiner hier, der sieht fabelhaft aus, groß und schlank mit dem Kopf eines griechischen Gottes und einer edel geformten Nase, erstaunlich für einen Handwerker ...«

»Mama«, unterbrach Pilar ihre Mutter, bevor sie noch weiter abschweifen konnte. »Weshalb soll ich kommen?«

»Du musst die Hand an alle Fensterritzen legen und mir sagen, was du davon hältst. Dieses Bild von einem Mann hat im ganzen Haus die Fenster abgedichtet, aber ich merke keinen Unterschied. Es zieht nach wie vor. Kannst du in einer Stunde hier sein?«

»Tut mir leid«, erwiderte Pilar. »Ich muss gleich zur Arbeit.«

»Wieso Arbeit?«

Anscheinend wollte ihre Mutter immer noch nicht wahrhaben, dass Pilar mehrmals die Woche gegen Lohn in der Buchhandlung aushalf und sich zu einer bestimmten Stundenzahl verpflichtet hatte. Bis vor Kurzem hatte ihre berufliche Tätigkeit im Wesentlichen zu Hause am Schreibtisch stattgefunden, wo sie ihre Buchbesprechungen und Vorträge über Kriminalliteratur verfasste, was nach Ansicht ihrer Mutter mehr in die Kategorie Hobby fiel, von dem man die Tochter beliebig abrufen konnte.

»Ruf Isabell an, Mama«, schlug Pilar vor. »Sie arbeitet jetzt weniger und hat es nicht weit bis zu dir.« Ich bin ganz schön eklig, dachte sie zugleich, ich weiß genau, dass meine Schwester nicht zu ihr geht.

»Isabell kommt nicht, falls nicht zufällig Weihnachten ist.« Die Stimme ihrer Mutter klang verbittert. »Ich bin ihr noch gleichgültiger als alle anderen Menschen. Ich weiß nicht, von wem sie das hat. Wenigstens zu ihren Mietern sollte sie mehr Kontakt haben. Der reizende Schauspieler und seine Frau sind ungefähr in ihrem Alter. Warum ist sie so wählerisch, das wird sie noch …«

»Mama, das geht uns nichts an.«

»Und mit dem Altenpfleger sollte sie sich gut stellen, weil sie ihn bald brauchen wird.«

»Sie ist noch keine sechzig, Mama. Und du bist neunundachtzig und brauchst immer noch keinen Pfleger.«

»Mit dem gut aussehenden Gunter ist es übrigens aus.«

»Das ist ihre Sache, Mama.«

»So einen Mann kriegt sie nie wieder. Meinst du, er hat eine andere?«

Während ihre Mutter ein paar Betrachtungen über Gunters Vorzüge anstellte, legte sich Pilar mit ihrer freien Hand Jacke und Helm bereit und holte ihr Fahrrad aus dem Schuppen. Der schwarze Tajo stand auf dem Plattenweg und hob erwartungsvoll seine Wimpelohren. Zum Frühstücken blieb ihr keine Zeit mehr.

»Und dann ist da noch das Problem mit dem Gärtner«, fuhr ihre Mutter fort.

»Was ist mit dem? Hat er schon angefangen?«

»Er kommt im Laufe der Woche. Ich fürchte, der hat viel zu viel vor. Ich hatte ihm erklärt, dass es im Garten müffelt und nirgendwo was Hübsches wächst, und prompt hat er vom Umgraben der Gesamtfläche gesprochen, von Anreicherung des Bodens mit was weiß ich für einem Zeug, Kalk oder Kalium oder ganz was anderem, von Vegetationsschicht, pH-Wert, Gründüngung, Auslichten und Abholzen, ich hab kaum was begriffen. Früher haben die Gärtner einfach getan, was notwendig war, und keine halbstündigen Vorträge gehalten. Rede bitte mit ihm, Pilar. Nicht dass ich mein Geld in unnötigen Blödsinn stecke, das sollt ihr ja mal erben. Und von Gartenkram verstehe ich nichts.«

»Macht er einen vertrauenerweckenden Eindruck?«

Pilars Mutter zögerte, bevor sie weitersprach. »Nicht sehr. Er hat graue Haare bis auf die Schultern wie ein gealterter Hippie, und am Ohr hängt ein Ring.« Sie seufzte theatralisch. »Hätte ich nur einen anderen angerufen …«

Das konnte Pilar nicht unwidersprochen hinnehmen. Sie äußerte kühn die Ansicht, der ergraute Hippie mit seinen Ideen sei für einen heruntergekommenen alten Garten genau der Richtige.

***

Seit Jahren pflegte Isabell während ihres Frühstücks am Montagmorgen den Plan für die Woche zu überdenken, und diesmal wurde ihr zum ersten Mal bewusst, dass die beabsichtigte Reduzierung ihrer Arbeitszeit viel reibungsloser klappte, als sie sich vorgestellt hatte. Es war zu ungewohnt, um sich damit wohlzufühlen. Darüber freuen konnte sie sich erst recht nicht.

Vor allem war sie irritiert. Keiner ihrer bisherigen Auftraggeber hatte sie bei ihrer Ankündigung, sich allmählich zurückziehen zu wollen, gebeten, noch diese oder jene Reportage zu übernehmen. Anscheinend brauchte man sie nicht. Es gab genug andere fähige Mitarbeiter. Niemand würde sie vermissen.

Für heute Nachmittag sah ihr Kalender einen Besuch im Stadtarchiv vor, um die seit Langem geplante Artikelserie über historische Aspekte des Bonner Rheinufers vorzubereiten, die im Sommer in der Lokalzeitung erscheinen sollte. An den übrigen Tagen gab es weder Termine noch konkrete Vorhaben.

Isabell schwindelte beim Blick in die leere Woche. Die Arbeit schien ihr wie ein Geländer, das Halt bot, vor allem, wenn man allein lebte. Sie sagte sich krampfhaft, dass alles im Wesentlichen auf ihrem eigenen Willen beruhte: weniger Arbeit, mehr Muße, kein Gunter.

Als es unerwartet an der Haustür klingelte, war ihr die Ablenkung hochwillkommen. Auf das Summen des Öffners und das anschließende Zufallen der alten Tür folgte das Stakkato von Stöckelschuhen auf dem Terrazzo. Isabell trat ans Treppengeländer und sah einen Strauß aus prächtigen Blumen näher kommen, einen Traum in Gelb, Blau und Rot in einem Kranz aus glänzenden dunkelgrünen Blättern.

Gunter schickt einen Versöhnungsstrauß!, durchfuhr es sie. Dass es nichts gab, wonach sie sich mehr sehnte, ärgerte sie, doch die warme Welle in ihrem Körper war nicht aufzuhalten. Bis hinter den wippenden Blütenköpfen ein älteres Gesicht mit blondiertem, hochgestecktem Haar auftauchte. Diese Frau wirkte nicht wie die Angestellte eines Blumenladens. Das Geklimper von einem Dutzend Armreifen begleitete ihren wiegenden Gang, ihr Parfum übertönte den Duft der Blüten, und das zinnoberrote Kostüm übertrumpfte deren Farbe.

»Meine liebe Bella!«, rief die Frau ihr entgegen.

Der Klang des Namens ging Isabell durch und durch. *Bella* hatte ihr Vater sie genannt. Es schien eine Ewigkeit her, dass sie diese Kurzform gehört hatte, und auch früher gebrauchten sie nur wenige Personen.

»Sag bloß, Bella, du hast doch nicht vergessen, wer ich bin?«

In diesem Moment erlosch das Flurlicht. Vor Verwirrung vergaß Isabell, es wieder anzuschalten, wie es für diesen Treppenabschnitt sinnvoll war. Im Gegensatz zu Karin kam ihr diese Frau immerhin bekannt vor, auch wenn ihr nicht einfiel, wer sie war. Das könnte ihr noch öfter so gehen, wenn sich herumspräche, dass Isabell Troschert dauerhaft in Bonn lebte. Denn sicher gab es noch mehr Leute, die sie von früher oder von einer ihrer seltenen Stippvisiten kannten.

Im schummerigen Licht erreichte die Frau die letzten Stufen. Sie drückte Isabell die Blumen in die Arme und auf jede Wange einen schmatzenden Kuss. »Beste Wünsche für einen guten Start am Rhein!« Mit dem Gehabe eines Stars, den seine Fans erwarten, stöckelte sie über die Schwelle zum Wohnzimmer und machte erst vor der Sitzgruppe halt.

Als Isabell die Tür schloss, war die Erinnerung da.

»Beatrice …«

»Endlich ist der Groschen gefallen!«

Beatrices kräftige Arme schlossen sich um Isabell und den Strauß und drückten sie, bis es wehtat. Diese Herzlichkeit erstaunte Isabell, denn die hatte es zwischen ihnen beiden früher nicht gegeben. Aber sie erinnerte sich dunkel an ähnlich übertriebene Gesten und laute Ausrufe der ehemaligen Mieterin der zweiten Etage, die heute Ulf bewohnte. Beatrice, die etwa zehn Jahre älter war als sie, hatte als Sekretärin im Auswärtigen Amt auf der gegenüberliegenden Straßenseite gearbeitet. Ihr Mann, den Isabell als still und schattenhaft in Erinnerung hatte, war als Schriftsteller zu Hause tätig gewesen.

Am deutlichsten gespeichert aber war in Isabells Gedächtnis der Anblick der nackten Beatrice, die sich mit Brüsten, die die damals Fünfzehnjährige an wabbelnde Karamellpuddings erinnert hatten, auf der Gartenliege räkelte, während ihr Büstenhalter von einem Ast des Apfelbaums herabhing. Peinlich berührt hatte Isabell kehrtgemacht und den Garten fortan nur betreten, wenn sie sich durch einen Spähblick vom Balkon vergewissert hatte, dass dieses Kleidungsstück nicht am Baum hing. Der Garten war zum FKK-Strand mutiert, das hatte Isabell ihr nicht verziehen.

Nein, Beatrices ganze Art hatte Isabell nie gemocht, und sie merkte auch jetzt, wie sich in ihrem Innern alles zusammenzog, wenn Beatrice sie *Bella* nannte, was so klang, als mime sie eine Italienerin in einer Operette. Nach dem Verschwinden ihres Vaters hatte Isabell das Ehepaar nur noch zwei- oder dreimal gesehen, und vor mehr als zwanzig Jahren waren die beiden ins Siebengebirge gezogen, worauf sie von ihnen nichts mehr gehört hatte.

»Woher weißt du, dass ich in Bonn bin?«, erkundigte sich Isabell, nachdem sie zwei Becher mit Kaffee auf den Couchtisch gestellt hatte.

»Ich telefoniere ab und zu mit der armen Lore«, erwiderte Beatrice, die mittlerweile auf dem Sofa saß. »Man muss sich um sie kümmern, um ihren Lebenswillen zu stärken. Wer weiß, sage ich immer zu ihr, vielleicht wird schon morgen eine Medizin erfunden, die dich wieder auf die Beine bringt, du musst nur daran glauben. Und weißt du was, Bella? Ich bin jetzt sicher, sie ist im Aufwind. Hat das deine Anwesenheit im Haus bewirkt?«

Ziemlich unwahrscheinlich, dachte Isabell.

»Du bist doch bestimmt jeden Tag oben, Bella?«

Isabell schüttelte den Kopf, der plötzlich schwer war von schlechtem Gewissen. Sie war seit dem Neujahrstag nicht mehr oben gewesen. Das mochte unfreundlich sein, aber schließlich hatten sie auch in den Jahren, als die Frau des Schauspielers noch gesund war, niemals miteinander zu tun gehabt. Lore war mit ihren Einkaufstaschen vorbeigehuscht, hatte sie gegrüßt, ihr aber nie richtig ins Gesicht geschaut. Für Isabell war sie damals nur die blasse Frau aus dem Dachgeschoss gewesen, zwar kaum älter als sie selbst, aber verheiratet und uninteressant.

»Bevor ich jetzt zu Lore raufgehe, Bella, muss ich dich für etwas Wichtiges gewinnen. Sagt dir der Name *Überlinger* was?«

Isabell verneinte. »Wer ist das?«

»Walburga Überlinger ist die Witwe von Dr. h. c. Herrmann-Josef Überlinger, einem Industriellen aus Düsseldorf. Stahlträger und solche Dinge, ich kenne mich da nicht aus, jedenfalls haben sie ihn steinreich gemacht. Er war wohltätig, wie es sich für einen Mann mit Geld und Ansehen gehört, und die Witwe hat das Ihre dazu beigetragen. Der gute Herrmann-Josef ist schon lange in der Familiengruft, und sie, inzwischen Mitte achtzig, fühlt sich auch nicht mehr ganz fit und braucht dringend jemanden, der ihre Lebensgeschichte zu Papier bringt. Ich hab gehört, dass du so was schon gemacht hast, Bella, deshalb habe ich ihr gesagt, du würdest das bestimmt übernehmen, da du jetzt massig Zeit hast, wie Lore mir erzählt hat.«

Was wusste die Kranke da oben im Bett von ihrer Zeit? Isabell war sich sicher, dass sie es ihr nicht selbst erzählt hatte, es war niemals gut, jemandem zu verraten, man habe viel Zeit. Johann oder Ulf mussten es beobachtet haben, oder Gunter, der sich gern mit allen unterhielt, war die undichte Stelle gewesen.

»Bekomme ich eine Antwort?«, drängte Beatrice. »Walburga ist eine wunderbare Frau, und das Honorar wird erfreulich sein. Aber es eilt.«

»Wie sehr?«

»Sie möchte, dass du morgen Vormittag bei ihr in Düsseldorf vorbeikommst. Dieser Termin war mit einer anderen Autorin ausgemacht, aber die Zicke ist abgesprungen. Walburga hat sich furchtbar aufgeregt. Es ist nämlich so, dass sie im Juni an den Gardasee fährt. Verständlicherweise möchte sie vorher alles in trockenen Tüchern haben.«

So fix kann eine leere Woche sich füllen, dachte Isabell. Es störte sie zwar, dass das Projekt ausgerechnet von Beatrice kam, die ihr schon früher alles Mögliche aufgedrängt hatte, ihr blumiges Parfum, abgetragene Handtaschen und ausrangierte Schminksachen sowie Geschichten über Männer, die ihr nachstellten. Doch der Auftrag war Isabell nicht unlieb. Diese Witwe sollte sie sich ansehen.

Beatrice schob eine Visitenkarte über den Tisch. »Ruf sie an. Mach es sofort.«

Isabell nahm ihr Handy, wählte Walburgas Nummer und erklärte der alten Dame, sie sei nicht abgeneigt. Das Gespräch am nächsten Vormittag sollte zunächst unverbindlich sein.

»Ich bin gern in Düsseldorf«, erklärte sie, als sie aufgelegt hatte. »Für den Abend besorge ich mir eine Karte fürs Düsseldorfer Schauspielhaus, wenn möglich zwei, da nicht weit vom Theater eine Kollegin wohnt, mit der ich mich treffen könnte.«

Beatrice erhob sich lächelnd. »Ich wusste, dass auf dich Verlass ist.«

Isabell stutzte – der Satz hatte einen Beigeschmack, der ihr nicht angenehm war. Woher *wusste* Beatrice, dass auf sie Verlass war, obwohl sie sie kaum kannte? Erweckte sie den Eindruck, man könne ihr leicht etwas aufschwatzen?

Beatrice verabschiedete sich wie eine alte Freundin. Isabell geleitete sie in den Hausflur und sah ihr nach, als sie die Stufen emporstieg, mit muskulösen Beinen in einem engen, knielangen Rock. Keine Frage, Beatrice wirkte viel jünger, als sie war. Aber ihre eindringliche Stimme war ermüdend gewesen, und erst nachdem die ehemalige Mieterin um die Biegung der Treppe verschwunden war, fiel Isabell ein, dass sie nicht nach deren Ehemann gefragt hatte.

»Wie geht es deinem Mann?«, rief sie durchs Treppenhaus. An seinen Vornamen erinnerte sie sich nicht.

Beatrices Kopf erschien über dem Geländer. »Oh, wunderbar, das nächste Mal kommt er sicher mit, wenn der Sport ihm Zeit lässt! Tennis, Radfahren, Rudern – unmöglich, alles aufzuzählen.«

Der Sport? Isabell hatte einen blassen, dünnen Mann in Erinnerung, der sich mit pfeifenden Atemgeräuschen treppauf quälte und ihr damals schon wie ein Greis vorgekommen war. Erstaunlich, wie manche Menschen sich verändern konnten. Beatrice allerdings schien ganz dieselbe geblieben zu sein.

Aber warum tauchte sie nach so langer Zeit überraschend mit

sündhaft teuren Blumen, überschwänglicher Herzlichkeit und einem lukrativen Auftrag in Isabells Leben auf, als wäre nichts selbstverständlicher als das?

***

Bald nachdem er von der Arbeit nach Hause gekommen war, ging Thomas in den Keller hinunter, um nachzuschauen, ob noch ein Eimer mit Wandfarbe sowie brauchbare Gerätschaften wie Pinsel und Rollen für das geplante Anstreichen vorhanden waren oder ob er alle diese Dinge im Baumarkt besorgen musste. Zwar schien Marion es mit den Renovierungsmaßnahmen nicht mehr so eilig zu haben, aber er hielt es für möglich, dass sie sich am nächsten Tag beschweren würde, es sei nichts von dem, was sie dazu brauchte, im Haus, er kannte ihre Launenhaftigkeit.

Als Thomas die Kellertür mit der Aufschrift *Teckelberg* öffnete, entfuhr ihm ein lauter Fluch. Ein Turm aus aufeinandergestapelten Umzugskartons kippte ihm entgegen, um ein Haar wäre der oberste zu Boden gekracht. Rechts und links davon stapelten sich weitere Kisten. Er war lange nicht hier unten gewesen und nun entsetzt, dass sie es fertiggebracht hatten, den kleinen Raum immer weiter vollzustopfen, statt die Sachen, die überwiegend seinem Vater gehörten, endlich zu sichten und zumindest teilweise zu entsorgen.

Thomas blickte in den aufgefangenen Karton hinein und sah, was er befürchtet hatte – nichts als schauderhaften, unnützen Kleinkram: Vasen mit verblichenen Stoffblumen, eine defekte Kuckucksuhr, fleckige Sofakissen, Kerzenständer voller Wachs, schadhafte Kuchenplatten und Porzellanhühner, die früher den Ostertisch seiner Eltern geschmückt hatten. Diese Dinge hätte man längst wegwerfen können, ebenso wie den Stoß vergilbter Zeitungen, der darunter zum Vorschein kam. *Oktober 1979*, las Thomas auf dem obersten Blatt. Uralt also.

Er nahm den Packen heraus und begab sich damit in den Nebenraum zum Altpapierbehälter, der allen Mietern zur Verfügung stand. Der Drahtkorb war leer, die Abholung war am Morgen erfolgt. Mit Schwung warf Thomas die Zeitungen hinein. Das alte Papier wirbelte Staub auf, der ihm in die Nase stieg. Mehrmals musste er niesen, und während er in seiner Hosentasche nach einem Taschentuch suchte, fiel ihm die Bildüberschrift auf dem obersten Blatt ins Auge: *Seit fünf Jahren vermisst, Journalist Bernhard Troschert aus der Adenauerallee.* Darunter das Schwarz-Weiß-Foto eines Mannes, der bis zu diesem Moment nur eine verschwommene Kindheitserinnerung für Thomas gewesen war. Ein schmales Gesicht mit hoher Stirn und einem Grübchen im Kinn, ein wacher Blick unter buschigen Brauen, ein voller Mund, den ein feines Lächeln umspielte.

»Vermisst«, murmelte Thomas erstaunt.

Er hob den Stapel aus dem Drahtkorb und setzte sich damit auf die Kellertreppe. Die Zeitungen waren Ausgaben verschiedener regionaler Blätter aus den Jahren zwischen 1974 und 1984. Jede enthielt einen Artikel über den verschwundenen Bernhard Troschert. *Keine Anzeichen für ein Gewaltverbrechen … Plötzliches Verschwinden weiterhin rätselhaft … Kollegen stellen Freiwilligkeit in Frage … Entführung mit politischem Hintergrund? … Bundeskriminalamt eingeschaltet.*

Die ganze Angelegenheit war Thomas völlig neu. Hatte sein Vater jemals davon gesprochen? Mit Sicherheit nicht. So etwas Außergewöhnliches hätte Thomas sich gemerkt. Paul Teckelberg war immer recht verschlossen gewesen, aber einen solch schwerwiegenden Vorfall hätte er seinen Söhnen gegenüber doch erwähnen müssen, schließlich war Bernhard sein Freund! Warum hatte er es nicht getan? Wollte er diese mysteriöse Geschichte bewusst von ihnen fernhalten, oder hatte er schlicht vergessen, davon zu erzählen? Ende 1974 war Thomas ein sechsjähriges Kind, aber einige Jahre später wäre es möglich gewesen.

Nachdenklich ging Thomas in seinen überfüllten Kellerraum hinüber, legte die Zeitungen zurück in den Umzugskarton und bahnte sich einen Weg zum Regal an der Wand, um nach den Streich-Utensilien zu suchen. Fahrig schob er alte Schuhe, Strandzubehör und ausrangiertes Spielzeug beiseite und ertappte sich dabei, dass er nicht richtig hinsah. Er gab es auf, er war nicht bei der Sache. In seinem Kopf herrschte der vermisste Bernhard Troschert. Die Angst vor dem Atomkrieg hatte plötzlich ein Gesicht. Und die Briefe, die dieser Mann geschrieben hatte, erlangten neue Bedeutung.

Es war ein sympathisches Gesicht, dachte Thomas, während er die Treppe zum zweiten Stock hinaufstieg. Die Stufen bestanden aus hässlichem, hier und da beschädigtem Kunststein, die Wände wirkten schmuddelig. Ja, es war ein schäbiges Haus, zumindest das Treppenhaus war *mies*, wie Marion sich ausgedrückt hatte. Aber da die Wohnung nicht übel war, konnte man darüber hinwegsehen.

Als Thomas in den kleinen, engen Flur trat, kam Marion aus der Küche und trug einen Topf dampfender Tomatensuppe zur Essecke. Sie stellte ihn in die Mitte des runden Tisches auf einen Untersetzer. Es roch nach frischem Basilikum.

»Mari, wo sind die Briefe?«, fragte Thomas. »Die von Bernhard Troschert an meinen Vater.«

Marion drehte sich abrupt zu ihm um. Dem Klang seiner Stimme musste sie entnommen haben, wie aufgewühlt er war.

»Du hast gesagt, ich soll damit machen, was ich will, es sei dir egal!«

Es stimmte, das hatte er gesagt. Aber jetzt ärgerte er sich darüber.

»Hast du sie weggeworfen, Mari?«

»Was guckst du so vorwurfsvoll? Heut war Altpapierabholung, und genau deshalb hatte ich dich gefragt, ob das Zeug wegkann.«

»Wir hätten die Briefe aufheben sollen.«

»Das sagst du *jetzt*?« Sie stöhnte auf.

»Im Keller sind Zeitungen, die Vater aufgehoben hat, darin hab ich gelesen, dass dieser Bernhard vor zig Jahren spurlos verschwand.«

»Wusstest du das nicht?«

Er starrte sie an. »Wie – hast du es gewusst?«

»Als ich neulich einen Pappkarton brauchte, hab ich einen von denen im Keller leer gemacht und den Kram, der drin war, in den Karton mit den Zeitungen gepackt. Die Überschrift war nicht zu übersehen.«

»Warum hast du nichts davon gesagt?«

»Ich dachte, solche Storys interessieren dich nicht. Wenn ein Mann verschwindet, steckt fast immer eine Frau dahinter.«

»Oder ein Verbrechen. Und dann könnten die Briefe für die Polizei interessant sein.«

Die Topflappen glitten aus Marions Händen zu Boden. Sie

schien es nicht zu merken. »Wieso ein Verbrechen?« Sie lachte auf. »Ausgerechnet in Bonn!«

»Warum denn nicht? Bonn war damals Bundeshauptstadt, das ist etwas anderes als Wattenscheid, wo du herkommst. Der Mann war immerhin Journalist.«

»Und kein popeliger Arbeiter wie mein Vater und seine Brüder!« Marion wandte sich dem Geschirrschrank zu, zog einen Stapel tiefer Teller heraus und knallte ihn auf den Tisch.

»Entschuldige, war nicht so gemeint«, lenkte Thomas ein. »Aber wenn ein Arbeiter verschwindet, stellen sich andere Fragen als im Fall eines verschwundenen Bonner Journalisten.«

»Mach keine Staatsangelegenheit daraus. Inzwischen dürfte es völlig egal sein, ob er entführt wurde oder einfach abgehauen ist. Der war viel älter als dein Vater, der müsste längst tot sein.«

Sie hat recht, dachte Thomas. Es krähte kein Hahn mehr danach, es war zu lange her. Trotzdem beschlich ihn eine merkwürdige Unruhe. Weshalb? Weil sein Vater über Bernhards Verschwinden geschwiegen hatte? Woher kam die diffuse Vorstellung, er könnte etwas gewusst haben, das er nicht preisgeben wollte, etwas, das möglicherweise immer noch von Bedeutung war? *Hans em Leim* … Thomas rief sich den Ausruf seines Vaters ins Gedächtnis. *Ganz geheim* – hatte er das gemeint? Hatte er sich verpflichtet, ein Geheimnis für sich zu behalten? Die Briefe … Zu ärgerlich, dass er ihrer Vernichtung mehr oder weniger zugestimmt hatte, das hätte ihm nicht passieren dürfen.

»Was hast du?«, fragte Marion. »Du stehst da mit offenem Mund und starrst die Wand an.«

Im Flur war schnelles Getrappel zu hören. Thomas riss sich zusammen. Er verteilte die Teller, Löffel und Gläser.

Die Kinder stürmten herein.

»Bäh – nur Suppe?«, rief Sina, die achtjährige Tochter.

»Und knusprige Brötchen«, betonte Marion.

Thomas strich ihr sanft über den Arm, der nach dem Schöpflöffel griff. »Hast du ein paar von den Briefen gelesen?«, fragte er leise, während die Kinder um den Tisch herum zu ihren Plätzen stampften.

Marion schüttelte den Kopf. Der Modeschmuck an ihren Ohren

klimperte. »Die komische Schrift war mir zu anstrengend.« Sie füllte die Teller mit der dampfenden Suppe und setzte sich.

»Riecht lecker.« Thomas pustete über seinen Löffel und probierte die sämige rote Flüssigkeit. »Und schmeckt hervorragend.«

Marion blickte an ihm vorbei zum Fenster, durch das man den gegenüberliegenden Wohnblock sah. »Muss schön sein, einen Garten zu haben.«

»Wie kommst du jetzt darauf?«

»Bernhard hatte einen.«

Thomas kniff die Augen zusammen und sah sie an. Ihr Blick war wieder auf ihren Teller gerichtet.

»Nee, bloß kein Garten!«, krähte der sechsjährige Simon. »Dann muss man immer Rasen mähen.«

»Wenn man genug Geld hat«, sagte Marion und ließ ihren Löffel in der Suppe kreisen, »macht das ein Gärtner.«

»Du hast sie also doch gelesen«, bemerkte Thomas.

»Auf einen hab ich kurz mal draufgeguckt, mehr nicht. Wie gesagt, die Schrift …«

»Ich habe zwei Briefe überflogen«, sagte Thomas. »Darin ging es nicht um den Garten, sondern um den *Kalten Krieg*.«

Beide Kinder starrten ihn aus weit aufgerissenen Augen an, die Lippen halb geöffnet. Die Löffel in ihren Händen verharrten über den Tellern.

Simons Starre löste sich zuerst. »Kalter Krieg. Boah.«

»Was ist Kalter Krieg?«, fragte Sina.

Auf die Schnelle fand Thomas keine kindgerechte Antwort. Blöd, dass ihm das Wort herausgerutscht war. Als er selbst in dem Alter von Sina und Simon war, hatten die meisten Schulkinder schon von Atombomben gehört, aber wie war das heute?

»Esst weiter«, sagte Marion. »Sonst habt ihr gleich kalte Suppe.«

***

Freddy bereute die harten Worte, die er Achim gegenüber geäußert hatte. Während der letzten Tage war ihm nach und nach klar geworden, dass er sich bei dem Telefongespräch auf der Pferdeweide nicht richtig verhalten hatte.

Das war nicht anständig, so hängt man einen Freund, der ein Problem hat, nicht ab, haderte er mit sich, während er mit der Gebäckzange die letzten fünf Grünkernfrikadellen auf der Keramikplatte neu ordnete. Vor dem Stand auf dem Venusberg, wo er sich mit dem Verkauf von Produkten eines Biobauernhofs finanziell über Wasser hielt, weil sein Detektivbüro nicht genug abwarf, war im Augenblick keine Kundschaft in Sicht, ein günstiger Zeitpunkt, um noch einmal mit dem alten Freund zu reden. Freddy wählte Achims Nummer auf dem Handy, lauschte eine Weile dem Freizeichen und legte auf. War es nicht verfehlt, solche Dinge am Telefon zu besprechen?

Eine halbe Stunde später, als Nele, die Biobäuerin, die unverkaufte Ware abgeholt hatte und die Plane über den Stand gezogen war, radelte Freddy hinüber zum Brüser Berg. Das bedeutete, mit seinem Uralt-Fahrrad ohne Gangschaltung den Hang zum Katzenloch hinunter, auf der anderen Seite hinauf, an der Reichsstraße entlang und quer durch Ückesdorf wieder bergauf. Er liebäugelte schon lange mit einem neueren Modell, aber sein Beagle-Mix Billy hatte eine teure Operation benötigt, und deshalb wurde vorerst nichts aus dem Kauf. Zum Trost gedachte er der Worte seiner verstorbenen Mutter: *Warum was Neues? Das Alte tut's doch noch!*

Ziemlich verschwitzt erreichte Freddy die kleine Straße, in der mehr als ein Dutzend nahezu gleicher Reihenhäuser um einen abschüssigen Wendehammer versammelt waren. An einem der unteren Häuser erblickte er die himmelblau gestrichene Haustür – Evelyns Lieblingsfarbe. Aber davor … Ruckartig hielt er das Fahrrad an.

Was er dort sah, kam ihm vor wie ein hässlicher, langer Fleck, ein unliebsamer Fremdkörper vor der hübschen Holztür, die er immer so gemocht hatte. Es war die Rückenansicht einer mageren Blondine, die in einem ultrakurzen Kleid auf hohen Hacken darauf zustakste und einen Finger mit blutrot lackiertem Nagel auf den Klingelknopf legte. Und schon öffnete sich die Tür. In ihrem Rahmen erschien Achim. Sein rundliches Gesicht zeigte einen dümmlichen Ausdruck, den Freddy noch nie an ihm gesehen hatte. Vor Glückseligkeit schien es speckig zu glänzen, während die Augen leicht vortraten und der Mund vor Gier zu triefen schien.

Achim streckte beide Arme aus, presste die Frau fest an sich, sodass ihr Kleid über den Slip nach oben rutschte, und zog sie ins Haus.

Freddy atmete tief durch. Das war also Valerie. Er wandte sich um, schwang sich aufs Rad und fuhr eilig davon, als wäre er auf der Flucht. Achim schien geradezu froh, ein sturmfreies Haus zu haben! Hätte ich mir denken können, gestand Freddy sich ein. *Ich liebe sie*, hatte Achim gesagt, und es war typisch für Freddy, dass er nicht hatte wahrhaben wollen, was das bedeutete. Achims Sorge um Evelyns Verbleib konnte nicht allzu groß sein, vielleicht trieb ihn eher die Frage um, was er seiner Tochter in Kanada sagen sollte. Wahrscheinlich war er jetzt sogar erleichtert, nicht länger ein Doppelleben führen zu müssen wie viele verheiratete Männer, die eine Freundin hatten.

Als Privatdetektiv konnte Freddy ein Lied davon singen, welche Tricks und welcher Aufwand solchen Männern das heimliche Liebesleben wert war. Er lachte bitter auf. Da hatte Achim es besser. Die Bahn war frei.

VIER

Mit dem neuen Leben war es nicht so einfach. Evelyn hatte viele Stunden schlaflos im Bett verbracht und es auch tagsüber selten verlassen. Am ersten Tag hatte sie bei Isabell zu Abend gegessen und sich seitdem nicht mehr aus der Wohnung begeben. Sie hatte kaum etwas anderes getan, als ihren Blick vom Bett aus über das Stuckdekor der Zimmerdecke und über die Messingarme des Kronleuchters wandern zu lassen sowie den schwachen Geräuschen aus der oberen Etage zu lauschen. Ab und zu vernahm sie Isabells Schritte, das hatte etwas Tröstliches.

Es bestand kein Grund, aus dem Haus zu gehen, zumal das Apartment mit dem Notwendigsten ausgestattet war. In der Küchennische hatte sie Knäckebrot, Kekse, Tee, Margarine, H-Milch und Konserven gefunden und im Badezimmer Klopapier sowie flüssige Seife in einem Spender. Für den Anfang war das genug. *Wenn du irgendwas brauchst, kommst du einfach rauf und bedienst dich*, hatte Isabell gesagt, als sie Evelyn am Montagabend aufgesucht hatte. *Kannst auch kommen, wenn ich nicht da bin, die Türen sind offen.*

Einen Altbau mit mehreren Parteien ohne abgeschlossene Wohnungen kannte Evelyn bisher nicht. Sie war schon mehrmals in Bonner Gründerzeithäusern, die für jeweils eine Familie erbaut waren, zu Besuch gewesen, aber dort hatte man die Etagen vor langer Zeit mit Trennwänden vom Treppenhaus abgeteilt, was man in diesem Haus nicht für nötig befunden hatte. Jeder, der die knarzenden Holztreppen hochstieg, kam nah an den Zimmertüren vorbei, das erinnerte an eine Pension oder ein Wohnheim.

Isabell schien das nicht zu stören, und was Evelyn am meisten erstaunte, war, dass sie ihre vier Türen nicht einmal abschloss, wenn sie fortging. Sie hatte erklärt, sie sei hier aufgewachsen und kenne es nicht anders. *Wir haben sie immer offen gelassen, kein Problem, wenn jeder daran denkt, die Haustür abzuschließen.*

Die Gästewohnung hatte nur zwei Türen zum Hausflur, von denen die des Schlafzimmers dauerhaft zugesperrt war. Die andere schloss Evelyn ab, als sie sich am Dienstagmorgen endlich ein Herz fasste und das Haus verließ.

Es war früher Vormittag, eine Tageszeit, zu der Achim sicherlich in den Büroräumen seiner Versicherung weilte. Evelyn wollte ihm auf keinen Fall begegnen. Vor allem durfte sie nicht auf diese Frau stoßen! Das war das Schlimmste, was sie sich vorstellen konnte. Sie fürchtete, dass ihre Wut größer wäre als ihre Hemmungen und sie etwas Unkontrolliertes, Schreckliches tun könnte.

Evelyn nahm die U-Bahn bis zum Bahnhof und fuhr mit dem Bus weiter zum Brüser Berg. Ihr Magen schmerzte, als sie an der gewohnten Haltestelle ausstieg und den vertrauten Weg zurücklegte. Aufgewühlt näherte sie sich der Straße, in der sie fünfzehn Jahre ihres Lebens verbracht hatte, ohne jemals für möglich zu halten, dass das angenehme Leben so rasch ein Ende finden könnte. Bevor sie um die letzte Ecke bog, wäre sie um ein Haar umgekehrt. Aber sie zwang sich vorwärts. Schließlich brauchte sie ein paar Sachen, auf die sie nicht verzichten wollte.

Als sie den Wendehammer überquerte, registrierte sie, dass ihr das Reihenhaus fremd und seltsam klein vorkam, als wäre es im Wachstum zurückgeblieben und noch kein richtiges Haus wie das in der Adenauerallee. Mit zusammengebissenen Zähnen ging sie auf die blaue Tür zu, schloss sie zittrig auf und betrat den Flur, der geschrumpft zu sein schien. An den weiblichen Kleidungsstücken, die hier und da verstreut lagen, sah sie eisern vorbei, rannte die Treppe hoch und stürzte im Schlafzimmer direkt auf den Schrank zu, um bloß keinen Blick aufs Bett werfen zu müssen.

Hastig zog sie die benötigten Dinge aus den verschiedenen Fächern, warf alles in die Reisetasche, die sie unter den Schuhen hervorzerrte, packte Döschen und Tuben aus dem Badezimmer dazu und nahm ihren Laptop von dem kleinen Tisch am Fenster. Sie glaubte, die Tränen zurückhalten zu können, bis sie ihr plötzlich über die Wangen rannen. Während sie ihr Gesicht mit einem Handtuch trocknete, war ihr, als müsste sie an dem süßlichen Duft des Parfums ersticken, der überall aus Teppichen, Polstern und Kissen zu strömen schien.

Sie hielt es nur wenige Minuten aus. Es war ihr gleichgültig, was sie alles zurückließ, sie wollte nur noch weg von hier. Als sie zur Bushaltestelle stürmte, wusste sie nicht einmal, ob die Haustür hinter ihr ins Schloss gefallen oder offen geblieben war.

Im Wartehäuschen am Brüser Damm überkam sie ein Krankheitsgefühl, ihr wurde flau, sie musste sich setzen und fürchtete, sie könnte niemals wieder genesen. Dabei haben wir Frühling, sagte sie sich verzweifelt, es ist Mai, die ganze Natur erwacht zu neuem, frischem Leben. Im nächsten Augenblick fiel ihr ein, wie auch Achims Natur ganz neu erwacht war. Zum Teufel mit dem Wonnemonat. Mit grimmiger Befriedigung nahm sie wahr, dass ein nordischer Wind herrschte und ein heftiger Schauer niederging. *Die Eisheiligen kommen*, hörte sie ihre Mutter sagen, die ihr so fehlte wie seit Langem nicht mehr.

Versponnen in düstere Gedanken über Achim, seine Freundin, den Redaktionschef und andere, die sie jemals verletzt hatten, stand Evelyn eine Stunde später in ihrer neuen Bleibe vor der hohen Fensterfront des Wintergartens, die von kleinen bunten Scheiben eingerahmt und durch verzierte Streben unterteilt war. Sie blickte über die Kübelpflanzen hinweg nach draußen. Ein paar Meter tiefer lag der gepflasterte Hof. Dahinter erstreckte sich der Garten, dessen Ende nicht zu sehen war, da sich hinter der Wiese eine mächtige Blutbuche erhob, und daneben, kleiner, aber ebenfalls stattlich, eine Eibe. Wie anders war doch das Gärtchen des Reihenhauses, in dem sie gelebt hatte und dessen einzigen Baum, eine Birke, Achim hatte fällen müssen, weil die Nachbarn mehr Licht auf der Terrasse wünschten …

Unten im Hof tauchte ein Mann auf. Anscheinend kam er aus dem Keller, dessen Zugang zum Garten unter dem Wintergarten lag. Sie beugte sich ein wenig vor. Das war kein junger Mann, aber auch kein alter, er hatte einen elastischen Gang, einen leichten Schwung bei jedem Schritt, sein schlanker Körper wirkte muskulös und trainiert. Er trug ein Hemd im Safari-Stil und auf dem Kopf eine gleichfarbige Schirmmütze. Vielleicht war er der Gärtner, falls es einen solchen gab.

Der Mann stieg die beiden Stufen zum Garten empor und ging den Weg an der niedrigen Buchsbaumhecke entlang, die die Wiese begrenzte. Er verweilte neben einem Fliederstrauch vor einem ungepflegten Beet, ging dann weiter und verschwand im Schatten der Blutbuche. Auf der anderen Seite der Wiese, die die Form eines Ovals hatte, kam er zurück und schritt quer über die Grasfläche. Er schob einen merkwürdigen langen Stab vor sich her, dessen unteres Ende an einen Teller erinnerte. Den schwenkte er mal nach links, mal nach rechts über den Boden und schien keinen Bereich auszulassen. Eine Art Staubsauger, um Blätter zu beseitigen, dachte Evelyn, eine handliche Form von Rasenmäher oder ein Unkrautentferner, sie wusste nicht, ob es so etwas gab.

Das Gesicht des Mannes wirkte auf sonderbare Weise konzentriert. Plötzlich vernahm sie ein anhaltendes Piepen und sah, dass der Mann das Gerät ablegte und den hinteren Teil des Gartens aufsuchte. Er kehrte mit einer kurzen Schaufel zurück, bückte sich und machte sich am Boden zu schaffen. Als er sich wieder aufrichtete, betrachtete er etwas Kleines, das er zwischen Daumen und Zeigefinger hielt, einen Knopf oder ein Geldstück. Nun glaubte sie zu ahnen, was für ein Gerät das war, obwohl sie so was noch nie gesehen hatte: ein Metalldetektor. Sie hatte gehört, dass manche Leute die Suche nach Metallgegenständen im Boden als Hobby betrieben und das Gerät sie aufspürte und anzeigte.

Evelyn hatte genug vom Zuschauen und trat von der Scheibe zurück. Dabei stieß sie gegen ein Orangenbäumchen. Es kippte mit einem dumpfen Laut gegen das Fensterglas, das ein wenig vibrierte. Nichts passiert, stellte sie erleichtert fest. Sie richtete das Bäumchen wieder auf, sammelte die verstreuten Erdbröckchen ein und legte sie zurück in den Kübel. Auf den Mann im Garten hatte sie unterdessen nicht geachtet, vermutete aber, dass er sie bemerkt hatte. Sie blickte noch einmal durchs Fenster, um ihm grüßend zuzunicken, wie es sich gehörte. Doch er drehte ihr bereits den Rücken zu und ging mit dem Gerät erneut auf die Blutbuche zu.

Als sie am Nachmittag ihre Sachen in den Schrank räumte, stellte Evelyn fest, dass sie zu Hause – Himmel, wie konnte sie es noch so nennen? – etwas vergessen hatte. Selbst wenn die Tour zum Brüser Berg weniger weit gewesen wäre, würde sie nicht noch einmal hinfahren. Was fehlte, war nur ihr Föhn, und es war eine Marotte, dass sie ihr dichtes, langes Haar in nassem Zustand nicht aushalten konnte. Allein der Gedanke daran, dass nach der dringend notwendigen und aus Faulheit aufgeschobenen Haarwäsche kein Föhn bereitläge, machte sie wahnsinnig. Natürlich konnte sie in die Stadt gehen und sich einen neuen kaufen. Aber es war einfacher, sich einen zu leihen, und wenn Isabell nicht gesagt hätte, sie sei den ganzen Tag bis spätabends in Düsseldorf, wäre Evelyn sofort nach oben gegangen, um sie um ihren Föhn zu bitten. So aber zögerte sie.

War es wirklich in Ordnung, in einem fremden Badezimmer selbst danach zu suchen? Dass Isabell nichts dagegen hatte, wusste sie ja. Dennoch hatte sie Hemmungen.

Unentschlossen stand Evelyn in der Mitte ihres Schlafraums und ließ ihren Blick die Wand entlanggleiten, an der gerahmte Stahlstiche alte Ansichten von Bonn zeigten, den Marktplatz, das Residenzschloss, den Alten Zoll. Wie alt die wohl waren? Sie meinte, darunter jeweils eine Jahreszahl zu sehen. Als sie näher herantrat, um sie zu entziffern, knackte es über ihrem Kopf.

Verwundert schaute sie zur Zimmerdecke hinauf. War Isabell schon zurück? Sie lauschte. Dort oben knarzte es, wenn auch nur leicht. Das musste vom Parkett herrühren. Sie nahm Tritte wahr, vermutlich menschliche Schritte, aber unklar und gedämpft, als ginge jemand auf Socken und absichtlich leise. Das war nicht Isabells Art zu gehen, die trat fester auf. Und warum sollte sie vorzeitig aus Düsseldorf zurückgekehrt sein? Sie hatte einen längeren Termin wegen einer Biografie, war mit einer Freundin verabredet und hatte für den Abend den Besuch einer Vorstellung im Schauspielhaus geplant.

Von den Schritten vernahm Evelyn nichts mehr. Aber da war etwas anderes. Ein schwaches schabendes Geräusch in Intervallen, Holz auf Holz. Es beschwor eine Erinnerung aus den Nächten ihrer Kindheit herauf, an ihre Mutter, die, in dem Bestreben, ihre kleine Tochter nicht aufzuwecken, Zentimeter für Zentimeter die schwergängige Schublade der Eichenkommode aufzog, um frische Wäsche hineinzulegen.

Es konnte ein Einbrecher sein. Aber wie war der in den ersten Stock gelangt, ohne dass es ihr aufgefallen war? Ihre Türen lagen nah an der Treppe, und die unterste Stufe gab einen Doppellaut aus Schnarren und Quietschen von sich, wenn jemand drauftrat.

Ach, sie war ja zwei Stunden fort gewesen, fiel ihr ein. Und nach ihrer Rückkehr war sie tief in die Frage versunken, wie es mit ihr und Achim so weit kommen konnte und ob sie selbst schuld daran war, dass er sich einer anderen zugewandt hatte. Auf Geräusche im Hausflur hatte sie nicht geachtet. Außerdem hatte sie zwischendurch Wasser laufen lassen, den Kocher angestellt und die Toilettenspülung betätigt.

Oder konnte es einer der Mieter sein? Der Altenpfleger, der Schauspieler, seine kranke Frau – nein, die verließ ihr Bett seit Jahren nicht mehr ohne Hilfe, hatte Isabell erzählt. Also einer der beiden Männer, die sicherlich ebenfalls die Erlaubnis hatten, sich bei ihr zu holen, was sie brauchten? Allerdings hatte Isabell gesagt, der Pfleger habe Spätdienst und der Schauspieler breche am frühen Nachmittag nach Essen auf. Falls sich das nicht auf gestern bezogen hatte … Es konnte natürlich jemand sein, der bei den Mietern zu Besuch war und wirklich nichts auf Isabells Etage zu suchen hatte.

Was war das Wahrscheinlichste? Was sollte sie tun? Musste sie überhaupt etwas tun, oder durfte sie die Person da oben ignorieren? Es gab zwei Möglichkeiten: unten bleiben und annehmen, es werde alles seine Ordnung haben, oder hinaufgehen und nachsehen. Bei der ersten hätte sie ein schlechtes Gewissen, bei der zweiten das Gefühl, sich auf lächerliche Weise einzumischen.

Leise trat Evelyn in den Hausflur. Isabell hatte sie so freundlich und selbstlos aufgenommen – sollte sie sich da nicht verpflichtet fühlen, die Sache zu klären? Wenn dort oben jemand war, der offensichtlich dazu berechtigt war, könnte sie ihren Wunsch nach einem Föhn vorbringen und sofort wieder gehen. Lag der Fall aber anders, könnte sie Isabell vor Schaden bewahren.

Evelyn überlegte, ob sie ganz normal hochgehen oder lieber heimlich und leise in der ersten Etage auftauchen sollte, um diesen Menschen bei seinem Tun zu überraschen und auf diese Weise zu verhindern, dass er sich in einem Schrank versteckte.

Sie entschied sich schnell und zog die Schuhe aus. Ohne das Licht anzuschalten und ohne das Geländer mit den gedrechselten Säulen zu berühren, stieg sie so vorsichtig die Treppe hinauf, wie es ihr möglich war, um übermäßiges Knarren zu vermeiden.

Vor den hellbeige gestrichenen Kassettentüren blieb sie stehen. Alle vier waren geschlossen. Welche führte in das Zimmer, das über dem Schlafraum der Gästewohnung lag? Sie trat auf die linke der beiden mittleren zu und drückte vorsichtig die Klinke herunter.

Die Tür gab fast lautlos nach. Evelyn wich ein Stück zurück. Sie hatte nicht damit gerechnet, dass der Raum dahinter dermaßen düster war. Die bodentiefen Vorhänge waren zugezogen, und durch den schweren, dunklen Stoff drang nur wenig dämmriges Licht. Die hohe Doppelflügeltür zum Nachbarraum war geschlossen. An dem wuchtigen Schreibtisch daneben knisterte Papier, die Schublade in der Mitte war weit geöffnet. Darüber gebeugt stand eine Gestalt. Evelyn erkannte das Safari-Hemd und die Kappe mit dem weit vorstehenden Schirm. Es war der Mann, den sie im Garten gesehen hatte. Sein Kinn war spitz, und zwischen Nase und Oberlippe wölbte sich ein dünnes Bärtchen. Weiter oben schimmerten Bügel und Gläser einer Brille.

Ist das Freddy?, fragte sich Evelyn verdutzt. Sie hatte Achims Freund lange nicht gesehen. Aber nein, wurde ihr im nächsten Moment klar, sie hatte sich geirrt. Dieser Mann war größer, kräftiger und sicher älter als Freddy, der Schnurrbart war heller.

Das Knistern verstummte. Der Mützenschirm drehte sich langsam in ihre Richtung. Die Haltung des Mannes ließ nicht darauf schließen, dass er erschrocken war, sie in der geöffneten Tür stehen zu sehen. Er nahm die Brille ab, die vielleicht nur dem Lesen diente. Sein Gesicht lag überwiegend im Schatten, sodass der Ausdruck kaum erkennbar war.

»Ich habe hier neulich was vergessen«, sagte er mit ruhiger Stimme. »Ein wichtiges Dokument. Frau Troschert ist nicht da, und ich brauche es dringend. Da läuft eine Frist.«

Seine Worte erinnerten Evelyn fatal an das, was Achim gesagt hatte, als sie Valerie auf der Bettkante erblickt hatte. *Sie ist nur gekommen, um wichtige Papiere abzuholen, die sie dringend braucht.* Doch Achim hatte gestammelt, und der Mann vor dem Schreibtisch wirkte kein bisschen unsicher. Dennoch stand ihr Urteil fest: Mit dieser Art Ausrede kamen die fettesten Lügen daher – der Mann suchte etwas, das ihm nicht zustand, und tat so, als wäre er berechtigt, in Abwesenheit der Wohnungsinhaberin danach zu kramen.

Musste es Isabell nicht verhasst sein, dass ein Fremder in ihren Schubladen wühlte? Das war nicht zu vergleichen mit der Ausleihe von Gegenständen aus Küche und Bad, wie sie es ihr selbst angeboten hatte. Und dieser Schreibtisch, der dem alten Herrn Troschert gehört hatte, war eine Art Heiligtum für Isabell, das hatte sie erzählt. Wenn man außerdem bedachte, wie sehr es sie beunruhigt hatte, dass jemand die Kiste im Keller geöffnet hatte, sollte man dem Kerl lieber auf den Zahn fühlen. Jetzt sofort, ehe die Gelegenheit verpasst war.

»Sie liegen völlig falsch, Sie finden da kein Geld«, sagte Evelyn provozierend. Sicher suchte er etwas anderes, aber sie wollte ihn dazu bringen, sich darüber zu äußern.

»Haben Sie nicht zugehört?«, zischte der Mann. »Ich bin kein Dieb.«

»Und was suchen Sie genau?«

»Geht Sie das was an? Wer sind Sie überhaupt?«

Sie hätte sagen können, sie sei Isabells Cousine. Doch in der Vorstellung, er würde sich verraten, wenn er glaubte, dass sie Bescheid wüsste, entschlüpfte ihr ein Satz, der ihr genial schien, den sie aber, kaum war er ausgesprochen, für völlig verrückt hielt:

»Offenbar suchen wir dasselbe.«

Durch seinen Körper ging ein Ruck. »Sie?«, stieß er hervor. Das klang nach Entsetzen.

Evelyn war verblüfft. Offenbar hatte sie ins Schwarze getroffen. Damit hatte sie nicht gerechnet, jedenfalls nicht so schnell. Wie sollte es jetzt weitergehen? Wenn sie wenigstens eine Ahnung hätte, was *dasselbe* sein könnte!

»Der Schreibtisch«, erwiderte sie mit fester Stimme, »gehörte Isabells Vater.«

Die Muskeln des Mannes schienen sich zu spannen, sein Oberkörper neigte sich vor wie zum Angriff. Um Himmels willen, um was geht es?, dachte Evelyn erschrocken. Sie hatte einen Fehler gemacht, sie sollte jetzt besser den Mund halten!

»So einfach ist die Schatzsuche nicht«, fügte sie stattdessen hinzu und grinste unbeholfen. Es sollte wie ein Scherz wirken, um die unbehagliche Situation zu retten, aber sie merkte, dass die Wortwahl ungeschickt war.

Der Mann erstarrte in seiner Haltung. Was sie von seinen Augen sah, erinnerte sie an Stahlknöpfe. Ach du lieber Gott … War sie etwa in Gefahr?

Weiter oben im Haus knarrte das Holz. Das konnte nur bedeuten, dass jemand auf eine Stufe getreten war oder sich aufs Geländer gestützt hatte. Dort hörte jemand mit. Und hatte sie womöglich schon in Augenschein genommen.

»Tut mir leid«, lenkte Evelyn hastig ein. »Es war ein Irrtum.«

Rasch wandte sie sich ab und lief die Treppe hinunter. Vermutlich wusste Isabell, wer eine solche Mütze besaß und solch ein Bärtchen trug. Sobald Evelyn ihr die Sache erzählen würde, könnte sie den Mann persönlich zur Rede stellen. Es gäbe mit Sicherheit ein Nachspiel.

Neben dem Garderobenständer im Parterre blieb Evelyn stehen. Aus Isabells Wohnzimmer drang ein scharrendes Geräusch, der Mann schob die Schublade zu. Anschließend vernahm sie, dass er aus dem Raum trat. Sie verschwand eilig in ihrer Wohnung, schloss die Tür hinter sich ab und lehnte sich dagegen. So stand sie eine Weile. Wenn nur das Herzklopfen aufhörte, das war es nicht wert …

Zwischen den Stockwerken knackte es, die Treppe schien unter den sich nähernden Schritten zu beben. Es folgte das Schnarren und Quietschen der untersten Stufe. Falls es derselbe Mann war, trug er jetzt Schuhe. Die Haustür schlug ins Schloss, er war fort.

Wie blödsinnig und unüberlegt waren ihre Worte gewesen! *Schatzsuche.* Diese Valerie hatte ihr nicht nur den Partner und das Zuhause, sondern auch den Verstand geraubt.

Was ihr plötzlich durch den Kopf schoss, machte die Sache nicht besser, sondern doppelt peinlich: Der Mann mit der Schirmmütze konnte Isabells Freund Gunter sein, den die Journalistin am ersten Tag mit sichtlicher Verlegenheit erwähnt hatte. In dem Fall ging es Evelyn wirklich nichts an, wenn er im Schreibtisch des alten Herrn Troschert ein Dokument suchte, wogegen Isabell sicher nichts einzuwenden hatte. Was sie in der Stimme des Mannes als Entsetzen gedeutet hatte, konnte schlichtweg Empörung gewesen sein. Zwar glaubte sie, dass Isabell gesagt hatte, Gunter wohne nicht im Haus und besitze keinen Schlüssel, aber sie hatte nicht genau zugehört, sie war mit den Nerven fertig und körperlich erschöpft gewesen. Und heute ging es ihr kaum besser. Würde das Wochen und Monate so weitergehen? Sie sollte sich etwas gönnen, um einen Wendepunkt zu markieren, und von da an ganz neu durchstarten.

Es fiel ihr schwer, einen Entschluss zu fassen. Doch sie schaffte es. Mit dem festen Vorsatz, nicht so bald wieder ins Bett zu kriechen, machte sie sich für einen Stadtbummel zurecht. Sie wollte ein paar schöne Dinge kaufen und in einem gemütlichen Lokal ein leckeres Essen und mindestens zwei Gläser Rotwein zu sich nehmen, um danach tief und fest schlafen zu können.

***

Pilar genoss ihre neue Rolle in der Buchhandlung auf dem Brüser Berg, dem Stadtteil, der von ihrem Wohnort Ückesdorf nur durch die Autobahn getrennt war. Dank der Unterführung gelangte man zu Fuß oder mit dem Fahrrad schnell dorthin, während man mit dem Auto einen weiten Bogen fahren musste. Zum Glück hatte der Buchhändler nichts dagegen, dass sich im Schatten des Tresens ein Liegekissen für Tajo befand, der sich, seit eine Freundin Pilars seinen Bruder übernommen hatte, geradezu vorbildlich benahm. Nur ein einziges Mal hatte der Hund in überschwänglicher Freude einen Stoß Thriller von einem der Büchertische gefegt.

Einen besseren Ort für zwischenmenschliche Kontakte als diesen Laden konnte Pilar sich nicht vorstellen. Er bestand aus einem hellen, gemütlichen Raum, den kaum jemand verließ, ohne ein Schwätzchen gehalten zu haben, oft über Bücher, häufiger über Privates. Viele Kunden kannten einander, und auch Pilar kannte viele von ihnen. Dazu gehörte Freddys Freund Achim Eber, der am Vortag ein paar Jazz-CDs bei ihr bestellt hatte. Die seien morgen da, hatte sie gesagt und gezögert, sich nach Evelyn zu erkundigen. Schließlich war das ein heikles Thema, und sie stand keineswegs auf vertrautem Fuß mit Achim. Erst als er sich verabschiedete, fragte sie, ob er etwas von ihr gehört habe. Achim hatte nur den Kopf geschüttelt und die Buchhandlung eilig verlassen.

Heute war es ziemlich ruhig im Laden. Die beiden weißhaarigen Damen, die Pilar beim Kauf eines Stadtführers beraten hatte, gingen gerade hinaus, als zwei höchst ungleiche Frauen eintraten. Die dünnere und jüngere, die Pilar auf Mitte zwanzig schätzte, stakste auf unfassbar hohen Absätzen auf den Tresen zu.

»Ich möchte die CDs abholen, die Herr Eber gestern bestellt hat«, sagte sie mit leicht näselnder Stimme.

Das muss Valerie sein, dachte Pilar, Achims Neue. Die junge Frau hatte große blaue Augen, ein glattes Gesicht mit kleiner Nase und einen vollen Kussmund, der kirschrot geschminkt war. Nach Maßstäben von bestimmten Magazinen war sie sicherlich als bildhübsch zu bezeichnen. Ich habe Vorurteile, wies Pilar sich zurecht, sie ist makellos, ohne Abstriche. *An deiner Schönheit wüsst ich zu finden keine Flecken …* Wo hatte sie die Gedichtzeile her? Sie sollte sich lieber auf die Suche nach den bestellten CDs konzentrieren. Die mussten in dem Regal neben ihr stehen, aber sie fand sie nicht auf Anhieb.

»Mensch, das dauert ja!« Der ungeduldige Ausruf kam von der älteren der beiden Frauen.

Pilar wandte sich um und blickte in das breite Gesicht einer korpulenten Person in einem rosa Mantel, der ihre klobige Figur so eng umspannte, dass sie an eine riesige Fleischwurst erinnerte.

»Warum hat er die Dinger nicht im Internet bestellt?«, nörgelte die Fleischwurst in Richtung des Kussmundes. »Da hätt er die auch billiger bekommen.«

»Mutti …«, beschwichtigte die junge Frau, der die Situation offenbar peinlich war.

»Achim unterstützt eben gern die kleinen Läden des Stadtteils«, meinte Pilar.

Valerie schien die Luft anzuhalten. Sie wirkte verunsichert. »Kennen Sie ihn persönlich?«

Pilar hatte die CDs gefunden. »Ihn und Evelyn, seine Frau«, bestätigte sie mit boshafter Betonung.

»Die wird nicht mehr lang seine Frau sein.« Das Gesicht der Älteren nahm eine höhnische Miene an, die befürchten ließ, sie werde notfalls selbst dafür sorgen, dass Evelyn dauerhaft das Feld räumte.

Pilar zog unwillkürlich die Nase kraus, als wehte ein schlechter Geruch über den Tresen.

»Das weiß man nicht«, konterte sie.

»Oh doch, das weiß man!« Die mächtige Brust der Frau hob und senkte sich.

»Ist ja gut, Mutti.« Valeries Gesicht war himbeerrot angelaufen. »Bis die Scheidung durch ist, dauert es jedenfalls.«

Die Mutter schnaufte. »Dann soll er dem Richter mal Feuer unterm Hintern machen. Als Jurist muss er ja wissen, wie das geht.«

Was für ein Traum von einer zukünftigen Schwiegermutter, dachte Pilar. Sie nannte den Preis für die vier CDs und behielt ihr verbindliches Lächeln bei, während sie das Geld entgegennahm. Valeries Absätze klapperten zur Tür hinaus, die schwergewichtige Mutti stapfte auf breit getretenen Ballerinas hinterher.

»Auf Wiedersehen, schönen Tag noch«, sagte Pilar.

Es erfolgte keine Erwiderung.

Und von dieser hinreißenden Tochter-Mutter-Kombination hatte Achim sich einwickeln lassen. So ein Hohlkopf, dass er für das nichtssagende Häschen seine Familie spaltete und als Zugabe diese Dampfwalze von Mutter in Kauf nahm!

Pilar verließ den Tresen und trat an den Büchertisch gegenüber. Ihr war eingefallen, von wem die Zeile über die fleckenlose Schönheit stammte – von dem persischen Dichter Hafis aus dem 14. Jahrhundert, der schon Goethe fasziniert hatte. Seit Pilar hier arbeitete, vertiefte sie sich öfters in den Band mit den ins Deutsche übertragenen Ghaselen aus dem »Diwan«, den sie hier entdeckt hatte und jetzt wieder zur Hand nahm. Auch wenn sie sich bewusst war, dass sie den vollen Sinngehalt nicht immer erfasste, weil sie weder den Koran noch die persischen Traditionen kannte, waren die Verse für sie ein kostbares altes Gewebe aus Worten und Symbolen von zeitloser Gültigkeit.

Du siehst den Apfel des Kinnes, und nicht die Grube dabei … Achim würde mit seiner neuen Beziehung womöglich noch heftig auf die Nase fallen und bereuen, mit dem Seitensprung seine Frau aus dem Haus getrieben zu haben. *Liebe, deine Rätsel gehen über unsre Fassungskraft* …

Ehe Pilar weiterblättern konnte, klingelte ihr Handy.

»Ach, da hab ich dich endlich«, schmetterte ihre Mutter. »Richard hat mir deine Nummer gegeben, ich brauche sofort deinen Rat. Wieso ist dein Mann überhaupt zu Hause?«

»Er hat eine schwere Bronchitis«, erwiderte Pilar. Und darüber hinaus die strikte Anweisung, dir nicht meine neue Handynummer zu geben, fügte sie in Gedanken hinzu.

»Der Gärtner meint, er müsste die Fichte fällen, wenn ich mir Blumenbeete wünsche. Was hältst du davon? Es ist auch ein bisschen schade um den Baum. Der war mal ein mickriges Ding von ein paar Zentimetern. Troschert hat ihn seinerzeit eingepflanzt, das hätte er mal lieber gelassen.«

Wie immer bekam Pilar eine Gänsehaut, wenn dieser Name wie ein Handrasenmäher aus dem Munde ihrer Mutter ratterte: *Trrroscherrt*. Mama erwähnte alle ihre Exmänner nur mit dem Nachnamen, Pilars Vater eingeschlossen, aber *Álvarez* war nun mal von weicherem Klang als *Trrroscherrt*. Vielleicht hatte die raue Schärfe auch einen besonderen Grund: Der gute Bernhard hatte seine geschiedene Frau mehr genervt als jeder andere Mann, weil er nicht müde wurde, die Hoffnung zum Ausdruck zu bringen, dass seine Margot zu ihm zurückkäme.

»Als Trrroscherrt meinen Garten versorgt hat, wuchsen dort noch Rittersporn, Nelken, Glockenblumen, Dahlien. Aber nun gibt es da nichts als Schatten und abgefallene Nadeln, die man an den Schuhsohlen ins Haus trägt.«

An Isabells Vater erinnerte sich Pilar noch gut, sie hatte ihn gemocht. Als es plötzlich hieß, er sei spurlos verschwunden, war sie zehn Jahre alt gewesen. Sie hatte noch im Ohr, wie Mama jammerte, was denn nun aus ihrem Garten werden solle, den *Trrroscherrt* seit der Scheidung Jahr für Jahr so vollendet gepflegt habe, und dies, obwohl er sich auch um seinen eigenen, viel größeren Garten kümmern musste.

Pilar sah auf das aufgeschlagene Buch in ihrer Hand. *Liebe, deine Rätsel gehen über unsre Fassungskraft* … Dass Bernhard nicht aufgehört hatte, seine geschiedene Frau zu lieben, und alles für sie getan hätte, war ein offenes Geheimnis.

Es kam jemand zur Tür herein. Pilar schaute auf. »Moment, Mama.« Sie legte das Handy auf einen Tisch und lächelte den älteren Herrn an, der auf sie zukam.

»Haben Sie die Liebesgedichte von Pablo Neruda?«

Pilar reichte ihm den gewünschten Band. Das Phänomen der Liebe, stellte sie im Stillen fest, ist ein Glücksfall für den Buchhandel. Unzählige Romane, Gedichte und sogar Sachbücher wären nicht geschrieben worden, wenn es die Liebe nicht gäbe.

Während der Herr den Neruda aufschlug und darin zu lesen begann, nahm Pilar ihr Handy wieder ans Ohr.

»Mama, wenn bei dir Blumen wachsen sollen, braucht dein Garten mehr Sonne.«

»Dann wird die Fichte wohl weichen müssen. Trrroscherrt wird es mir verzeihen.«

***

Das Ziellose hatte Evelyn, auch wenn sie jetzt ein Dach über dem Kopf hatte – und was für eines! –, noch nicht ablegen können. Ihr Stadtbummel unterschied sich nicht sehr von ihrem Umherirren vor ein paar Tagen. Kein Laden sagte ihr zu, kein Kleidungsstück gefiel ihr, und die dekorierten Schaufenster gingen ihr ebenso auf die Nerven wie die vielen Menschen, von denen niemand so allein schien wie sie selbst. Sie empfand sich als Fremdkörper in dieser lebhaften Stadt. Wenn sie in einem schwarzen Loch verschwände, hinterließe sie nirgendwo eine Lücke.

Aber wenigstens das Abendessen sollte sie genießen! Was für ein krampfhafter Wunsch, dachte sie zugleich. Es gab nichts, was sie wirklich wollte, außer sich im Bett verkriechen, sie fühlte sich leer und kraftlos. Doch sie fürchtete, sie würde wieder nicht einschlafen können und nur grübelnd ins Dunkel starren.

Sie entschloss sich, ein Lokal aufzusuchen, das sie während ihres Studiums, das sie nicht zu Ende geführt hatte, oft besucht hatte, »Zum Treppchen« in der Weberstraße. Abgebrochenes Studium – gescheiterte Ehe, wie das passte … Vielleicht war es unklug, weil das Lokal sie an Achim erinnerte, aber andererseits glaubte sie, dass es ihr Geborgenheit vermitteln könnte. Vor allem hätte sie von dort aus einen kurzen Heimweg, denn das »Treppchen« war kaum zehn Minuten von Isabells Haus entfernt und stammte sogar aus derselben Zeit – 1883, wie man an der Fassade lesen konnte.

Es war ein seltsames Gefühl, nach so langer Zeit wieder dort einzutreten. Damals hatte ihr Geld oft nur für ein einziges Kölsch gereicht. Achim hatte meistens Halven Hahn oder eine andere rheinische Spezialität bestellt und ihr die Hälfte abgetreten. Jetzt wählte sie Zwiebelsuppe, Salatteller, Bratkartoffelpfanne und einen Viertelliter Rotwein.

Einen Job zu finden, dürfte nicht so schwierig sein, überlegte sie, während sie aß und die geschnitzten Verzierungen im oberen Teil der Wandvertäfelung betrachtete. Das viele dunkle Holz, wohin man blickte, das Bewusstsein, dass es aus alter Zeit stammte, also lange vor ihr da war, die murmelnden Stimmen, das Klimpern des Bestecks auf den Tellern, all die kleinen Geräusche der gemütlichen Gaststätte hatten etwas Beruhigendes. Sie befand, ihre Lage sei gar nicht so schlecht. Sie besaß sogar etwas Geld. Die zwanzigtausend Euro, die sie von ihren Eltern geerbt hatte und zu Achims Verdruss bisher nicht anrühren wollte, halfen ihr notfalls, sich eine Zeit lang über Wasser zu halten. Inzwischen konnte sie sich die Zukunft auch ohne Achim vorstellen. In den letzten Jahren war er oft launisch und anstrengend gewesen, manches Mal sogar jähzornig und aggressiv.

Als sie mit dem Essen fertig war und ein weiteres Viertel des spanischen Weins vor ihr stand, zog sie das mitgebrachte Buch aus ihrer Handtasche, die neben ihr auf einem Stuhl lag. In der Tasche befanden sich auch ein unbeschriebener gelber Zettel und ein Kuli. Evelyn nahm beides heraus. Sie war eine schlechte Zeichnerin, aber sie wollte trotzdem versuchen, den Mann aus Isabells Wohnzimmer zu skizzieren. Sie zeichnete ihn im Profil mit dem länglichen Kinn, wie sie ihn im ersten Moment gesehen hatte, mit Schirmkappe, Brille und Bärtchen über die Schublade gebeugt.

Die Skizze war nicht sonderlich gelungen, sie taugte nur als Stütze für ihre eigene Erinnerung. Morgen würde sie Isabell fragen, wer der Mann gewesen sein könnte. Heute Abend würden sie sich wohl kaum noch begegnen. Isabell hatte gesagt, sie komme sehr spät oder überhaupt nicht, denn ihre Kollegin in Düsseldorf habe notfalls ein Bett für sie.

Nachlässig schob Evelyn den Zettel in die Tasche ihrer Jacke, die über der Stuhllehne hing. Ihr Glas war wieder leer. Sie winkte dem jungen Kellner.

»Noch ein Viertel, bitte.«

Sie schlug ihr Buch auf. Die Leute an den anderen Tischen waren alle in Gesellschaft, unterhielten sich angeregt und lachten viel. Das tat ein bisschen weh, sie wollte sich durch Lesen ablenken. Aber aus allen Richtungen brandeten Gesprächsfetzen an ihr Ohr und spülten die gelesenen Sätze sofort aus ihrem Kopf. Nach und nach stellte sie fest, dass der Roman, eine amerikanische Familiensaga, sie überhaupt nicht interessierte. Warum hatte sie es gekauft? Weil es ein schönes Cover hatte und auf dem Bestseller-Tisch lag?

Als der Kellner den Wein brachte, legte sie das Buch in ihre Handtasche zurück. Sie hielt den gläsernen Kelch gegen das Licht der Kerze und betrachtete das rubinrote Schimmern. Langsam hob sie das Glas zum Mund, nahm einen großen Schluck und spürte der Wärme nach, die sich von der Kehle zum Bauch ausbreitete. Sie neigte den Kopf und atmete den Duft des Navarra ein, bis in ihrer Nase ein Kribbeln aufstieg und ein Niesen ankündigte. Rasch stellte sie das Glas ab und zog ein Taschentuch aus ihrer Jacke.

Mit dem Tüchlein flatterte auch der gelbe Zettel heraus. Er segelte unter die Tischplatte und sank zu Boden. Evelyn bemerkte es nicht.

Es musste wohl gegen Mitternacht gehen, denn der Kellner kam an ihren Tisch, um zu kassieren. »Wir schließen um zwölf.«

Erschrocken stellte sie fest, dass sie der letzte Gast war. So lange hatte sie nicht bleiben wollen. Sie bezahlte eilig ihre Rechnung. Als sie aufstand und zur Tür ging, spürte sie die Wirkung des Weins.

Draußen stand noch ein Grüppchen Leute ins Gespräch vertieft. Evelyn blieb auf dem gegenüberliegenden Bürgersteig stehen, und während die Gruppe sich allmählich in verschiedene Richtungen zerstreute, dachte sie an ihr erstes Semester in Bonn, als sie in dem Treiben der Weiberfastnacht einen Piraten namens Achim kennengelernt hatte. Inzwischen war so viel geschehen: Heirat, Geburt ihrer Tochter, Kauf des Hauses, der Tod ihrer Eltern. Wehmut … Was für ein altmodisches Wort. Doch hätte sie kein besseres gewusst.

Für ihren Heimweg wählte sie die Strecke durch die Lenné- und die Niebuhrstraße. Hier war sie seit einer Ewigkeit nicht mehr gewesen. Ihr fiel ein, dass Lenné ein Gartenbaumeister und Niebuhr ein Historiker gewesen war. Ob die beiden geahnt hatten, dass ihr Name mal auf einem Straßenschild stünde? Was für ein Unsinn geisterte durch ihren Kopf! Sie musste besoffen sein.

Es war überall still und stellenweise recht dunkel. Aus den Häusern drang wenig Licht, nur in den oberen Etagen brannte die eine oder andere kleine Lampe. Autos waren kaum noch unterwegs, andere Fußgänger nicht zu sehen. Evelyn fühlte sich unsicher, hatte sich die Straßen dieses Stadtteils in der Nacht belebter vorgestellt. Aber schließlich war es spät und auch kalt.

Als sie einen Teil ihres Weges durch die Niebuhrstraße zurückgelegt hatte, merkte sie, dass hinter ihr auf dem Bürgersteig jemand war, auf einem Fahrrad, das leise knackte und rappelte. Sie blickte über ihre Schulter. Das Rappeln kam von einem Anhänger, der für die Beförderung von Kindern bestimmt war. Das Rad fuhr ohne Licht, der Fahrer war dunkel gekleidet. Über dem gesenkt gehaltenen Kopf trug er eine Kapuze, die weit über die Stirn hing. Der Haltung nach schien es ihm unangenehm zu sein, den Wind im Gesicht zu spüren. Evelyn konnte nicht sehen, ob es eine Frau oder ein Mann war. Eine Frau wäre nicht beunruhigend, und ein Mann wäre gewiss der Vater kleiner Kinder, der mit dem Anhänger einen Kasten Bier transportierte. Es gab keinen Grund, nervös zu sein.

Evelyn sah wieder nach vorn. Auch nach Mitternacht konnten zwei Leute zufällig denselben Weg haben. Vielleicht war dieser Mensch müde und fuhr deshalb so langsam. Aber warum benutzte er den Bürgersteig und nicht die Fahrbahn, die völlig frei war?

Ihr Unbehagen ließ sich nicht unterdrücken. Um ihn nicht länger hinter sich zu wissen, wechselte sie die Straßenseite. Sie versuchte, sich abzulenken, und blickte im Vorbeigehen auf die Gesimse und Verzierungen einer Reihe von Gründerzeithäusern. Und dort kam der dreieckige Platz vor der Bahnschranke, sogar den Laden an der Ecke gab es noch. Hier war es heller als in der Niebuhrstraße. Evelyn fasste Mut und drehte sich halb um. Das Fahrrad war nicht hinter ihr, sondern auf der anderen Straßenseite geblieben. Na also.

Sie bog in die schmalere, dunklere Arndtstraße ein. Die wenigen Laternen gaben nur mildes Licht. Vorsichtshalber beschleunigte sie ihren Schritt. Sie wollte ihre Umhängetasche fester an sich drücken, aber sie fühlte sie nicht mehr. Oh Gott! Hatte sie die verloren? Im »Treppchen« vergessen? Sie konnte jetzt unmöglich umkehren! Und bestimmt war in dem Lokal niemand mehr anzutreffen. Ihr Haustürschlüssel war hoffentlich in der Jackentasche. Während sie danach tastete, aber nichts fühlte außer dem Taschentuch, hörte sie etwas hinter sich auf dem Bürgersteig – das Rappeln des Anhängers. Sie glaubte nicht mehr an Zufall. Unmöglich, dass sie sich täuschte. Der Kerl wollte was von ihr.

Hastig überquerte sie die Straße, übersah den Bordstein, stolperte und wäre beinahe hingefallen. Wieder im Gleichgewicht, ging sie schneller, sie rannte schon fast. Das Fahrrad würde nicht so rasch über den Bordstein kommen, das war ihre Chance. Sie musste die Adenauerallee mit ihren hell leuchtenden Kugellampen erreichen, dort waren Autos unterwegs. Noch ein Stück bis zur Ecke.

Sie hörte ein Geräusch und wusste, es war der Anhänger. Der Radfahrer war herübergekommen. Das Rappeln näherte sich, der Abstand verringerte sich. Der Kerl war dicht hinter ihr, die Ecke zu weit weg. Sich umdrehen, ihn anschreien, ins Gesicht spucken – sollte sie? Man durfte solche Leute nicht reizen, sie zöge den Kürzeren.

Ihr Blick fiel auf die Vorgärten und die schmiedeeisernen Gitter, deren senkrechte Stäbe in pfeilartige Spitzen ausliefen. Hinter so einem Zaun war man sicher. Dort würde ihr was einfallen. Doch die Pforten waren geschlossen. Nein, eine stand offen. Da hinein, den Torflügel zuwerfen und zudrücken!

Sie hastete über die Schwelle. Abrupt wurde sie gebremst. Ihre Jacke, das weit schwingende Fuchsfell-Imitat, hatte sich an der Windung eines Eisenstabs verfangen. Sie hing fest. Stand wie gelähmt.

Zwei Hände packten und pressten sie ans Gitter, ihr Aufschrei war ein wundes Krächzen. Dicht vor ihr die Kapuze, schlechter Atem, das Gesicht … Warum? Blitze durchkreuzten ihren Kopf. Im Nacken bohrte eine Spitze. In den Hals schnitt eine Schnur. Alles geschah gleichzeitig.

Nichts gelang ihr, nicht mal ein Schrei. Kein Wort, kein fassbarer Gedanke. Sie versank in einer wattegleichen, stillen Schwärze.

FÜNF

Thomas hatte sich in der Agentur freigenommen, um einige Überstunden abzubauen. Terminlich passte das gut, weil er am Tag vorher eine breit angelegte Werbekampagne auf den Weg gebracht hatte und eine weitere von der endgültigen Entscheidung eines Kunden abhing. Den Vormittag hatte er für einen Friseurbesuch und die Anschaffung neuer Jeans genutzt.

Als er am frühen Nachmittag nach Hause kam, lag Marion auf dem Sofa und knabberte an einem Bündel Salzstangen. Im Fernseher lief eine amerikanische Serie, aber sie schaute nicht hin. Sie blickte auch Thomas nicht an, sondern nur die Tüte mit den Salzstangen. War sie so kaputt vom Streichen? Er konnte keine frische Farbe riechen, sah aber drei große Modehaustüten neben dem Sofa stehen, aus denen allerlei Buntes, Seidiges hervorquoll. Sie war also ausgiebig *shoppen* gegangen, wie sie es nannte. Da sie über sein Bankkonto verfügungsberechtigt war, nahm er an, dass der Kontostand jetzt auf tausend Miese abgesackt war.

»Hast du nicht gestrichen?«, fragte er, als er sich zu ihr hinunterbeugte, um ihr einen Kuss zu geben. »Das wolltest du doch.«

»Ich fühl mich nicht so.«

»Machst du es morgen? Oder am Samstag mit mir zusammen?«

»Mal sehen.«

Thomas spürte Ärger in sich aufsteigen. »Und wozu bin ich gestern Abend noch losgefahren und hab dir die Farbe besorgt? Den großen Schrank hab ich auch schon verrückt.«

»Ach ja, danke.«

»Wo sind die Kinder?«

»Beim Turnen.«

Thomas ging ins Schlafzimmer hinüber, um sich etwas anderes anzuziehen. Er war in einen Schauer geraten und fühlte sich in den feuchten Sachen unwohl. Auf der Schwelle hielt er inne. Der Anblick des schräg im Raum stehenden Schrankes störte ihn.

»Hilfst du mir, den wieder gerade zu stellen?«, rief er in Richtung Wohnzimmer.

»Ja, gleich.«

Bis die den Hintern hochbekommt, hab ich das allein geschafft, sagte sich Thomas. Weshalb war sie so tranig? War das ein neuer Schub ihrer Unzufriedenheit? Es schien etwas anderes zu sein. Als ob sie über irgendwas brütete. Wann hatte das angefangen? Vermutlich würde sie sich irgendwann erklären, das tat sie ja immer, er kannte sie seit zwanzig Jahren. Einmal allerdings hatte sie nichts gesagt. Und später hatte er einen Liebesbrief gefunden, der ganz offen im Zimmer lag. Unwillkürlich ließ Thomas seinen Blick durch den Raum schweifen.

Auf der Kommode war ein Durcheinander von Bürsten, Kämmen, Cremetöpfchen, Modeschmuck und Haargummis, auf dem Bettvorleger lagen mehrere Paare Schuhe, Marions Morgenmantel und – halb verdeckt von einem Keilabsatz – etwas Handgeschriebenes. Also doch wieder!

Thomas nahm das Blatt vom Boden auf. Das Papier war vergilbt, die Schrift bestand aus kleinen eckigen Buchstaben. Er lächelte erleichtert. Es war einer der Bernhard-Briefe, der unbemerkt aus der Pappkiste, die bis zum Rand gefüllt war, herausgerutscht sein musste. Merkwürdig, dass ihnen das nicht eher aufgefallen war. Schließlich war es eine Woche her, dass er den Karton ins Wohnzimmer getragen hatte. Aber so merkwürdig war es auch wieder nicht, der Brief konnte unter den Schrank geglitten und erst durch das Geschiebe zum Vorschein gekommen sein.

Thomas setzte sich aufs Bett und klappte den DIN-A4-Bogen auf.

Bonn, den 20. November 1972

Mein lieber Paul,
Deine Bemerkung, dass diese lächelnden Politiker guten Willen ausstrahlen und sich schon einiges geändert hat, ist natürlich zutreffend. Dennoch misstraue ich. Zu oft haben wir erlebt, dass manches nicht so ist, wie es scheint. Du schreibst, die Supermächte führen weitere bilaterale Gespräche über die Kontrolle und Begrenzung der Atomwaffen – das sei doch ganz in meinem Sinne. Richtig, aber im Unterschied zu Dir höre ich da nicht das Positive heraus, sondern das Negative: Begrenzung! Mein Lieber, das ist ein

anderes Wort für Halbherzigkeit. Die begrenzte Menge nuklearer Waffen bedroht uns nicht weniger als die unbegrenzte.
Sprich mir nicht von den zähen Verhandlungen und dem kläglichen SALT-Abkommen! Was nützt es denn, die Zahl der Raketenabwehrsysteme zu beschränken und die der Langstreckenraketen und der Atom-U-Boote – vorläufig! – auf dem jetzigen Stand einzufrieren? Bombenflugzeuge sind nicht mitgezählt, und die Arsenale der sonstigen Kernwaffen, darunter die Mittelstreckenraketen, dürfen ja ausgebaut werden! Der technischen Weiterentwicklung sind sowieso Tür und Tor geöffnet, sie kann alles noch schlimmer machen, zur Sicherheit, wie es heißen wird. Vor allem, lieber Paul, wissen wir doch längst, dass die vorhandenen Waffen, die in Ost und West gehortet sind, bereits ausreichen, um uns alle mehrfach zu vernichten. Das kann jederzeit passieren. Denn gegen Unvernunft gibt es keine Waffen. Insbesondere plagt mich der Gedanke, dass es ohne Vorwarnung geschehen könnte, weil ein selbstherrlicher Trottel ein paar Knöpfe drückt und das Zeug in die Luft schickt. Missverständnis, menschliches Versagen oder Terrorakt, wird man später dazu sagen, als wäre nur ein Zug entgleist – vorausgesetzt, es bleibt jemand übrig, der sich noch äußern kann.
Du meinst, dass ich mir für mein Vermögen nichts mehr überlegen müsse, weil dies nach den neuesten Entwicklungen unnötig sei. Oh nein, Paul, davon bin ich alles andere als überzeugt. Allerdings habe ich noch keinen endgültigen Entschluss gefasst, außer dem, die Goldpreise zu studieren. Das ist zu wenig und meiner beruflichen Überlastung zuzuschreiben. Ich sollte bald Nägel mit Köpfen machen. Die Idee, die mich umtreibt, ist eine ganz klassische, tausendfach bewährte. Nur Du sollst davon erfahren, wenn es so weit ist. Meine Tochter weihe ich ein, sobald sie die nötige Reife hat, und das kann noch Jahre dauern. Sie ist jetzt siebzehn Jahre alt, ein bezauberndes Mädchen, aber albern wie eine Elfjährige. Anzeichen für eine Änderung sind nicht erkennbar. Ihre Lektüre sind schauderhafte Hefte, und die Freunde, die sie anschleppt, lächerliche Bubis, von denen man befürchten muss, dass sie aus Übermut vom Fenstersims springen. Sie verbringt Stunden vor dem Badezimmerspiegel und ganze Nachmittage mit dem Telefon auf dem Bett oder vollführt zuckende Bewegungen zu hämmernder Musik. So ein Kindskopf

könnte kein Geheimnis für sich behalten. Apropos: Wie macht sich der kleine Thomas?

Sei herzlich gegrüßt von Deinem
Bernhard

Thomas ließ das Blatt auf seine Knie sinken. Es war sonderbar. Nicht das Wort *Geheimnis* rüttelte ihn auf, nicht die Erwähnung einer Tochter, sondern die Frage nach dem *kleinen Thomas*, der damals vier Jahre alt war. Das erschien ihm wie ein Wink dieses Mannes aus großer Ferne. Seltsam.

Mit einem Mal interessierte ihn, was Bernhard Troschert bewegt hatte. Er sprang auf, lief ins Wohnzimmer, schaltete seinen Laptop an und gab das Suchwort ein: *Kalter Krieg*. Dazu war im Internet einiges zu finden. Thomas las, während sein Kopf immer heißer wurde, zweieinhalb Stunden lang. Er informierte sich über das Wettrüsten und die Rüstungsspirale, über den atomaren Erstschlag, das Prinzip der massiven Vergeltung und den Overkill, über land- und seegestützte Interkontinentalwaffen, Wasserstoffbomben, nukleare Gefechtsköpfe und mobile Abschussrampen sowie das Gleichgewicht des Schreckens und die Kontrollierbarkeit atomarer Kriegsführung. Er las ein paar Seiten über die Details der Kubakrise, erfuhr, dass Präsident John F. Kennedy am 22. Oktober 1962 die Weltöffentlichkeit über die Bedrohung der USA durch sowjetische Raketen auf Kuba unterrichtet hatte und fünf Tage später, am sogenannten *Schwarzen Samstag*, ein dritter Weltkrieg nur um Haaresbreite verhindert worden war.

Als Thomas seinen Laptop ausschaltete, fühlte er sich erschöpft. Der damalige Rüstungswettlauf kam ihm völlig verrückt vor, er schien so unwirklich wie die Erfindung eines Fantasy-Autors. Er sah Bernhard Troschert nun in anderem Licht, er verstand dessen Sorge.

Und ausgerechnet dieser Mann verschwand. Im Jahr 1974 war der Höhepunkt des Ost-West-Konflikts zwar vorbei, die Waffenlager aber waren bestens mit todbringender Technik gefüllt, und die Spionage lief auf Hochtouren. Bernhard Troschert war Redakteur einer Tageszeitung und berichtete über Politisches. Hatte irgendwer ihn verschwinden lassen? Verfügte er über geheimes, hochbrisantes Wissen? Hatte er das Falsche gesagt oder getan, hatte es Interessen gegeben, denen er im Weg stand? Fest schien nur eins zu stehen: Ihm war etwas zugestoßen. Nicht die Atombombe war ihm zum Verhängnis geworden, sondern etwas anderes. *Der wird noch alles falsch machen.* War die Prophezeiung seines Freundes eingetreten? Was für Fehler mochte Bernhard begangen haben?

Das alles war so lange her. Jede Grübelei in dieser Richtung war sinnlos. Thomas faltete den Brief zusammen und schob ihn unter einen Stapel Fotos in seiner Schreibtischschublade. Der *kleine Thomas* war groß geworden und der Kalte Krieg überwunden. Gleichwohl wollte er dieses Schreiben aufbewahren.

***

Isabell ging unruhig in ihrem Wohnzimmer auf und ab, schlug einen Bogen durch die Küche, kehrte zurück und wechselte durch die weit geöffnete Flügeltür in ihr Arbeitszimmer hinüber. Obgleich sie die ungefähre Zeit wusste, weil sie mehrmals vor der Tischuhr mit dem Messingpendel stehen geblieben war und das Schlagen zur halben Stunde gehört hatte, blickte sie erneut auf die zierlichen Zeiger und die römischen Zahlen des Zifferblatts. Zwanzig vor zehn. Der zweite Tag, an dem Evelyn nicht im Haus war, neigte sich seinem Ende zu, die dritte Nacht begann.

Am Dienstagabend war Isabell gegen elf aus Düsseldorf zurückgekehrt. Sie hatte keinen Lichtschein aus der Gästewohnung fallen sehen und angenommen, Evelyn sei zu Bett gegangen. Am Mittwoch hatte sie kaum einen Moment an sie gedacht, sondern sich, während sie sich Reihe um Reihe einem fast zwanghaften Stricken hingab, auf die Frage konzentriert, ob sie sich verpflichten sollte, die Memoiren der Düsseldorfer Industriellenwitwe zu schreiben.

Erst heute Abend, am Donnerstag, war Isabell aufgefallen, dass es im Parterre seit Langem viel zu still war. Zwei ganze Tage hatte sie zu Hause verbracht und aus der unteren Etage kein einziges Geräusch gehört, kein zuklappendes Fenster, keine sich schließende Tür. War Evelyn zu einer spontanen Reise aufgebrochen? War sie zu ihrem Ehemann zurückgekehrt? Warum hatte sie nicht Bescheid gesagt? Zwar hatten sie keine Handynummern ausgetauscht, aber eine kurze klarstellende Nachricht im Briefkasten hätte man erwarten können.

Isabells Verärgerung war einem unguten Gefühl gewichen, und seit es dämmerte, verstärkte es sich. Evelyn hatte so bedrückt, so entwurzelt und verbittert gewirkt. Als sie darum gebeten hatte, in Ruhe gelassen zu werden, hatte Isabell das respektiert. War das falsch gewesen? War es möglich, dass sie …? Isabell wagte nicht, sich Einzelheiten auszumalen, verscheuchte Bilder, die vor ihrem geistigen Auge auftauchten, und sah dennoch das Wort in großen Lettern vor sich stehen: SELBSTMORD. Hastig hakte sie die Zweitschlüssel der Gästewohnung vom Brett und eilte die Treppe hinunter.

Wie sie erwartet hatte, meldete sich auf ihr Klopfen niemand. Die Tür war abgeschlossen, der Schlüssel abgezogen. Isabell sperrte auf und knipste das Licht an. Auf dem Nussbaum-Tisch im Louis-seize-Stil stand ein zugeklappter Laptop, über einer Stuhllehne hing ein zartblauer Seidenschal. Im Nebenzimmer war die eingebaute Küchennische aufgeräumt und das Bett ordentlich zugedeckt. Die Luft wirkte stickig, als sei tagelang nicht gelüftet worden.

Die Tür zum Badezimmer war angelehnt. Isabell näherte sich ihr mit Unruhe. Evelyn konnte leblos in der Wanne liegen oder erhängt am Fensterhebel baumeln. Beklommen stieß Isabell die Tür ein Stück auf und schob ihren Kopf in den zum Teil gefliesten Raum. Nichts dergleichen, sie konnte wieder durchatmen. Aber erleichtert war sie nicht.

Während sie die Treppe zur ersten Etage hochstieg, versuchte sie, sich zu beruhigen. Vielleicht steckte hinter Evelyns Abwesenheit nichts anderes als ein neuer Kerl, in den sie sich Hals über Kopf verknallt hatte, sodass sie vor Glückseligkeit nicht auf die verstreichende Zeit geachtet hatte. Wie gut kannte sie diese Frau denn? Sie war ihr begegnet, als sie in der Redaktion zu tun hatte, an Karneval und vor Kurzem auf der Rheinpromenade, gefolgt von ein paar gemeinsamen Stunden hier im Haus – alles in allem zu wenig, um einen Menschen und seine Launen richtig einzuschätzen.

Aber genug, um sich Sorgen zu machen. Evelyn konnte sich nachts in den Rhein gestürzt haben. Sie konnte überfallen, ausgeraubt, vergewaltigt und verschleppt worden sein.

Zurück in ihrem Arbeitszimmer, nahm Isabell ihr Handy vom Sekretär. Sie musste nicht länger untätig sein. Evelyn hatte ihr ein hellblaues Kärtchen überlassen, das tagelang auf dem Küchentisch lag, bis Isabell es neben der Uhr deponierte. Sie wählte die Festnetznummer, die unter Evelyns Namen und ihrer bisherigen Adresse stand. Nach dem vierten Freizeichen nahm jemand ab.

»Ja, hallo?« Das klang weiblich, leicht näselnd und schlecht gelaunt. Es war nicht Evelyns glockenklare Stimme.

»Verzeihen Sie die späte Störung«, begann Isabell, nachdem sie ihren Namen genannt hatte. »Ich möchte bitte mit Achim sprechen.«

»Um was geht es?«

»Das möchte ich ihm persönlich sagen.«

»Keine Ahnung, ob der Zeit hat.«

»Fragen Sie ihn bitte.«

Die Minuten vergingen. Im Hintergrund war ein Tuscheln auszumachen. Dann feste Schritte.

»Eber.«

»Troschert. Ihre Frau wohnt seit Sonntag in meinem Haus.«

»Ja, und? Was wollen Sie?« Das hörte sich an, als ob er eine Geldforderung befürchtete. Miete für den halben Monat, vom Ehemann zu zahlen.

»Sie ist seit zwei Tagen nicht mehr aufgetaucht«, entgegnete Isabell.

»Dann wohnt sie jetzt woanders«, sagte er schroff.

»Sie hat noch ihre Sachen hier. Ich dachte, Sie wüssten vielleicht …«

»Wir sind auseinander«, unterbrach er sie. »Ich hab nicht die leiseste Ahnung, wo sie steckt.«

»Könnten Sie mir Evelyns Handynummer geben?«

»Wie komme ich dazu?«

»Falls ich Ihnen nicht vertrauenswürdig erscheine, bitte ich darum, dass Sie selbst sie anrufen.«

»Das ist völlig abwegig«, erwiderte er kalt. »Evelyn kann tun und lassen, was sie will.«

»Könnten Sie mir die Telefonnummer ihrer Mutter oder ihrer besten Freundin geben? Ich mache mir Sorgen.«

»Evelyn hat keine beste Freundin, und ihre Eltern sind tot. Spionieren Sie ihr nicht hinterher, das mag sie nicht.«

»Meinen Sie nicht, man sollte die Polizei …«

»Seien Sie nicht albern«, fiel er ihr ins Wort. »Dass Ehefrauen abhauen, ist nichts Besonderes. Vielleicht hatte sie Lust, nach Florida oder Mexiko zu fliegen.«

»Aber dann hätte sie mir doch eine Nachricht …«

»Mischen Sie sich nicht ein, das ist töricht.« Klack. Er hatte aufgelegt.

Isabell seufzte. Möglich, dass er recht hatte. In solchen Fällen wurde die Polizei nur tätig, wenn es Anhaltspunkte für ein Verbrechen gab. Das Untertauchen eines Menschen, der vor seinem Partner floh, musste respektiert werden. Die Ehe war ein problematisches Gebilde, sie hatte es selbst damit versucht, bis Pierre alles mit einem einzigen Anruf aus Marseille durchkreuzte – *adieu, chérie*. Natürlich hätte sie gern Kinder gehabt, aber …

Plötzlich fühlte sie sich, als zögen Bleigewichte sie zu Boden – auf dieses Abschweifen ihrer Gedanken war sie nicht gefasst. Hastig ergriff sie ihr Strickzeug, ein paar schnelle Reihen, ja, es half, sie fand ihr Gleichgewicht wieder, ganz egal, ob jemals ein Pullover daraus würde oder nicht. Pullover konnte man kaufen, Gleichgewicht nicht. Kinder, so viel war klar, wären mit dem Leben, das sie gewählt hatte, nicht vereinbar gewesen.

Sie trat ans Bücherregal, das eine ganze Wand des Wohnzimmers füllte. Bereits am Nachmittag hatte sie vorgehabt, die in Leder gebundene Biografie ihres Großvaters zur Hand zu nehmen, der Professor an der Universität gewesen war und mehr als ein halbes Jahrhundert in diesem Haus gewohnt hatte. Seine Lebensgeschichte hatte ihr Vater zu Papier gebracht.

Als sie sich mit dem großformatigen Buch im Ohrensessel niederließ, durchfuhr sie die Erkenntnis, was sie viel lieber schriebe als die Memoiren einer eitlen Industriellengattin: eine Biografie ihres Vaters. Doch was wusste sie über ihn? Geboren im Ersten Weltkrieg, mit fünfundzwanzig Jahren Soldat im Zweiten. Was hatte er erlebt? Was empfunden? Er war verheiratet gewesen, seine Frau und der einjährige Sohn waren in Köln den Bomben zum Opfer gefallen. Er geriet in Gefangenschaft, kehrte ins elterliche Haus zurück, wurde Leiter der Bonner Redaktion einer Tageszeitung, erhielt das Bundesverdienstkreuz, und was war noch? Eine Tochter namens Isabell, eine gescheiterte Ehe. Einzelheiten kannte sie kaum. Er hatte wenig erzählt, und sie, das junge Mädchen, hatte nicht viel gefragt. Sie kramte in ihrem Gedächtnis wie in einer unordentlichen Kommode, während vor den Fenstern ein kräftiger Regen niederprasselte. Mit dem Lederband auf den Knien schlief sie im Sessel ein.

Mitten in der Nacht schreckte Isabell auf. War da ein Geräusch gewesen? War Evelyn gekommen? Sie lief zur Tür und horchte ins Treppenhaus. Nein, nichts. Möglich, dass sie wach geworden war, weil sie etwas Unangenehmes geträumt hatte. Von Evelyn? Mit einem Mal gingen ihr Berichte aus den Medien durch den Kopf. Reale Fälle, in denen eine Frau verschwunden war und ihr Ehemann behauptete, sie sei mit einem Liebhaber auf und davon, bis sich herausstellte, dass er selbst – nein, das war abwegig, sie ließ den Gedanken fallen. Ihr gegenüber hatte Evelyn ihren Mann niemals als Schuft dargestellt. Sie hatte lediglich gesagt: *Es ist aus.* Zudem hatte Achim kaum wissen können, wo seine Frau sich aufhielt. Oder hatte er es auf Umwegen erfahren? Hatte Evelyn ihrer Tochter, die in Kanada weilte, die Adresse mitgeteilt, hatte das Mädel sie an ihren Vater weitergegeben?

Im Arbeitszimmer schlug die Pendeluhr. Drei Stunden nach Mitternacht. Isabell ging ins Parterre hinunter, warf noch einmal einen Blick in die Gästewohnung, stieg die Treppe wieder hinauf und wählte die Nummer der Polizei. Was konnte es schaden, Evelyn als vermisst zu melden? Möglich, dass sie später den Unmut des Ehemanns oder der zurückkehrenden Evelyn zu spüren bekäme, zunächst aber musste sie mit dem des Bereitschaftspolizisten rechnen. *Und da rufen Sie uns mitten in der Nacht an?*

***

Umsäumt von Bäumen schlängelte sich die Reichsstraße in sanften Kurven an Feldern und Wiesen entlang, die vom bewaldeten Kreuzberghang begrenzt wurden. Eine schöne Straße, befand Pilar. Sie war auf dem parallel laufenden Fuß- und Radweg mit dem Hund unterwegs. Der Autoverkehr war erträglich, und ein Grünstreifen schuf Abstand zur Fahrbahn. Für gewöhnlich passierte sie den ländlichen Abschnitt zwischen Ückesdorf und Lengsdorf im Auto oder Bus, aber heute musste sie nach den Pferden schauen, weil die Pächterin der Weide sie gebeten hatte, kurz nachzusehen, ob dort alles in Ordnung war. Anschließend wollte Pilar sich auf einem Umweg zu ihrem Job in der Buchhandlung auf dem Brüser Berg begeben, eine Runde, von der sie sich einen zufriedenen Hund versprach.

Der schwarze Tajo ging fröhlich schwänzelnd an der Leine neben Pilar her. Nach einer Nacht mit andauerndem Starkregen war es heute warm und windig. Über ihre Köpfe ging ein Tosen, Rauschen und Knacken hinweg, und die Kronen der hohen Bäume bogen sich auf und nieder. Pilar sah einem morschen Ast nach, der quer über die Fahrbahn zum anderen Straßenrand trieb. Im selben Moment warf ein Ruck an der Leine sie fast um.

Der Hund war stehen geblieben. Sein schmaler Körper war angespannt, die aufgestellten Ohren zitterten. Schnüffelnd hielt er die Nase in die Luft. Seine Augen waren auf eine Stelle jenseits des Eisengeländers gerichtet, das den Weg von der abfallenden Böschung trennte.

War da irgendwas?

Pilar ließ sich von Tajo ein Stück weit ziehen. Zum Glück trug er sein Brustgeschirr, aus dem er nicht herausschlüpfen konnte. Zwischen Stämmen und Sträuchern hindurch spähte sie in die dämmrige Senke. Unterhalb der Böschung floss ein Bach und verschwand unter der Straße. Neben dem Wasserlauf lag abgebrochenes Astwerk auf braunem, feucht glänzendem Laub, über das dunkelgrüne Efeuranken krochen. Was nahm der Hund dort wahr? Witterte er Wild? Am gegenüberliegenden Hang wurde das Gebüsch zum Dickicht, das sicher vielen Tieren Lebensraum bot. Meistens aber interessierte Tajo sich mehr für stinkenden Abfall, und den gab es hier womöglich auch.

Der Hund duckte sich und machte Anstalten, unter der eisernen Querstange hindurchzuschlüpfen. Es war klar, was er wollte: die Böschung hinuntersausen, über den Bach setzen und aufstöbern, was ihn dort aufregte.

Pilars Augen konnten nichts Besonderes entdecken. Als sie weitergehen wollte, war der Hund wie aus Beton.

»Nun komm schon!«

Am Fuße eines breiten Haufens aus Reisig und altem Rasenabschnitt, den jemand am Ufer entsorgt hatte, sah sie nun etwas hervorlugen, etwas Rostbraunes, das sich farblich von der Umgebung aus Grün und stumpfen Brauntönen abhob. Es konnte sich um einen Pelz, eine Decke oder ein Stofftier handeln. Oder war es ein Fuchs? Bisher hatte sie nur ein einziges Mal einen gesehen, der aus einem Kornfeld vor einem anrückenden Traktor in den Wald geflohen war. Von diesem hier war nur der Rücken zu erahnen, und der rührte sich nicht.

Sollte sie da unten nachsehen? Der Abhang war steil und unwegsam. Ein Stück weiter gab es einen anderen Zugang, einen Pfad, der manchmal von Reitern benutzt wurde. Doch Pilar hatte keine Lust auf den Umweg und wollte nicht mit Matsch unter den Schuhen in der Buchhandlung auftauchen. Sie beugte sich weit übers Geländer und glaubte, jetzt mehr zu erkennen. Wenn es kein Fuchs war, musste es ein Hund sein. Sie glaubte zu riechen, was mit ihm los war.

War es angebracht, das zu melden? Es war lästig und vermutlich überflüssig – schließlich war das Areal keine Parkanlage. Hier verfaulte noch manches andere. Also nicht melden. Mit einem Stück Trockenfutter, von dem sie stets eine kleine Menge in der Jackentasche hatte, überredete Pilar ihren Hund, den Weg fortzusetzen.

Nach ein paar Metern blieb sie stehen. Vor ihrem geistigen Auge tauchten Heerscharen von Ratten auf, die aus der Kanalisation herbeiströmten und den Kadaver verschmausten, um anschließend gestärkt und durch kräftige Nachkommen vermehrt in die nahen Wohnhäuser einzurücken. Eine grauenvolle Vorstellung. Sie wusste nicht, ob das passieren konnte, aber durfte sie es darauf ankommen lassen? An der Autobahnunterführung hatte sie einen Kleinlaster der Stadtverwaltung gesehen, in dem zwei Männer saßen und ihr Mittagessen verzehrten, denen konnte sie Bescheid sagen.

Sie fasste die Hundeleine kürzer und kehrte um. Tajo dicht neben sich, rannte sie los und in der nächsten Seitenstraße den Berg hinauf. Super, der Wagen des städtischen Fuhrparks stand noch dort. Rechen, Besen, Spaten und Schneidewerkzeug ragten neben einer zurückgeschlagenen Plane empor.

Hinter der Windschutzscheibe biss ein bärtiger Mann mit viel schwarzem Haar herzhaft in ein belegtes Brötchen. Sein Kollege hinter dem Lenkrad trug eine Kappe und hielt eine Thermoskanne, aus der eine dampfende Flüssigkeit in einen Becher floss. Kaffee, stellte Pilar fest, als sie vor das offene Fenster an der Beifahrerseite trat.

»Guten Appetit«, sagte sie. »Dahinten liegt ein totes Tier.«

Die beiden warfen ihr einen bösen Blick zu.

Auwei, dachte sie, das war jetzt nicht so gut. »Entschuldigen Sie, bitte, ich hab nicht viel Zeit. Es ist ziemlich groß, vermutlich ein Hund.« Sie zeigte in die Richtung, aus der sie gekommen war.

Der Fahrer schob seine Mütze aus der Stirn, sodass rotblondes Haar zum Vorschein kam. »Datt känne me. Ihr Tierhalter seid zu faul zum Jraben.«

»Es kann auch ein Fuchs sein«, wandte Pilar ein und fügte hinzu, dass sie niemals ihren Hund oder ihre Katze wegwerfen würde wie Abfall. Niemals.

Die beiden nickten ihr anerkennend zu. Der Fahrer trank seinen Kaffee, und der Beifahrer biss wieder in sein Brötchen.

»Me sare de *Bonnorange* Bescheid. Die maache datt fott.«

»Gut«, erwiderte Pilar, sie wusste ja, dass *Bonnorange* das Abfallbeseitigungsunternehmen der Stadt war.

Ihr Hund wedelte mit der Rute, den Blick fest auf die Hand des Beifahrers geheftet, der das Brötchen erneut seinem im Bart versteckten Mund zuführte. Der Mann zog eine Wurstscheibe heraus und warf sie Tajo zu, der sie mit der Schnauze auffing. Währenddessen schien der Kollege hinter dem Lenkrad über die Sache nachgedacht zu haben.

»Senn Se dann su jot on zeije Se uns datt emol?« Er deutete neben sich, wo sein kauender Kollege saß. »Steijen Se en.«

Irritiert stellte Pilar fest, dass der Wagen keine Rückbank hatte. Der Dunkelhaarige öffnete die Tür und rutschte zur Mitte. Pilar blickte auf den Streifen Fläche, der ihr zum Sitzen angeboten wurde. Sie zögerte.

»De Hond nämme Se op de Ärm«, meinte der Fahrer.

Sie kletterte in den Wagen und zwängte sich neben den Beifahrer. Sie bedeutete Tajo, auf ihren Schoß zu springen, und zog die Tür zu. Warm und speckig spürte sie den breiten Oberschenkel des nach

Wurst duftenden Mannes an ihrem Bein. Sie versuchte, näher an die Tür zu rücken, und gewann eine minimale Lücke, in der sich der Schenkel des Mannes sofort ausbreitete wie weicher Teig.

Hätte ich die zwei nur nicht angesprochen, dachte Pilar. In der kleinen Wildnis, wo es vielleicht weniger Ratten gab als am Bahnhof, hätte das tote Tier gewiss niemanden gestört. Sie merkte, dass die blauen Augen des Fahrers sie fragend anblickten.

»Den Berg runter und dann links«, sagte sie.

Der Mann gab Gas, fuhr die ruhige Straße mit den Einfamilienhäusern hinab und erreichte bald die Reichsstraße.

»Auf der anderen Seite. In der Kurve, beim Geländer«, erklärte Pilar. »Dahinter ist es. In dem kleinen Tal.«

Der Fahrer hielt ein Stück weiter an. Dort begann der matschige Pfad, der in die Senke führte. Tajo sprang hinaus und sauste mitsamt der Leine in den Weg hinein. Pilar und die Männer folgten ihm. Als der Hund auf die Böschung zusprintete, stieß Pilar einen Pfiff aus. Tajo blieb stehen und wandte ihr den Kopf zu. Gleich darauf fuhr seine Schnauze zwischen die Blätter am Boden. Er wirbelte einen schwarzen Plastikstreifen durch die Luft, warf sich damit hin und wälzte sich im Efeu. Anscheinend war es der Fetzen eines dünnen Müllbeutels in der Art, wie Pilar sie aus dem Krankenhaus kannte.

»Dort«, sagte sie. »Unterhalb der Stelle, wo der Hund spielt.«

Pilar rief Tajo zu sich und ergriff die Leine. Von dieser Seite war das Ufer des Baches zugänglicher, sodass sie sich ohne Schwierigkeiten der Anhäufung von Ästen, altem Laub und Rasenabschnitt nähern konnten. Das rostbraune Fell war von hier aus nicht erkennbar. Sie traten um den Haufen herum und sahen es auf der Rückseite aufleuchten. Mit den Füßen standen sie bereits im Feuchten – offenbar war das Wasser durch den nächtlichen Regen angestiegen und hatte einen Teil des Reisigs fortgeschwemmt.

Der Fahrer und sein Kollege schüttelten gleichzeitig den Kopf.

»Datt soll ene Fuchs senn?«

»Sieht auch nicht nach Hund aus«, meinte Pilar. »Vielleicht eine Pelzjacke.«

Der stämmige Beifahrer strich sich über den schwarzen Bart. »Ja, das ist Pelz.«

»Ävve keene äschte«, wandte der Fahrer ein.

»Ein Kunstpelz«, schlug Pilar vor.

»Hm, nää …« Der Mann sah sie an. Unter seinem Blick beschlich sie ein mulmiges Gefühl.

»Wie soll me sare …« Mit der Spitze seines Stiefels schob er behutsam ein paar Blätter beiseite. Einer der trockenen Äste verrutschte und zog ein paar weitere mit sich. »Datt es nix fü de *Bonnorange.*« Er nahm seine Mütze vom Kopf.

Augenblicklich begriff Pilar. Sie beugte sich vor und erkannte eine zurückgeschlagene Kapuze. Daneben schimmerte etwas Helleres, weißlich Graues – Haut. Die Haut eines Menschen. Ein Teil eines Halses, der Ansatz von dichtem braunem Haar. Darunter ein dunkles Mal, eine Druckstelle oder eine schwarz verkrustete Wunde. Pilar wandte sich ab. Mehr wollte sie nicht sehen. Sie fühlte Übelkeit in sich hochsteigen.

»Do rofe me de Polizei.«

»Ich muss zur Arbeit«, würgte Pilar heraus. »Sagen Sie der Polizei, dass sie mich in der Buchhandlung ›Goethe und Hafis‹ erreicht.«

»Goethe und Haifisch?«, fragte der Beifahrer.

Pilar konnte nicht weitersprechen, sie konnte jetzt unmöglich erklären, dass Hafis ein persischer Dichter war. Sie entfernte sich halb rennend in Richtung Unterführung, den Hund an ihrer Seite. Sie war verstört. Ein Mensch. Ein Toter. Was war da passiert, wie kam er dorthin? Unfall, Herzinfarkt, Selbstmord, Totschlag, Mord? War es eine Frau? Der Hals war schmal und der Haaransatz eher weiblich, dafür sprach auch die Felljacke, so was trug ein Mann nicht. Vergewaltigung mit Todesfolge, Raub …

Sie musste damit aufhören, sie durfte nicht länger darüber nachdenken! Mit diesem Zittern in den Händen und diesem Schrecken im Gesicht wollte sie den Kunden des Buchladens keinesfalls gegenübertreten.

Es ging einigermaßen. Pilar schaffte es, sich zusammenzureißen. Nur ein einziges Mal fragte eine Kundin, ob sie sich nicht wohlfühle. Gegen vier erschien der Buchhändler, um sie abzulösen. Sie hatte wechselnde, oft kurze Arbeitszeiten, je nachdem, was er sonst noch zu tun hatte; er betrieb einen Verlag und organisierte Lesungen, Vorträge und ungewöhnliche Musikabende, um mehr

Kultur in den Stadtteil zu bringen, was ihm ein großer Kreis an Interessierten dankte, die froh waren, für solche Darbietungen nicht hinunter in die Stadt zu müssen.

Pilar trat mit Tajo den Heimweg an. An der Autobahnunterführung stand noch der Wagen des städtischen Fuhrparks. Die beiden Männer luden ihre Werkzeuge ein und waren offenbar dabei, Feierabend zu machen. Pilar grüßte sie, und Tajo wedelte heftig mit der Rute.

Der Mann mit der Mütze nickte ihr zu. »Die senn noch net fäddisch dohinge.« Er deutete den Hang hinunter.

»Können Sie gucken gehen«, meinte der Schwarzhaarige.

Ja, sagte sich Pilar, es ist sinnvoll, dort vorbeizuschauen, falls die Polizei Fragen an mich hat. Der direktere Fußweg kam allerdings nicht in Betracht, für ihn brauchte man Gummistiefel oder ein Pferd, weil er völlig zermatscht war. Sie lief also mit Tajo die Straße hinunter, die sie ein paar Stunden vorher mit den Männern entlanggefahren war. Als sie den Rad- und Fußweg an der Reichsstraße erreichte, sah sie sofort, dass an der Kurve einiges los war: Dort standen jede Menge Polizeiwagen und Zivilfahrzeuge. Zahlreiche Polizisten mit und ohne Uniform und Kriminalbeamte in weißen Schutzanzügen gingen umher oder besprachen sich. Vor einem doppelt gespannten rot-weißen Plastikband drängelte sich ein Pulk schaulustiger Leute.

In den zur Senke abknickenden Weg bog der schwarze Wagen eines Bestattungsinstituts ein. Eine junge Polizistin öffnete das Band, damit er hinter die Absperrung gelangen konnte. Andere Polizisten drängten die neugierigen Menschen zurück. Weitere Wagen hielten auf dem Grünstreifen, Fenster wurden heruntergelassen, Türen öffneten sich, Leute stiegen aus. Einige stellten Fragen, manche gaben Antworten.

»Was ist passiert?«, war mehrmals zu hören.

»Sicher ein Verbrechen.«

»Wie schrecklich!«

»Ein Toter.«

»Mord?«

»Weiß man nicht.«

»Wenn es nur kein Kind ist, hier wurde mal eines gesucht …«

»Oh Gott, oh Gott!«

»Bitte, gehen Sie weiter, Sie behindern die Arbeit der Polizei!«, rief ein älterer Uniformierter in die Menge.

Weitere Beamte bedeuteten den Autofahrern, den Straßenrand sofort zu verlassen.

»Entschuldigen Sie bitte«, versuchte Pilar die anderen Stimmen zu übertönen, »ich …«

»Das gilt auch für Sie!«, raunzte der ältere Beamte sie an.

»Ich hab aber …«, Pilar hob angestrengt die Stimme, um das Gewirr der Geräusche zu durchdringen, »… ich hab den Toten heut Mittag gefunden.«

Alle Köpfe fuhren herum. Schlagartig trat Schweigen ein. Die Leute musterten sie unverhohlen. Sie schienen zu überlegen, ob die Frau mit dem schwarzen Lockenkopf und den Kohleaugen die Wahrheit sprach oder sich nur wichtigmachte. Oder nicht alle Tassen im Schrank hatte.

»Warten Sie hier«, sagte der Polizist und ging ein paar Schritte in den Weg hinein. »Jan? Hier ist jemand für dich.«

Um ein Haar wäre Pilar ein lautes Stöhnen entschlüpft. Kriminaloberkommissar Jan Möller … Das hätte jetzt echt nicht sein müssen. Die Erinnerung an die bisherigen Begegnungen mit ihm ließ sie unwillkürlich mit den Zähnen knirschen. Seine Art, vor allem seinen Spott, konnte sie nur schwer ertragen. Ihr letztes Telefongespräch hatte ein Mordkomplott zum Gegenstand gehabt, das der Kommissar für einen Witz gehalten hatte.

Ein breitschultriger Hüne im schwarzen Anorak löste sich aus einer Gruppe und kam auf Pilar zu. Seine ernste Miene veränderte sich, als er sie erkannte. Offenbar versuchte er, ein Grinsen zu unterdrücken.

»Ausgerechnet die Frau Álvarez-Scholz. Hätte ich mir ja denken können.«

Pilar warf einen verärgerten Blick zu seinem fleischigen Gesicht hinauf. Eine Leiche hatte sie noch nie entdeckt, und sie konnte nichts dafür. Dass Möller auf ihren Anteil bei der Aufklärung früherer Kriminalfälle anspielte, war fehl am Platz.

»Kommen Sie hinter die Absperrung«, meinte er.

Der Uniformierte hob das rot-weiße Band an, sodass Pilar bequem darunter hergehen konnte. Möller führte sie ein Stück abseits. Auf dem Weg, der zum Bach führte, näherte sich eine schmale Frau in Jeans und Lederjacke. Hauptkommissarin Ahrbrück. Ihr Pferdeschwanz schwang hin und her, als sie Pilar begrüßte wie eine alte Bekannte.

»Sie haben die Tote gefunden, Frau Álvarez-Scholz. Erzählen Sie uns bitte, wie es dazu kam.«

Die Tote, eine Frau. Pilar hatte richtig vermutet.

»Ich bin gegen Mittag den Weg an der Straße entlanggegangen. Und mein Hund dachte … also wir dachten beide …«

Möller grinste. Warum redete sie immer so ein Blech, wenn sie vor der Kriminalpolizei stand? Pilar riss sich zusammen.

»Tajo hat was gewittert, und ich hab das für einen toten Fuchs gehalten«, fuhr Pilar fort. »Ich bin nicht darauf gekommen, dass es ein Mensch sein könnte.«

»Das sagt uns eine Expertin für Kriminalromane«, bemerkte Möller und schüttelte den Kopf.

»Wir haben bei der Toten eine Visitenkarte gefunden«, erklärte die Hauptkommissarin. »Frau Álvarez-Scholz, da Sie in der Buchhandlung auf dem Brüser Berg arbeiten, wie mir berichtet wurde, frage ich Sie: Ist Ihnen zufällig eine Frau namens …«, auf der Straße hupte und ratterte ein Lastwagen vorüber, »… Korbmacher begegnet?«

»Korbmacher?«, wiederholte Pilar, da sie sich wegen des Lärms nicht sicher war, richtig verstanden zu haben. »Nein, nie gehört.«

»Ist Ihnen etwas in der Umgebung aufgefallen, als Sie die Tote fanden? Vielleicht vorher oder nachher?«

Pilar überlegte und sah auf das Gras, das Laub, den schwarzen Hund im roten Brustgeschirr. Ihr Blick folgte den Hufspuren im braunen Matsch, bis der Pfad eine Kurve machte. Dahinter führte er zwischen dichtem Gestrüpp den Hang hinauf. Wenn sich dort jemand befunden hätte, als sie am Geländer stand, hätte sie ihn schwerlich bemerken können.

»Nein, nichts.«

Die Kommissare verabschiedeten sich, und eine Polizistin bedeutete ihr mit einer Handbewegung, sich wieder hinter die Absperrung zu begeben. Als sie den Fuß- und Radweg erreicht hatte, sah Pilar einen Mann mit umgehängter Kamera auf sich zukommen, offensichtlich ein Reporter. Sie setzte sich schnell in Bewegung. Bloß weg hier! Das fehlte noch, dass sie als Finderin einer Leiche in die Zeitung oder ins Fernsehen käme.

»Nur ein paar Sekunden!«, hörte sie den Mann rufen.

Pilar rannte um die Ecke und die Straße hinauf. Sie ließ Tajo frei, damit sie nicht über ihn stolperte, und hörte den Reporter noch einmal rufen. Danach schien er aufzugeben. Sie lief dennoch mit Tempo weiter, durch die Grünanlage, durchs Wäldchen, in die nächste Wohnstraße. Atemlos kam sie an ihrer Haustür an.

Vor der Garage des Nachbarhauses stand Herr Winter im gepflegten grauen Anzug, in der Hand einen Aktenkoffer. Er blickte verwundert zu Pilar herüber.

»Wer ist denn hinter Ihnen her?«

»Der Hund«, keuchte sie, »braucht … Bewegung.«

Natürlich glaubte er ihr nicht, das sah sie ihm an.

»Aahaa«, sagte er gedehnt und zwinkerte mit einem Auge. »Verstehe. Ihr Freund, der Privatdetektiv, ist auch schon da. Er berät sich gerade mit Ihrem Mann.«

Was stellte ihr Nachbar sich vor? Wahrscheinlich vermutete er, dass Freddy und sie wieder in dunkle Geheimnisse verstrickt waren. Im vergangenen Sommer war so eine Geschichte in höchste Gefahr umgeschlagen. Dass alles glimpflich ausgegangen war, hatte sie in erster Linie Winter zu verdanken. Ein wachsamer Nachbar, keine Frage. Aber dass er die Worte *Ihr Freund* immer noch so anzüglich betonte, als handelte es sich bei Freddy um einen Liebhaber, ärgerte sie. Als langjähriger Nachbar, der regelmäßig durch die Thuja-Hecke spähte, musste er inzwischen wissen, dass Freddy nichts weiter als ein guter Kumpel aus ihrer Studentenzeit war.

Winter trat einen Schritt vor. »Es ist wieder was im Busch, hab ich recht? Sie sehen so verstört und aufgelöst aus, als hätten Sie …« Er verstummte. Vielleicht dachte er genau das Richtige.

Pilar schloss die Haustür auf und sah Richard und Freddy in der Diele stehen. Auf der Kommode lagen die elektrische Bohrmaschine und die Schachtel mit den verschiedenen Bohrern.

»Freddy will sich die Maschine ausleihen, er hat einen neuen Hängeschrank fürs Bad gekauft«, erklärte Richard.

»Kommt das alte Ding … deiner Eltern … aus den Sechzigern … dann weg?« Pilar sprach abgehackt, sie war immer noch außer Atem.

»Auf keinen Fall«, erwiderte Freddy. »Den neuen häng ich daneben.«

»Ach je.« Pilar sank auf die Truhe. »Das wird … toll aussehen.«

»Wieso keuchst du so fürchterlich?«, fragte Richard.

Forschend blickten die beiden Männer sie an. Die ganze Strecke über hatte Pilar es Richard so schnell wie möglich erzählen wollen. Und nun … Am liebsten hätte sie jetzt nur über Badezimmerschränke und Bohrer geredet.

»Ein Reporter war hinter mir her.« Allmählich bekam sie ihre Atmung in den Griff. »Aber in Wahrheit bin ich … vor einer Leiche geflohen.«

»Eine Leiche«, wiederholte Freddy.

»War hinter dir her«, sagte Richard.

»Ungewöhnlich mobil«, meinte Freddy.

»Sie lag in der Senke neben der Reichsstraße.«

»Also weniger mobil.« Freddy hob eine Augenbraue.

»Sie hatte eine Visitenkarte bei sich.«

»Ungemein höflich«, merkte Richard an.

Pilar schlug mit der Faust auf die Truhe. »Warum nehmt ihr mich nicht ernst?«

Richard seufzte. »Sag jetzt bitte nicht, du hast eine Leiche gefunden.«

»Tajo hat sie entdeckt.« Pilar streifte dem Hund sein schmutziges Brustgeschirr ab, von dem Blättermatsch oder irgendein anderer schwarzer Schmadder herabhing; sie sah nicht genau hin und warf es in die dunkle Ecke neben dem Schuhregal, sie würde es später säubern.

»Mann oder Frau?«, wollte Freddy wissen.

»Die Kommissarin geht davon aus, dass es eine Frau vom Brüser Berg ist. Korbmann oder so ähnlich.«

Freddys Augen weiteten sich. »Bist du sicher, dass sie Korb*mann* gesagt hat? Und nicht Korb*macher*?«

»Hm … Ich glaub, sie hat Korb*macher* gesagt. Kennst du jemanden, der so heißt?«

»Hat sie den Vornamen genannt?«

»Nein. Oder vielleicht doch. Ich hab aber nur den Nachnamen verstanden.«

»Wie alt schätzungsweise?«

»Ich hab nicht mehr von ihr gesehen als einen Teil ihrer Jacke. Und ihren Nacken. Braune Haare.«

»Kann es sein, dass es …« Freddys Stimme entgleiste. Er schwieg sekundenlang. »… Evelyn Korbmacher ist?«

»Die Evelyn von Achim? Die heißt doch Eber.«

»Er heißt Eber. Sie heißt Korbmacher.«

Pilar rief sich das Gespräch mit Frau Ahrbrück ins Gedächtnis zurück. Als sie den Namen der Frau aussprach, hatte der Lärm eines Lastwagens möglicherweise zwei, drei Silben überdeckt. Sie konnte also *Evelyn Korbmacher* gesagt haben.

»Die Jacke, die du eben erwähnt hast, was für eine war das?« Freddys Stimme bebte.

»Die sah aus wie ein Fuchspelz.«

Freddy wurde käsebleich. Einen Moment lang dachte Pilar, er würde umkippen. Er schwankte und sank auf das andere Ende der Truhe, deren Deckel laut knackte. Pilar hatte Mühe, sein Flüstern zu verstehen.

»Von so einer Jacke hat Achim gesprochen. Ich hab das noch genau im Ohr: *Ihre alberne Fuchsjacke.*«

***

Der Name … Die Jacke … Die Tote muss nicht Evelyn sein, es kann eine zufällige Übereinstimmung oder ein Irrtum sein, sagte sich Freddy krampfhaft. Doch die Gewissheit, dass sie es war, ergriff mit eisiger Kälte mehr und mehr Besitz von ihm.

Er trat kräftig in die Pedale und radelte zur Reichsstraße hinunter. Die Stelle, wo die Leiche gefunden worden war, musste er sofort sehen. Das Badezimmerschränkchen, das Birgit so dringend brauchte, konnte warten, er hatte die Bohrmaschine auf der Kommode von Pilar und Richard liegen lassen und wollte sie später holen.

Schon von Weitem sah er das rot-weiße Absperrband. Er verlangsamte, linste durch die Büsche und erblickte in der Senke neben der Straße ein paar Gestalten in weißen Plastik-Overalls, offenbar Beamte der Spurensicherung, die das Gelände weiträumig absuchten. Meistens hinterließ der Täter ja irgendeine Spur, und wenn es nur Fasern seiner Kleidung oder Abdrücke seiner Schuhsohlen waren.

Freddy fuhr öfters hier entlang, aber er war noch nie auf die Idee gekommen, in dieses kleine, dunkle Tal hineinzuschauen. Von hier oben sah man ohnehin nicht viel, und mit dem Fahrrad war man schnell vorbei. Wahrscheinlich hatte die Tote schon gestern dort gelegen, während er ahnungslos vorübergeradelt war und sich am Anblick der roten Kastanienblüten auf der anderen Straßenseite erfreut hatte.

Sein eigentliches Ziel war Achims Reihenhaus, obwohl es in dem einsetzenden Regen unangenehm war, noch bis zum Brüser Berg zu radeln. Er hatte das Bedürfnis, mit Achim zu reden und ihm, wenn der Fall so lag, wie er befürchtete, sein Mitgefühl auszusprechen, auch wenn er nicht wusste, ob es ihm viel bedeutete. Im Kreis seiner alten Freunde behandelte man Freddy oft mit milder Verachtung, weil er nach seinem verpatzten juristischen Staatsexamen nichts Besseres auf die Beine gekriegt hatte, als Obst und Gemüse auf dem Venusberg zu verkaufen, ganz zu schweigen von seiner wenig erfolgreichen Vorstadt-Detektei, die den alten Kumpels gerade gut genug für ätzende Witze war. *Scheißhaufen im Vorgarten? Setz Freddy drauf an, der kriegt den Täter!* Achim, der einen soliden Juristenposten in der Rechtsabteilung einer Versicherung innehatte, machte da keine Ausnahme. Doch Freddy war nicht nachtragend, zumindest gab er sich Mühe, es nicht zu sein.

Als er an dem Wendehammer mit den Reihenhäusern angelangt war, erblickte er vor der blauen Tür einen grauen Opel, einen älteren Astra. Achim war offenbar nicht allein. Aber er hatte nicht irgendwelchen Besuch, stellte Freddy im Näherkommen fest. In diesem Auto hatte er selbst schon gesessen, als er eine Zeugenaussage machen musste, es war ein Wagen der Kriminalpolizei. Sollte er besser umkehren? Freddy entschied sich fürs Klingeln.

Es dauerte eine Weile, bis Achim an die Tür kam. Sein Gesicht wirkte fleckig, seine Augenlider flatterten, und die schwarzbraunen Haare standen zerzaust in alle Richtungen.

»Freddy … weißt du es schon? Evelyn …«

»Es ist also wahr«, murmelte Freddy. »Es tut mir sehr leid.« Er kam sich unbeholfen vor. Kein Wort schien stark genug, um auszudrücken, wie geschockt und traurig er war. Grausige Szenarien, die zu Evelyns Tod geführt haben konnten, tauchten in seinem Kopf auf. Was für eine entsetzliche Lage für Achim. Neben der Trauer konnten Schuldgefühle nicht ausbleiben, das musste unerträglich sein. Die Strafe war zu hart für einen Seitensprung.

»Du musst wieder gehen. Die Kripo ist hier.« Achims Stimme hörte sich kratzig an. »Es war wohl ...«, er schluckte, »Mord. Aber ich kann nichts dazu sagen, ich weiß nicht, was die von mir wollen. Ich kann doch in jedem Fall auf dich zählen?«

»Klar, Achim. Das ist selbstverständlich«, sagte Freddy, ohne zu überlegen.

Die Tür schloss sich. Langsam ging er zu seinem Fahrrad zurück, das er hinter dem Opel abgestellt hatte. *Ich kann doch in jedem Fall auf dich zählen* ... Beim Anblick des grauen Wagens bekamen diese Worte einen unangenehmen Beigeschmack. Als Ehemann konnte Achim leicht in den Kreis der Verdächtigen geraten, noch dazu mit einer Geliebten. Und in Achims Augen hatte nicht nur Verzweiflung, sondern noch etwas anderes geglommen: Panik. Was für Freundschaftsdienste erwartete er? *Ich ruf dich nur an, damit du weißt, dass ich nichts dafür kann.* Dieser Satz, den Achim am Telefon gesprochen hatte, war Freddy zunächst nur ein bisschen sonderbar erschienen, nun aber kam er ihm fragwürdig vor.

Ach du Scheiße, war Achim wirklich verdächtig? Bis zu diesem Augenblick hatte Freddy keine Sekunde für möglich gehalten, dass Achim als Mörder in Betracht kam, aber jetzt ... Nein, das konnte nicht sein. Wahrscheinlich war er bei dem Anruf einfach fix und fertig gewesen, weil seine Frau so *kopflos* und kompromisslos reagiert hatte und unerreichbar verschwunden war. Dass er sich in dieser Situation ungeschickt ausgedrückt hatte, war nicht verwunderlich. Es wäre unfair, seine aufgeregten Worte auf die Goldwaage zu legen.

Freddy schwang sich aufs Fahrrad und verließ den Wendehammer. Jetzt die Bohrmaschine holen ... Das Schränkchen anbringen ... Wie unglaublich schwer war das, im Alltag einfach fortzufahren wie bisher.

SECHS

Richard aß mit gutem Appetit, während Pilar lustlos an einem Stück Graubrot herumnagte. Der Kaffee war in ihrer Tasse kalt geworden, die Zeitung lag aufgeschlagen neben ihrem Teller. Sie saßen schon lange am Frühstückstisch, es war Samstag und fast zwölf Uhr mittags. Ihre Söhne Damian und Lukas schliefen noch, sie hatten sich in der Nacht die Übertragung eines Wettkampfs zwischen berühmten Box-Profis angeschaut und waren wahrscheinlich erst gegen Morgen in ihre Betten gesunken.

Pilar war froh, dass Richards Husten mittlerweile so gemäßigt war, dass nicht jedes Gespräch von seinen Anfällen beendet wurde. Am Tag zuvor hatte er wieder sein Büro aufgesucht, war aber am Abend völlig erledigt gewesen und hatte sich mit einer Tasse Hustentee früh zu Bett begeben. Deshalb hatte sie ihn erst heute Morgen wissen lassen, dass ihr pausenlos die eine Frage durch den Kopf hämmerte: Was war passiert, weshalb musste Evelyn sterben?

»Das ist Sache der Polizei«, brummelte Richard, während er auf seiner Brotscheibe Käse, Tomaten und Frühlingszwiebeln aufschichtete. »Warum zerbrichst du dir den Kopf?«

Der Lokalteil der Zeitung enthielt einen Bericht. *Die Tote von der Reichsstraße* lautete die Überschrift. *Von Spaziergängerin entdeckt – Spur verliert sich nach Mitternacht*, stand in der Zeile darunter. *Fremdverschulden nicht auszuschließen*, ließ ein Polizeisprecher wissen. Ein großes Foto zeigte die Umgebung des Fundorts, ein kleines Bild, anscheinend ein Passfoto, Evelyns ernstes Gesicht. *Wer hat diese Frau in der Nacht von Dienstag auf Mittwoch oder in den anschließenden Morgenstunden gesehen?* Es folgten Angaben zu ihrem Aussehen und ihrer Kleidung, insbesondere der ungewöhnlichen Jacke. *Wem ist sie Nähe Weberstraße/Adenauerallee, eventuell in Begleitung, aufgefallen? Wer hat dort oder an der Reichsstraße zwischen Lengsdorf und Ückesdorf verdächtige Personen bemerkt?* Die Polizei bat die Bevölkerung um sachdienliche Hinweise.

Pilar dachte an die dunkel verkrustete Stelle im Nacken der Leiche. Ob sie hinterrücks erschossen worden war? Von der Art ihres Todes stand nichts in dem Artikel, sicherlich wollte die Polizei das nicht verraten, ebenso wenig wie sie sich auf Mord festlegen wollte. Vielleicht war die Obduktion noch nicht durchgeführt, denn auch zur Todeszeit gab es keine genauen Angaben. Pilar rief sich die Anhaltspunkte der Rechtsmediziner ins Gedächtnis und merkte nicht sofort, dass sie laut sprach.

»Totenflecke, Eintritt und Lösung der Leichenstarre, einsetzende Fäulnis …«

Richard, der im Begriff war, lustvoll in sein dick belegtes Brot zu beißen, hielt mitten in der Bewegung inne. »Bitte, Pilar, nicht jetzt.«

»Die hängt von der Umgebungstemperatur ab«, erklärte Pilar. »Je wärmer, desto früher die Anzeichen der Verwesung.«

»Musst du mich darüber beim Frühstück belehren?«

»Wichtig ist auch, wie weit der Mageninhalt der Leiche schon verdaut ist.« Ach ja, fiel ihr jetzt auf, der Zeitpunkt war ungünstig, aber der Vollständigkeit halber musste sie noch einen Satz hinzufügen. »Und ab achtundvierzig Stunden Leichenliegezeit ist der Befall mit Schmeißfliegenlarven von Bedeutung.«

Richard legte sein Brot auf den Teller und warf ihr einen leidenden Blick zu. »Danke sehr.«

Bevor Pilar ihrem Mann versichern konnte, dass solche Gespräche bald Normalität am Küchentisch seien, weil ihr ältester Sohn jetzt Medizin studiere, ertönte der Dreiklang der Türglocke. Tajo sauste vor Pilar her. Wie in einem Bilderrahmen erschien am Fensterchen der Haustür ein kugelrunder Kopf, auf dem das silbergraue Haar so dicht und geordnet anlag, dass der Eindruck entstand, es handele sich um eine Mütze.

Rita! Ein Bonner Original, das nur so viel Hochdeutsch sprach, wie nötig war, damit Leute wie Pilar und Richard, die nicht echte *Bönnsche* waren, ihren Worten folgen konnten. Was war los? An einem Samstag war Rita noch nie spontan vorbeigekommen, das war ihr Hauswirtschaftstag, da kamen ihre Böden und Fenster dran, gleichgültig, ob sie es nötig hatten oder nicht.

Die Freundin schnaufte, als die Tür aufging, ihr Gesicht war gerötet. »Pilar, isch ben fix on fäddisch. Wo semme dann heh? Wild West? Mafialand? Los Angelos?«

Es war eine von Ritas Eigentümlichkeiten, meistens vorauszusetzen, dass ihre Freunde wussten, was sie gerade bewegte. Hätte Pilar nicht eben die Zeitung gelesen, hätte sie geglaubt, Rita sei überfallen worden.

»Meinst du das, was an der Reichsstraße passiert ist?«

Rita nickte mehrmals heftig. »On se wör noch am Lävve, wänn dä Marvin net esu ene Knallkopp wör.«

»Ist das einer von deinen zwölf Neffen? Komm erst mal rein, Rita. Das kann nicht sein, dass jemand aus deiner Familie schuld an Evelyns Tod ist, das glaub ich einfach nicht.«

Rita schob ihren fülligen Körper, den ein Hosenanzug mit großflächigem Blumenmuster umhüllte, über die Schwelle, ohne den Blick von Pilars Gesicht zu wenden. »Häste *Evelyn* jesacht?«, flüsterte sie. »Kennste die dann?«

»Flüchtig. Ihr Mann ist ein alter Freund von Freddy.«

Rita zuckte zusammen und riss die Augen auf. »Freddy? On se hätt ene Mann?«

»Da gab es ein Problem«, erklärte Pilar. »Der hat eine andere.«

»Esu?« Rita zog das *U* in die Länge, während ihre kleinen Augen ganz rund wurden.

»Evelyn hat die beiden zusammen erwischt und ist aus dem Haus gestürzt.« Pilar bedeutete Rita mit einer Handbewegung, in die Küche durchzugehen.

»Hallo, Rita«, begrüßte Richard sie kauend. Offenbar waren ihm Pilars rechtsmedizinische Ausführungen nicht dauerhaft auf den Magen geschlagen. Er bepackte sich eine weitere Brotscheibe mit Käse, Ei und Mayonnaise, seine vierte heute Morgen. Halb so wild, sagte sich Pilar, verglichen mit Rita kann man ihn fast noch als schlank bezeichnen.

Rita erwiderte Richards Gruß und ließ sich ihm gegenüber auf einen Küchenstuhl sinken, der bedenklich knackte.

»Nun mal von vorn«, sagte Pilar. »Warum ist dein Neffe ein Knallkopp?«

»Dä Marvin es Kellner em ›Treppsche‹ en de Weberstroß, datt kennste jo.«

»Ja, klar.«

»Da waren wir lange nicht mehr«, murmelte Richard.

»Rita, sääte höck Morje, die Dude von de Reichsstroß wor am Dinnsdaach em ›Treppsche‹!«

»Die *Dude*?« Pilar kannte das Wort nicht.

Rita warf ihr einen mitleidigen Blick zu. »Die Tote«, übersetzte sie. »Bevüe et dut wor, wor et dä janze Ovend alleen am Bäschere, bes et kornblomeblau wor. On ons Marvin hätt dä janze Wing jehollt …«, Ritas Stimme schwoll zu einem verärgerten Crescendo an, »… statt klipp on klor fü et ze sare: Jetz es et ävve jot!«

»Das muss eine andere Frau gewesen sein«, meinte Pilar. »Vom ›Treppchen‹ bis zur Reichsstraße, wo man Evelyn gefunden hat, ist es ziemlich weit.«

»Do siehste, watt e Minsch em Suff all fäddisch brängt.«

»Vielleicht wurde sie im Auto mitgenommen«, schlug Richard vor. »Hat Marvin die Polizei informiert?«

Rita nickte. »Jestern wor de Polizei em ›Treppsche‹. On däm Liebsche singe Handtäsch wor och em ›Treppsche‹. Hätt et do vejesse. Kanonevoll, isch sach et jo.«

Richard schnitt eine weitere Scheibe von dem runden Brotlaib ab. Pilar verkniff sich eine Bemerkung. Fünf dicke Scheiben zum Frühstück waren womöglich auch für Rita völlig normal.

»Möchtest du etwas essen, Rita?«, fragte Pilar sanft. »Oder was trinken?«

Die Freundin schien es kaum zu hören. Sie schüttelte nur den Kopf und erhob sich. Während sie sich verabschiedete und hinausging, schienen ihre Gedanken ganz woanders zu sein. Vielleicht zog es sie unwiderstehlich zu ihrem Samstagsputz.

»Warum war sie eigentlich hier?«, fragte Richard, als Pilar die Tür hinter ihr geschlossen hatte.

»Wahrscheinlich wollte sie sich ihren Ärger über Marvin von der Seele reden.«

»Sie kam mir sonderbar vor.«

»Vor allem wirkte sie so erstaunt, ja, fast entsetzt darüber, dass der Mann der Toten Freddys Freund ist.«

»Vermutlich meint sie, Freddy könnte was mit der Sache zu tun haben. Möglich, dass sie schon die komplette Skandalstory im Kopf hat. *Fremdgehender Ehemann spannt Freund als Killer* ein – das Ganze natürlich auf Bönnsch.«

Der Dreiklang ertönte. Pilar wandte sich um. Ritas Kopf tauchte erneut im Fenster der Haustür auf.

»Do es noch watt«, schnaufte sie, als Pilar die Tür öffnete.

»Komm in die Küche, Rita«, rief Richard. »Das möchte ich nicht verpassen.«

Rita holte tief Luft. »Wie de Dieter on isch dä Marvin am Dinnsdaach um zwöllef affjehollt hann, weil däm sing Waje kapott es«, begann sie und durchquerte mit gerunzelter Stirn die Diele bis zur Küche, »seh isch op de Boddem von däm ›Treppsche‹ ene Zättel. Böckste disch emol, denk isch, datt es jesond. Ävve isch wor watt möd, on watt jlövste, watt isch höck Morje en de Täsch von minge Botz hann?«

»Dä Zättel«, ertönte Richards Bass.

Rita zog ein verknittertes gelbes Papier aus der Tasche ihrer Hose. »Lurens.«

Pilar beugte sich darüber und erkannte einen mit Kugelschreiber gezeichneten Männerkopf im Profil. Schirmmütze, Brille mit dünnem Rand, kleiner Schnurrbart, spitzes Kinn. Sie merkte, dass Rita sie gespannt beobachtete.

»Sieht aus wie Freddy«, sagte Pilar.

Richard reckte sich herüber. »Verdammt ähnlich.«

»On isch hann dä Freddy su jäen!« Ritas Gesicht verzerrte sich, als kämpfe sie gegen Tränen. »Ävve nu … kütte en Vedacht.«

»Der?« Richard ließ ein glucksendes Lachen hören.

»Nee, Rita, wie kommst du darauf?«, fragte Pilar.

»Wänn datt däm Evelyn singe Zättel es …«

»Ja, wenn!«, warf Richard ein. »Es kommen mindestens hundert andere Gäste in Betracht.«

»Enää.« Rita schüttelte heftig den Kopf. »Dä Marvin sät, datt könnt senn, datt die Frau datt jemalt hätt. He hätt sujätt jesenn, säte.«

Pilar begriff, was in Rita vorging. Wenn der Zettel von Evelyn stammte und sie Freddy gezeichnet hatte, lag die Frage nahe, was sie dazu veranlasst hatte. Der Gedanke, dass sie sich nach Mitternacht mit dem Freund ihres Mannes treffen wollte, um mit ihm über ihren Kummer zu reden, schien nicht so abwegig, vielleicht hatte Freddy vorher keine Zeit gehabt. Dann könnte er der Letzte gewesen sein, der sie lebend gesehen hatte. Und war der Letzte nicht in aller Regel der Mörder?

Ritas massige Brust erschütterte ein plötzliches Beben. Sie vollführte drei, vier rasche Handbewegungen, und bevor Pilar eingreifen konnte, war der Zettel in kleine Schnipsel zerrissen. Mit überraschender Schnelligkeit verschwand sie damit in der Diele und in der Gästetoilette.

»Vernichtung von Beweismaterial!«, rief Richard hinter ihr her. Im selben Moment ertönte die Spülung.

»Maacht et jot, on tschö!«, kam es trotzig aus der Diele.

Im nächsten Moment fiel die Haustür ins Schloss. Pilar und Richard sahen einander an.

»Was ist denn in die gefahren?« Richard schüttelte verständnislos den Kopf. »Der Zettel hätte zur Polizei gehört.«

»Die gute Rita will nicht, dass der Verdacht auf Freddy fällt«, mutmaßte Pilar. »Vielleicht hat sie gehofft, wir sähen keine Ähnlichkeit.«

»Der auf dem Zettel muss nicht Freddy sein«, meinte Richard. »Trotzdem solltest du überprüfen, ob er so eine Kappe besitzt.«

»Wieso ich?«

»Na gut.« Richard griff nach dem Telefon.

»Hallo, Freddy«, sagte er kurz darauf. »Hör mal, wenn du die Bohrmaschine zurückbringst, kannst du mir dann deine Schirmkappe ausleihen, ich … – Wie? Du hast keine? Nie eine gehabt? Brauchst du so was nicht zum Observieren? – Bisher nicht, ach so. – Dann hat sich das erledigt, du kannst die Bohrmaschine noch was behalten. Bis bald.«

Richard grinste. »Er ist nicht drauf gekommen, dass mir seine Mützen nicht passen. Drei Größen zu klein.«

Pilar hörte kaum zu, sie dachte an Evelyn. Sie sah es förmlich vor sich, wie sie den Kopf eines Mannes skizzierte, der ihr begegnet war und sie fasziniert hatte und den sie noch mal treffen wollte, aus einer Verliebtheit heraus oder aus anderen Gründen. Später hatte sie nicht mehr an den Zettel gedacht, und er fiel unbemerkt vom Tisch.

»Ich kann mir das gut vorstellen«, sagte Pilar. »Evelyn hat den Mann gezeichnet, mit dem sie in der Nacht verabredet war. Und der war ihr Mörder.«

Richard sprang auf. Pilar wusste, warum. Sie rannten gleichzeitig los, sie trieb der gleiche Gedanke: Die Spülung der Toilette war schwach, wenn man nicht fest genug drückte. Die Papierschnitzel konnten noch sichtbar sein.

Sekunden später beugten sie sich Seite an Seite über die Kloschüssel und starrten ins Abflussrohr. Aber da war nichts als Wasser.

Richards Gesicht wurde starr. Im ersten Moment dachte Pilar, es liege am Verlust des Beweismaterials, aber dann sah sie, dass er Schmerzen hatte. Er schaffte es nicht, auch nur ein kleines Stück in die Aufrichtung zu kommen.

»Mist, verdammter«, stöhnte er. »Mein Rücken. Wegen einer albernen Kritzelei.«

»Vielleicht hat Evelyn zum Zeitvertreib einen Kollegen gezeichnet, der ihr in den Sinn kam«, überlegte Pilar. »Oder einen Jugendfreund, nach dem sie sich sehnte.«

»Oder ihren Rechtsanwalt, ihren Vermögensberater oder ihren Friseur«, grummelte der gekrümmte Richard, immer noch übers Klo gebeugt. »Holst du mir bitte das Schmerzgel?«

»Vergessen wir den Zettel.«

»Ich hab sowieso nichts drauf gegeben. Ihr Frauen habt zu viel Phantasie. Ffft …« Er biss sich auf die Unterlippe. »Das Schmerzgel, Pilar.«

***

Freddy stellte sein Fahrrad vor der blauen Haustür ab. Achim hatte ihn angerufen, die Polizei habe ihn bereits zum zweiten Mal aufgesucht, die Kriminalbeamten seien gerade weggefahren. »Freddy, die tun so, als sammelten sie nur ein paar Informationen, aber ich bin doch nicht blöd, ich merke, dass sie denken, ich hätte es getan! Es ist nicht auszuhalten! Was kann man da machen? Kommst du kurz rüber?« Keine Frage, dass Freddy sofort zugesagt hatte.

Als er klingelte, sah er zwei Häuser weiter jemanden vorgeneigt am offenen Fenster lehnen. Schräg gegenüber bewegten sich deutlich die Stores, als stünde ein Beobachter dahinter, und im Nebenhaus hörte er tuschelnde Stimmen vom Balkon im ersten Stock.

Achim öffnete die Tür. »Scheiß drauf!«, rief er Freddy entgegen. »Sieh dir die Aasgeier an!« Er fuchtelte mit einer Hand in Richtung Straße. »Die wissen alle längst Bescheid. Die Polizei ist von Tür zu Tür gelaufen, in der Zeitung stand es auch, und jetzt glauben alle, genau zu wissen, wer hier der Mörder ist! Für die ist das Motiv glasklar: Der Mann hat eine Neue, also legt er die Alte um. Geht schneller als die Scheidung, ist billiger und erspart das Tauziehen um Haus und Möbel.«

Achims Bitterkeit erschreckte Freddy. Langsam, fast widerstrebend, trat er über die Schwelle. »Die schauen nur aus Neugier rüber und manche sicher auch aus Mitgefühl.«

»Red kein Blech.« Achim gab der Tür einen Tritt, worauf sie krachend ins Schloss flog.

Freddy folgte ihm ins Wohnzimmer. Nach wenigen Schritten blieb er stehen. Hier lag mehr herum als sonst. Mit Sicherheit waren das nicht Evelyns Sachen. Valerie hatte dem Raum ihren Stempel aufgedrückt, und Achim hatte sich nicht einmal die Mühe gemacht, alles wegzuräumen. Auf der Anrichte fielen Ketten aus Kunststoffkugeln und ein pinkfarbener Schminkkoffer ins Auge, über einer Stuhllehne hing ein breiter Gürtel, und unterm Couchtisch lagen umgekippte High Heels.

Das alles widerte Freddy an. Mit spitzen Fingern befreite er einen der Sessel von einer Bluse mit Leopardenmuster und legte sie auf den Tisch, auf dem sich ansonsten nur ein weißes Blatt Papier befand.

»Was wollte die Polizei von dir wissen?«, fragte er, als sie einander gegenübersaßen.

»Ob mir bekannt war, wo Evelyn sich aufhielt. Ob ich sie noch mal gesehen habe, ob sie hier gewesen ist, ob wir telefoniert oder uns Nachrichten geschrieben haben, was für Kontakte sie gehabt hat, solche Dinge.«

»Hast du der Polizei gesagt, dass Valerie und du …?« Freddy deutete auf die verstreuten Sachen.

»Ja, sicher. Erstens hatte ich keine Lust zum Aufräumen, und zweitens hätten sie es sowieso rausgekriegt. Aber ich habe nicht die geringste Ahnung, wo Evelyn gewohnt hat. Und die Dreckskerle glauben mir nicht! Sag mal, Freddy, für dich als Detektiv ist es doch kinderleicht, für ein bisschen Entlastungsmaterial zu sorgen?«

Freddy runzelte die Stirn. »Wie meinst du das?«

»Als Zeuge, zum Beispiel. Indem du denen versicherst, ich sei bei dir gewesen, wir hätten die ganze Nacht zusammen gepichelt. Mensch, wie oft haben wir früher zusammengehockt, bis morgens der Bäcker aufmachte – falls das Bier so lang gereicht hat. Weißt du noch? Warum also nicht von Dienstag auf Mittwoch?«

»Ich soll dir ein falsches Alibi geben?«

»Du hast gesagt, dass ich auf dich zählen kann.«

»Augenblick mal, Achim …«

»Und sag denen gleich«, fiel ihm Achim ins Wort, »die Valerie sei so eine Art Versehen gewesen, das wüsstest du genau. Ein dummer One-Night-Stand.«

»Bei dem sie zufällig ihre Klamotten hiergelassen hat?«

»Als Evelyn weg war, brauchte ich Trost, das ist ja was anderes.«

»Aus dem Alibi wird nichts, Achim. Ich lüge nicht.«

»Ich dachte, für einen Detektiv sei das normal.«

»Nur, wenn es notwendig ist, um als Ermittler an Informationen zu gelangen. Und immer im Rahmen der Gesetze, nie vor Polizei und Gericht. Punkt, aus.«

»Na ja, sie haben heute gefragt, wo ich gewesen bin. Beim ersten Mal haben sie mir ihr Beileid ausgesprochen, jetzt kommen sie zur Sache.«

»Was hast du gesagt?«

»Dass ich bei dir gewesen bin. Um sieben unter die Dusche, danach ins Büro. Deine Dusche, wegen des Alibis. Du brauchst das nur zu bestätigen.«

Freddy holte tief Luft. Wie konnte Achim annehmen, dass er zu einer falschen Aussage bereit sei?

»Ich stelle das heut noch richtig«, erklärte Freddy kühl, obwohl er nah dran war, zu explodieren.

Achim ballte die Hände zu Fäusten, erwiderte aber nichts darauf. Er nahm das weiße Blatt vom Tisch und drehte es um. »Schau dir das bitte an. Das habe ich an dem verdammten Abend geschrieben, nachdem sie mich ertappt hatte.«

Freddy nahm das Blatt entgegen. Es zeigte Achims Handschrift. *Evelyn, ich liebe nur dich, verzeih mir den Ausrutscher, das kommt nie wieder vor.*

»Das ist eine Kopie«, stellte Freddy fest.

»Das Original hat die Polizei.«

»Hat Evelyn das gelesen?«

»Ich hab es ihr gezeigt, bevor sie durch die Tür gerauscht ist.«

»*Kopflos* hast du das am Telefon genannt. Und da hast du das hier schnell hingeschrieben – in dieser Schönschrift? Lagen Papier und Kuli schon bereit? Und *kopflos*, wie sie war, hat sie das auch noch gelesen?«

»Du bist ein Arsch, du glaubst mir nicht.«

»Ich frage mich nur, ob du es später geschrieben hast, als dir klar wurde, dass du zum Kreis der Verdächtigen gehörst.«

Freddy warf Achim einen prüfenden Blick zu. Der schob nur die Unterlippe vor.

»Sag mal, steht dir das Wasser bis zum Hals, sodass du verzweifelt nach einem Rettungsring suchst?«

»Du verhältst dich nicht wie ein Freund«, knurrte Achim, »sondern wie ein Scheißbulle.«

Freddy legte das Blatt zurück auf den Tisch. »Der Schrieb ist sowieso ungeeignet. Liebe beweist überhaupt nichts. Schon mancher Mann hat aus Liebe getötet, weil seine Frau nicht zurückkommen wollte. Bleib einfach bei der Wahrheit. Alles andere macht dich verdächtig.«

Achim stöhnte auf. »Die Wahrheit ist, dass Valerie schwanger ist und ihre Alte mir die Hölle heißgemacht hat, weil der Opa sie und Valerie enterbt, wenn die ein uneheliches Kind bekommt. Und Valerie ist sauer und gibt mir kein Alibi.«

»Und wo warst du in der fraglichen Nacht?«

»Ich war am Dienstagabend in der Wohnung, in der sie mit ihrer Ollen haust. Als es Streit gab, hab ich die Damen mit dem Sauerbraten sitzen lassen und bin im Auto durch die Gegend gedüst. Irgendwann nach zwölf war ich zu Hause und die ganze Nacht allein. War richtig erholsam.«

Freddy starrte Achim an. Das sieht nicht gut aus, dachte er.

»Glotz nicht so! Mann, wie sollte ich ahnen, dass so ein Wüstling daherkommt und meine Frau ermordet und ich plötzlich ein Alibi brauche!«

»Weshalb hast du mit Valerie Streit gehabt?«

»Wegen irgendeinem Scheiß.«

»Wäre hilfreich, wenn du das präzisieren könntest.«

»Sie hat mir vorgeworfen, dass ich Evelyn nachtrauere. Am nächsten Tag haben wir uns wieder vertragen, aber gestern hat sie das da gefunden.« Er deutete auf das Blatt Papier. »Und angeblich hat eine ihrer Freundinnen meinen Wagen in der Mordnacht auf der Reichsstraße gesehen. Ich bin da nur entlanggefahren. Aber da könnte ich gut auf dem Weg zu dir nach Röttgen gewesen sein.«

»Hat die Polizei dir gesagt, wie sie gestorben ist? Was ist die Todesursache?«

»Gewalteinwirkung gegen den Hals.«

»Erwürgt? Erdrosselt?«

»Sie waren so freundlich, sich darüber auszuschweigen, und haben mir nur signalisiert, dass sie keinen Vergewaltigungstäter suchen. Auch keinen Straßenräuber. Und dann haben sie gefragt, ob ich ihnen erlauben würde, sich hier umzugucken. Ich hab natürlich Ja gesagt.«

»Und?«

»So nach und nach hab ich es gemerkt: Sie suchen eine gewöhnliche Paketschnur, eine Kordel.« Achim stieß einen grimmigen Laut aus. »Aber sie haben keine gefunden. Hab schon dafür gesorgt, dass so was nicht im Haus ist.«

Freddy erstarrte. »Wie soll ich das verstehen?«

»Klebeband ist viel besser für Pakete.«

Der alte Freund war Freddy fremd geworden. Merkte er nicht, dass jede seiner Äußerungen verdächtig klang? Warum verhielt er sich so ungeschickt? Der würde einen guten Verteidiger brauchen, wenn das so weiterginge.

»Jetzt kommen sicher noch Kriminaltechniker, um zu prüfen, ob sich hier irgendwo Fussel von Paketkordel befinden.« Achim lachte bitter auf. »Vielleicht sollte ich schnell alle Schubladen durchsaugen.«

»Lass den Quatsch.« Freddy begann Achims Gehabe zu nerven. Sollte das womöglich Ironie sein? Um einen Blickkontakt zu vermeiden, schaute er durch die offene Tür zu der Treppe, die nach oben führte. In der Biegung stand eine prall gefüllte Reisetasche. »Ist die von dir?«

»Ja, klar.«

»Willst du abhauen? Das wäre das Blödeste, was du tun kannst.«

»Bist du verrückt?«, erwiderte Achim gereizt. »Ich will in ein Hotel, unten in der Stadt. Ich halt es hier nicht mehr aus. Die Nachbarn.« Er schien in Freddys Gesicht zu forschen. »Und du? Glaubst du auch, dass ich es war?«

Freddy zögerte mit der Antwort.

»Was bist du für ein Widerling!«, brüllte Achim. Er sprang auf, griff nach Freddys Schultern und schüttelte ihn grob.

»Hör auf, Achim! Ich glaub das nicht, aber …« Er wollte dem Freund einen Rat geben, doch auf die Schnelle fand er keinen Ansatz.

»*Aber?* Nur heraus damit! Du kannst es dir vorstellen, wie?«

»Ach was! Aber so, wie du dich verhältst …«

Er versuchte, sich dem eisernen Griff zu entwinden. Achims Hände ließen los. Und fuhren ihm an die Kehle. Sein Körper fiel schwer auf Freddys und drückte ihn tief in den Sessel. Freddy stemmte sich gegen ihn, versuchte, sich aufzubäumen, bekam aber die Arme nicht frei. Gegen Achims Größe und Gewicht hatte er wenig Chancen.

Schrill fuhr die Haustürklingel in ihr lautes Keuchen.

Achim ließ von Freddy ab. Er wich seinem Blick aus, strich sich mit der Hand die Haare glatt und ging hinaus in den Flur. Freddy rappelte sich auf und folgte ihm langsam. Was er in der Ausbildung an Selbstverteidigung gelernt hatte, musste er auffrischen, so viel war sicher. Im Garderobenspiegel sah er, dass seine Brille verbogen war, sein geröteter Hals Schrammen aufwies und am Kragen seines Hemdes ein Knopf halb abgerissen herunterhing. Er fühlte sich benommen, es war ein Schock. Das Bild, das er sich dreißig Jahre lang von dem Freund gemacht hatte, war zerstört.

Vor der Tür standen zwei Männer. Freddy erkannte den einen. Es war Oberkommissar Möller, der vor zwei Jahren zur Mordkommission gehört hatte, als auf Pilars Theaterpremiere eine Frau ermordet worden war.

»Sie gestatten?« Möller und sein jüngerer Kollege traten ein. Beide musterten sowohl Achim als auch Freddy interessiert.

»Kleine Meinungsverschiedenheit gehabt?«, fragte Möller. »Sie sehen nicht aus, als hätten Sie zusammen Urlaubsfotos betrachtet.« Sein Blick schweifte zur Treppe und schien an der Reisetasche hängen zu bleiben.

»Was wollen Sie noch?«, knurrte Achim. »Ich habe Ihnen alles gesagt, was ich weiß.«

»Wir möchten Sie bitten, uns aufs Präsidium zu begleiten«, entgegnete der jüngere Beamte.

»Warum das?« Achim war sichtlich nervös. »Wollen Sie mich festnehmen?«

»Das ist keine Festnahme. Es geht nur um Ihre Vernehmung. Es steht Ihnen jedoch frei, einen Rechtsanwalt …«

»Reden Sie nicht so blöd drum herum!«, unterbrach Achim. »Sie halten mich für den Mörder!«

»Die Vernehmung als Beschuldigter gibt Ihnen selbstverständlich die Möglichkeit, zu Ihrer Entlastung beizutragen«, erklärte Möller.

Achim stieß einen unverständlichen Fluch aus. Freddy legte ihm die Hand auf den Arm und fragte sich im Stillen, wie er das jetzt noch fertigbrachte.

»Ruhig, Achim. Ruf Jörg Ollekoven an. Dem kannst du vertrauen.«

Mit Jörg hatten sie beide zusammen Jura studiert; er war Rechtsanwalt geworden und trat häufig als Strafverteidiger auf.

»Bitte sehr, tun Sie das«, sagte Möller, dem der Name Ollekoven anscheinend nicht unbekannt war. »Wir warten so lange.«

***

Mit einem Seufzer ließ Isabell die Zeitung auf den Küchentisch sinken. Sie fühlte sich kreuzelend. Indem sie Evelyn angeboten hatte, in ihrem Haus zu wohnen, hatte sie das Unglück möglicherweise selbst in Gang gesetzt. Evelyn war die zweite Person aus diesem Haus, die ein besonderes Schicksal erlitten hatte. Obwohl der zeitliche Abstand von fast vierzig Jahren groß war, quälte Isabell das dumpfe Gefühl, es könnte ein Zusammenhang bestehen.

Ihr Frühstück war ausgefallen, sie hatte nur Kaffee getrunken und war schon bei der fünften Tasse. In ihrem Mund breitete sich ein galliger Geschmack aus, ihr Magen schmerzte. Sie musste endlich etwas essen, aber es ging nicht. Ein gähnender Abgrund schien stetig auf sie zuzuwachsen und zwang sie, in eine schwarze Tiefe zu sehen. Sie konnte jederzeit abstürzen.

Die Haustürklingel ließ sie zusammenzucken. Statt in den Abgrund wäre sie beinah vom Stuhl gefallen.

Möglich, dass es noch einmal die Kriminalpolizei war. Am Vortag hatten Isabell zwei Kommissare aufgesucht, ein Mann und eine Frau, die auch die anderen Hausbewohner befragten. Anschließend inspizierten die Beamten die Gästewohnung und packten Evelyns Laptop ein, um die Festplatte nach letzten Kontakten durchzusehen. Erst kurz bevor sie sich verabschiedeten, rückten die Beamten mit der Nachricht heraus, dass Evelyn tot aufgefunden worden war. Isabell musste sich am Treppenpfosten festhalten, so sehr geriet sie außer Fassung. Auch wenn sie es befürchtet hatte – es als Tatsache hinnehmen zu müssen, war etwas völlig anderes. Sie hatte nicht gewagt, nach den näheren Umständen zu fragen. Wahrscheinlich hätte man ihr ohnehin nichts Genaueres gesagt.

Die Klingel meldete sich noch einmal, altersbedingt heiser, aber dennoch schrill und fordernd. Isabell erhob sich und drückte auf den Türöffner. Während sie sich mit der Bürste durchs Haar fuhr, horchte sie auf die schnellen Schritte unten auf dem Steinboden. Das hörte sich nicht nach den Kommissaren an. Sie trat in den Hausflur und blickte übers Geländer.

Wer die Treppe heraufkam, war Karin. Isabell stöhnte innerlich auf. Heute war sie nicht in Stimmung für die lebhafte jüngere Frau, sie war ihr lästig, sie störte.

»Leider hab ich jetzt keine Zeit«, rief Isabell ihr nach einer lieblos hingeworfenen Begrüßungsformel entgegen. Ihre Lippen weigerten sich, ein Lächeln aufzulegen.

»Och …« Karin nahm die letzten Stufen und zog einen Schmollmund. »Aber für einen Kaffee reicht es doch. Ich hatte zufällig in der Nähe zu tun, und da dachte ich …«

Ob das stimmte? Isabell meinte, den Anflug eines verstohlenen Grinsens auf Karins Gesicht gesehen zu haben. Womöglich kam sie aus purer Langeweile.

»Ich muss dauernd an deinen Vater denken.« In einem Schwung war Karin an Isabell vorbei in der Küche. »Der wird mir immer sympathischer. Und der Schreibtisch! Echt beeindruckend. Dort hab ich sein Foto gesehen. Der sah wirklich gut aus.«

»Er war nicht besonders groß, das störte ihn manchmal.« Isabell schloss die Tür und bedauerte, dass sie den richtigen Moment verpasst hatte, um Karin abzuwimmeln.

»Auf dem Bild guckt er so, als wollte er noch was sagen, das ist mir nicht aus dem Kopf gegangen. Wie lange ist er schon tot?«

»Sehr lange«, antwortete Isabell ausweichend. Sie hatte nicht die geringste Lust, die ganze bedrückende Geschichte zu erzählen.

»Immerhin hat er dir das große Haus hinterlassen.« Karin sah mit glänzenden Augen um sich. »Sicher auch etwas Geld, oder nicht?«, fügte sie leiser hinzu.

Isabell lachte kurz auf, ohne es zu wollen. Noch allzu deutlich war die Erinnerung an den Tag, an dem sie hatte feststellen müssen, dass die Konten ihres Vaters so gut wie leer waren und es weder Wertpapiere noch einen Banktresor mit Wertgegenständen gab.

»Warum lachst du so komisch?«

»Weil ich dringend Geld brauchte und keins da war. Am Haus mussten größere Instandsetzungen durchgeführt werden. Um ein Haar hätte ich es verkaufen müssen.« Weshalb erzähle ich ihr das, fragte sie sich betroffen, und vor allem: Weshalb interessiert es sie?

»Und? Hast du noch was aufgetrieben?«

Isabell stutzte. Der Blick, der in Karins Augen aufblitzte, kam ihr lauernd vor. *Aufgetrieben?* Was stellte sie sich vor?

»Nein«, entgegnete Isabell unwillig, »ich hab ein Darlehen aufgenommen.«

»Toll, dass du das Haus halten konntest. Und den Wahnsinnsgarten! Obwohl es lästig ist, dass man durch den Keller muss.«

»Ich gehe selten hinunter. Mir genügt der große Balkon.«

»Und wenn du was für den Garten angeliefert bekommst? Man braucht doch mal einen großen Sack Blumenerde oder einen neuen Rasenmäher.«

»Neben der Haustür führt eine Treppe zu einer Eisentür hinab, durch die man in den Keller gelangt.« Jetzt reicht es aber, dachte Isabell, das kann ihr doch völlig wurst sein.

»Du hast mir übrigens einen Kaffee versprochen.«

Isabell blies empört die Backen auf. Von wegen *versprochen*! Warum bekam sie kein klares Nein zustande? Ihre Augen wanderten zur Uhr über der Küchenbank.

»Musst du weg?«, fragte Karin.

»Ich … muss arbeiten.«

»Dann mach ich den Kaffee selbst.«

»Nein, nein, schon gut.«

Als Isabell in der Küchenzeile hantierte, sah Karin kurz aus dem Fenster in den Garten, wandte sich dann aber der Wohnzimmertür zu.

»Ich guck mich noch ein bisschen um, hier ist es so schön.« Blitzschnell verschwand sie über die Schwelle, als fürchtete sie, daran gehindert zu werden.

Es verschlug Isabell die Sprache. Sie verstand nicht, was sie noch vor Tagen an dieser Frau so gemocht hatte. Deren dreiste Art, ihre Neugierde und Hartnäckigkeit, das alles missfiel ihr jetzt. Was sollten die nervigen Fragen? Das hatte nichts mehr mit Sigrun zu tun, und an den Antiquitäten müsste Karin sich mittlerweile sattgesehen haben. Was wollte sie hier?

Ein drückender Schmerz breitete sich hinter Isabells Stirn aus. Sie fühlte sich nicht imstande, weiter darüber nachzugrübeln. Evelyns Tod setzte ihr furchtbar zu, es war ihr kaum möglich, an etwas anderes zu denken. Vielleicht hätte sie sich mehr um sie kümmern sollen, vielleicht wäre dann alles anders gekommen! Während sie in Düsseldorf gewesen war, konnte sich etwas ereignet haben, wozu Evelyn einen Rat gebraucht hätte – ein zweifelhaftes Jobangebot, eine fragwürdige Einladung oder eine unerfreuliche Unterredung mit ihrem Mann.

Während Isabell die Becher mit dem dampfenden Kaffee auf den Tisch stellte, fielen ihr Gunters Worte ein: *Was vorbei ist, ist vorbei, das kannst du nicht ändern.* Ja, wenn man es nur könnte! Der vernünftige Gunter … Kein einziges Mal hatte er von sich hören lassen, ihm schien es gleichgültig, wie es ihr ging, für ihn war das *vorbei.* Sie selbst fragte sich jeden Tag, wie er sich fühlte und ob sie sich entschuldigen müsste, war aber zu stolz, um ihn anzurufen. Vermutlich hatte er längst eine andere, die nicht halb so hysterisch war wie sie, und jünger und attraktiver sowieso.

Karin kehrte in die Küche zurück. »Wann hast du wieder Zeit, Isabell? Morgen?«

»Nein.«

»Ach schade. Was machst du da?«

»Eine Veranstaltung im Maritim.«

»Den ganzen Tag?«

»Es ist ein langes Programm.«

»Und was ist das?«

»Was mit anderen Journalisten«, erwiderte Isabell unfreundlich. Sie hatte keine Lust, noch mehr zu erfinden.

»Und übermorgen?«

»Da hab ich ein paar Dinge zu erledigen.« Verflixt, warum brachte sie es nicht fertig, dieser Frau unmissverständlich zu erklären, dass sie keine Lust hatte, für sie Zeit zu haben? Sie war wirklich nicht gut drauf.

»Auch am Nachmittag?«

»Vor neun werde ich kaum hier sein und bin dann zu nichts mehr zu gebrauchen.« Nicht dass Karin auf die Idee kam, noch am Abend hereinzuschneien!

»Kannst du denn am Dienstag?«

»Da bin ich noch mal den ganzen Tag in Düsseldorf.«

Das stimmte sogar. Sie hatte in Bezug auf die nicht unsympathische, aber komplizierte Walburga einen Entschluss gefasst: Wenn sie sich auf diesem Termin über das Konzept einig würden, wollte sie die Biografie schreiben. War ein Mensch, der so lang gelebt hatte, nicht sowieso wahnsinnig interessant?

»Auch abends?«

Isabell nickte. Mein Leben verläuft merkwürdig, dachte sie. Da sitze ich hier mit diesem Strohkopf, den ich so schnell wie möglich loswerden will, sehne mich nach einem Mann, den ich viel zu schnell losgeworden bin, aber vor allem trauere ich um eine Frau, über deren Anwesenheit in diesem Haus ich mich wirklich gefreut hatte.

»Ich kann ja am Mittwoch kommen«, hörte sie Karin sagen.

Dazu sagte Isabell weder Ja noch Nein, sie war es leid. Karin schien auch keine Antwort zu erwarten. Zum Glück hatte sie ihren Kaffee ausgetrunken und erhob sich.

Als Isabell die Tür zum Treppenhaus öffnete, vernahm sie ein Knarren. Woher es kam, konnte sie nicht einschätzen, weil Karins Schuh gegen die Fußleiste und ihre Tasche gegen den Küchenschrank stieß. Hatte jemand gelauscht? Schritte hatte sie nicht gehört. Was war in diesem Haus los? Gab es einen heimlichen Bewohner, von dem sie nichts wusste? Sonderbar, auf solche Gedanken wäre sie früher nie gekommen.

SIEBEN

»Ich fahr jetzt gleich«, verkündete Pilar, obwohl sie das ihrem Mann schon mehrmals mitgeteilt hatte, zuletzt vor einer Viertelstunde. Und nun saß sie immer noch neben ihm auf der Terrasse und lauschte dem Flöten der Amselhähne in den Baumkronen. Unglaublich, was für wunderschöne Tonfolgen diesen Vögeln glückten! Ob musikalische Menschen sie mit einem Instrument oder der eigenen Stimme nachahmen konnten?

Pilar hatte wenig Lust, ihren Platz in der Sonne zu verlassen, und Richard schien es ebenso zu gehen. Mit schlechtem Gewissen bemerkte sie, wie die Zeit verstrich, aber sie blieb sitzen, als wäre es auf lange Sicht die letzte Gelegenheit, den Garten zu genießen.

Schläfrig ließ sie ihren Blick über die Wildnis wandern, die sich vor ihr ausbreitete. Hier musste dringend was geschehen. Die Wiese wurde immer kleiner, weil der Efeu sie eroberte, zartere Pflanzen schienen aufzugeben, und über dem wirren Geäst der Bäume war nur noch wenig Himmel zu sehen.

Einen Kontrast dazu bot Winters Thujahecke, die mit ihrem akkuraten Schnitt einer grünen Mauer glich. Dahinter erhoben sich sorgsam angeordnete Bambuspflanzen und das Pagodendach eines Teehäuschens. In der Lücke dazwischen erschien wie eine Figur im Kasperletheater ein bartloser Männerkopf mit spärlichem Haar.

»Sie sitzen da so entspannt!«, rief der Nachbar herüber. »Müssen Sie nicht los?«

»Wir machen uns bald auf den Weg«, erwiderte Pilar.

Es war irritierend, dass Herr Winter bereits über ihre Sonntagnachmittage wachte, die seit einiger Zeit stets in der gleichen Weise verliefen: Richard besuchte seine Mutter in ihrem Seniorenheim auf dem Brüser Berg und Pilar die ihre in der Südstadt. Früher hatten sie die beiden Damen sonntags zum gemeinsamen Nachmittagskaffee ins Haus eingeladen, aber das ging schon lange nicht mehr, weil die zwei sich wegen ein paar Nichtigkeiten spinnefeind geworden waren. Jede von ihnen hatte vorsorglich angekündigt, unter keinen Umständen an der Beerdigung der anderen teilnehmen zu wollen.

Der Nachbar schien noch nicht gewillt, sich von der Hecke zurückzuziehen. »Ich wollte Sie immer mal was fragen: Diese komische Melodie, die da schon wieder zu uns herüberschallt – was ist das?«

»›La Marcha Real‹, der königliche Marsch. Die spanische Nationalhymne.« Pilar sah, dass Winter die Nase rümpfte, und fügte hinzu: »Eine der ältesten der Welt.«

»Sie kommt aus unserem Telefon«, erläuterte Richard. »Ein Geschenk meines verstorbenen Schwiegervaters, der aus Andalusien stammte.«

»Können Sie mal drangehen, damit das aufhört? Wir sind schließlich in Deutschland.« Winters Kopf entfernte sich und bewegte sich auf das japanische Teehaus zu.

»Gegen Japan scheint er nichts zu haben«, bemerkte Richard. »Wer von uns geht?«

»Das ist deine Mutter, Richy. Sie legt Wert auf Pünktlichkeit und will sich erkundigen, wann du endlich kommst.«

Richard blieb gemütlich sitzen. »Das ist deine Mutter, die ist viel ungeduldiger.«

Das Argument überzeugte Pilar. Gähnend verließ sie ihren Korbsessel und ging ins Haus. Wenn das Herumsitzen nur nicht so müde machen würde!

Am Telefon meldete sich keine der beiden Mütter. Es war Isabell. »Pilar, kannst du kommen?«, fragte sie nach einer knappen Begrüßung.

»Jetzt? Ich hab Mama versprochen, sie zu besuchen.«

»Ich muss mit jemandem reden. Ich … es ist zu kompliziert fürs Telefon. Es hängt mit meinem Vater zusammen. Und mit der Toten von der Reichsstraße.«

»Isa, weißt du, dass ich sie kannte?«

Ihrer Schwester schien der Atem zu stocken. »Wieso du?«, brachte sie heiser hervor.

Pilar wiederholte, was sie am Vortrag bereits zu Rita gesagt hatte. »Eine eher flüchtige Bekanntschaft«, schloss sie.

»Ich hab sie auch gekannt«, erklärte Isabell.

Jetzt war es Pilar, die die Luft anhielt.

»Zunächst nur aus der Redaktion des ›General-Anzeigers‹«, fuhr ihre Schwester fort. »Aber vor ein paar Tagen hab ich sie zufällig am Rhein getroffen.«

»Bonn ist eine Kleinstadt«, kommentierte Pilar. »Man läuft sich immer wieder über den Weg.«

»Sie wusste nicht, wo sie bleiben sollte. Deshalb habe ich ihr meine Gästewohnung angeboten.«

»Das war nett von dir.«

Isabell seufzte. »An dem Tag, an dem ich in Düsseldorf war, ging sie aus dem Haus und kehrte nicht zurück. Und als ich mit neunzehn in Paris war, verschwand hier mein Vater. Siehst du die Parallelen?«

Pilar leuchtete nicht ein, was Düsseldorf und Paris in diesem Fall gemeinsam haben sollten.

»Bitte, Pilar, komm vorbei.«

»Gut, ich mach's kurz bei Mama und komme anschließend.«

»Aber bitte ohne unsere Mutter.«

Klar, dachte Pilar, wenn Isabell über Bernhard reden wollte, sollte Mama nicht dabei sein. Zu dem Rätsel um Bernhard hatte ihre Mutter eine eigene Theorie und scheute sich nicht, sie in Isabells Gegenwart mit aller Entschiedenheit zu wiederholen: *Die Sowjets. Die haben Trrroscherrt geholt.* Laut Mama war *denen im Osten* damals alles zuzutrauen – hatte es nicht Gründe genug gegeben, einen westdeutschen Journalisten mundtot zu machen? Auf den zweifelnden Blick ihrer Töchter hatte ihre Mutter stets die gleiche Antwort parat: *Kinder, ihr habt keine Ahnung, wie das früher war. Im Kalten Krieg.*

***

Der kleine Balkon … Sie sollte die Tür in Zukunft geschlossen halten, damit sie nicht mehr in Versuchung geriet, hinauszutreten und auf die Straße zu blicken. Auch wenn sie nur nach jemandem Ausschau hielt, war es jedes Mal das Gleiche: Kaum stand sie an der Säulenbrüstung, wanderte ihr Blick nach innen und ganz weit zurück.

Acht Jahre war sie alt gewesen, als dort unten der offene Wagen vorüberrollte, in dem der junge amerikanische Präsident neben dem greisen deutschen Bundeskanzler Adenauer stand. Es war ein großer, ein riesiger Tag, die Straße voller Leute und Flaggen, Bonn im Ausnahmezustand, obwohl man hier Prominente aus aller Welt gewohnt war. Doch John F. Kennedy schien eine Lichtgestalt zu sein, ein Märchenprinz ... Als die umjubelte Staatskarosse außer Sicht war und eine Schulkameradin und deren Mutter vom Bürgersteig heraufwinkten, stellte Isabell ihrem Vater eine Frage, die sie nie vergessen sollte: »Wo ist eigentlich Mama?« Auf dem Balkon war ihre Mutter zwar selten dabei gewesen, aber ihr war bewusst geworden, dass sie auch lange nicht mehr an den Mahlzeiten, die ihre Großmutter zubereitete, teilgenommen hatte. Ihr Vater murmelte etwas von »Friseur« und erklärte ihr erst Tage später, dass etwas vorgefallen war: Ihre Mutter war mit einem Spanier durchgebrannt – wenn auch nur bis zur Argelanderstraße. Isabell war tief getroffen von der Entscheidung ihrer Mutter und wollte sie nicht mehr sehen. Zudem spürte sie den Kummer ihres Vaters. Erst ein Jahr später überwand sie sich, ihre Mutter zu besuchen. Das Bild, das sich ihr bot, sah sie noch immer vor sich: Sie hielt ein Baby mit rabenschwarzem Haar im Arm, und es hieß Pilar.

Isabell fröstelte. Auch im milden Bonner Klima kam bisweilen Kühle auf. Sie ging ins Wohnzimmer und strickte ein paar Reihen mit der dicken blauen Wolle. Wenn die Maschen gleichmäßig von Nadelspitze zu Nadelspitze glitten, schienen auch ihre Gedanken einen Rhythmus und ein Muster zu finden.

Als es klingelte, betätigte Isabell den Türöffner und beugte sich übers Geländer. Sie erkannte Pilars Schritte auf dem Terrazzo. Jetzt musste sie auf die quietschende unterste Stufe treten. Aber das Geräusch blieb aus, und Pilars Lockenkopf erschien nicht in dem kleinen Ausschnitt, den man von oben sehen konnte.

»Wo bleibst du?«, rief Isabell hinunter.

»Tajo schnuffelt vor der Gästewohnung«, antwortete Pilar von unten. »Der Geruch kommt ihm bekannt vor. Hier hat Evelyn gewohnt, oder?«

Als Pilar die Treppe heraufkam und sie zusammen ins Wohnzimmer traten, blieb der Hund auf der Schwelle stehen und untersuchte, die Nase am Boden, die Dielen. Isabell ging die Schnüffelei, die ein merkwürdiges Geräusch begleitete, auf die Nerven, aber sie verkniff sich eine Bemerkung. Gegenüber Pilar durfte man nichts gegen Tiere sagen, sonst hielt sie einem prompt vor, was alles gegen Menschen zu sagen war.

»Hier war Evelyn auch«, meinte Pilar. »So eine Hundenase ist ein Wunder. Wahrscheinlich weiß Tajo sogar, wann Evelyn zuletzt hier war. Das kann noch nicht lang her sein.«

»Es war Samstag vor einer Woche. Da haben wir hier gemeinsam zu Abend gegessen.«

»Tajo hält das wohl für frischer.«

»Das liegt daran, dass mal wieder gründlich gewischt werden muss. Teresa ist seit Wochen krank.«

»Tajo hat die Leiche entdeckt«, erklärte Pilar, als der Hund endlich fertig war und Isabell die Tür schließen konnte.

»Du warst das also. *Eine Spaziergängerin aus Ückesdorf und ihr Hund.*«

Sie setzten sich einander gegenüber. In dem klobigen alten Ohrensessel nahm Pilar sich klein und schmächtig aus. Ihr Hund lag auf dem abgetretenen Buchara und döste. Isabell strich mit der Hand über den weinroten Samt des Sofas. Er schien ihr noch genauso schön wie früher, er war kaum abgenutzt.

»Pilar, genau hier habe ich Evelyn von meinem Vater erzählt. Drei Tage später verschwindet sie und wird ermordet. Was soll ich darüber denken? Das ist ein merkwürdiger Zusammenhang. Bringt dieses Haus Unglück?«

Pilar stöhnte auf. »Isa, das kannst du nicht wirklich glauben.«

Ich hab mich falsch ausgedrückt, dachte Isabell, ich muss es anders anpacken.

»Mich befällt hier oft eine Melancholie, wie ich sie nie zuvor gekannt habe. Diese hohen Decken, das knarrende dunkle Holz, der moderige Garten, in dem es früher dunkel wird als anderswo. Nachts höre ich manchmal Geräusche, die ich mir nicht erklären kann. Ab und zu war ein gedämpfter Stoß dabei, und ein paarmal dachte ich, es tappt jemand auf der Treppe herum und lauscht an meinen Türen. Es fehlt nicht viel, und ich glaube an Geister.«

»Vielleicht ist einer der Mieter spät nach Hause gekommen und auf Strümpfen hinaufgegangen, um niemanden aufzuwecken.«

»Das wäre mir neu.«

»Der Pfleger, der über dir wohnt, könnte eine Freundin haben, die unbemerkt bleiben will.«

»Ulfs Partnerin ist kürzlich ausgezogen, er hat verkündet, dass er nie wieder mit einer Frau zusammenleben will. In dem freien Zimmer steht seine Modelleisenbahn.«

»Hältst du Geister für wahrscheinlicher als eine neue Freundin? Denkst du an fremde Eindringlinge? Die meisten Dinge haben eine ganz harmlose Erklärung.«

Verärgert boxte Isabell gegen die Armlehne. »Seit wann benutzt du so nichtssagende Floskeln?« Ruckartig stand sie auf. »Bisher habe ich überhaupt keine Erklärung – nicht mal eine harmlose.«

Pilar streifte die Schuhe ab und zog die Beine unter sich auf den Sessel. Isabell ging auf dem Teppich auf und ab. Ehe sie richtig in Zorn geriet, sollte sie lieber versuchen, der Schwester nahezubringen, was sie umtrieb.

»Schau her: Mein Vater verschwand aus diesem Haus vor fast vierzig Jahren und ist wahrscheinlich tot. Evelyn verschwindet aus diesem Haus und wird woanders tot aufgefunden. Es beruht vermutlich nur auf Zufall, dass ihre Leiche entdeckt wurde und seine nicht.«

»Die Umstände sind ganz verschieden«, wandte Pilar ein. »Evelyns Ehemann ist ziemlich verdächtig, und auch seine Freundin oder ihre Mutter kann ich mir als Täterin vorstellen, die beiden waren neulich in der Buchhandlung.«

»Bei Dreiecksgeschichten verdächtigt man immer zuerst die Beteiligten. Ich glaube, dass die Dinge anders liegen.«

»Du willst an Unglück und Geister glauben.«

»Nagele mich nicht auf den Wörtern fest! Damit wollte ich ausdrücken, dass hier vielleicht was vorgeht, das sich den Blicken der Polizei entzieht. Und das macht mir Angst.«

Pilars Gesichtsausdruck veränderte sich. Aus ihrer leicht spöttischen Miene wurde eine nachdenkliche. Sie runzelte die Stirn.

Isabell blieb vor dem Schreibtisch ihres Vaters stehen. »An was denkst du?«

»Isa, kennst du einen Mann mit Schnurrbart und Brille, der eine Schirmmütze trägt?«

»Ulf hat einen kleinen Schnurrbart und eine Brille. Aber Schirmmütze? Kann ich mir nicht vorstellen. Allerdings sehe ich ihn nicht oft, auch wenn ich ihn jeden Tag höre.«

»Und der andere Mieter?«

»Johann lässt sich öfters einen Schnurrbart wachsen, wenn eine Rolle es verlangt, aber ich hab nicht drauf geachtet, als ich ihn neulich auf der Treppe traf. Ich sehe ihn noch seltener als Ulf, aber bisher nie mit Brille und Schirmmütze. Warum fragst du?«

»Evelyn war an ihrem letzten Abend im ›Treppchen‹ in der Weberstraße, und meine Freundin Rita hat dort einen Zettel gefunden, auf dem sich die Zeichnung eines Männerkopfs mit Mütze, Brille, Schnurrbart und spitzem Kinn befand. Rita und ihr Neffe, der in dem Lokal kellnert, meinen, der könnte von Evelyn stammen.«

»Möglicherweise hat sie so einen Mann in der Stadt getroffen, in einer Kneipe, irgendwo. Oder es ist jemand von früher. Wenn es Ulf wäre, müsste ein Doppelkinn zu sehen sein.«

»Man weiß natürlich nicht, wie treffend das Porträt ist. Rita hat es in die Kanalisation befördert, weil sie meinte, es ähnelt Freddy.«

Isabell lehnte sich gegen die Füllung der Flügeltür. Die Fragen, die sich überall auftaten wie kleine Erdspalten, wurden ihr langsam zu viel. Ihr Leben in dieser Stadt hatte sie sich völlig anders vorgestellt.

»Jetzt ist es wieder da.«

Sie bemerkte Pilars fragenden Blick. Ihr wurde bewusst, dass sie laut gedacht hatte.

»Das Gefühl, etwas versäumt zu haben. Ich habe es früher vermieden, länger als drei Tage auf Bonner Boden zu sein. Als könnte ich mir daran die Füße versengen oder als hätte ich Angst, in einen unheimlichen Sog zu geraten. Ich habe noch nie in meines Vaters persönliche Sachen geschaut.«

Pilars dunkle Augen wurden groß und rund. »In all den Jahren nicht? Kein einziges Mal?«

»Ich hab nur die Unterlagen für die Steuer aus dem Schreibtisch gefischt und später die Geburtsurkunde für die Todeserklärung durch das Amtsgericht. Aber die Polizei hat ein paar Monate nach seinem Verschwinden alles durchgesehen.«

»Warum so spät?«

»Man dachte zuerst, er sei aus freien Stücken untergetaucht. Ich erinnere mich an den Anruf unserer Putzfrau Maria José. Ich fiel in Paris aus allen Wolken, als sie sagte, er sei seit zwei Wochen weg und habe seine Ausweise, sein Notizbuch, die Aktentasche, den Regenmantel und den Rasierpinsel mitgenommen, es sehe nach einer Abreise aus. Der Meinung waren auch alle anderen. Und ich war sauer auf ihn, weil er mir nichts gesagt hatte.«

»Es soll nicht so leicht sein, sich eine neue Identität aufzubauen«, wandte Pilar ein.

»Er hatte Kontakte im Ausland. Und genug Bares für gefälschte Papiere und seinen Lebensunterhalt. Es stellte sich heraus, dass er ein paar Wochen vor seinem Verschwinden sein ganzes Geld von der Bank abgehoben hatte.«

»Das könnte auch auf eine Erpressung hindeuten.«

Isabell trat an den Beistelltisch aus Wurzelholz und zupfte an dem Strauß, den Beatrice ihr geschenkt hatte. Die gelben Rosen ließen schon die Köpfe hängen.

»Der Gedanke, er könne Opfer eines Verbrechens geworden sein, kam erst später auf, als Mamas Garten verwilderte und sie behauptete, Bernhard wäre niemals abgereist, ohne ihr einen guten Gärtner zu beschaffen.«

»Das musste die Polizei ja überzeugen.«

»Von da an glaubte Mama, die Sowjets hätten ihn einkassiert und von seinem Geld Raketen gebaut. Und ich hab jahrelang gehofft, mein Papa würde es schaffen, mir eine Nachricht zukommen zu lassen, aus Sibirien, aus dem Ural, woher auch immer, selbst unter schwierigsten Umständen, notfalls verschlüsselt, über Drittpersonen, irgendwie.«

»Hattest du nie das Bedürfnis, die Schubladen des Schreibtischs durchzusehen, wenn du mal ein paar Tage in Bonn warst?«

Isabell strich mit der Hand über die abgerundete Kante der massiven Eichenplatte. Es war schwierig zu erklären, warum sie sich gescheut hatte. Dahinter stand ein ganzes Bündel von Gründen.

»Ich hatte mich daran gewöhnt, zu glauben, er könne jederzeit zurückkehren, plötzlich durch die Tür treten und fragen: *Bella, was machst du da an meinem Schreibtisch?*«

»Aber jetzt ist deine Schwester da und kann Schmiere stehen. Wenn er die Treppe raufkommt, stoße ich einen Warnpfiff aus.«

Isabell musste lachen, obwohl ihr nicht danach war. Mit einer Schwester war alles so viel leichter.

»Wie alt ist Bernhard jetzt?«, fragte Pilar.

»Hundert.«

»Dann braucht er eine Weile, bis er im ersten Stock ist.«

***

Am Sonntagnachmittag hatte Freddy immer frei, weil der Biostand nur vormittags geöffnet war. Er brachte im Bad das neue Hängeschränkchen an, für das er endlich die richtigen Schrauben gefunden hatte, trank mit Birgit einen Kaffee in dem Gärtchen hinter seinem Haus in Röttgen und träumte davon, dass ihm endlich einfiele, wie er aus seiner Detektei noch etwas machen könnte. Schließlich wurde er bald Vater, mit Ende vierzig ziemlich spät, und hätte gegenüber seinem Kind gern erfolgreicher dagestanden. Doch damit sah es nicht gut aus. Die Seiten im Terminkalender waren weiß und unberührt, seine Dienste waren nicht gefragt. Der letzte Klient hatte ihn vor ein paar Wochen wegen eines Verdachts gegen seinen Nachbarn aufgesucht, eine Sache, die rasch erledigt war, denn als Verursacher seltsamer nächtlicher Geräusche im Garten entpuppte sich nicht der Nachbar, sondern ein Waldkauz.

Ständig gefragt war Freddy nur bei seinem Beagle-Mix Billy, der mit seinen murmelrunden braunen Augen jede Bewegung seines Herrn verfolgte und ihm einen strengen Blick zuwarf, als er zweimal gähnte und sich auf dem Gartenstuhl zurücklehnte. *Nicht einschlafen, ich brauch eine Nachmittagsrunde!*

Birgit stieg bald nach dem Kaffeetrinken in ihr kleines Auto, um ihre Schwester zu besuchen. Freddy stand am Bordstein und gab ihr einen Kuss durchs offene Seitenfenster, bevor sie den Motor anließ. Der Hund stand dicht neben ihm und sah ihn erwartungsvoll an.

»In Ordnung, Billy. Eine große Runde. Und auf dem Rückweg schauen wir bei Achim vorbei.«

Birgits rundliches Gesicht lief himbeerrot an. Sie griff zum Zündschlüssel und stellte den Motor aus.

»Das kann nicht dein Ernst sein, Freddy. Bist du wahnsinnig oder lebensmüde? Geh bitte nicht zu Achim.«

»Birgit, ich kenne ihn seit dreißig Jahren. Du weißt, was das heißt: jahrelanges Nebeneinander im Juridicum, gemeinsames Schwitzen bei Klausuren und jede Menge Abende bei Bier und Wein.«

»Was soll die Nostalgie? Er hat dich beinah umgebracht.«

»Das lag nur daran, dass ihm alles zu viel wird, er verkraftet das nicht, er …«

»Der ist massiv gewalttätig geworden! Dafür gibt es keine Entschuldigung«, fiel Birgit ihm ins Wort. Sie war einige Jahre jünger als Freddy, aber wesentlich resoluter. »Achim ist nicht der, den du in ihm sehen willst. Vielleicht ist er schon länger so, spätestens aber, seit er diese Valerie hat, das hast du selbst gesagt. Versprich mir, dass du nicht hinfährst.« Sie strich sich eine blonde Strähne aus dem Gesicht, die sofort wieder zurückfiel. »Ich will unser Baby nicht als Witwe bekommen.«

Sie ließ den Motor an, warf einen unruhigen Blick auf die Autouhr und fuhr los. Der blaue Twingo verschwand um die Ecke, während Freddy grübelnd am Straßenrand stand.

Okay, dachte er, versprochen. Jedenfalls für heute. Er bezweifelte, ob er auf Dauer untätig zusehen konnte, wie die Dinge abliefen. Zunächst wollte er die Stelle noch einmal sehen, an der Evelyns Leiche unter Reisig verscharrt gewesen war. Ließ nicht die Wahl des Ortes einen Schluss auf die Person des Täters zu?

Freddy schwang sich aufs Fahrrad und lenkte es vom Kurfürstenplatz zur Reichsstraße. Billy lief neben ihm her, nur ab und zu blieb er, in eine Schnüffelei versunken, an einem Zaun oder einem Gebüsch stehen. So erreichten sie mit kleinen Verzögerungen die Kurve mit dem Eisengeländer. Die Absperrung war entfernt worden. Freddy hielt an und sah durch das Buschwerk in die dämmrige Senke hinunter.

Er dachte an Evelyn, ihr helles Lachen, ihre spontane Herzlichkeit, ja, auch ihre vorschnelle Art, etwas zu sagen und zu kritisieren. Was konnte sie hier gesucht haben? Die Straße ähnelte einer Landstraße, ohne Bebauung und Laternen, und bei Dunkelheit wurde der Weg daneben nur für kurze Augenblicke von den Scheinwerfern vorbeifahrender Autos erhellt. Das war keine Strecke, die eine Frau in der Nacht oder in der Morgendämmerung gern zu Fuß ging, aber man konnte es nicht wissen.

Hatte Evelyn vorgehabt, ihn, Freddy, in Röttgen zu besuchen? Kaum vorstellbar, so nah standen sie sich nicht. Oder hatte sie geplant, durch Ückesdorf und die Autobahnunterführung zu ihrem Reihenhaus auf dem Brüser Berg zu gelangen? Schon eher denkbar. Wenn Achim zufällig zur selben Zeit die Reichsstraße entlanggefahren war, konnte er seine Frau erkannt und angehalten haben. Es kam zum Streit, und er rastete aus. Da ergab ein böses Wort das nächste, man beleidigte sich gegenseitig, und schon zog der Mann seine Paketschnur aus der Tasche, um die Frau zu erdrosseln …

Es war unmöglich. Der Mann hätte seine Hände genommen und sie erwürgt. Niemand führte zufällig eine Paketschnur mit sich. Wenn das die Tatwaffe sein sollte, wäre der Mord geplant gewesen. Achim hätte also gewusst haben müssen, dass Evelyn hier zu Fuß entlangkäme, und das war unwahrscheinlich.

Freddy bemerkte, dass Billy schon ein ganzes Stück vorgelaufen war. Die Polizei in Bonn klärt nahezu alle Kapitalverbrechen auf, sagte er sich, als er wieder auf seinem Rad saß, ich muss nicht länger darüber spekulieren. Im Gegensatz zu ihm war die Polizei bestens in der Lage, die möglichen Indizien und Beweise zu finden. Und wenn die Spur zum Ehemann führte, war er höchstwahrscheinlich der Täter.

Doch wenn er nicht der Täter war, würde die nächste Zeit für Achim furchtbar werden. Für einen Freund sollte das Anlass genug sein, sich nicht zurückzulehnen. Freddy nickte, als müsse er sich das selbst bestätigen. Sobald er eine Gelegenheit fände, Achim auf legale Weise zu helfen, sollte er sie nutzen.

***

Die große Schublade in der Mitte von Bernhards Schreibtisch hatte Pilar bereits durchgesehen und wieder zugeschoben. Sie hatte vom Mantelknopf bis zur Pinzette eine Menge kleiner Gegenstände entdeckt, auch viele Papiere wie Quittungen, Garantiescheine und Gebrauchsanweisungen, aber nichts, was auch nur entfernt Rückschlüsse auf Bernhards Pläne erlaubte. Was seine Persönlichkeit anging, so ließ sich nur erkennen, dass er ziemlich unordentlich gewesen war.

Nun hatte Pilar die obere der schmalen Schubladen aus dem rechten Seitenblock herausgehoben und auf die Schreibtischplatte gestellt. Während sie Stapel von Briefumschlägen verschiedener Größe, von Schreibpapier und Kohlepapier sowie Schachteln mit Stiften, Scheren und Linealen beiseitelegte, schien Isabell nicht einmal hinschauen zu wollen. Ihre Augen waren auf die hölzernen Stricknadeln gerichtet, mit denen sie Reihe um Reihe in beachtlichem Tempo absolvierte. Sie hielt nur inne, um die Maschen nachzuzählen.

In Pilar stieg eine Welle des Unmuts auf. »Isa!«

Die Schwester zuckte zusammen. »Hast du was gefunden?«

»Nein! Aber was soll dieser verdammte Strickmarathon? Warum siehst du weg? Er war dein Vater!«

Isabell warf das Strickzeug auf den Couchtisch. »Pilar, du begreifst überhaupt nichts! Ich war zu jung, als er verschwand, ich fühlte mich entwurzelt und aus dem Gleichgewicht gebracht. Ich konnte das hier nicht. Sobald ich nur daran dachte, war ich wie gelähmt. Und jetzt überrollt mich mein schlechtes Gewissen wie ein Panzer.«

»Entschuldige, für mich sieht es so aus, als interessiert dich das nicht.«

Die Schwester stöhnte auf. »Für dich ist es einfach. Kannst du dir nicht vorstellen, dass ich Hemmungen habe? Und Furcht, auf etwas zu stoßen, das ich nicht wahrhaben möchte?«

»Also gut. Ich prüfe alles, bevor ich es dir darbiete, und wirklich Schlimmes lege ich sofort zurück. Hier sind erst mal drei dicke Schnellhefter aus verblichener Pappe. Rot, grün, dunkelblau. Die enthalten Zeitungsausschnitte.« Pilar blätterte in dem roten Hefter. »Er scheint sich für nukleare Waffen interessiert zu haben.«

»Nein. Er hatte ein Kriegstrauma, er war an der Front. Was er erlebt hatte, behielt er für sich, aber es war die Hölle, so viel steht fest.«

Pilar las weiter. »Atomwaffentests. Stationierung von Kernwaffen in Deutschland. Es ist sehr viel.« Sie reichte Isabell die Sammlung. »Vielleicht war er der Rüstungsexperte der deutschen Presse.«

Isabell schüttelte den Kopf. »Das sind keine Artikel, die er selbst geschrieben hat. Seine eigenen sind im Keller, sie betreffen innenpolitische Themen, keine Rüstung. Was ist in den anderen Ordnern?«

Pilar schlug den grünen auf. »In dem hier geht es um Terrorismus, Baader-Meinhof-Gruppe. Ein Blatt mit Maschinenpistole, Rote Armee Fraktion.« Ihre Finger glitten durch die vergilbten Zeitungsausschnitte. »Mai 1972, drei Rohrbomben, ein Toter. Und noch mal Bomben, Tote und Verletzte. Was für Zeiten …« Sie reichte Isabell die Mappe.

»Wenn die RAF ihn entführt hätte, wäre es publik geworden«, meinte Isabell. »Die brachte alles an die Öffentlichkeit, die wollte mit ihren Verbrechen was bewegen.«

Pilar nahm den dunkelblauen Hefter zur Hand, den dicksten von den dreien. »Das hier sind Berichte über den DDR-Spion Günter Guillaume. Wie er sich bis zum Bundeskanzler Willy Brandt durchgemogelt hat bis zu seiner Verurteilung. Dazu noch allgemeine Artikel über Ost-West-Spionage. Um da durchzublicken, bräuchten wir mehrere Tage.«

»Guillaume wurde im April 1974 verhaftet, ein halbes Jahr später verschwand mein Vater«, sagte Isabell. »Wie sollte ich es schaffen, über Zusammenhänge nachzugrübeln, die nicht einmal das Bundeskriminalamt aufdecken konnte?«

Bei dem Versuch, sich Bernhard in Erinnerung zu rufen, fielen Pilar nur seine riesigen Gartenhandschuhe und die Wanderstiefel mit den dicken Sohlen ein, unter denen dunkle Erde und braune Blätter klebten, dazu der Geruch von Zigaretten sowie buschige Augenbrauen, aber kein Gesicht, auch keine Stimme, obwohl sie die öfters gehört haben musste. Er hatte ihr die Achtung vor Regenwürmern beigebracht, auch vor Brennnesseln, von denen er immer einige in der Mauerecke stehen ließ, damit man in schlechten Zeiten Suppe und Spinat daraus machen konnte. *Nesselsuppe*, den Ausdruck hatte Pilar seitdem nie wieder gehört.

Sie verfrachtete die Schublade wieder an ihren Platz und zog an der unteren, die sich nur ein kleines Stück vorwärtsbewegte. »Die nächste klemmt.«

»Ist normal bei alten Möbeln«, meinte Isabell.

»Hm.« Pilar beugte sich hinunter und steckte den Arm in die Öffnung. Ihre Hand reichte nicht bis zur Innenseite der Rückwand. Sie ging in die Hocke und versuchte es noch einmal. Diesmal schaffte sie es. Sie strich mit den Fingern über die Kante des Fachs und berührte den Rand eines Papiers.

»Da steckt was.«

Pilar hielt die herausstehende Ecke fest und ruckelte an der Schublade. Das Blatt lockerte sich. Sie zog es vorsichtig heraus. Es war ein zerknitterter Bogen im DIN-A4-Format. Er war mit einer rundlichen breiten Handschrift großzügig beschrieben. Darüber befand sich ein gedruckter Briefkopf.

»Paul Teckelberg«, las Pilar. »Ein Brief an deinen Vater.«

Isabell schien nicht überrascht. Sie warf nur einen flüchtigen Blick auf das Papier. »Das ist der Brief, den auch die Polizei damals gefunden hat. Ein weiteres Indiz dafür, dass mein Vater sein Untertauchen geplant hatte, sagte der zuständige Kommissar zu Mama. Sie hat die Leute von der Polizei reingelassen.«

»Und wer ist Paul Teckelberg?«

»Ein Freund meines Vaters. Sie haben sich 1959 auf dem Bundespresseball kennengelernt, dem ersten, der in Bonn stattfand, in der neuen Beethovenhalle, ein Höhepunkt mit nahezu der ganzen Bonner Politiker-Prominenz. Ich war vier Jahre alt, und meine Eltern in Abendgarderobe kamen mir vor wie ein Königspaar aus dem Märchen.«

Pilar tippte mit dem Zeigefinger auf den Briefkopf.

»Dieser Paul hat eine Kölner Adresse.«

Isabell nahm ihr Strickzeug wieder auf. »Ich kenne den Inhalt des Briefes nicht, ich hab nur davon gehört. Von wann datiert er?«

»Vom 29. August 1974.«

»Zwei Monate bevor mein Vater verschwand. Da hab ich schon die Koffer für Paris gepackt.«

»Willst du selbst in den Brief schauen, oder soll ich ihn vorlesen?«

»Ich will nicht wissen, was drinsteht.«

War das zu fassen? Pilar unterdrückte den Ausruf der Entrüstung, der ihr auf der Zunge lag. Vom zarten Klappern ihrer Nadeln begleitet, reihte Isabell wieder Masche an Masche und schien für nichts anderes Interesse zu haben als für ihr Muster.

»Isa, so geht es nicht. Du willst etwas über deinen Vater wissen, und zugleich schreckst du davor zurück, als wäre es ein Griff ins Feuer.«

»Vielleicht ist es das ja – ein Griff ins Feuer.«

»Was sich hier findet, ist sicher Asche.«

»Darunter kann sich heiße Glut verbergen.«

Pilar verdrehte die Augen. »Ist das nicht ein bisschen übertrieben?« Das hätte ich nicht sagen sollen, dachte sie im nächsten Moment, es muss sie verletzen.

Isabell ließ das Strickzeug sinken und sah Pilar an. In ihrem Blick lag Schwermütigkeit, sonst nichts.

»Na gut, lies vor.«

Pilar setzte sich auf den Schreibtischstuhl. Die große Schrift war klar und deutlich.

»Lieber Bernhard!
Du bist also von Deiner Idee nicht abzubringen. Nimm mir meine Offenheit nicht übel, aber ich sehe das als heillos verkrampft an. Deshalb möchte ich Dir einen freundschaftlichen Rat geben: Trink jeden Abend ein Fläschchen Rotwein, und du erträgst diese verrückte Welt mit Leichtigkeit, kipp morgens ein Gläschen Rum in Deinen Tee, und du bist geneigt, die Nachrichten des Tages für Humbug zu halten. Alles andere ist ungesund. Mensch, Bernhard, vielleicht gibt es die gigantischen Waffenmengen gar nicht, und sie haben alles nur erfunden, um dem Gegner Angst zu machen! Und uns natürlich.
Aber gut, von mir aus verhalte Dich wie ein Edelmann im Mittelalter. Jeder Jeck ist anders, heißt es hier im Rheinland. Dennoch bin ich der Meinung, Du solltest irgendjemanden etwas Genaueres darüber wissen lassen. Ich nehme an, es ist Deine Absicht, Dich nicht präzise auszudrücken. Du willst keine Mitwisser. Aber was soll daraus werden, wenn Dir etwas zustößt? Dann weiß kein Mensch davon. Hinterlasse ein Schreiben mit den notwendigen Informationen bei einem Notar und lege seine Karte in Deinen

Schreibtisch. Ach, wie ich Dich kenne, traust Du nicht einmal den Notaren! Also gut, dann böte sich an, einen guten Freund einzuweihen, beispielsweise mich. Mir kannst Du trauen, das sollte Dir bekannt sein, und Du weißt auch, dass ich keine Plaudertasche bin, nicht mal im Suff. Ich werde niemandem gegenüber auch nur das Geringste verlautbaren lassen. Wir können uns treffen, ich komme gern nach Bonn in Dein schönes Haus, und wir reden an Ort und Stelle darüber. Aber um Gottes willen behalte die Einzelheiten nicht für Dich. Du hast Verantwortung, Du hast eine Tochter.
Ruf mich an, dann verabreden wir uns. Es würde mich bekümmern und verletzen, wenn Du mich Deines Vertrauens nicht für würdig hieltest.

Herzlich
Dein Paul.«

Pilar stieß einen leisen Pfiff aus. Isabell seufzte.

»Das ändert nichts, Pilar. Die Polizei hat das damals auch gemeint, und Mama sagte, Paul habe nichts gewusst, mein Vater habe ihn nicht eingeweiht.«

»Der Text muss sich nicht auf ein geplantes Untertauchen beziehen. Vielleicht ging es um ein Geheimnis anderer Art.«

»Möglich«, räumte Isabell ein. »Daran wird die Polizei auch gedacht haben. Und ganz sicher hat sie Paul dazu befragt.«

»Ebenso sicher scheint mir, dass Paul als guter Freund nichts verraten hat.« Pilar tippte auf das Blatt Papier. »*Ich werde niemandem gegenüber auch nur das Geringste verlautbaren lassen.* Wie gut kennst du diesen Paul?«

»Wir haben mit ihm auf der Terrasse der Kaiserhalle, die später abgerissen wurde, gesessen und etwas getrunken, da war ich acht oder neun. Einmal war er auch bei uns zu Hause, aber ich hatte eine Freundin zu Besuch und hab ihn kaum gesehen. Das ist alles, woran ich mich erinnere.«

Pilar durchsuchte die restlichen Schubladen und überprüfte alle Zettel, Umschläge, Schriftstücke und Mappen, ohne den Namen eines Notars zu entdecken. Im unteren Fach des linken Schreibtischblocks stieß sie auf ein Schlüsselkästchen, das Isabell lieber oben in der Mittelschublade verstaut haben wollte, sowie auf eine Blechkiste mit einem umfangreichen Sammelsurium von Nähsachen, darunter Garne, Gummibänder, Knöpfe, Nadeln und mehrere Lederflicken, die der Form nach für die Ellenbogen von Ärmeln bestimmt waren. Einer von ihnen war auf der Rückseite mit Kulistrichen bekritzelt, als wäre er in die Hände eines Kindes gelangt. Pilar sah nicht genau hin und packte alles wieder ein. Sie war müde geworden, und ihr Nacken schmerzte.

Isabell schien in Grübeleien versunken. Plötzlich hob sie den Kopf.

»Hoffentlich lebt Paul noch. Er müsste jetzt Ende achtzig sein.«

»Willst du ihn anrufen? Auf dem Briefkopf steht seine Telefonnummer. Das wäre der kürzeste Weg, um etwas herauszufinden. Nach so langer Zeit dürfte es keinen Grund geben, der Tochter eines alten Freundes irgendwas zu verschweigen.« Pilar nahm Isabells Handy von der Schreibtischplatte und reichte es ihrer Schwester. »Es sei denn …«

Sie wartete, bis Isabell alle Zahlen von Pauls Nummer eingegeben hatte.

»Es sei denn«, fuhr Pilar fort, »er hinge selbst mit drin. Wenn es um etwas Kriminelles geht, wird er sich hüten, darüber zu reden.«

Isabell ließ das Handy sinken. »Kein Anschluss unter dieser Nummer.«

Sie sieht erleichtert aus, dachte Pilar, aber so schnell geben wir nicht auf. »Der Name *Teckelberg* kann nicht allzu häufig sein. Blätter in deinem Smartphone mal durchs Telefonbuch.«

Während Isabell damit beschäftigt war, verstaute Pilar die letzte Schublade im linken Schreibtischblock und schloss sorgfältig die mit Säulen verzierte kleine Tür, die leise in den Angeln quietschte. Pauls Brief ließ sie auf der Platte liegen und beugte sich noch einmal darüber. … *wie ein Edelmann im Mittelalter. Jeder Jeck ist anders* …

»Es gibt hier keinen Paul Teckelberg«, stellte Isabell fest. »Nur einen Thomas. Möglicherweise sein Sohn. Ich weiß nicht, ob Paul ein Kind hatte.«

»Wo wohnt dieser Thomas?«

»In Bonn. Eine Adresse in der Weststadt.«

»Na prima. Ruf ihn an.«

»Ich geh lieber hin. Wenn ich ihm gegenüberstehe, fällt mir die Sache leichter. Ich könnte das morgen Nachmittag erledigen. Oder nein, am Mittwoch hab ich mehr Zeit.«

Pilar sah die Schwester scharf an. Die erwiderte ihren Blick. Offenbar ahnte sie, was Pilar dachte: Schieb es bloß nicht auf die lange Bank.

»Auf die paar Tage kommt es nicht an«, sagte Isabell.

»Das weiß man nie«, wandte Pilar ein. »Vielleicht liegt er im Sterben und ist heute zum letzten Mal in der Lage, den Mund aufzutun.«

»Du bist schrecklich, Pilar. Ich wollte heute Nacht noch ruhig schlafen.«

Durch Pilars Kopf kreuzte plötzlich eine Frage: Wie verhielt sich ein *Edelmann im Mittelalter*? Was hatte Paul Teckelberg damit gemeint? Der Vergleich klang nach Ständeordnung, Ritterzeit, Schwert und Fehdehandschuh, aber auch nach Ehre, Treue, Höflichkeit und Hochherzigkeit und was es sonst noch an edlen Tugenden geben mochte. Wie war das mit Bernhards Vorhaben zusammenzubringen?

»Sag mal, Isa«, begann Pilar, als sie Tajo anleinte, um nach Hause zu gehen. »Bevor du nach Paris aufgebrochen bist, warst du kein Kind mehr. Hast du zufällig sonderbare Telefongespräche mitbekommen, Besuche zur Nachtzeit, Streitgespräche, seltsame Post?«

Isabell sah zu den hohen Fenstern hinüber, hinter denen sich der große Balkon erstreckte, der zur Gartenseite hinausging. Pilar folgte ihrem Blick. Isabell hatte noch keine Balkonmöbel und keine Blumentöpfe aufgestellt, aber dank des wilden Weins, der an der Seite hereinrankte, wirkte der Balkon trotzdem nicht kahl.

»Ich war ein Teenager, Pilar, für mich war das Berufsleben eines politischen Redakteurs völlig unverständlich. Er ging zu Bundestagssitzungen und in die Bundespressekonferenz, er holte sich Stapel von dpa-Meldungen, er hörte fünfmal am Tag Nachrichten und saß bis tief in die Nacht an der Schreibmaschine – das Geräusch des Tippens und das Klingeln der Zeilenschaltung hab ich heute noch im Ohr. Wenn er telefonierte, waren die Themen für mich nicht interessanter als Anleitungen zum Tragen von Stützstrümpfen. Ich hab einfach nicht hingehört.«

»Und sein Privatleben, was war da?«

»Mama, die er noch liebte, ich und der Garten. Daneben gab es nichts.«

Trrroscherrt, vernahm Pilar den Handrasenmäher in ihrem Kopf. Mama war Bernhards unerschütterliche Liebe auf den Wecker gegangen, woraus sie nie einen Hehl gemacht hatte.

»Keine andere Frau?« Pilar blickte auf das Foto, das in einem silbernen Rahmen auf dem Schreibtisch stand. »Isa, bei einem gut aussehenden Mann steht doch früher oder später eine Interessentin auf der Matte.«

»Ich habe keine gesehen.«

Vertieft in ihre Gedanken, verließ Pilar mit Tajo das Haus in der Adenauerallee. Sie hatte vor, zu Fuß zum Bahnhof zu gehen, wo sie den Bus nehmen wollte, und schlug den Weg durch die ruhigeren Nebenstraßen ein. In der Arndtstraße verlangsamte sie ihren Schritt, da sie bis zur Abfahrt des Busses genug Zeit hatte, um einen Blick auf die Fassaden aus dem 19. Jahrhundert zu werfen, an denen sie meistens eilig vorbeiging. Die vielfältigen Stilelemente waren ihr vertraut, weil sie in der Bonner Südstadt aufgewachsen war, aber sie hatte den Eindruck, dass sie als Kind nie richtig hingeschaut hatte.

»Kann ich bitte vorbei?«

Pilar schrak zusammen und wäre beinahe über Tajo gestolpert, der abrupt stehen blieb und sich halb umwandte, sodass er quer zum Bürgersteig stand. Hinter ihnen schob eine blasse, angestrengt aussehende Frau ein Fahrrad mit einem rot-grünen Anhänger, an dessen Plastikfenster zwei kleine Kinder ihre runden Gesichter pressten.

»Ich muss da in den Vorgarten rein«, erklärte die junge Mutter.

»Ach so, ja.« Pilar trat zwischen die parkenden Autos.

Die Frau stieß ein angelehntes Gittertor auf. Mit dem Anhänger war das Fahrrad etwas sperrig, sie schaffte es nicht auf Anhieb, das lange Gefährt durchs Tor und hinter den Zaun zu bugsieren. Der Vorgarten war klein und beherbergte vier Mülltonnen.

»Kann ich Ihnen helfen?«, fragte Pilar.

Die Frau schien es nicht gehört zu haben, beugte sich zum Anhänger hinunter und öffnete die Vorderfront. »Kommt raus, ihr beiden.«

Aus dem relativ geräumigen Zweisitzer krabbelten zwei hellblonde Kinder und wandten sich sofort Tajo zu.

»Die Pfoten«, sagte die Frau zu Pilar. »Oder soll ich den Anhänger über seine Pfoten ziehen?«

Pilar versuchte, Tajo klarzumachen, dass er beiseitetreten musste. Der Hund rührte sich nicht.

»Der will nicht«, sagte der kleine Junge.

Er hatte recht, Tajo wollte nicht. Er ließ sich nicht wegdrücken und schon gar nicht ziehen. Er war ein Betonhund mit eigenen Grundsätzen.

»Der schnüffelt«, sagte das Mädchen, das ein paar Zentimeter größer war als der Junge. »Warum macht der das?«

Tajo hielt die schwarze Nase an das rechte Rad des Anhängers und schnüffelte rund um die Radnabe. Vielleicht hat ein anderer Hund dagegengepinkelt, dachte Pilar. Diese Erklärung würde der Mutter und ihren Kinder kaum gefallen, deshalb sagte sie nur:

»Für Hunde ist das ein Hobby.«

»Können Sie dem mal klarmachen, dass er das lassen soll?« Die mütterliche Stimme klang mühsam beherrscht.

»Ja, natürlich, Verzeihung«, sagte Pilar schuldbewusst. »No, Tajo, no.«

Der Hund blickte sie an und wedelte mit der Rute. Der Junge strich ihm zaghaft über den Rücken.

Das Mädchen ging in die Hocke und betrachtete das Rad des Anhängers. »Mama, da hängt was.«

»Ein Stück dünnes Plastik«, bestätigte Pilar.

»Vielleicht war da Wurst drin.« Die Kleine wandte sich zu Pilar um. »Mag er Wurst?«

»Klar, mag jeder Hund«, erwiderte Pilar.

Die junge Frau beugte sich zu ihrer Tochter hinab. »Meinst du den schwarzen Fetzen, Miriam? Den machen wir gleich weg.«

Tajo war endlich dazu zu bewegen, den Durchgang freizugeben. Pilar verabschiedete sich rasch. Es schien ihr ratsam, sich zu beeilen, um den nächsten Bus nach Ückesdorf nicht zu verpassen.

Als Pilar zu Hause durch die Tür trat, schlugen ihr betörende Dämpfe von geschmortem Gemüse entgegen. Richard werkelte mit allerlei Flaschen, Dosen, Gewürztüten und einem Probierlöffel vor dem Herd herum. Berge von Gemüseschalen füllten die Arbeitsplatte. Damian und Lukas saßen bereits am Tisch, der eine mit dem Fernsehprogramm, der andere mit der Tageszeitung.

»Papa probiert zum Abendessen was Neues aus, Mutter.« Damians Stimme klang düster, als verkünde er Unheil.

Lukas grinste. »Eine Mischung aus chinesischer, italienischer und russischer Küche. Falls du dir darunter was vorstellen kannst.«

»Notfalls bestellen wir Pizza«, meinte sein älterer Bruder.

Außer dem Zischen aus dem Schmortopf war noch etwas anderes zu hören. Es war nicht laut, klang aber ungewohnt und schien aus dem Wohnzimmer zu kommen.

»Was ist das für ein Geräusch?«, fragte Pilar.

»Goethe spielt mit Tajos Brustgeschirr«, erwiderte Lukas.

»Das macht er sonst nie«, wunderte sich Pilar.

»Die Stoffmäuse sind dem Kater zu langweilig«, meinte Damian. »Und die drei echten, die auf der Terrasse liegen, taugen nichts mehr.«

Pilar stöhnte. »Habt ihr die beseitigt?«

»Mutter«, sagte Lukas mit vorwurfsvollem Blick. »Für Leichen sind wir nicht zuständig.«

»Fällt in dein Ressort, Pilar!«, rief Richard fröhlich vom Herd herüber.

Pilar ging ins Wohnzimmer. Tajo trottete hinter ihr her. Er trug heute nur sein Halsband, das rote Brustgeschirr lag mitten auf dem Teppich und sah überraschend sauber aus. Der Kater war unterm Tisch mit etwas anderem beschäftigt, einem schwarzen Fetzen, der ein schwaches Knistern von sich gab.

»Alles fertig!«, meldete Richard aus der Küche. »Wir können essen!«

»Prima, ich komme.« Pilar beschloss, dem Kater seine Beute zu lassen, und machte kehrt. Aber Moment ... Wo hatte er das her?

Sie wandte sich um. Goethe lauerte dem schwarzen Streifen hinter dem Tischbein auf und setzte zum Sprung an. Dieses dünne Stückchen Plastik glich dem, das am Rad des Anhängers in der Arndtstraße hing. Aber es erinnerte Pilar auch an den Fetzen, mit dem Tajo an der Böschung neben der Reichsstraße gespielt hatte. Sie blickte auf das Brustgeschirr, ein bejahrtes Modell mit vielen Schnallen, das sie nur benutzte, wenn sie mit dem Hund an einer verkehrsreichen Straße entlangging – wie an dem Tag, an dem sie Evelyns Leichnam entdeckt hatte. Das hauchdünne Material musste an einer Schnalle hängen geblieben sein, sie hatte es im Halbdunkel der Diele für Blättermatsch gehalten. Wenn nun beide Streifen abgerissene Teile von ein und derselben Tüte waren …

Während der Kater ihr sanft um die Beine strich, überschlugen sich Pilars Gedanken. Hatte auch der Fetzen in der Arndtstraße ursprünglich in der Nähe der Leiche gelegen? Hatte er sich zwischen Radnabe und Speichen verfangen, weil der Anhänger über den matschigen Boden der Senke unterhalb der Reichsstraße gezogen wurde? Nicht sehr wahrscheinlich, es war zu weit weg. Und selbst wenn jemand aus der Arndtstraße mit diesem Fahrrad an der Reichsstraße war – ließ das Rückschlüsse zu? Der Weg an der Senke war völlig ungeeignet für ein Rad, da es ein Stück weiter im Morast stecken bleiben musste. Aber sein Fahrer konnte in der Absicht gekommen sein, im Schutze des Gebüschs kurz auszutreten. Oder … eine Leiche zu verstecken.

Pilar biss sich auf die Unterlippe. Es war nicht gut, wenn ihre Phantasie mit ihr durchging. Sie schüttelte sich. Aber die Phantasie sauste weiter und bezog gleich den Zeitungsartikel mit ein, der darauf hindeutete, dass der Fundort der Leiche nicht unbedingt der Tatort sein musste. Evelyn konnte – tot oder lebendig – in dem Fahrradanhänger von der Arndtstraße zur Reichsstraße transportiert worden sein.

»Wo bleibst du, Pilar?«, vernahm sie Richards Stimme.

Sie bückte sich nach dem schwarzen Streifen. Solche dünnen Tüten und ihre Überbleibsel gab es jede Menge in der ganzen Stadt, warum sollte der Fetzen aus der Arndtstraße ausgerechnet von der Böschung an der Reichsstraße stammen?

Ein merkwürdiger Zufall war es dennoch, dachte sie, während sie das Wohnzimmer verließ. Oder sie täuschte sich. Vielleicht war einer der Fetzen aus dickerem Material als der andere, oder der Farbton war nicht identisch. Das ließ sich aus dem Gedächtnis nicht sagen. Aber wenn sie aus demselben Material bestanden und man eventuell feststellen konnte, dass sie vom selben Plastikbeutel abgerissen waren …

Sie lief an der Küche vorüber, zog eine Jacke vom Garderobenständer und stürzte zur Haustür. Den schwarzen Streifen hatte sie in ihrer Hosentasche verstaut.

»Ich muss noch mal weg!«

»Jetzt?«, rief Richard entsetzt.

»Ich nehme das Fahrrad, das geht am schnellsten.«

»Das Essen steht auf dem Tisch.«

»Richy – der Mord. Ich hab so eine Idee!«

Ihr Mann kam an die Tür geeilt. »Pilar, mach keinen Scheiß. Ruf die Mordkommission an. Das hast du in zwei Minuten erledigt, dann können wir zusammen essen.«

Sie hatte ihr Fahrrad bereits aus dem Schuppen geholt. »Es ist noch viel zu vage.«

»Dann hat es auch bis morgen Zeit.«

»Ich kann nichts essen, solange ich nicht geklärt hab, ob das eine Spur ist.«

Sie hörte, dass er etwas erwiderte, war aber schon auf ihr Rad gestiegen und rollte der Fahrbahn entgegen. In halsbrecherischem Tempo schoss sie zur Reichsstraße hinunter, als hätte sie vor, zurück zu sein, solange das Essen noch warm war. Sie hatte ihren Helm vergessen, fiel ihr an einer Ampel auf, raste aber in unverminderter Geschwindigkeit weiter durch Lengsdorf, Endenich, Poppelsdorf und die Südstadt.

Während sie vor der geschlossenen Bahnschranke an der Lessingstraße wartete, wurde ihr klar, dass die zurückgelegte Strecke recht lang war. In umgekehrter Richtung, wo es ab Lengsdorf leicht bergauf ging, musste die Fahrt mit einem Anhänger und dem Körper einer Erwachsenen darin recht mühsam sein. Pilar stellte sich Möllers Reaktion vor, wenn sie die Mordkommission angerufen hätte. *Ah, unsere Krimiexpertin hat was entdeckt! Fleißig! Aber was Sie da sagen, klingt ein wenig weltfremd. Mit dem Auto ist unserer Kundschaft ja kein Weg zu weit, aber mit Fahrrad und Anhänger …*

Mutlos stieg Pilar wieder aufs Rad, als sich die Schranke öffnete. Der Gedanke an eine heiße Spur hatte viel zu schnell von ihr Besitz ergriffen, sie hatte einfach ausgeblendet, wie unwahrscheinlich es war, dass die beiden Fetzen vom selben Ort kamen. Wenn sie sich die Zeit genommen hätte, mit Richard darüber zu reden, hätte er sie genau darauf hingewiesen. Und nun war er sauer, dass sie abgehauen war – wegen einer verrückten Idee, einer Seifenblase! Es war blöd und überflüssig gewesen. Aber umkehren wollte sie auch nicht, sie war ja fast am Ziel. Nun konnte sie diesen dösigen Vergleich auch noch hinter sich bringen.

Durch einen der Zäune in der Arndtstraße sah Pilar das rotgrüne Tuch des Anhängers leuchten. Sie ließ ihr Fahrrad auf dem Bürgersteig stehen und trat durch das kleine Tor. War es das linke oder das rechte Rad gewesen? Es war gleichgültig. Denn nirgendwo hing ein schwarzer Plastikstreifen. *Den machen wir gleich weg*, hatte die Mutter zu den Kindern gesagt.

Pilar hob die Deckel der Mülltonnen an, konnte den Fetzen aber nicht sehen. Sie überlegte, ob sie nach Hause fahren sollte, um sich Ärger zu ersparen. Aber wäre das nicht pure Bequemlichkeit? Also los! Sie stieg die Stufen zur Haustür hoch, legte ihren Zeigefinger auf den untersten Klingelknopf und drückte ihn.

Was mache ich da?, schoss es ihr im selben Moment durch den Kopf. Wenn die beiden Streifen nun doch zusammengehörten und beide vom Fundort der Leiche stammten, konnte hier der Täter wohnen! Ihr Blick fiel erneut auf den Anhänger. Dort ließ sich durchaus eine zierliche Erwachsene hineinpacken, wenn sie sich nicht wehrte. Niemand hätte im Dunkeln bemerkt, was der Mörder transportierte, die Plane mit den Plastikfenstern umschloss das Gefährt rundherum.

Die Tür wurde aufgerissen. Vor Pilar stand ein Mann in den Dreißigern mit missmutigem Gesicht. Sie überlegte fieberhaft, ob es nicht klüger wäre, sich als Ortsfremde auszugeben und nach dem Weg zum Rhein zu fragen, aber es sprudelte bereits aus ihr heraus:

»Entschuldigen Sie, gehört Ihnen der Anhänger?«

»Stimmt was nicht damit?«

»Ich habe vorhin ein Stück von einer dünnen Plastiktüte daran gesehen. Mein Hund hatte es entdeckt – es gleicht ungefähr diesem.« Sie zog den anderen Streifen aus ihrer Hosentasche.

»Jetzt wollen Sie das für den Hund wiederhaben? Hören Sie auf, für solche Späße hab ich keine Zeit, wir sitzen beim Abendessen.«

Pilar war verwirrt. Die finstere Miene des Mannes, die barsche Stimme und die langen bleichen Finger passten allzu gut in ihre Vorstellung von einem Mörder, auch wenn ihr im selben Moment klar war, dass das Blödsinn war.

Nun tauchte die Frau in der Tür auf. »Wozu brauchen Sie den Dreck? Der ist in der Mülltonne. Obendrauf liegt unser verschimmeltes Brot.«

»Mensch, Anja!«, herrschte der Mann sie an.

»Warum soll ich es nicht sagen?«, erwiderte die Frau.

»Welche Tonne?«, fragte Pilar schnell und sprang die Stufen hinab.

»Die schwarze.«

Pilar überkam das Gefühl, den Fetzen finden zu müssen, koste es, was es wolle. Sie warf den schwarzen Deckel zurück, schob ihren Ärmel hoch und griff tief in die halb volle Mülltonne, mitten in ein Gemenge von Essensresten, Windeln und feuchtem Papier. Im Augenwinkel sah sie, dass der Mann einen Schritt nach vorn tat.

Nun erschienen die Kinder an der offenen Tür.

»Was macht die Frau da?«

Die Eltern hätten wahrscheinlich am liebsten gesagt: *Die spinnt.* Aber sie kamen nicht zu einer Antwort, weil Pilars Finger etwas Hauchdünnes ertasteten.

»Ich hab ihn!«

Sie zog ein längliches Stück Folie heraus. Es glänzte wie eine Fischhaut, roch widerlich und schimmerte grünlich grau. Pilar kamen Zweifel. Sie hielt die beiden Streifen aneinander.

»Das ist ja derselbe«, sagte das Mädchen.

»Nee, unsrer hat Schimmel«, sagte der Junge.

Pilar drehte den fleckigen Fetzen um. Von der anderen Seite glich er – bis auf die Form der Ausfransungen – exakt dem, den sie von zu Hause mitgebracht hatte. Hitze stieg in ihr auf, sie glaubte, aufschreien zu müssen.

»Und was soll das?«, raunzte der Mann.

»Der Streifen kann von der Böschung an der Reichsstraße sein, wo vor ein paar Tagen …« Pilar biss sich auf die Lippen. Vor lauter Aufregung hatte sie alle Vorsicht fahren lassen und sich verrannt. Sie hätte den Mund halten und gehen sollen, sie musste nicht erklären, wozu sie den Schimmelfetzen brauchte.

»Wo die Tote gefunden wurde?«, schnarrte der Mann. »Meinen Sie das? Ich weiß nur aus der Zeitung davon.«

Die Frau schien bleicher zu werden und schob die Kinder von der Tür weg. »Esst weiter, ich komme sofort.«

»Was wollen Sie eigentlich von uns?«, blaffte der Mann.

»Ich weiß nicht mal, wo die Straße ist«, sagte die Frau.

»Wollen Sie uns anzeigen?« Das Gesicht des Mannes war rot angelaufen. »Wenn Sie von der Polizei sind, zeigen Sie erst mal Ihren Ausweis!«

»Ich bin nicht von der Polizei, aber …«

Die Tür knallte zu.

Logisch, dachte Pilar grimmig. Auf dem Weg hierher hätte ich mein Vorgehen gründlich planen und alle Möglichkeiten bedenken müssen. Stattdessen bin ich mit einem Affenzahn hierhin gebrettert, als müsste ich ein Radrennen gewinnen.

Sie steckte die beiden Plastikstreifen in die Hosentasche und beugte sich noch einmal zu den Reifen hinunter. In den Profilen klebte etwas Erde. Ob das für die Kriminaltechniker ausreichte, um einen Vergleich mit Bodenproben vom Fundort der Leiche durchzuführen?

Die Haustür flog wieder auf.

»Was machen Sie da? Verschwinden Sie! Aber sofort!«

»Ich geh ja schon.«

Pilar kam sich vor wie ein Strolch, der beim Pinkeln gegen die Hauswand ertappt wurde. Sie verließ den Vorgarten und schob ihr Fahrrad einige Meter weiter. Als sie einen Blick zurückwarf, stellte sie fest, dass der Mann auf den Stufen seines Hauses stand und ihr nachsah. Sie bestieg ihr Rad und beschloss, erst ein Stück zu fahren, bevor sie telefonierte. Die Schranke war offen, das musste sie ausnutzen.

Hinter der Bahnlinie, in der Lessingstraße, war gerade eine Feier oder Versammlung zu Ende gegangen, viele Menschen standen auf der Straße. Also fuhr Pilar weiter. Auf dem Bonner Talweg fand sie den Autoverkehr zu laut zum Telefonieren und bog in die Ermekeilstraße ein, wo mehrere Hunde heftig bellten. In der Argelanderstraße brausten drei Feuerwehrautos an ihr vorüber, und erst am Ende der übernächsten langen Straße fand Pilar es ruhig genug, um die Polizei anzurufen. Sie ließ sich zur Mordkommission durchstellen.

»Möller.«

Ach du Schreck, war ihr erster Gedanke. Jeder andere Kriminalbeamte wäre ihr lieber gewesen.

»Ah, die Frau Álvarez-Scholz! Das Polizeipräsidium kommt nicht mehr ohne Sie aus«, ulkte er.

Nun geht das wieder los, ärgerte sich Pilar. Sie erklärte ihm die Sache mit den Plastikfetzen und dem Anhänger.

»Andere genießen ihren Sonntag, und wir müssen jedem Hinweis hinterherdackeln«, stöhnte Möller. »Welche Hausnummer?«

»Oje. Ich hab nicht drauf geachtet.« Sie war zu aufgeregt gewesen, es war so ungewohnt, auf eine heiße Spur zu stoßen. Ihre bescheidene Erfahrung in diesen Dingen langte nicht, um in jeder Situation an das Erforderliche zu denken.

»Und jetzt hab ich fast die Hälfte meines Heimwegs hinter mir.« Hoffentlich will er nicht, dass ich mitfahre und ihm das Haus zeige, dachte sie, ich bin nicht scharf darauf, den Leuten noch einmal unter die Augen zu treten.

»Wissen Sie die Straßenseite, oder ist Ihnen das in der Aufregung auch entfallen?«

»Die rechte, von unten gesehen.«

»Von der Kanalisation aus?«

»Von der Schranke. Die Seite mit den ungeraden Nummern. So etwa in der Mitte oder mehr im oberen Teil der Straße.«

»Sie können das Haus nicht zufällig beschreiben?«

»Es hat einen Vorgarten mit einem schmiedeeisernen Zaun. Dahinter steht das Fahrrad mit dem Anhänger.«

»Dann finden wir es.«

»Was soll ich mit den Fetzen machen? Die waren nicht an der Leiche, sie lagen nur in der Nähe.«

»Aufheben. Kein Butterbrot darin einwickeln. Wir versuchen, die Spuren zu sichern, und kommen später zu Ihnen. Fahren Sie ruhig nach Haus.«

Pilar stieg aufs Rad und legte an Tempo zu. Plötzlich war sie unsagbar hungrig. Hoffentlich hatten Richard und die Jungs etwas vom Abendessen übrig gelassen! Ab Lengsdorf ging ihr Heimweg stetig bergauf, sie wurde zwangsläufig langsamer. Als sie schwitzend den letzten Anstieg nach Ückesdorf nahm, meldete sich ihr Handy. Sie hielt an. Es war Möller.

»Sind Sie sicher, dass es die Arndtstraße war? Hier steht kein Fahrrad mit Anhänger.«

»Die Leute haben es wahrscheinlich ins Haus geholt.« Oder den Anhänger ganz verschwinden lassen, dachte sie betroffen.

»Dann müssen wir jetzt an circa zehn Türen klingeln. Wenn der Familienvater der Täter ist, wird er längst eine Idee haben, wie er uns an der Nase herumführen kann.«

Pilar spürte Verärgerung in sich brodeln. Ja, man konnte ihr ein paar Fehler vorwerfen. Aber war es nicht trotzdem eine sensationelle Entdeckung?

Wenn die Spur bloß nicht falsch war, dachte sie im nächsten Moment, wenn die Untersuchungen nur nicht ins Leere gingen und sich am Ende gar herausstellte, dass die Familie aus der Arndtstraße nur eine harmlose Radtour unternommen und ausgerechnet in der Senke an der Reichsstraße ein schattiges Picknick veranstaltet hatte … Möllers Kommentare wollte sie sich lieber nicht ausmalen.

ACHT

Thomas hatte ein Kundengespräch am Nachmittag, das schneller als erwartet zu einer Übereinkunft in klärungsbedürftigen Punkten führte. Das Projekt sollte Gegenstand einer Teambesprechung am nächsten Morgen sein und war von seiner Seite ausreichend vorbereitet. Damit war er für heute fertig und konnte die Agentur um fünf Uhr verlassen. Da Sina und Simon auf einer Geburtstagsfeier waren, hoffte er, noch eine kleine Trainingsrunde mit dem Rad hinzukriegen. Wann Marion nach Hause käme, wusste er nicht. Seit sie bei dem Professor arbeitete, war das immer ziemlich unbestimmt.

Als Thomas sich seinem Wohnhaus näherte, sah er eine gut gekleidete Frau, die Mitte fünfzig sein mochte, vor der Haustür stehen. Sie wirkte ratlos und bedrückt, als wäre sie mit jemandem verabredet, bei dem sie vergeblich geklingelt hatte.

»Kann ich Ihnen helfen?«, fragte Thomas.

»Ich möchte zu Herrn Teckelberg.«

Sie sprach langsam, als koste jede einzelne Silbe sie Kraft. Ihre warme Altstimme passte gut zu ihrer harmonischen Erscheinung, an der alles angenehm anzusehen war. Ihre großen Augen waren von dunklem Graublau, ihr dichtes braunes Haar durchzogen feine Silberfäden.

»Der bin ich«, erwiderte er.

»Thomas Teckelberg?«

»Ja.«

»Ich suche Paul Teckelberg.«

»Das ist mein Vater. Er lebt in einem Pflegeheim.«

»Könnten Sie mir bitte die Adresse geben? Ich muss ihn etwas fragen.«

»Er lebt im Martinsheim. Bitte suchen Sie ihn nicht auf. Es ist sinnlos, ihn etwas zu fragen.«

»Ist es Demenz?«

»Er ist ganz erheblich verwirrt.«

Sie sah zu Boden. »Das musste so kommen«, sagte sie sehr leise, mehr zu sich selbst.

Thomas spürte deutlich, dass die beabsichtigte Frage etwas betraf, das ihr wichtig war. So konnte er sie nicht gehen lassen. Er sollte ihr wenigstens Gelegenheit geben, ihm zu schildern, worum es ging. Notfalls musste er auf die Trainingsrunde verzichten.

»Kommen Sie mit herein«, sagte er und zog seinen Schlüsselbund aus der Hosentasche. »Aber erst wüsste ich gern, wer Sie sind.«

»Ihr Vater und mein Vater waren Freunde. Mein Name ist Isabell Troschert.«

Thomas erstarrte. Er hatte die Abbildungen in den alten Zeitungen noch im Kopf und sah nun die Ähnlichkeit an den Augen und der hohen Stirn, sogar das Kinngrübchen hatte er ihr vererbt. Die Briefe … Thomas war elend zumute. Was war er für ein Idiot! Wäre sie doch zwei Wochen früher gekommen!

»Was haben Sie?«, fragte Isabell Troschert.

»Bernhard.« Er wandte sich ab und schloss die Haustür auf. »Gehen wir nach oben.«

»Sie kennen also seinen Vornamen.« Sie trat über die Schwelle.

»Als Kind habe ich ihn auch mal gesehen«, erklärte er.

Oben im Wohnzimmer wechselten sie bei einer Tasse Tee einige Sätze über Bonn und Paris sowie über die Freundschaft der Väter. Thomas entspannte sich, er hatte sich schon lange nicht mehr so wohlgefühlt bei einem Gespräch.

»Ich hab neulich sogar Briefe gefun…« Er brach ab. Wie konnte er so unüberlegt daherschwätzen? Aber es war zu spät.

»Sie haben Briefe gefunden? Das ist ja toll!« Isabell Troschert richtete sich auf dem Sofa auf. Die Frau, die an der Tür noch so schlapp gewirkt hatte, kam ihm plötzlich vor wie ein aufgeregtes junges Mädchen.

»Danach wollte ich Sie nämlich fragen, also hab ich doch ein bisschen Glück. Wie viele sind es? Kann ich sie haben? Oder nein, machen Sie mir einfach Kopien, falls Sie die Originale nicht aus der Hand geben wollen. Dafür habe ich Verständnis.«

Thomas merkte, wie ihm Röte ins Gesicht stieg. Hätte er bloß nichts gesagt … Oder andersherum: Hätte er doch rechtzeitig bedacht, dass die Autorin, deren Name ihm in der Zeitung aufgefallen war, die Tochter des alten Bernhard sein könnte und eine Frau, die Artikel schrieb, auch Interesse an alten Briefen haben musste.

Nach dem Desaster im Pflegeheim hatte er überhaupt nicht mehr an den Namen gedacht. Mit Sicherheit brachte Isabell Troschert nicht das geringste Verständnis dafür auf, dass Marion die Briefe mit seinem Einverständnis als Altpapier entsorgt hatte. Konnte er ihr das sagen? Nein, unmöglich.

»Verzeihung, ich habe mich versprochen. Es ist nur ein einziger Brief.«

»Oh«, murmelte sie enttäuscht und blickte auf den Teppich. »Natürlich …«, sie schluckte, »… ist das besser als nichts.«

Thomas ging zum Schreibtisch und zog den Brief aus der Schublade. Was für ein Glück, dass er den noch hatte. »Hier. Ich habe keine Ahnung, worum es letztlich geht.«

Isabell las. Nach ein paar Sekunden sah sie auf. »Dass ihm das Wettrüsten Angst machte, hab ich als junges Mädchen nur am Rande mitbekommen, er hat kaum darüber gesprochen. Für mich waren Atombomben im Hintergrund völlig normal. Ich hab keinen einzigen Gedanken daran verschwendet. Ich war noch keine zwanzig und permanent verliebt.«

Das konnte Thomas sich gut vorstellen. Sie war eine schöne Frau, in die mancher sich auch heute noch verlieben konnte.

Sie beugte sich erneut über das Blatt. Jetzt musste sie an die Stelle kommen, wo von ihr selbst die Rede war, von dem unreifen jungen Ding, das sie einmal gewesen war. Ihr Gesicht blieb unbewegt.

»Sie wissen nicht, was er vorhatte?«, fragte sie schließlich. »Irgendein Geschäft, das er geheim halten wollte? Kurz vor seinem Verschwinden hat mein Vater sein ganzes Geld von der Bank abgehoben, und das war nicht wenig. Niemand weiß, wo es abgeblieben ist.«

»Große Vermögensgeschäfte tätigt man doch nicht in bar«, wunderte sich Thomas.

»Es sei denn, es handelt sich um etwas ganz Dubioses.« Sie seufzte.

»Ich hab keine Ahnung«, wiederholte Thomas hilflos.

Die Erkenntnis, dass es falsch war, die Briefe zu beseitigen, saß wie ein Dorn in seiner Brust. Mit einem Mal ahnte er, wie sich Isabell Troschert fühlen musste. Sie war eine ganze Reihe Jahre älter als er. Ab einem gewissen Alter wurde die Vergangenheit wichtiger.

Das hatte er oft gehört, sich aber nie vorstellen können, und er wusste auch nicht, wozu es gut sein sollte. Zu privater Briefpost, hinter der keine geschäftliche Notwendigkeit stand, hatte er sowieso kein Verhältnis. Er hatte seit zwanzig Jahren keinen Brief mehr geschrieben. Ihm fehlte die Geduld dafür – sowohl für das Verfassen als auch für das Warten auf Antwort.

»Nehmen Sie den ruhig mit«, sagte er.

»Gern. Aber wenn Sie einen weiteren Brief finden, rufen Sie mich an, ja?« Isabell Troschert schrieb ihren Namen und eine Mobilnummer auf einen Zettel, den sie von einem kleinen Block abriss. »Meine Visitenkarten sind mir ausgegangen, es muss jetzt so gehen.« Sie reichte ihm das Papier. »Könnte Ihr Vater noch den einen oder anderen Brief in Besitz haben?«

»Nein, wir haben ihm nur wenig ins Pflegeheim mitgegeben. Er war schon ziemlich daneben. Aber halt – mir fällt noch was ein. Warten Sie.«

Thomas lief hinunter in den Keller, den Zettel zerknüllte er in der Hosentasche. Die Telefonnummer brauchte er nicht, es gab nichts mehr zu finden, aber die Artikel über das mysteriöse Verschwinden waren noch da. Er öffnete den obersten Umzugskarton, nahm den Packen heraus und eilte damit zurück in den zweiten Stock.

»Mein Vater hat offenbar Zeitungsberichte gesammelt, die den Fall betreffen.«

Isabell bedankte sich und verstaute alles in ihrer großen Umhängetasche.

»Und bitte, versuchen Sie nicht, mit ihm zu sprechen«, fügte Thomas hinzu.

Sie runzelte die Stirn. »Weshalb ist Ihnen das so wichtig, dass Sie schon zum zweiten Mal darum bitten?«

»Ich habe ihn bereits selbst nach Bernhard gefragt und auch den Brief erwähnt. Er hat nichts Brauchbares dazu gesagt, aber er hat sich fürchterlich aufgeregt und war nur mit größter Mühe zu beruhigen.«

»Ach«, sagte Isabell nachdenklich. »Warum bloß?«

»Das ist eben die Krankheit.«

Dass möglicherweise ein Zusammenhang zwischen dem Ausrasten seines Vaters und der Erwähnung des Wortes *Geld* bestand, mochte Thomas ihr nicht sagen.

***

Pilar wankte die Steinstufen zum Bürgersteig der Kaiserstraße hinunter, eine Hand am kühlen Geländer. Auf der Bahnlinie, die parallel zur Straße verlief, brauste ein Zug in Richtung Süden vorüber, dem sie kurz nachsah. Um ein Haar wäre sie dabei mit einem Kinderwagen kollidiert, den ein junger Mann im Lauftempo vor sich herschob. Gerade noch rechtzeitig blieb sie stehen.

»Blöde Kuh, pass doch auf!«, fuhr er sie an.

Er schien ihre Entschuldigung, sie komme gerade vom Zahnarzt, nicht zu hören, er eilte bereits weiter. Ich muss mich zusammenreißen, dachte Pilar, sonst passiert noch was. Nach der harten halben Stunde auf dem Behandlungsstuhl fühlte sie sich benommen, ihre Wange war taub, und Schmerzen hatte sie trotzdem.

Während sie noch vor dem Haus des Zahnarztes stand, dachte sie an Isabell. Eine Schwester, die in der Nähe wohnte, war für eine erschöpfte Patientin genau das Richtige. Isabell böte ihr kalte Kompressen an, die der anschwellenden Wange guttäten, Isabell hatte bequeme Sessel und ein traumhaftes Sofa, auf dem man sich bestens regenerieren konnte, zumal sicher bald ein Becher Kaffee in erreichbarer Nähe stünde, der den Kreislauf wieder in Gang brächte. Wie schön, dass sie jetzt dauerhaft hier lebte und sie sich öfter sahen! Es war für heute zwar nicht abgesprochen, aber man konnte ja einfach mal klingeln, vielleicht war sie zu Hause. Und wenn nicht, war das nicht schlimm, weil es von ihrem Haus aus nur wenige Schritte bis zur U-Bahn waren.

Pilar verließ die Kaiserstraße und bog in die Arndtstraße ein. Sie ging bewusst auf der Seite mit den geraden Nummern, weil sie an den vorherigen Abend dachte, der damit geendet hatte, dass ein Beamter die beiden Plastikfetzen abgeholt und Richard ihr das Abendessen aufgewärmt hatte.

Als sie sich auf der Höhe des Hauses befand, vor dem sie gestern gestanden hatte, erblickte sie eine schmale Gestalt mit blassem Gesicht, die ein Fahrrad vom Vorgarten auf die Fahrbahn schob.

Pilar sah rasch weg – es war die Besitzerin des Anhängers. Ohne Anhänger. Und das Fahrrad war ein anderes, ein Herrenrad.

»Da haben Sie uns was eingebrockt!«, fauchte die Frau über die Straße.

Pilar blieb stehen. »War die Polizei bei Ihnen?«

Möller wird den Mann ja wohl nicht gleich verhaftet haben, dachte sie.

»Wenn es nur das wäre!«

Also war was mit dem Mann. Pilar trat zwischen die parkenden Autos, um die Fahrbahn zu überqueren, damit die junge Mutter nicht gezwungen war, so etwas Furchtbares über die ganze Straßenbreite zu brüllen.

»Bleiben Sie bloß da!«, bremste die Frau sie zornig. »Ich hab die Schnauze voll! Ich musste denen gegenüber zugeben, dass Rad und Anhänger letzte Woche eine Nacht draußen geblieben waren. Ich war müde und hatte nicht mal dran gedacht, es abzuschließen. Na und? Ist mir schon oft passiert, hier ist noch nie was weggekommen.«

»Oh …«, entfuhr es Pilar, und sofort entfaltete sich vor ihren Augen eine Szene: wie der Täter das Gespann erblickte, vor oder nach der Tat, und ihm spontan die Idee kam, wie er die Leiche wegbringen könnte.

»Und da hat die Polizei gleich beides mitgenommen, echt toll, ich bedanke mich bei Ihnen! Und wie soll ich die Kids in die Kita kriegen?«

Pilar wollte ihr Bedauern ausdrücken, doch die junge Frau fuhr bereits die Straße in Richtung Schranke hinunter. Die Polizei untersucht den Anhänger also, dachte Pilar befriedigt. Es schien was dran zu sein an ihrer Vermutung.

Aber wenn Evelyn hier in der Nähe getötet und im Anhänger so weit weggebracht worden war, musste man sich fragen, warum der Täter solchen Aufwand betrieben hatte. War das dem Mann aus der Arndtstraße zuzutrauen? Er hätte die Leiche am nahen Rheinufer abladen oder im Wasser entsorgen können. Sprach der Umstand, dass der Täter die Reichsstraße gewählt hatte, nicht eher dafür, dass es Achim war, weil die Entfernung zu seinem Haus auf dem Brüser Berg nicht groß war und deshalb die Möglichkeit bestand, dass er die Böschung am Bach kannte? Aber wieso hätte er das fremde Fahrrad nehmen sollen? Um sein Auto nicht schmutzig zu machen? Hatte Evelyn geblutet – aus der kleinen Wunde im Nacken?

Die Wunde! Pilars Blick blieb an den Vorgärten auf der anderen Straßenseite hängen. Rasch überquerte sie die Fahrbahn und trat an einen der schmiedeeisernen Zäune. Solches Gitterwerk gab es in der gesamten Südstadt und überall in Bonn vor Häusern aus der Gründerzeit, falls die Vorgärten nicht, wie an Isabells Haus, im Zuge des Straßenbaus verschwunden waren. Pilar fuhr mit dem Finger über die pfeilförmigen Enden der senkrechten Stäbe. Ja, es schien möglich, dass die runde Stelle, die sie unter Evelyns Haaransatz gesehen hatte, von einer solchen Eisenspitze herrührte. Hatte der Täter sie dagegengedrückt, bevor es zu der *Gewalteinwirkung gegen den Hals* kam, zur Erdrosselung mittels einer Paketschnur, wie Freddy meinte, seit er mit Achim gesprochen hatte?

Der Schmerz in der Wange, den Pilar die letzten Minuten kaum wahrgenommen hatte, kehrte mit voller Wucht zurück. Weshalb zerbrach sie sich den Kopf? Sie hatte der Polizei einen Hinweis gegeben, aber sie musste den Fall nicht lösen, sie konnte sich voll und ganz ihrem Unwohlsein hingeben, gegen das Isabell hoffentlich eine Tablette vorrätig hatte.

Als Pilar den breiten Bürgersteig der Adenauerallee erreichte, sah sie jemanden aus der anderen Richtung auf Isabells Haus zusteuern. Es war eine jüngere Frau mit halb langem blondem Haar, das unnatürlich kraus war. Sie trug schwarze Leggings mit roten Stiefeletten, und über den kräftigen Oberschenkeln spannte sich ein knapper Minirock mit bunten Tupfen. Sie trat an die Haustür und drückte einen der Klingelknöpfe, ging ein Stück zurück und betrachtete die Fassade.

Pilar war inzwischen bis auf wenige Schritte herangekommen. »Zu wem möchten Sie?«

Die Frau fuhr herum. »Zu meiner Freundin.«

Pilar überlegte, wer das sein könnte. Die bettlägerige Lore musste um die sechzig sein, schwer vorstellbar, dass die zwei befreundet waren. Die Frau blickte noch einmal an der Fassade hoch. Nun war Pilar sicher, dass ihr Interesse den Fenstern im ersten Stock galt.

»Meinen Sie Isabell Troschert?«

»Was dagegen?« Sie war einen Kopf größer als Pilar und musterte sie von oben herab.

Pilar versuchte sich vorzustellen, was die andere vor sich sah: eine mickrige, südländisch aussehende Person, die dringend eine neue Windjacke brauchte und deren Mundpartie womöglich noch Blutspuren und Reste von der rosa Paste, die der Zahnarzt verwandt hatte, aufwies, ein dunkeläugiges Wesen mit wilden schwarzen Locken, dessen Gesicht angestrengt und erschöpft wirkte, als hätte es heute schon zwei Häuser geputzt. Kein erfreulicher Anblick. Aber auch kein Grund, sie so abfällig zu betrachten.

»Wollen Sie etwa auch zu ihr?«, fragte die Blonde.

Pilars Entscheidung war gefallen. Der würde sie nicht auf die Nase binden, dass sie Isabells Schwester war.

»Si, ich neue Putzfrau. Heute soll anfangen mit Arbeit.« Pilar grinste, wenn auch schief, weil die taube Wange nicht so recht mitmachen wollte. Hoffentlich hatte die Frau nicht im Gedächtnis, dass Pilar zu Anfang das Deutsch einer Deutschen gesprochen hatte. Ansonsten schien der spanische Akzent gelungen, auch wenn er ihr schwerfiel, weil sie von Kindesbeinen an gelernt hatte, beide Sprachen sauber zu trennen: mit Mama und den übrigen Bonnern Deutsch, mit Papa und der andalusischen Verwandtschaft Spanisch.

»Da liegen Sie aber total daneben, Isabell ist nicht da. Mir fällt jetzt ein, dass sie was davon gesagt hat. Hatte ich vergessen.«

»Ich bei die Tage von Woche …« Pilar bewegte die Hände, um ein Durcheinander anzudeuten. »Heute nicht Freitag?«

»Nein, Montag.«

»Oh … Was nun?«

»Gehen Sie einfach. *Avanti, avanti!*« Die Frau wedelte mit der Hand in Richtung U-Bahn-Eingang.

»Das ist Italienisch«, knurrte Pilar mit akzentfreiem Ingrimm. »Und Sie?«

»Ich versuch es später. Der Tag ist noch lang.« Sie drehte sich abrupt um. Die Absätze ihrer Stiefeletten scharrten übers Pflaster. Energischen Schrittes ging sie stadteinwärts.

Eine Weile sah Pilar ihr nach. Die kommt mir falsch vor, dachte sie, ich gehe jede Wette ein, dass sie nicht wirklich Isas Freundin ist. Die passt nicht zu meiner Schwester, die kann nichts mit ihr gemeinsam haben. Was mag sie hier gewollt haben?

Pilar kramte in ihrer Umhängetasche nach ihrem Handy, in dem sie erst kürzlich Isabells Nummer gespeichert hatte. Vergessen – na toll. Sie fischte ihr Notizbuch heraus, legte es auf die Mauer neben der Kellertreppe und schrieb. *Wenn jemand fragt, egal wer, ob du eine spanische Putzfrau hast, sag bitte Ja. Sie ist neu bei dir und heißt Pilar. Ich erklär's dir später, P.* Sie riss die Seite heraus, faltete sie und warf sie in Isabells Briefkasten.

***

Wo, zum Kuckuck, war der Orangensenf geblieben? Ratlos ließ Freddy seinen Blick über die Warenauslage des Biostands schweifen. Die letzte Viertelstunde seines Arbeitstages war angebrochen. Von dem Orangensenf sollte er Birgit ein Gläschen mitbringen, sie war neuerdings mächtig scharf drauf. Wenn sie wegen der Schwangerschaft schon auf Wein und Bier verzichten musste, sollte sie wenigstens ihren Senf haben.

Da sich im Augenblick kein Kunde näherte, wandte er sich noch einmal den Kisten zu, die an der Rückwand standen.

»Na, Freddy?«

Er zuckte zusammen und fuhr herum. Diesen Kunden hatte er nicht kommen sehen, aber er kannte ihn gut. »Hast du mich erschreckt.«

Es war Jörg Ollekoven, der Freund, der Achim als Verteidiger zur Seite stand. Das elegante Sakko und das Seidenhemd, das sich um seinen gut genährten Körper spannte, verrieten die erfolgreiche Anwaltskanzlei.

»Willst du einen Kaffee, Freddy? Ich hab die Thermoskanne dabei. Extra für dich.« Jörg öffnete seine geräumige Tasche aus feinem, hellem Leder.

»Großartig, den kann ich gebrauchen«, erwiderte Freddy. Er war sich darüber im Klaren, dass Jörg diese Wohltat nicht ohne Hintergedanken anbot. Aber egal, mit einer Tasse Kaffee in der Hand war er zu manchem bereit, zumal seine eigene Kanne vor

Kurzem vom Fahrrad auf die Straße geknallt war und er seitdem während der Arbeit nur Wasser trank.

Jörg goss die tiefschwarze Flüssigkeit in zwei Plastikbecher. Er hatte sogar an Zucker und Kaffeesahne gedacht.

»Ich komme wegen Achim. Ich wollte dich was fragen, Freddy.« Er sah sich nach allen Seiten um. »Solange hier kein Kunde aufkreuzt.«

»Wie steht es?«

»Er hat kein Alibi. Aber was soll's. Sie können ihm nichts nachweisen.«

Jörgs speckiges Gesicht überzog ein Grinsen, als wäre irgendwas an dieser Tatsache amüsant. Diesen Gesichtsausdruck kannte Freddy seit den großen Pausen seiner Schulzeit, als Jörg in sein Brötchen gebissen hatte, das mit einer Hundert-Gramm-Tafel Schokolade belegt war, während Freddy neidvoll an einem Schwarzbrot mit Frischkäse und Gurkenscheiben knabberte.

»Wenn du mich fragst, Freddy: Er kannte Evelyns Aufenthaltsort nicht. Und er weiß nichts von den näheren Umständen ihres Todes. Ich glaub ihm das.«

»Was macht dich so sicher?« Freddy dachte an seine seltsamen Gespräche mit Achim. Verdächtiger konnte man sich kaum verhalten.

»Er kann nicht lügen. Alles, was er zu seiner Verteidigung vorbringt, ist so offensichtlicher Blödsinn, dass der Rest die pure Wahrheit sein muss.«

Freddy konnte nicht ganz folgen. Er nahm erst mal einen Schluck Kaffee. Nachtschlaf ade, dachte er. Das Getränk war so stark, dass es ihn bis zum Morgen wach halten würde, wenn er den ganzen Becher leerte.

»Ist doch klar, Freddy: Wenn er tatsächlich gewusst hätte, wo Evelyn gewohnt hat, hätte er dazu eine oberidiotische Lüge vorgebracht, die keinen Zweifel daran gelassen hätte, dass er dort war. Aber er hat nur gesagt: *Ich weiß es nicht.* Das ist so schlicht, das muss stimmen.«

»Vielleicht ist ihm nichts Passendes eingefallen.«

Jörg schüttelte den Kopf. »Freddy, ich versteh was von Psychologie. Aber für die Polizei bleibt er natürlich verdächtig.«

»Was wolltest du mich fragen?«

»Erstens: Wie ist Achims Freundin so? Diese Valerie?«

»Ich hab sie nur von Weitem gesehen. Aber Pilar hat sie mit ihrer Mutter im Buchladen erlebt. Du kennst ja Pilar.«

»Wie fand sie die Frau?«

»Na ja … Zu der Zeit lebte Evelyn noch, und Mutter und Tochter äußerten sich dahin gehend, dass sie nicht mehr lange Achims Frau sein werde.«

Jörg sah ihn nachdenklich an. »Interessant. Aber auch merkwürdig.« Sein Gesicht verbreiterte sich zu dem vertrauten Grinsen. »Erst will die Puppe ihn unbedingt heiraten, und dann lässt sie ihn fallen wie eine heiße Kartoffel. Laut Achim lässt sie kein gutes Haar an ihm. Ist so die Liebe?«

»Wenn sie ihn für einen Mörder hält, ist es normal, dass sie nichts mit ihm zu tun haben will.«

Jörg warf ihm einen langen Blick zu. »Ich weiß, warum aus deiner Detektei nichts wird. Du bist zu lieb, du schaffst es nicht, dir die Menschen abgrundböse vorzustellen.«

Wie schön, dass alle so genau wussten, warum die Detektei nicht lief, dachte Freddy grimmig und leerte den Kaffeebecher.

»Das Früchtchen kann es selbst gewesen sein«, fuhr Jörg fort. »Was liegt für eine Geliebte näher, als die Ehefrau aus dem Weg zu räumen?«

»Ich kenne nur Fälle, in denen darauf verzichtet wurde«, wandte Freddy ein.

»Vielleicht hat sie eine günstige Gelegenheit genutzt. Aber nachdem die Polizei ihr auf die Pelle gerückt ist, wird ihr der Boden unter den Füßen zu heiß. Da tut sie lieber so, als wäre sie zum bloßen Zeitvertreib mit ihm im Bett gewesen und hätte ihn nie gewollt. Na, und wenn er nicht verurteilt wird und Gras über die Sache wächst, dann steht eben Versöhnung an, Hochzeit und Happy End. Eine Story wie für die Illustrierten gemacht.«

»Du übersiehst, dass Evelyn schon freiwillig das Feld geräumt hatte.«

»Was wissen wir denn, was da gelaufen ist? Valerie kann gemerkt haben, dass Achim noch an seiner Frau hing. Eine tote Evelyn ist für sie das Sicherste. Die kann nicht zurückkehren.«

Freddy sah auf seine Armbanduhr. Es wurde Zeit, die unverkaufte Ware einzupacken. »Was wolltest du mich noch fragen?«

»Es ist eine Bitte: Schau dir Mutter und Tochter unauffällig an, Freddy. Das könnte die Verteidigung meines Mandanten vorwärtsbringen. Ich will mehr über die Ladys wissen.«

Jörg steckte einen zusammengefalteten Zettel zwischen die Marmeladengläser. Freddy zog ihn heraus. Im Innern befanden sich Valeries Adresse und ein Foto. Er betrachtete das Gesicht. Mit großen blauen Augen und einer hübschen kleinen Nase blickte es frech in die Kamera.

»Lass dir mal die Adresse auf der Zunge zergehen.«

An der Evangelischen Kirche. Freddy hob den Blick.

Jörg sah ihn mit gespannter Miene an. »Na?«

»Das ist die kleine Straße neben der Kreuzkirche«, sagte Freddy.

»Nur einen Katzensprung von der Adenauerallee entfernt! Wo Evelyn, wie wir inzwischen wissen, bei einer Frau Troschert gewohnt hat.«

Freddy nickte. »Sie ist Pilars Schwester.«

»Und wie leicht begegnet man sich in so einem Viertel!« Jörg verstaute die Thermoskanne und die Becher in seiner Ledertasche. »Mach's so schnell wie möglich, Freddy. Valerie arbeitet jeden Tag bis halb vier und dürfte bald danach zu Hause sein. Betrachte es als kleinen Freundschaftsdienst. Abgemacht?« Er hob die Hand zum Gruß und entfernte sich mit dem selbstbewussten Schritt eines Mannes, der erfolgreiche Geschäftsabschlüsse gewohnt ist.

Freddy seufzte. So war das nun mal: Die meisten seiner Aufträge waren *kleine Freundschaftsdienste.* Der liebe Freddy, der macht das schon.

***

Pilar kam gerade von der Spätrunde mit dem Hund zurück, als das Telefon die spanische Nationalhymne durchs Haus schmetterte. Gediegen, würdevoll, erwärmend. Nein, sie würde sich nicht dem Urteil ihrer Söhne beugen, einen neuen Apparat anzuschaffen. Dieser hier hatte sich standhaft geweigert, sich auf andere Töne programmieren zu lassen, das war immerhin spanischer Stolz.

Am Telefon war Isabell. »Pilar, ich hab deinen Zettel im Briefkasten gefunden. Was soll die Nachricht wegen der Putzfrau? Normalerweise macht hier Teresa sauber, eine Polin, aber zurzeit ist sie krank.«

»Das hast du mir ja erzählt«, nuschelte Pilar.

Irgendwas hatte der Zahnarzt falsch gemacht. Ihre Wange war mittlerweile so dick, als säße eine Mandarine in der Backentasche, und der stechende Schmerz erweckte in ihr die Vorstellung, im Zahnfleisch wäre die Spitze des Bohrers zurückgeblieben. Die Tablette, die sie vor der Hunderunde geschluckt hatte, schien ohne Wirkung zu bleiben. Morgen würde sie die Praxis noch einmal aufsuchen müssen.

»Du willst hier doch nicht wirklich putzen? Die Treppe von oben bis unten zu wischen, ist kein Spaß.«

»War nicht so ernst gemeint, Isa. Ich hab einer jüngeren Frau gegenüber ein bisschen geflunkert und wollte, dass du mich nicht verrätst. Ich kam vom Zahnarzt, da sah ich sie an deiner Haustür klingeln. Blond, rote Stiefelchen, Minirock.«

»Meinst du Karin? Ich hatte ihr gesagt, dass ich heute nicht zu Hause bin.«

»Sie hat sich nicht vorgestellt, sondern nur als deine Freundin ausgegeben.«

»Karin ist die kleine Schwester meiner Schulfreundin Sigrun, die kürzlich gestorben ist. Ich hatte die Traueranzeige zufällig Ende März im ›General-Anzeiger‹ entdeckt. Ihr Tod hat mich sehr getroffen. Als ich sie zuletzt gesehen habe, war ich vierzehn.«

»Ah, drum.«

»Was soll das heißen?«

»Deshalb bist du nicht so kritisch mit dieser Karin. Ich konnte kaum glauben, dass ihr befreundet seid. Und da sie mir so missfiel, dachte ich, sie muss nicht wissen, dass ich deine Schwester bin.«

»Verrückt.«

»Wenn sie Sigruns Schwester ist, habt ihr euch natürlich viel von früher zu erzählen.«

»Leider kann sie nicht viel beisteuern, sie war damals ein Säugling.«

Moment, dachte Pilar, Isabell ist neunundfünfzig und Karin

schätzungsweise Mitte oder Ende dreißig, das ist ein Unterschied von mindestens zwanzig Jahren.

»Als du vierzehn warst, Isa, war Karin noch nicht mal ein Embryo.«

»Sie sieht jünger aus, als sie ist, das liegt an den Klamotten, Pilar. Sie meinte sogar, sie erinnert sich an mich. Ich vermute, sie hat mich auf Fotos gesehen.«

»Und du – erinnerst du dich?«

»Kein bisschen. Ich wusste nicht mal, dass Sigrun eine Schwester namens Karin hatte.«

»Vielleicht wusste Sigrun es auch nicht.«

»Pilar! Denkst du, Karin hat mich betuppt?«

»Sie kam mir wie ein falscher Fünfziger vor.«

Isabell holte hörbar Luft. »Das kann nicht sein, das glaub ich nicht. Jeder weiß doch, dass man solche Dinge leicht überprüfen kann.«

»Du bist aber nicht auf die Idee gekommen, es zu überprüfen, oder?«

»Warum sollte sie mich belügen? Dafür sehe ich weit und breit keinen Grund.«

»Sie könnte eine Diebin sein, die sich unter Vorspiegelung falscher Tatsachen bei dir eingeschmeichelt hat und nur darauf wartet, dass du lang genug außer Haus bist.«

Isabell schwieg eine Weile, sie schien zu überlegen. »Eine Diebin stelle ich mir anders vor. Karin ist eine Nervensäge.«

»Hast du die Todesanzeige noch? Dann wende dich an die Traueradresse und frag nach Sigruns Schwester Karin. Dann weißt du es genau.«

»Pilar, du bist unmöglich. Das mache ich nicht.«

Aber ich könnte es tun, überlegte Pilar, während Isabell sich bereits verabschiedete. Oder Freddy übernimmt es. Die Zeitungen von Ende März müssten noch im Keller sein, sie hatte die Altpapiersammlung verschwitzt.

Und auch jetzt hatte sie eine Kleinigkeit vergessen, fiel ihr ein, als sie aufgelegt hatte. Sie hatte ihre Schwester nicht gefragt, ob sie am nächsten Nachmittag zu Hause sei, wenn sie selbst beim Zahnarzt fertig wäre. Aber das ließ sich nachholen. Sie tippte auf die ersten

Ziffern von Isabells Nummer, und da es viele waren, hatte sie Zeit, sich zu überlegen, dass sie es ebenso gut lassen konnte. Sie würde einfach bei Isabell klingeln, und wenn niemand aufmachte, wäre es auch in Ordnung. Jetzt sollte sie lieber zusehen, dass sie ins Bett kam, sie war müde und abgeschlagen.

***

Marion hatte Thomas gegen Abend angerufen und ihm erklärt, sie fahre nach der Arbeit mit einer Freundin nach Köln, um eine Altstadt-Kneipe zu testen, die sie noch nicht kenne. Er sei doch den ganzen Abend da und bringe die Kinder ins Bett? Bei ihr könne es spät werden.

Als er sie in der Nacht nach Hause kommen hörte, war er im Begriff, einzuschlafen. Sie riss die Schlafzimmertür auf und knipste erbarmungslos das Deckenlicht an. Der Sitzsack knirschte, und irgendwas prallte gegen den Kleiderschrank, wahrscheinlich ein Schuh. Thomas blinzelte gegen das grelle Licht an. Ein Bolerojäckchen flog durch die Luft und landete auf der Kommode.

»Puh, bin ich k. o.!« Marion saß auf dem Sitzsack und schleuderte den zweiten Schuh durch den Raum. »Aber Köln ist erstklassig. Wir sollten nach Köln ziehen, das ist was ganz anderes.«

»Ich bin mit Bonn zufrieden.« Thomas setzte sich im Bett auf. »Übrigens ahnst du nicht, wer heute Nachmittag hier war.«

»Hoffentlich nicht meine Mutter.«

»Die Tochter von Vaters Freund Bernhard. Isabell Troschert.«

»Was?« Marion schnellte hoch. Sie starrte ihn an. »Was wollte die hier?«

»Mich nach meinem Vater fragen. Und nach Briefen. Am liebsten hätte sie ihn selbst gesprochen, aber das hab ich ihr ausgeredet. Zu blöd, dass wir so voreilig waren, die Briefe zum Altpapier zu geben.«

Marion ließ sich auf den Sack zurückfallen. »Das hast du schon mal gesagt.«

»Heute hat es mich wirklich geärgert. Diese Frau hätte sich so gefreut, wenn sie die Briefe bekommen hätte.«

»Hm …«, brummte Marion abwesend und blickte zum Fenster,

vor dem die Gardinen noch nicht zugezogen waren, sodass sich der beleuchtete Raum darin spiegelte.

»Was ist? Was denkst du?«, forschte Thomas.

Wieder einmal hatte er das Gefühl, dass Marion ihm etwas verheimlichte. In letzter Zeit kam es ihm oft so vor, als wäre sie von Sehnsüchten und Wünschen erfüllt, die sie ihm nicht offenbarte, seit er sie angeraunzt hatte, sie solle die Dinge doch bitte schön so nehmen, wie sie sind, und nicht dauernd wünschen, dass alles anders wäre.

»Na ja … ich hab's dir noch nicht erzählt …«

Er war plötzlich hellwach. Jetzt kommt's, dachte er beklommen. Natürlich, sie hat einen anderen.

»Also, diese Isabell … Die kenne ich.«

Er atmete erleichtert aus. »Davon hat sie nichts gesagt.«

»Das konnte sie auch nicht. Du hast eben gesagt, sie war nachmittags hier.«

»Am Spätnachmittag.«

»Und ich war erst abends bei ihr.«

»Ich dachte, du warst in Köln.«

»In Köln war ich danach.«

»Als du mich angerufen hast – hattest du sie da schon aufgesucht?«

»Ja.« Sie lächelte entschuldigend. Für einen kurzen Moment wetterleuchtete in ihm der Gedanke, dass dieses Lächeln nicht ganz echt wirkte. Aber nein, sagte er sich, wie kann ich das denken, ich liebe sie doch. Und zum Lügen besteht gar keine Veranlassung. Geschwindelt hat sie immer nur, wenn ein anderer Mann im Spiel war.

»Wieso hast du mir nichts davon erzählt? Wieso warst du überhaupt bei ihr?« Er wurde langsam ungeduldig.

»Es …« Sie zwirbelte an einer Haarlocke herum. »… sollte eine Überraschung sein.«

»Wie soll ich das verstehen?« Er stopfte sich sein Kopfkissen in den Rücken und sah sie prüfend an.

»Es ist nämlich so: Ich habe alle Briefe gelesen, die wir hatten. Alle, verstehst du? Und in einem davon hat Bernhard an Paul geschrieben, dass in seinem Garten etwas für dich vergraben ist.«

»Hä?«

»Paul sollte dir das sagen, wenn du volljährig bist. Hat er das?«

»Nein«, erwiderte Thomas.

»Das war gemein, hab ich recht?«

»Ich wüsste jetzt gern, wovon du redest, Mari.«

»Bernhard hatte Geld, er war reich. Und da er wahrscheinlich wusste, dass Paul sein ganzes Geld verspekuliert, hat er sich überlegt, dass er *dem kleinen Thomas* was Gutes tun will.«

Dem kleinen Thomas. Er hatte von vornherein das Gefühl gehabt, diese Worte müssten eine tiefere Bedeutung haben. Der gute Bernhard. Dass er an ihn gedacht hatte! Weshalb hatte sein Vater das verheimlicht?

»Es geht also um Geld.« Thomas dachte an den Anfall im Pflegeheim, als das Wort *Geld* fiel.

»Besser«, fuhr Marion fort. »Wertbeständiger. Es geht um Gold. Bernhard schreibt nicht, wie viel, aber ich glaube, du kannst einiges erwarten.«

Sie stand auf und setzte sich auf die Bettkante. Sie beugte sich vor, sodass ihr Gesicht dem seinen ganz nah war. Ihre hellen, leicht schräg stehenden Augen schienen von innen heraus zu leuchten. »Tommy, wenn wir dieses Gold bekommen, können wir ein schickes kleines Haus bauen! Oder eines kaufen! Freust du dich nicht?«

»Mari, das ist mir viel zu vage. Es freut mich, dass er an mich gedacht hat, aber wo soll dieses Gold sein?«

»Er hat es in seinem Garten vergraben, das hab ich doch gesagt.«

»Du meinst, es ist nach all den Jahren noch da?«

»Wer soll es denn weggenommen haben? Es wusste niemand davon.«

»Irgendwer kann es zufällig gefunden haben. Jemand, der einen Baum mit großem Wurzelballen einpflanzen oder seinen Hund begraben wollte.«

»Tommy, in diesem Haus wohnen ganz wenige Leute: ein Altenpfleger, ein oller Schauspieler, eine schwerkranke Frau und Isabell. Das Parterre steht die meiste Zeit leer, und der Garten sieht aus, als ob sich niemand für ihn interessiert. Isabell wusste nicht mal, dass ihr Vater was für dich vergraben hat.«

»Zeig mir erst mal die Briefe, in denen das steht.«

»Das geht nicht, die hat das Müllauto mitgenommen.«

Er fuhr hoch. »Du hast sie weggeworfen, obwohl du wusstest, dass so was Wichtiges drinsteht?«

Sie zog ein zerknirschtes Gesicht. »Wollte ich ja nicht. Ich hatte sie im Keller beiseitegelegt, mit ein paar Anzeigenseiten vom Samstag, hatte vor, da noch reinzugucken. Aber als ich den Müllwagen kommen hörte, fiel mir siedend heiß ein, dass wir die Mieter sind, die mit dem Rausschaffen an der Reihe sind, also hab ich flott das ganze Papier zusammengerafft und auf die Straße gebracht. Ich war so was von müde und hab zu spät gemerkt, dass der alte Karton dabei war. Schimpf bitte nicht. Es ist nun mal passiert.«

Thomas stöhnte – das war wieder typisch Marion. »Was hat Isabell dazu gesagt? War sie nicht stinksauer?«

»Sie …« Marion schien einen Moment lang aus dem Tritt. »Ach so, nichts weiter. Die Briefe sind ja nun mal weg, und die Frau ist ziemlich cool. Aber pass auf, jetzt kommt es: Sie hat uns erlaubt, in ihrem Garten zu graben. Dass wir was finden, glaubt sie zwar nicht, aber sie meint, wir sollen es ruhig versuchen.«

»Das ist ihr recht, ohne den entsprechenden Brief gesehen zu haben?«

»Warum denn nicht? Isabell ist total in Ordnung.«

»Aber wir können nicht ihren ganzen Garten umpflügen!«

»Moment – Bernhard hat geschrieben, der Boden sei ziemlich durchwurzelt oder so ähnlich. Aber in dem Staudenbeet vor der rechten Mauer und in dem Gemüsebeet weiter hinten sei er für seinen Zweck geeignet.«

»Wer weiß, ob da überhaupt noch Beete sind.«

»Isabell hat sie mir gezeigt. Weil nur diese beiden Stellen in Frage kommen, hat man eine Chance, was zu finden. Übrigens wollte er noch einen Plan zeichnen. Ob daraus was wurde, weiß ich nicht.«

Thomas musste plötzlich lachen. »Wer solche Angst vor dem Atomkrieg hat, kommt auf abgefahrene Ideen.«

Marion blieb ernst. »Isabell hat gesagt, wir sollen so bald wie möglich graben. Nicht dass das Gold noch in falsche Hände gerät. Sie möchte, dass wir es morgen machen, damit die Sache erledigt ist.«

»Morgen? Das geht mir zu schnell.«

»Ihr ist es so am liebsten. Sie ist morgen nicht zu Hause und hat mir den Schlüssel der Kelleraußentür mitgegeben, damit wir reinkommen, ohne bei irgendwem klingeln zu müssen. Wir sollen den Mietern nichts sagen.«

Thomas streckte sich und schüttelte den Kopf. »Das kommt mir arg phantastisch vor. So was kann es gar nicht geben. Für mich klingt das wie das ›Märchen vom vergrabenen Schatz‹. Völlig unwirklich. Wir leben im 21. Jahrhundert, meine Süße.«

»Aber wenn ich es doch gelesen habe!« Sie stampfte mit dem Fuß auf wie ein kleines Mädchen.

»Ich verstehe nicht, wie du die Briefe unter diesen Umständen wegwerfen konntest.«

»Ich hab's dir doch erklärt! Also ab wann kannst du morgen? Wir müssen das zu zweit machen.«

»Ich hätte lieber selbst mit Isabell über die Angelegenheit gesprochen.«

»Das will sie nicht, die Sache ist ihr lästig.«

»Ich rufe sie morgen an.«

»Nein, Tommy!« Marions Stimme war plötzlich unangenehm schrill. »Sie hat extra darum gebeten, dass wir sie nicht anrufen!«

»Pst, du weckst die Kinder auf.« Thomas wandte den Kopf zur Tür, als hörte er die beiden schon heranstürmen. Vor ein paar Stunden hatte es ihn viel Mühe gekostet, ihnen klarzumachen, dass sie schlafen müssten.

»Isabell hat einen Mega-Arbeitstag bis spätabends und hat die ganze Woche Stress«, fuhr Marion kaum leiser fort. »Sie will, dass wir es einfach nur machen. Morgen Nachmittag.«

»Ich kann frühestens ab fünf.« Thomas lauschte. Im Nebenzimmer schien es ruhig zu bleiben.

»Okay, Spaten und Hacke sind dort im Keller«, meinte Marion in sanfterem Ton. »Super, dass es so viel geregnet hat, dann ist der Boden schön weich.« Sie musterte ihn und zog die Augenbrauen zusammen. »Mensch, ich freu mir hier ein Bein aus, und du bist wie aus Stein.«

»Mir wäre bedeutend wohler, wenn ich den Brief, in dem Bernhard das schreibt, selbst gesehen hätte.«

»Ach Liebling …« Sie lag plötzlich neben ihm, dann auf ihm.

»Traust du mir nicht zu, dass ich richtig lese?«, murmelte sie an seinem Hals.

»Doch, natürlich«, raunte er. Die Aktion war kindisch, wahrscheinlich schätzte Frau Troschert die Sache genauso ein und wollte das Thema schnell vom Tisch haben. Dass ihr die Sache lästig war, konnte er sich gut vorstellen. Aber da Marion derart Feuer und Flamme war, wäre es ihm schäbig vorgekommen, ihr die Freude zu verderben. Ihr ewiger Traum vom großen Geld rührte ihn. Und wenn sie nichts Schlimmeres von ihm verlangte, als zu graben … Es schien ja alles besprochen und geregelt, das war die Hauptsache.

NEUN

Aus dem Observieren vom Wagen aus wurde nichts. In der kleinen Straße an der Flanke der Kreuzkirche durfte man nur auf einer Seite parken, und Freddy war mehrmals um den Häuserblock gefahren, ohne eine freie Lücke zu entdecken. Er hatte den gemieteten Škoda Fabia in der Kaiserstraße abstellen müssen und stand nun gegen einen Bretterzaun gelehnt, hinter dem die Bauarbeiten für den neuen Kirchenpavillon im Gang waren.

Observieren gehörte zu seinen Lieblingstätigkeiten, aber ohne ein Auto, hinter dessen Lenkrad man sich mittels einer durchlöcherten Zeitung verbergen konnte, war es schwierig, und für längere Zeit auf der Straße herumzustehen, war zu auffällig.

Er versuchte es trotzdem, indem er sich über einen aufgeschlagenen Bonn-Führer beugte und so tat, als ob er den Stadtplan und die Informationen über die große Backsteinkirche studierte. Mit Vollbart und Lockenperücke, die seinen Kopf insgesamt rund und füllig wirken ließen, war er so gut wie unkenntlich, und die Brille, auf die er seiner Sehschwäche wegen nicht verzichten mochte, fiel unter dem Gewirr des krausen dunklen Haars kaum auf.

Die Sache war nicht aussichtslos. Das Haus schräg gegenüber trug die Nummer, die auf Jörgs Zettel notiert war, und im ersten Stock stand ein Fenster weit offen. Nach einer Weile erschien darin der Oberkörper einer großen, breit gebauten Person, deren wuchtiges Kinn keinen Hals erkennen ließ. Ein Walross von einer Frau. Sie stellte einen hellblauen Eimer aufs Fensterbrett und begann, einen der Flügel mit Lappen und Seifenlauge zu bearbeiten. Nach Pilars Schilderung konnte sie Valeries Mutter sein.

Freddy ging langsam ein kleines Stück weiter und blickte mit gerunzelter Stirn zwischen Stadtführer und Kirchturm hin und her, als beschäftigten ihn ein paar interessante Einzelheiten. Die Walross-Frau rieb die Scheibe trocken und wechselte zum anderen Fensterflügel. Freddys Betrachtungen begannen, sich unnatürlich in die Länge zu ziehen, deshalb steckte er das Buch weg, holte sein Handy heraus und schrieb eine imaginäre Nachricht. Auf der anderen Straßenseite näherten sich das Klappern hoher Absätze und das Klimpern eines Schlüsselbunds.

»Hi ‚Mutti!« Es war eine näselnde Stimme, die eine Spur affektiert klang.

Freddy blickte auf und sah eine langbeinige junge Frau in einem kurzen schwarzen Kleid. Valerie! In der dunklen Aufmachung wirkte sie noch dünner und zartgliedriger als vor Achims Haustür.

Nein, dachte Freddy, eine Frau, die kaum sichtbare Muskulatur hat, kann nicht durch *Gewalteinwirkung gegen den Hals* zur Mörderin werden, dazu braucht es Kraft – die das Walross im Gegensatz zu ihr zweifellos besitzt.

Das Fenster im ersten Stock schloss sich geräuschvoll. Fast gleichzeitig verschwand Valerie im Haus. Freddy überquerte die Fahrbahn. Jetzt kam Ermittlungsstufe zwei: klingeln und fragen, ob die beiden den entflogenen Wellensittich seiner kürzlich in die Straße gezogenen Schwester gesehen hätten, die müsse bis spätabends arbeiten, deshalb habe er ihr versprochen, sich darum zu kümmern, obwohl ihm das Viertel fremd sei, er wohne in Köln, aber was tue man nicht alles für eine liebe Schwester und ihr Tier. So würden sie ins Gespräch kommen. Der Verlust eines Haustiers ließ die meisten Herzen schmelzen.

Freddy streckte die Hand nach dem zweituntersten Klingelknopf aus, kam aber nicht dazu, ihn zu drücken, denn die Tür sprang auf. Unmittelbar vor ihm stand die Walross-Frau.

»Hab ich es doch geahnt!«, brüllte sie ihn an. »Verpiss dich, aber flott, du arschverdammter Gaffer!«

Ihr feister Arm schwenkte ein Ding aus Metall auf seinen Kopf zu, einen Fleischklopfer, wie Freddy erkannte, bestens geeignet, um ihm die Schädeldecke einzuschlagen.

»Ich wollte nur …«

»Wird's bald?« Sie holte aus.

Er wich zurück.

»Ist mir scheißegal, ob du vom ›Express‹, von der ›Bild‹ oder vom ›Radio Bonn‹ bist, ist alles dasselbe Pack!«

Der Fleischklopfer zitterte vor seiner Stirn.

»Aber ich bin …«

»›General-Anzeiger‹? Ist mir gleich. Ich mach euch platt wie Koteletts!«

»Es geht um …«

»Halt den Rand!«

Die Tür knallte zu. Freddy atmete tief durch. Er war also nicht der Erste, der hier auftauchte. Der kleine Hinweis irgendeiner Person, die von dem Verhältnis zwischen Valerie und dem Ehemann *der Toten von der Reichsstraße* wusste, konnte gereicht haben, um eine Handvoll Presseleute auf den Plan zu rufen.

»Und wenn ich nun von der Kripo wäre?«, rief Freddy laut.

Die Tür öffnete sich einen Spalt. Von Valeries Mutter war nicht viel mehr zu sehen als ihre knollenartige Nase und die fleischigen Lippen. Kein Fleischklopfer.

»Wir sind ehrliche Leute«, schnaufte sie. »Wir haben alles gesagt. Sogar, dass meine Tochter dem Arsch hinterhergefahren ist, als er hier abgedampft ist. Sie wollte wissen, was der macht, aber so um elf rum war sie wieder hier, hatte keinen Bock, dem bis in die Eifel zu folgen. Aber wenn ich das irgendwo in der Zeitung oder bei Facebook lese, bist du dran, dann mach ich dich einen Kopf kürzer.«

»Und wo war Valerie danach?«, fragte Freddy schnell.

»Im Bett.«

Sie schloss die Tür mit Nachdruck. Freddy hörte ihre schweren Schritte auf der Treppe. Seine Aufgabe war fürs Erste erledigt. Er ging langsam weiter in Richtung Lennéstraße und schrieb währenddessen eine Nachricht auf dem Handy.

Durch geschicktes Taktieren Angriff mit dem Fleischklopfer überlebt. Mutter ist angriffslustig.

Jörgs Antwort kam prompt: *Interessant. Ich überleg mir eine Strategie.*

Fk passt nicht ins Täterprofil, schrieb Freddy.

Doch, erwiderte Jörg, *ist Haushaltsware wie Paketschnur, aber die passt besser in die Manteltasche.*

Darauf Freddy: *V. ist A. hinterhergefahren in der fraglichen Nacht. Angeblich um elf zu Hause und ins Bett.*

Später könnten die Damen zusammen losgezogen sein, war die Antwort.

In der Weberstraße warf Freddy einen Blick auf die Fassade des

Lokals »Zum Treppchen«. Es lag, grob geschätzt, ungefähr in der Mitte der Strecke zwischen Kreuzkirche und Isabells Haus. Jörg hatte recht: Was die räumliche Lage betraf, hatten die Walross-Mutti und ihre Tochter gute Chancen gehabt, Evelyn zu begegnen, sie zu beobachten und ihr aufzulauern. Der übergewichtigen Dame traute Freddy jede Form von mörderischer Handlung zu. Fraglicher wäre, wie das mit dem Fundort der Leiche an der Reichsstraße zusammenzubringen war. Jörg musste also noch einige Punkte klären, wenn er Valerie und ihre Mutter belasten wollte. Freddy fürchtete, dass es auf weitere kleine Freundschaftsdienste hinausliefe.

Er erreichte die Arndtstraße, die friedlich im Sonnenlicht lag, und ging von dort zur Adenauerallee. Hinter der nächsten Ecke sah er die altehrwürdige Fassade von Isabells Haus auf den vorbeibrausenden Autoverkehr blicken. Es war so ganz anders als das kleine Haus am Wendehammer mit der himmelblauen Haustür und den Blümchen unterm Küchenfenster. Ob Evelyn sich hier wohlgefühlt hatte?

Ihn überkam plötzliche Schwermut. Vielleicht erführe man nie, was sich in den letzten Stunden ihres Lebens zugetragen hatte. Wen sie zuletzt gesehen hatte und ob sie ihren Mörder kannte …

***

Thomas blieb vor der Haustür stehen. Marion stieg bereits die Steintreppe hinunter. Die beiden Kellerschlüssel, die durch einen Ring verbunden waren, hielt sie in der Hand.

»Halt, Mari, warte. Lass uns erst bei Frau Troschert klingeln.«

»Ich hab dir doch gesagt, sie ist in Düsseldorf.«

»Sie kann es sich anders überlegt haben.«

Er hoffte insgeheim, dass Bernhards Tochter zu Hause war. Das Unbehagen, das er bisher erfolgreich verdrängt hatte, brach wieder hervor. Es war nicht auszuschließen, dass Marions Auffassung auf einem Missverständnis beruhte oder die Eigentümerin von Haus und Garten ihre Meinung geändert hatte.

Als er auf den Klingelknopf drückte, stand Marion vor der Kellertür und steckte einen der Schlüssel ins Schloss. Sie blickte zu ihm hoch. Kein Summer ertönte, keine Schritte näherten sich von innen, es blieb still im Haus.

»Nichts«, sagte er.

»Na also.«

Sie verschwand im Keller. Thomas lief die Treppe hinab und folgte ihr ins Innere. Marion machte Licht und schloss die Tür hinter ihnen. Die muffige Kühle erinnerte an die Gewölbe einer mittelalterlichen Burg. Die Wände des schmalen Flurs waren teilweise verputzt und wiesen Ausblühungen von Nässe auf. In einer düsteren Nische nahm Thomas ein Regal mit Weinflaschen wahr, dort hatte man es beim nackten Ziegelstein belassen, der sich rau und feucht anfühlte.

Rechter Hand führte eine grau gestrichene Holztreppe nach oben. Marion trat in den gegenüberliegenden Raum, der zum Garten hinausging und von Sonnenlicht durchflutet war, das durch das staubige Fensterglas hereindrang. Mit den fleckigen Fliesen und dem grauen Steinbecken erinnerte er Thomas an eine Küche, doch offenbar diente er nur der Aufbewahrung von Kisten und ausrangierten Möbeln.

Marion öffnete die mit einem querovalen Fenster versehene Holztür. Zusammen traten sie auf einen überdachten Vorplatz, von dem vier Stufen in den Hof führten.

»Das Werkzeug«, sagte Marion.

An der Wand lehnte ein großer Spaten neben einer langstieligen Gartenhacke. Beide sahen so verwittert aus, als wären sie hundert Jahre alt. Marion reichte Thomas den Spaten und nahm selbst die Hacke. Schweigend überquerten sie den Hof. Nach ein paar Schritten blickte Thomas zum Haus zurück. Im Hochparterre fiel ihm eine rundum verglaste Veranda auf, eine Art Wintergarten, mit dunklen, von wildem Wein bedeckten Holzpfosten und Reihen kleiner Scheiben aus buntem Glas, die die großen Fenster einrahmten.

»Die Wohnung ist nur für Gäste«, erklärte Marion. »Sind jetzt aber keine da. Komm weiter.«

Auf dem schmalen Weg, der an einer niedrigen Buchsbaumhecke entlangführte, blieb Marion stehen. Sie deutete auf die fast mannshohe Mauer, vor der wenige Blumen gegen viel wucherndes Kraut ums Überleben kämpften.

»Das ist das Beet, auf dem Bernhard früher Stauden gepflanzt hat. Da fangen wir an.«

Thomas sah sich noch einmal zum Haus um. Von hier aus hatte man nur einen Teil des Wintergartens im Blick. Die übrigen Etagen wurden von einem hohen Fliederbusch verdeckt, dessen Zweige sich mit duftenden lila Blüten über den Weg wölbten.

»Warum will Frau Troschert, dass die anderen Bewohner nichts merken?«

»Stell dir vor, wir finden das Gold nicht. Wenn die Mieter ahnen, was wir suchen, buddeln die heut Nacht selbst noch drauflos. Also, an die Arbeit!«

Thomas stach Vierecke aus und hob die so entstandenen Quader vorsichtig ab. Zwischen Ansammlungen von Brennnesseln, Löwenzahn, Hahnenklee, Efeuranken und Gräsern sprossen Nelken, Mohn und Schlüsselblumen, die wollte er nicht beschädigen. In diesem Frühjahr hatte offenbar noch niemand an dem Beet gearbeitet. Er setzte die Schollen nebeneinander auf den Weg. Der Boden war weich und nur in der obersten Schicht von Wurzeln durchzogen. Weiter unten wurde die Erde härter und steiniger. Marion half mit dem Breitblatt der Hacke.

Als Thomas ein stattliches Rechteck von ungefähr einem halben Meter Tiefe ausgehoben hatte, spürte er bei jedem Spatenstich ein wenig mehr, wie die Kraft aus seinen Armen wich. Hände und Rücken schmerzten. Er wischte sich den Schweiß von der Stirn und sah Marion an.

»Ist das nicht genug?«

»Wir haben erst die halbe Fläche.«

»Das ganze Beet schaffen wir sowieso nicht.«

»Es muss tiefer werden. Wer was Wertvolles vergräbt, will nicht, dass es schon auftaucht, wenn nur jemand seinen Weihnachtsbaum einpflanzt.«

Thomas hielt noch eine Weile durch, aber dann ging nichts mehr. Solche Arbeit war er nicht gewohnt, er brauchte eine Pause. Marion hatte in ihrem Rucksack eine Flasche Wasser und eine Packung Fruchtschnitten mitgenommen, damit zog Thomas auf die Wiese, während sie weitergrub. Er ließ sich ins Gras hinunter und beobachtete, wie sich ihr Rücken hob und senkte. Immer weiter. Woher nahm sie diese Kraft, diesen Schwung? Solche Energie kannte er nicht an ihr.

»Mari, hör auf. Es ist sinnlos.«

»Ich mach es noch ein bisschen tiefer. Hier ist irgendwas.«

»Lass uns zum anderen Beet gehen und bald Feierabend machen.«

»Ich hab gesagt, hier ist was.«

Sie stieß den Spaten erneut in die Erde. Als sie ihn hochhob, war kaum Erde drauf. Ihre Haltung war seltsam. Sie stand gekrümmt vor der Grube, die ihr Körper zum Teil verdeckte, und starrte hinein. Ihre Schultern zogen sich zusammen, als ob sie sich ekelte.

»Was ist los, Mari? Würmer? Ratten?«

Marion richtete sich auf wie unter Schmerzen. Sie drehte sich gespenstisch langsam zu ihm um. Ihr Gesicht war käsig bleich. Sie stützte sich auf den Spaten, ihre Hände hielten den Holzstiel umklammert. Durch ihren Körper lief ein Zittern.

Thomas bekam einen Schreck. Sie hatte einen Schwächeanfall! Er rappelte sich auf, was nicht so schnell ging, wie er wollte. Seine Glieder fühlten sich bleiern an.

»Mari, ist dir schlecht?«

»Bleib da!«, rief sie überraschend heftig. »Das ist nur ekliger Schutt.«

Mit raschen Bewegungen warf sie kurz nacheinander drei Schaufeln von dem Aushub in die Grube. Es hörte sich an, als ob die Klumpen auf eine Schicht Plastik prallten. Marions Gesicht rötete sich vor Anstrengung. Die nächste Ladung Erde flog ins Loch.

»Jede Menge Müll«, murmelte sie.

Hauptsache, es geht ihr wieder gut, dachte Thomas. Er trat näher heran, sah aber nichts als Erde mit kleinen Steinchen.

»Verschimmeltes Zeug und so.« Eine weitere gehäufte Schippe. Sie schnaufte. »Schlamperei.«

»Warum hast du mir das nicht gezeigt?«, fragte Thomas.

»War kein schöner Anblick.«

»Vielleicht war es die Tarnung für das Gold.«

»Das glaubst du doch selbst nicht«, zischte sie und lud erneut die Schaufel.

»Warum bist du so hektisch?«

»Probieren wir es an der anderen Stelle.« Noch eine Ladung Erde.

»Oder wir lassen es«, schlug Thomas behutsam vor.

»Okay«, sagte sie. »Lassen wir es.«

Verblüfft sah er sie an. Er hatte fest mit empörtem Protest gerechnet. Wie konnte ihr Elan so plötzlich erlöschen?

»Konditionsschwäche?«

»Mir reicht es einfach. Schmeiß du die restliche Erde drauf, ich kann nicht mehr.«

Sie ließ den Spaten auf die Erde fallen. Thomas nahm ihn auf und verteilte damit den übrigen Aushub über die halb angefüllte Grube. Die Schollen mit den Blumen hob er mit den Händen auf und drückte sie in den unebenen Boden. Er war fast fertig mit der nicht besonders gelungenen Wiederherstellung, als sich vom Hof her Schritte näherten. Aus dem Augenwinkel sah er Marion zusammenzucken. Er richtete sich auf.

Ein untersetzter Mann mit Hornbrille und schütterem braunen Haar kam auf sie zu.

»Was machen Sie da? Was haben Sie hier zu suchen?«

Marion blickte Thomas an. »Nicht die Wahrheit«, raunte sie und wandte sich lächelnd dem anderen Mann zu.

Thomas stutzte. Diesen Menschen kannte er, wusste aber im Augenblick nicht, woher. Der andere sah ihn mit gerunzelter Stirn forschend an. Auch er schien zu überlegen, wo sie sich schon einmal begegnet waren.

»Wir haben die Einwilligung der Hauswirtin und deshalb auch die Kellerschlüssel«, erklärte Marion. »Unsere Schildkröte ist gestorben, und weil wir keinen eigenen Garten haben, hat Frau Troschert uns erlaubt, unsere Hilda hier zu bestatten, wie es einer lieben, treuen Hausgenossin zusteht. Wir konnten sie doch nicht in die Mülltonne werfen.«

Unglaublich, dachte Thomas, wie sie das schafft, das Blaue vom Himmel zu lügen …

»Schildkröte«, sagte der Mann verächtlich. »Das sieht hier ziemlich übel aus.«

»Ich hätte am liebsten ein Kreuz drauf, aber das geht natürlich nicht in einem fremden Garten.« Marion deutete einen Schluchzer an.

»Wir machen es wieder glatt.« Thomas strich mit der Hacke vorsichtig um die Pflanzen herum und ebnete das Ganze. Das entwurzelte Unkraut schob er zu einem kleinen Haufen zusammen. »Bring ich gleich zum Kompost.«

»Nee, lassen Sie, das mach ich. Ich wohn im zweiten Stock und arbeite auch im Garten, wenn Frau Troschert es wünscht. Aber dieses Jahr hat sie noch nichts gesagt.« Sein lächerlich kleiner Oberlippenbart wackelte plötzlich, darunter erschien ein Lächeln. »Übrigens haben wir uns schon mal gesehen. Ich bin der Ulf. Aus dem Martinsheim.«

Ulf Racker, natürlich. Thomas suchte unwillkürlich das Namensschild auf der breiten Brust. Ihm gelang ein halbes Lachen, das locker wirken sollte, aber verlegen klang.

»Ich bin Thomas Teckelberg, das ist meine Frau Marion. Ich war neulich im Heim, als mein Vater so, so …«

»Als Ihr Vater sich so aufgeregt hat, genau. Nachdem Sie weg waren, hab ich ihn einfach drauflos erzählen lassen. Das hat ihm gutgetan.«

»Ich bin Ihnen sehr dankbar«, sagte Thomas.

Marion gab einen Seufzer von sich. »Was ich eben gesagt hab, war gelogen.« Sie lächelte Ulf kokett zu und berührte seinen Arm.

Thomas starrte sie an. Was sollte das jetzt?

»Sagen Sie Frau Troschert lieber nichts. Ich wusste, dass sie Schildkröten nicht mag, und hatte nur gefragt, ob ich mir heute ein paar Zweige für meine Mai-Deko abschneiden dürfte.«

Mai-Deko! Thomas war erschrocken, wie federleicht ihr diese neue Lüge über die Lippen ging. Und wie gezielt sie versuchte, diesen dicklichen Mittfünfziger mit ihrem Charme einzuwickeln.

»Sagen Sie ihr bitte nichts davon, dass wir hier waren, ja? Sonst errät sie die Sache mit der Hilda und regt sich furchtbar auf. Das ist es nicht wert, stimmt's?«

Der Pfleger grinste breit. »Sie können sich auf mich verlassen.«

»Ach, sind Sie süß!« Marion presste sich an ihn und drückte ihm einen Kuss auf die Wange.

Rackers Gesicht lief rot an, seine Augen glänzten.

Thomas hätte Marion am liebsten angebrüllt. Wozu diese Show, warum sollte der Mann verschweigen, dass sie hier gewesen waren? Führte Marion nicht nur den beschränkten Pfleger an der Nase herum, sondern auch ihren Mann? Thomas schwindelte, als hätte er gerade bemerkt, dass er an der Kante eines Abgrunds entlangging. Er war nicht in der Lage, auch nur ein einziges Wort herauszubringen. Stumm verabschiedete er sich von Racker, dem Marion noch einen schmatzenden Kuss verpasste.

Sie durchquerten den Hof und den Keller, um auf die Straße zurückzugelangen. In Thomas' Innerem kochte eine giftige Mischung aus Wut auf Marion und Verärgerung über sich selbst. Erst als sie die Treppe zum Bürgersteig hinaufstiegen, fand er die Sprache wieder.

»Warum hast du es nicht bei der Schildkröte belassen?«, fauchte er.

»Ich will nicht, dass er mit Isabell über uns redet. Nun wird er einfach den Mund halten.«

»Ich denke, sie legt Wert darauf, dass wir heute graben!«

»Es ist mir lieber so, Tommy.« Marion verzog den Mund zu dem vertrauten kleinen Lächeln, das stets wie eine Bitte um Verzeihung wirkte. Diesen Gesichtsausdruck hatte er bisher geliebt, jetzt empfand er ihn als unerträglich.

»Mari!«, brach es aus ihm heraus. »Isabell soll also nichts davon wissen! Für welche Riesengaunerei hast du mich eingespannt?«

Marion erwiderte nichts, aber ihr Gesicht verfinsterte sich. Oder lag das an der Frau mit dem schwarzen Haar, die ihnen auf dem Bürgersteig entgegenkam? Ihre dichten Locken wippten bei jedem ihrer Schritte lustig auf und nieder.

»Buenas tardes«, rief sie ihnen zu.

»Auch das noch«, murmelte Marion.

»Ist Frau Troschert zu Haus? Meine móvil ist kaputt, so ich nicht kann sie …«

»Sie kommen wieder umsonst«, unterbrach Marion sie schroff. »Isabell ist nicht da.«

»Oh, ich immer hab solche Pech!«

Ihr Akzent war stark, aber immerhin gab sie sich Mühe, verständliches Deutsch zu sprechen. Thomas schätzte, dass sie Spanierin war.

»Komm schon, Tommy, mach das Auto auf.« Marion schien kein weiteres Wort mit der Frau wechseln zu wollen und wandte ihr bereits den Rücken zu.

»Auf Wiedersehen«, sagte Thomas und schenkte ihr einen herzlichen Blick als Entschuldigung für Marions Unfreundlichkeit. Einer Ausländerin gegenüber schien ihre grundlose Kälte besonders gemein.

»Wo bleibst du?«, rief Marion über ihre Schulter.

»Kennst du die?«, raunte er ihr zu, als er neben ihr stand. »Wer ist das?«

»Isabells spanische Putzfrau, eine selten dämliche Person.«

Thomas öffnete den Wagen. Mit leisem Stöhnen ließ Marion sich auf den Beifahrersitz fallen.

»Jetzt schenk mir endlich reinen Wein ein«, knurrte Thomas, als er hinterm Lenkrad saß. »Was sind das für Heimlichkeiten? Was ist mit dem Gold? Das ist nicht für mich, wie?«

Marion gab keine Antwort.

»Mensch, sag was!«, fuhr er sie an.

Sie hatte ihr Gesicht dem Fenster an der Beifahrerseite zugewandt und rührte sich nicht. Starke Stimmungsschwankungen kannte Thomas an ihr, aber nicht dieses undurchdringliche Schweigen. Es steigerte seinen Zorn, aber da war noch etwas anderes. Zuerst hatte er nicht darauf geachtet, nun fiel es ihm auf: Ihr Schweigen war unheimlich.

***

Es war schon lange dunkel, als Isabell nach Hause kam. Sie knipste das Flurlicht an, stieg die Treppe hinauf und betrat ihr Wohnzimmer, das nicht so finster war, wie sie erwartet hatte. Die Vorhänge standen offen, und der Balkon zum Garten war von einem klaren Vollmond beleuchtet. Sie drückte den altertümlichen Hebel hinunter, worauf beide Flügel der Balkontür sich gleichzeitig öffneten. Sie trat nach draußen.

Die Luft war kühl, aber weich und mild, es roch nach saftigem Grün, nach Blüten und Honig. Sie legte die Arme auf die Brüstung und blickte in den Garten. Die Schatten der Zweige zauberten ein filigranes Muster auf die vom Mond beschienene Wiese, den Weg und den Hof. Das ganze Ensemble erschien ihr wie die Installation eines Kunstwerks, den Balkon eingeschlossen, an dessen Boden sich die Schlagschatten der schmiedeeisernen Ornamente des Geländers um ihre Füße rankten.

Sie erinnerte sich an eine Sommernacht, als sie zehn oder elf Jahre alt war. Mama war schon lange ausgezogen, und den Haushalt führte die Großmutter, die nicht mehr ganz gesund war und jeden Morgen ächzend und schnaufend aus der Wohnung im Parterre heraufkam. In den Ferien durfte Sigrun oft bei Isabell übernachten, und in jener Nacht waren sie heimlich als Winnetou und Old Shatterhand in den Garten gezogen. Die Pferde, unabdingbares Zubehör für dieses Unternehmen, hatten sie sich aus alten Besen gebastelt, auf denen sie, nachdem sie leise den Keller passiert hatten, rund um die Wiese galoppierten, die natürlich keine Wiese war, sondern die weite Prärie. Düster zeichneten sich vom östlichen Nachthimmel die Rocky Mountains ab, in Wirklichkeit die Häuserreihe, und von dort erwarteten sie die Komantschen, die ein mieser Weißer gegen sie aufgehetzt hatte. Plötzlich – und das war ein echter Schock gewesen – stand eine Gestalt am Fuße der Rockys und richtete das Gewehr auf sie. *Wer wagt es*, rief eine männliche Stimme, *in tiefer Nacht über mein Grundstück zu reiten, während anständige Leute im Bett liegen?* Es war natürlich ihr Vater, und das Gewehr war der riesige Holzlöffel, den man früher für den Waschtrog gebraucht hatte. Er verkündete, dass eine weitere Stunde Spielen im nächtlichen Garten in Ordnung wäre, wenn die edlen Pferde das laute Wiehern einstellten.

Isabell ging zurück ins Wohnzimmer, machte Licht und trat ans Schlüsselbrett, das neben der Küchentür angebracht war. Sie verspürte das unabweisbare Bedürfnis, hinunterzugehen und dem Gefühl von damals nachzuspüren. So war das wohl, wenn man in die Jahre kam – manche Momente der Vergangenheit schienen kostbarer als alter Familienschmuck.

Sie starrte das Schlüsselbrett an. Der Haken für die beiden Kellerschlüssel, die ein Ring verband, war leer. Sie blickte zu Boden. Heruntergefallen war der Bund anscheinend nicht. Hatte sie ihn nicht zurückgehängt, als sie das letzte Mal im Keller gewesen war? War irgendwas dazwischengekommen? Sie sah sich ratlos um, bis ihr das Kästchen mit den Ersatzschlüsseln im Schreibtisch ihres Vaters einfiel. Pilar hatte es auf ihren Wunsch in die mittlere Schublade gestellt, damit sie besser drankam.

Der richtige Schlüssel war schnell gefunden. Ihr Vater hatte an jedem ein Kunststoffschildchen angebracht. Sie nahm den mit der Aufschrift *Keller/Garten* heraus und stieg hinab ins Untergeschoss.

Die graue Treppe, der kleine Flur und der angrenzende Raum waren unzulänglich von schwachen Glühbirnen erhellt, die nackt von der Decke herabhingen. Möglich, dass sie noch aus den siebziger Jahren stammten. Isabell war beklommen zumute. Es war ein Unterschied, ob man als Kind mit einer kichernden Freundin auf dem Weg zu einem Abenteuer war oder ob man als erwachsene Frau in einem Haus, das einem Unbehagen bereitete, an all den dunklen Ecken vorüberging.

Bevor sie die Tür zum Hof erreichte, knirschte etwas unter ihren Füßen. Auf dem Steinboden lagen zwei Kiesel und einige Krümel Erde. Das war ungewöhnlich, denn normalerweise streiften sich die Hausbewohner die Füße an dem Eisenabtreter und der Kokosmatte ab. Mit Profilsohlen war das allerdings schwieriger, und man konnte es auch schon mal vergessen.

Isabell trat hinaus und ging über die unebenen, hier und da bemoosten Platten des Hofs. Sie sog den Duft des Flieders ein, der dieses Jahr lange und üppig blühte. Auf den Stufen zum Garten wandte sie sich halb um und sah zum Haus zurück, in dem ein paar Fenster erleuchtet waren. Nur das Parterre lag in unheilvollem Dunkel und vermittelte den Eindruck von Gefahr und Tod. Nicht daran denken, beschloss sie krampfhaft. Aber sie wusste in diesem Moment, dass das Gefühl aus der Kindheit sich nicht mehr einstellen konnte.

Sie betrat den Weg auf der rechten Seite. Nach wenigen Schritten blieb sie stehen, weil sie die graue Katze, die sie manchmal vom Balkon aus sah, bemerkt hatte und nicht stören wollte. Das zierliche Tier scharrte mit der Vorderpfote über das verwilderte Beet, auf dem Ulf im letzten Jahr ein paar dürftige Blumen gepflanzt hatte. Offenbar hatte es dort sein Geschäft verrichtet. Würdevoll schritt es davon und sprang behände auf die Mauerkrone.

Verwundert starrte Isabell auf den Boden. Wahrscheinlich wäre ihr nichts aufgefallen, wenn das Scharren ihr nicht klargemacht hätte, dass an dem Beet irgendetwas anders war. Es sah aus, als wären Wildschweine eingefallen! Über einen Bereich von drei bis vier Quadratmetern war die Erde unordentlich gelockert. Hatte Ulf sich da zu schaffen gemacht, war er betrunken gewesen? Anders war der trostlose Anblick kaum zu erklären. Sie hatte völlig vergessen, dass wieder Gartenarbeit fällig war, aber sie mochte es nicht, wenn er ohne Absprache herumwerkelte.

Bei Ulf brannte noch Licht, stellte sie mit Blick zum Haus fest. Sie verließ den Garten und stieg die Treppe hinauf bis zum zweiten Stock. An Ulfs Wohnzimmertür klopfte sie an. Sie musste nicht lange warten.

»Oh, hoher Besuch. 'n Abend, Isabell.«

»Ulf, der Garten … Ich war eben unten.«

»Jetzt eben?«

»Ja, ich weiß, kein Mensch geht nachts um diese Zeit hinunter. Aber mir war danach. Und das Mondlicht ist so hell.«

Er runzelte die Stirn.

»Da ist mir etwas aufgefallen, Ulf. An dem Beet auf der rechten Seite müsstest du mal was tun und auch neue Blumen pflanzen. Kann es sein, dass du schon ein bisschen umgegraben hast?« Sie rang sich ein schwaches Lächeln ab.

»Äh, ja, genau.«

»Warum sieht es so … durchwühlt aus?«

»Hm, ja, nein, es ist nämlich so, weißt du, ich muss dir das erklären, vielleicht hätte ich erst fragen sollen …«

»Und warum hast du nicht gefragt?«

»Es musste fix gehen. Ein toter Vogel. Ziemlich groß. Ich hab ihn dort begraben. Er stank schon ein bisschen.«

»Entsorgst du tote Tiere sonst nicht mit einer Tüte in der Mülltonne?«

»So was Schönes in den Müll, das geht einem doch gegen den Strich. Und dann hätte die ganze Tonne gestunken.«

Dieser Vogel muss die Größe eines Adlers haben, wenn für seine Bestattung mehr als drei Quadratmeter erforderlich waren, dachte Isabell. Aber es waren weniger Ulfs Worte als sein Gesichtsausdruck und seine Körperhaltung, die den Anschein erweckten, dass er log. Er wirkte angespannt und unsicher, nicht so locker und selbstbewusst wie sonst. Und dass er mit dreckigen Schuhen durch den Keller gegangen war, entsprach auch nicht seiner Art. Sollte sie ihm das alles ins Gesicht sagen? Isabell scheute davor zurück, und zugeben würde er die Lüge bestimmt nicht. Sie beschränkte sich darauf, ihm einen Blick voller Zweifel zuzuwerfen, und wünschte mit kühler Stimme eine gute Nacht.

In ihrer Wohnung wählte Isabell die Nummer ihrer Schwester, von der sie wusste, dass sie immer spät zu Bett ging.

»Pilar, ich hab so ein komisches Gefühl.«

»Strick noch ein paar Reihen, dann geht's dir besser.«

»Mach dich nicht lustig über mich.«

»Entschuldige.«

»Im ehemaligen Staudenbeet meines Vaters hab ich eine umgegrabene Fläche entdeckt, und Ulf, der manchmal für mich im Garten arbeitet, behauptet, er habe dort einen toten Vogel beerdigt.«

»Was stört dich daran?«

»Er hat so offensichtlich gelogen, dass es mir peinlich war. Manche Leute sind einfach unbegabt. Nur – warum lügt er?«

»Wenn du es genau wissen willst, musst du an der Stelle graben.«

»Womöglich kommt dann ein stinkiger Vogelkadaver zutage! Es ist ja nicht völlig ausgeschlossen, dass es die Wahrheit war.«

»Was soll er dort gemacht haben, das eine Lüge wert ist?«

»Pilar, das ist nicht alles. Am vorletzten Wochenende hatte ich den Eindruck, dass jemand im Keller an den Sachen meines Vaters gewesen ist. Die Kisten sind ganz leicht verrückt, und bei einer ist obendrauf die Pappe zerknickt, als sei sie geöffnet worden. Und heute sind meine Kellerschlüssel nicht an ihrem Platz. Ich brauche sie selten, kann aber nicht glauben, dass ich sie verlegt habe.«

»In so was kann man sich täuschen, und plötzlich findet man sie in der Sofaritze.«

»So wäre es vielleicht bei dir. Ich bin mit Schlüsseln geradezu pedantisch. Wenn man allein wohnt, ist das wichtig.«

»Na gut. Verschwundene Schlüssel, geöffnete Kisten, mysteriöse Buddeleien, ein lügender Mieter. Das ist wirklich ein bisschen viel.«

»Und eine getötete Bewohnerin.«

»Richtig«, sagte Pilar. »Und mich beunruhigt noch etwas: Ich hab vor deinem Haus schon wieder deine neue Freundin getroffen.«

»Diese Chaotin! Ich hab ihr gesagt, ich bin heut in Düsseldorf, das hat sie vergessen.«

Kaum war es ausgesprochen, hielt Isabell die Luft an. Karin und ihre Fragen … Wie sie so schnell im Wohnzimmer verschwand … das Schlüsselbrett …

»Isa, auch gestern hatte sie angeblich vergessen, dass du nicht da warst. Ich wusste nicht, dass du in Düsseldorf warst, und hab sie, die es wusste, heute vor deiner Haustür angetroffen. Ein bisschen seltsam, oder? Übrigens war sie in Begleitung eines Mannes.«

Isabell strich sich über die Stirn. Sie wusste nicht, was sie denken sollte, es widerstrebte ihr, Karin zu verdächtigen. Im Grunde mochte sie Sigruns Schwester, auch wenn sie ihr neulich auf die Nerven gegangen war, aber schließlich war sie, Isabell, wegen Evelyns Tod in ganz mieser Verfassung gewesen.

»Ein Mann war bei ihr? Wie sah er aus?«

»Schlank, dunkelblond, Jungengesicht mit Stupsnase.«

Stupsnase … Jungengesicht … »Komisch, die Beschreibung passt auf Thomas Teckelberg«, wunderte sich Isabell.

»Ich mache dir zwei Vorschläge«, fuhr Pilar fort. »Erstens: Wir sollten Freddy für eine diskrete Ermittlung einschalten. Wäre gut, wenn er ein kleines Honorar dafür bekäme.«

Isabell wurde unruhig. »Was hast du vor?«

»Ich erklär's dir morgen. Bist du am späten Vormittag zu Hause?«

Als sie ihr Handy weglegte, empfand Isabell tiefes Unbehagen. Es widerstrebte ihr, sich zu irgendwelchen Maßnahmen überreden zu lassen, nein, das passte ihr nicht. Sie wünschte, sie hätte alles, was ihr in letzter Zeit merkwürdig erschienen war, einfach ignoriert. Warum hatte sie die Sache mit dem toten Vogel nicht glauben wollen? Nach den Kellerschlüsseln hatte sie nicht einmal gründlich gesucht! Vielleicht waren sie hinter ein Möbelstück gerutscht. Außerdem konnte sie nicht ausschließen, sie womöglich doch verlegt zu haben, sie war in letzter Zeit zu oft in Gedanken.

Wirklich, es war überstürzt gewesen, Pilar auf den Plan zu rufen. Und worin sollte deren zweiter Vorschlag bestehen? Das war ungesagt geblieben.

Isabell ging bald zu Bett und knipste sofort das Licht aus, ohne noch etwas zu lesen. Kurz darauf schaltete sie es wieder an und stand auf, um die Türen zum Treppenhaus abzuschließen. Das hatte sie früher nie getan, es war in diesem Haus nicht üblich, auch hatte sie nie eine Veranlassung dazu gesehen. Aber solange sie nicht wusste, wo die Kellerschlüssel waren, wollte sie lieber Vorsicht walten lassen. Wenn sie in den nächsten Tagen nicht auftauchten, müsste sie die Schlösser auswechseln lassen.

Als sie die letzte ihrer vier Türen absperrte, vernahm sie von oben, wahrscheinlich aus dem Dachgeschoss, ein stoßartiges Geräusch, als wäre etwas Schweres auf den Boden gefallen. Vermutlich war es ein Gegenstand, der von Lores Bett gerutscht war, vielleicht ein großes Buch oder der Laptop. Hoffentlich nicht Lore selbst. Musste sie nachschauen?

Von unten war das Öffnen der Haustür zu hören, Sekunden später ging jemand die Treppe hoch. Das war Johanns Schritt, Gott sei Dank. Sicher kam er aus einem der kleinen Theater, wo er hin und wieder bei einer Vorstellung mitwirkte, viel zu selten, wie sie wusste, und immer in einer ganz kleinen Rolle.

Im Treppenhaus war es bald darauf still. Doch Isabell fürchtete, mit der Unruhe im Kopf nicht einschlafen zu können. Sie nahm die Cognac-Flasche, die sie aus Paris mitgebracht hatte, aus der Vitrine, goss sich reichlich ein und setzte sich mit dem bauchigen Glas aufs Sofa. Sie schwenkte die Flüssigkeit, die wie Bernstein schimmerte, und sog tief den Duft ein, der sie an Eichenfässer, französische Sommer und Bootsurlaube in der Charente erinnerte. Als sie das Glas zum Mund hob, hielt sie inne. Nein … Da war ja wieder was: Die gedrechselte Säule am linken Schreibtischblock stand ein wenig vor. Das bedeutete, dass die Tür nicht ganz geschlossen war. Jemand musste dort dran gewesen sein.

Mit einem Mal fand Isabell sich lächerlich überspannt. Sicher war das typisch deutsch, sie sollte sich wieder zur französischen Lebensart bekennen. Und jetzt nicht weiter über diese Tür nachdenken! Wahrscheinlich hatte Pilar sie nach Durchsicht der Schubladen nicht ganz zugedrückt, das konnte leicht passieren. Natürlich. So war es.

Isabell nahm einen Schluck Cognac und lehnte sich zurück, während sie die Glut in der Kehle genoss. Ihre Sorgen waren lachhaft. Was sollte in diesem Haus nicht stimmen?

ZEHN

Pilar war in Fahrt. Sie ratterte die Worte viel zu schnell herunter, als spräche sie nicht deutsch, sondern spanisch. Es hätte sie nicht gewundert, wenn Isabell ihr Strickzeug fallen gelassen hätte, um sich die Ohren zuzuhalten. Pilar war sauer und wollte es zeigen. Sie hatte sich die Zeit genommen, Isabell aufzusuchen, und nun wollte die Schwester sich wieder in ihr Schneckenhaus zurückziehen und so tun, als hätte sie nie etwas bemerkt! Natürlich konnte alles ganz harmlos sein, davon war auch sie zunächst ausgegangen. Aber nachdem sie länger darüber nachgedacht hatte, schien ihr das Gegenteil viel wahrscheinlicher.

»Isa, du weißt nicht, warum dein Mieter dich belügt, du weißt nicht, wer sich an deinen Kisten zu schaffen gemacht hat und wo deine Kellerschlüssel geblieben sind. Das alles hat dich gestern extrem beunruhigt, mal abgesehen davon, dass du gemeint hast, nachts Geräusche gehört zu haben. Und jetzt willst du so tun, als hätte deine Unruhe nicht mehr zu bedeuten als ein kleines Unwohlsein am Abend?«

»Auf diese Weise geht es mir besser.«

»Möglicherweise läuft hinter deinem Rücken etwas ab, das nicht sein sollte! Die Augen zu verschließen, ist nicht meine Art.«

»Und so ein Lügenmärchen, du wärst die neue Putzfrau, entspricht deiner Art? Wenn ich gewusst hätte, dass du das mit *zweitens* meinst, hättest du zu Haus bleiben können.«

»Es ist doch ausgesprochen günstig, dass deine Mieter mich noch nicht kennen.«

»Mir ist das unangenehm, Pilar. Johann und seine Frau haben schon zur Zeit meines Vaters in diesem Haus gewohnt. Bei ihrem Einzug waren sie ein ganz junges Paar. Die arme Lore ist später krank geworden und kann ihr Bett seit vielen Jahren nicht ohne fremde Hilfe verlassen. Das ist ein verdammt schweres Schicksal, und Johann pflegt sie treu und rührend und bemüht sich, ihr alles Mögliche zu verschaffen, damit sie sich ein wenig unterhalten kann. Der Mann genießt meine ganze Hochachtung. Ich komme mir schäbig vor, wenn ich die beiden belüge.«

»Musst du ja nicht. Ich mach das ganz allein.«

»Und wenn sie mich auf die Putzfrau ansprechen?« Isabell verzog gequält das Gesicht. »Lügen haben kurze Beine, hat man früher gesagt. Man kommt nicht weit damit.«

Pilar waren die kurzen Beine im Moment egal, sie wollte die Putzfrau-Version durchziehen, um die Mieter, die heute Morgen alle drei im Haus weilten, kennenzulernen und ihnen ein wenig auf den Zahn zu fühlen, während sie vor ihren Zimmertüren herumwischte. Nein, es konnte nicht falsch sein, sich von der Situation im Haus ein eigenes Bild zu machen. Schlimmstenfalls bekamen die Herrschaften heraus, dass hier Isabells Schwester sauber machte, na und? Eine arme, einfache Frau putzte für ihre reiche, erfolgreiche Schwester.

Isabell reihte wieder Masche an Masche und schien alles, was sie im Augenblick belasten könnte, wegzustricken. Na, dann mal los, sagte sich Pilar. Sie wertete Isabells Schweigen als halbe Zustimmung. Das musste genügen.

Die notwendigen Utensilien fanden sich im Besenschrank: verschiedene Lappen, Pflegemittel für Holzböden, ein kleiner Eimer, den sie zur Hälfte mit Wasser füllte. Ulf, Johann und Isabell hatten in den letzten zwei Monaten die Treppe abwechselnd geputzt, hatte die Schwester ihr erzählt, und vorher war jede Woche Teresa, die Polin, gekommen, die sich einer Operation hatte unterziehen müssen und nicht so bald wieder arbeitsfähig wäre.

»Denk bitte ans Nachpolieren, sonst sieht das Holz so stumpf aus!«, rief Isabell ihr nach, als Pilar die Treppe zur zweiten Etage hochstieg, die der Altenpfleger Ulf bewohnte.

Durch die vordere der mittleren Türen drang leise Musik. Der leicht raue und zugleich weiche Ton einer Panflöte schwang sich wie ein Vogel über die Akkorde zweier Gitarren, die in der Tiefe zurückblieben. Pilar blieb stehen. »El condor pasa«, eine ihrer Lieblingsmelodien. Sie sah die gefächerten Flügel des majestätischen Condors vor der phantastischen Bergwelt Perus an sich vorüberziehen, ein Gefühl von Fernweh breitete sich in ihrer Brust aus. Sie merkte kaum, dass sie sich vorwärtsbewegte und schließlich direkt vor der Tür stand, hinter der sich die göttlichen Klänge federleicht über den Alltag erhoben. Der Putzeimer stieß hart gegen den Rahmen.

Die Tür wurde aufgerissen.

»Was soll das?«, knurrte der Mann, der ihr gegenüberstand und fast doppelt so breit war wie sie.

»Ich hab nicht durchs Schlüsselloch geguckt!«, rief Pilar erschrocken und trat einen Schritt zurück. »Aber die Musik …« Sie stockte – sie hatte den spanischen Akzent vergessen. »Mi tío Juanito …«

»Bitte?«, unterbrach er sie.

»Meine Onkel Juanito ist von Peru, und diese Lied … Oh, ich bin Pilar Gonzáles-López, ich neue Putzfrau. Von Spanien.«

Die mürrischen Falten seines Gesichts glätteten sich. »Freut mich. Ich bin der Ulf. Müssen wir die Treppe nicht mehr selbst wischen?«

»No, ist meine Arbeit.« Pilar machte eine ausladende Armbewegung, als wollte sie die Wände gleich mitputzen. Währenddessen versuchte sie, unauffällig durch die offene Tür in den Raum hinter ihm zu spähen. Aber rechts und links von seiner kräftigen Statur blieb nicht mehr viel zu sehen.

»Schön, schön.« Ulf grinste auf sie herab, sein Oberlippenbärchen wackelte auf und nieder.

»Und Sie machen der Garten?«, sagte Pilar.

»Ja, das wird wieder Zeit.«

»Wer hat Wohnung oben?« Pilar deutete die Treppe hinauf.

»Johann und Lore Hochscheitel. Er ist Schauspieler. Die wohnen schon ewig hier. Lore war auch mal Schauspielerin. Aber sie kommt nicht mehr hoch.«

»Oh, ist krank?«

»Seit Jahren.«

»Wie heißt Krankheit?«

»Was Chronisches. Sie redet nicht gern drüber.«

»Und ganz unten – wer ist da?«

Ulfs Gesicht erstarrte für einen Moment. Er rückte seine Brille zurecht. »Haben Sie das nicht in der Zeitung gelesen?«

»Zeitung?« Pilar schüttelte den Kopf.

»Wir sind alle von der Polizei befragt worden. Obwohl wir hier oben sie nicht kannten. Wir hatten keine Chance, sie war nach wenigen Tagen tot. Ermordet.«

Pilar riss den Mund auf und ließ die Putzmittelflasche fallen. »In diese Haus?« Ihr Schwung war zu heftig, die Kunststoffflasche polterte die Treppe hinunter bis zum nächsten Absatz.

»Nein, nicht hier.«

Pilar bekreuzigte sich, eine plötzliche Eingebung, um ihre Herkunft aus dem überwiegend katholischen Spanien zu untermauern. Hoffentlich hatte sie das Kreuz richtig herum geschlagen. Sie war evangelisch, und wenn Ulf katholisch war, wusste er es besser, und dann … dann würde sie behaupten, dass es in Spanien andersherum ginge.

Im Stockwerk über ihnen öffnete sich eine Tür.

»Ulf?«, rief eine klangvolle Männerstimme von oben. »Was ist los? Brauchst du Hilfe?«

Das musste Johann, der Schauspieler, sein. Ulf trat ans Treppengeländer und sah hinauf.

»Das war nur das Zeug fürs Treppeputzen.«

»Du bist aber nicht dran!«, schallte es herunter.

»Du auch nicht. Wir haben eine neue Putzfrau. »Lara Gonzáles … wie weiter?«

»Gonzáles-Gómez«, erwiderte Pilar. Oder hatte sie eben López gesagt?« Na, egal, Ulf hatte sich nicht mal ihren Vornamen richtig gemerkt.

»Das ist mir zu lang«, sagte der Schauspieler.

»Nennen wir sie einfach Gogo«, meinte der Pfleger.

Auch gut, dachte Pilar. Sie ging die Treppe bis zum Absatz hinunter und bückte sich nach der braunen Flasche.

»Gogo ist eine Perle, ich spür das«, hörte sie Ulf sagen.

»Na, von mir aus«, brummelte Johann.

Pilar stieg die Treppe wieder hoch. Sie ging an Ulf vorbei und weiter ins Dachgeschoss, um dort anzufangen. Je höher sie kam, desto heller wurde es. Über ihr wölbte sich ein stark verschmutztes Oberlicht aus Glas. Darunter erblickte sie einen fleckigen Spiegel an einer schmuddeligen Wand mit Blümchentapete und links eine schmale, dunkelbraun gestrichene Tür, die angelehnt war. Weiter hinten war ein kurzer Flur mit drei weiteren dunklen Türen zu sehen, von denen eine offen stand und den Blick in ein rosa gefliestes Badezimmer mit viel Dachschräge und einem Heimtrainer freigab.

Zu früheren Zeiten befanden sich hier sicher die Kammern für die Dienstboten, dachte Pilar. Die Etage machte den Eindruck, als sei sie seitdem nicht nennenswert renoviert worden.

Auf der vorletzten Stufe hielt Pilar an, beugte sich übers Geländer und blickte schaudernd in den Abgrund. Wie hoch das Haus war! Die Zwischenräume an den Windungen der Treppe bildeten einen schmalen Schacht, sodass ein Ausschnitt des Terrazzos im Eingang zu sehen war.

Die angelehnte Tür wurde aufgestoßen, und Johann Hochscheitel trat heraus. Unter seinen Schuhen knarrte ein Brett des rotbraun gestrichenen Dielenbodens.

Komisch, dachte Pilar, einen Schauspieler stelle ich mir immer mit einem Charakterkopf und einer Ausstrahlung vor, die an Marquis Posa oder Wilhelm Tell erinnert. Dieser Mann in dem verwaschenen grauen Hemd hatte zwar eine straffe Körperhaltung, aber sein Gesicht wirkte lang und unscheinbar – bis auf die hellen Augen, die Pilar erst auffielen, als sie vor ihm stand. Der Wimpernkranz war dunkel, was seinem Blick etwas Intensives gab.

Er deutete auf die Flasche in Pilars Hand.

»Ich bitte Sie, weiteren Lärm zu vermeiden. Meine Frau ist sehr empfindlich, sie ist krank. Putzen Sie auch in Isabells Wohnung?«

»Si – ja.«

Pilar hoffte, dass er nicht merkte, wie angestrengt sie sich bemühte, durch die geöffnete Tür die Einzelheiten des Zimmers wahrzunehmen. Ihre Augen fanden sich in der Ansammlung stumpf-brauner Möbel und dem wenigen Licht, das durch das Fenster in der Dachschräge fiel, nicht so schnell zurecht. Ihr Blick blieb an einem altmodischen Bettgestell mit Holzpfosten hängen, das aber nur zur Hälfte zu sehen war. Unter einer erbsengrünen Steppdecke zeichnete sich ein Bein ab, daneben lag eine bleiche Hand mit langen Fingern.

»Wir sollten überlegen, ob wir Gogo auch unsere Wohnungen putzen lassen«, rief Ulf von unten herauf.

»Mir zu teuer«, erwiderte Johann. Er wandte sich um und schien im Begriff, in dem Zimmer zu verschwinden und die Tür zuzuziehen. Die Diele unter ihm knarzte.

»Oh, warten Sie!«, rief Pilar, noch unschlüssig, ob sie ihm einen unwiderstehlichen Sonderpreis fürs Putzen oder nur einen herzlichen Händedruck anbieten sollte. »Sie mich erinnern an meine tío Juanito.«

Der Schauspieler fuhr herum. »Wie?«

»Das ist ihr Onkel aus Peru«, erläuterte Ulf von unten.

»Guten Tag, Señor!«

Sie hielt ihm strahlend ihre rechte Hand hin, während ihre linke die halb volle Kunststoffflasche kippte und mit Zeigefinger und Daumen unauffällig an der Verschlusskappe drehte.

Johann musterte Pilar. Sein Zaudern gab ihr Zeit. Als er ihr die Hand reichte, saß der Deckel bereits lose. Sie spannte Daumen und Zeigefinger und schnipste die Kappe weg. In einem hohen Bogen flog sie durch die Luft, ging hinter der Türschwelle zu Boden und rollte weit ins Zimmer hinein. Ein Meisterschuss.

»Oh, perdón!« Pilar stürzte hinterher. »Verzeihung.«

Die Frau im Bett kreischte auf. »Wer ist das?«

»Beruhige dich, Lorelein. Das ist Isabells Putzfrau, eine Spanierin. Ihr ist ein Missgeschick passiert. Nichts weiter.«

»Spanien? Die bringt Keime rein! Soll ich noch kränker werden?«

Die Frau zog die Bettdecke so flott zur Nase hoch, dass Pilar kaum Gelegenheit blieb, ihr Gesicht zu betrachten. Das fahlblonde, leicht ergraute Haar hing strähnig über eine breite Stirn und weit aufgerissene graugrüne Augen.

»Nun machen Sie schon«, drängte Johann, der hinter Pilar stand. »Wo ist das Ding hingerollt?«

»Unters Bett«, behauptete Pilar.

Sie wollte Zeit gewinnen, um sich umzusehen, sie wusste, dass der Verschluss über den klein gemusterten Teppich gerollt und vor dem Gründerzeit-Vertiko liegen geblieben war, einer matt schimmernden Schönheit inmitten des düsteren Mobiliars. Rasch kniete Pilar sich auf den Boden und blickte unters Bett, ehe Johann sie daran hindern konnte. Sie zuckte zurück. Im Dämmerlicht vor der Wand schien ein graues Tier zu liegen. Doch dann erkannte sie eine Reihe von Gegenständen, die mit einer dicken pelzigen Schicht aus Staub und Flusen überzogen waren. Der größte von ihnen war ein Koffer.

»Gehen Sie da weg!«, schrie die Frau über ihr.

Unter dem Kopfteil des Bettes entdeckte Pilar eine glänzende Metallstange von etwa einem Meter Länge, daneben zwei kürzere, alle drei anscheinend Hantelstangen, denn weiter hinten lagen mehrere unterschiedlich große Scheiben aus schwarzem Gusseisen. Diese Dinge wirkten kein bisschen staubig, offenbar wurden sie oft benutzt.

»Hannes, was macht die Person da?«

»Lorelein, ganz ruhig. Frau Gogo, ich habe den Verschluss.«

Pilar kam wieder auf die Füße. Johann hielt ihr die Plastikkappe vor die Nase.

»Sie müssen die Flasche fester zudrehen«, belehrte er sie. »Dann passiert so was nicht.«

»Ja, natürlich, Verzeihung«, murmelte Pilar und schraubte die Kappe auf.

Johann fasste ihren Arm und schob sie sachte in Richtung Flur. Seine Hand hatte Kraft, das spürte sie. Vielleicht musste er mit den Hanteln trainieren, damit er fit genug blieb, um seine kranke Frau, die ihr ziemlich groß vorkam, von ihrem Lager und gelegentlich in die Badewanne zu hieven.

»Guter Besserung!«, rief sie in Richtung Bett, als sie das Zimmer verließ.

»Da wird sich nichts mehr bessern«, raunte Johann ihr an der Tür zu. »Seit mehr als drei Jahrzehnten keine Besserung. Können Sie sich das vorstellen?«

»Nein. Gibt es dafür keinen Spezialisten?« Schon wieder den Akzent vergessen …

»Es sind neurologische Spätfolgen einer Borreliose.«

Pilar riss die Augen auf, als jage ihr schon die Fremdheit des Wortes einen Schreck ein. »Ist schlimmes Sache?«

»Das ist eine tückische Krankheit, bei der wohl manches noch unerforscht ist, den Ärzten fiel nichts mehr ein. Im Sommer ist es meistens besser. Da fahre ich sie im Rollstuhl an den Rhein oder durch den Hofgarten. Oder im Wagen durch die ganze Stadt.«

»Ah, schön.«

»Dann will sie alles sehen, auch die neuen Stadtviertel weiter draußen. Sie kann kaum fassen, was hier alles gebaut wurde.«

Er nickte Pilar zu und schloss die Zimmertür. Sie stellte die Flasche ab, tauchte den Lappen ins Wasser und ließ ihn über die obersten Stufen gleiten. Sie bemerkte, dass Ulf bis zum Treppenabsatz heraufgekommen war und sie beobachtete.

»Gogo, darf ich dir einen Tipp geben, ehe du Ärger mit der Hausbesitzerin kriegst?«

Pilar hielt inne.

»Nimm einen Schuss Pflegemittel ins Putzwasser. Das ist das Zeug in der braunen Flasche.«

Verdammt. Das hätte ihr nicht passieren dürfen. Sie lächelte ihm zu. »Hab ich vergessen.« Sie gab eine großzügige Menge Pflegemittel in den Eimer und tauchte den Lappen aufs Neue ins Wasser. Ein honigartiger Duft stieg in ihre Nase. Sie fing wieder bei der obersten Stufe an.

»Die zwei da oben sind ganz nett«, erklärte Ulf. »Ich gehe manchmal mit einer Weinflasche hinauf, und wenn Lore nicht vor sich hin dämmert, trinkt sie ein Glas mit. Seit zweiundvierzig Jahren sind sie hier, weißt du, was da in Bonn los war?«

»Oh, ich Sevilla ... Con Mama und elf Schwestern und Brudern ...«

»Damals konntest du hier berühmte Politiker ganz zufällig im Restaurant, im Theater und am Rhein treffen. Oder auf dem Venusberg dem Bundeskanzler begegnen. Mein Autogramm von Willy Brandt habe ich heute noch. Das war 1972, Gogo.«

Pilar ließ schweigend den Lappen hin und her gleiten. Eine schlichte Frau aus einer ländlichen Gegend des fernen Andalusiens konnte den Namen dieses Kanzlers kaum kennen und sich bestimmt nicht daran erinnern, dass er über einen DDR-Spion namens Guillaume gestolpert war.

»Bei uns immer nur Oliven«, sagte Pilar und ärgerte sich darüber, dass ihr kein Thema einfallen wollte, das von Nutzen sein konnte.

Ulf begab sich hinunter in seine Etage, blieb aber vor der geöffneten Tür stehen. Pilar sah es vom Treppenabsatz aus, den sie nun erreichte. Was dachte er? Hoffentlich nicht: *Die ist keine Putzfrau, die tut nur so. Die ist gekommen, um herumzuschnüffeln.* Sie war froh, als er »Tschö, Gogo« murmelte und hinter seiner Tür verschwand.

***

»Und Sie sind ein Schulfreund von Sigrun?«

Die Worte des Mannes, mit dem Freddy telefonierte, gingen in einen erneuten Niesanfall über. Er schien nicht die Hälfte von dem, was Freddy gesagt hatte, verstanden zu haben, offenbar litt er unter heftigem Heuschnupfen.

»Ich bin ein Schulfreund von Karin«, stellte Freddy noch einmal klar.

»Dann sind Sie falsch verbunden. Die wohnt hier nicht.«

»Das weiß ich, aber ich sagte doch schon, dass ich nicht im Besitz von Karins Telefonnummer bin. Deshalb rufe ich bei ihrer Schwester Sigrun an.«

»Meine Frau ist tot.«

»Oh. Mein Beileid.«

»Woher haben Sie die Information, dass sie eine Schwester namens Karin hatte?«

»Hat mir jemand gesagt.«

»Sagen Sie mir, wer das war.«

Oh Mann, wenn er geahnt hätte, dass sich die Sache so hinzöge, hätte er einen anderen Zeitpunkt gewählt. Er saß in dem gemieteten Škoda Fabia in einer Parktasche schräg gegenüber dem Mehrfamilienhaus, in dem Thomas Teckelberg wohnte. In der Hand hielt er einen Zettel mit Details über Karins Aussehen, die ihm Pilar durchgegeben hatte. Soeben hatte eine Frau, die der Beschreibung entsprach, mit schnellem Schritt genau dieses Haus verlassen. Blassblondes krauses Haar, das ihn an Krautsalat erinnerte, heller Teint, buntes Ohrgehänge, rote Stiefeletten, modisches Outfit, schlank, aber kräftig.

»Ich habe es von ehemaligen Schulkameraden gehört«, sagte Freddy. »Von wem genau, weiß ich nicht mehr.«

»Was für einen Unfug die Leute verbreiten … Sigrun hatte nur Brüder.«

»Oh … Dann war das wohl ein Irrtum.«

»Das sagte ich bereits: Sie sind hier falsch.«

Nein, goldrichtig, dachte Freddy, als er sich für die Störung entschuldigte und auflegte. Das war von den Informationen, die er für Pilar einholen sollte, die wichtigste. Sie hatte sich wegen der neuen Freundin ihrer Schwester Gedanken gemacht. *Da stimmt was nicht*. Punkt eins war geklärt: Die Frau hatte sich unter Vorspiegelung falscher Tatsachen Einlass in Isabells Haus verschafft. Nun kam Punkt zwei dran.

Freddy stieg aus dem Škoda, überquerte die Straße und drückte auf den Knopf neben dem Namen Teckelberg. Als niemand öffnete, versuchte er es in der Nachbarwohnung.

»Ja, bitte?«, tönte es aus der Sprechanlage. Die Stimme schien zu einer älteren Frau zu gehören, die Freddy sich rundlich und als gute Hausfrau vorstellte.

»Ich möchte zu Teckelberg, aber dort macht niemand auf.«

»Tja, da haben Sie Pech. Frau Teckelberg ist vor ein paar Minuten die Treppe runter und aus dem Haus.«

»Oh, dann war das wohl die Dame, die mir entgegenkam. Blondes krauses Haar?«

»Richtig. Nächste Woche kann das wieder anders sein. Dann ist sie vielleicht hennarot. Oder rabenschwarz, das hatten wir noch nicht.«

»Könnten Sie so lieb sein und eine Nachricht für Karin Teckelberg entgegennehmen?« Er betonte den Vornamen bewusst stark.

»Bei denen gibt es keine Karin. Die Kleine von denen heißt, hm … also irgendwas mit *S*.«

»Und Frau Teckelberg, heißt die nicht Karin?«

»Nein, Marion.«

»Kein Irrtum möglich?«

»Nein. Was wollen Sie denn von der?« Die Frage hatte einen misstrauischen Unterton.

»Ich bin vom Bürgeramt, es handelt sich um ein behördliches Schreiben. Anscheinend ist mit den Daten was schiefgelaufen. Oder hat Familie Teckelberg eine Schwester oder Cousine zu Gast, die Karin heißen könnte?«

»Die haben beide keine Schwester. Und von einer Cousine hab ich noch nie was gehört.«

»Danke schön jedenfalls.«

»Bitte sehr.«

Punkt zwei war ebenfalls geklärt. Es sah ganz so aus, als sei Karin niemand anders als die Ehefrau von Thomas Teckelberg. Die Schwiegertochter des alten Paul, Bernhards Freund. Und sie hieß

Marion. Warum war sie unter falscher Flagge gesegelt? Alles, was Isabell beunruhigte, war möglicherweise auf diese Frau zurückzuführen. Und wie war das mit Evelyns Tod? Marion Teckelberg hatte einen kräftigen Eindruck auf ihn gemacht, während Evelyn eher zierlich gewesen war. Freddy bekam eine Gänsehaut. War Marion die Mörderin? Es war denkbar. Doch mit welchem Motiv?

***

Pilar war zum zweiten Mal unten im Hausflur angekommen, nachdem sie die Stufen zunächst feucht gewischt und im nächsten Durchgang poliert hatte. Ihre Wirbelsäule fühlte sich an wie ein hölzerner Bogen, der knackend zerbräche, wenn man ihn gewaltsam geradebiegen wollte. Sie hatte Hochachtung vor jeder Putzfrau, die nach einer solchen Arbeit auf Anhieb aufrecht gehen konnte. In letzter Zeit dachte sie oft daran, ein Fitnessstudio oder einen Gymnastikkurs zu besuchen, am liebsten mit Richard zusammen, aber sobald ihr Rücken wieder beweglich war, vergaß sie das. So wie jetzt.

Von oben näherten sich eilige Schritte. Pilar stellte den Eimer und die Plastikflasche aus dem Weg.

»Recht so, Gogo, die Flugbahn muss frei sein, ich muss zur Arbeit!« Ulf grinste sie kurz an, bevor er zur Haustür rannte und sie aufriss.

Verkehrslärm drang herein und verstummte wieder, als die Tür zufiel. Pilar stieg zum ersten Stockwerk hinauf. Sie klopfte an die Wohnzimmertür und wartete auf Isabells »Ja, bitte«. Von drinnen war kein Laut zu hören. Konnte man beim Stricken einschlafen? Sie drückte die Klinke herunter.

Isabell saß in einem Sessel und war in die Lektüre eines Briefes vertieft. Leise schloss Pilar die Tür. Sie stellte die Putzsachen vor der Küche ab, trat hinter ihre Schwester und beugte sich über die Rückenlehne.

»Was hast du herausgefunden?«, fragte Isabell, ohne den Blick von dem Papier zu wenden, das mit einer eckigen Handschrift in schwarzer Tinte bedeckt war.

»Ich kenne jetzt die Leute und habe die Erklärung für ein Geräusch gefunden. Johann besitzt ein paar Hanteln und Gewichtsscheiben. Wenn er seine zwanzig oder dreißig Kilo gestemmt hat und das Ding auf dem Boden ablegt, dürfte es sich so anhören, wie du gesagt hast.«

»Ja, er ließ mal die Bemerkung fallen, dass ein Schauspieler seinen Körper trainieren muss. Sonderbar, dass er das so oft spätabends macht.«

»Was liest du da?«

»Das ist der Brief, den Thomas Teckelberg mir gegeben hat. Ich kann ihn fast auswendig und höre dabei immer Papas Stimme. Das ist unglaublich nach so vielen Jahren, aber es ist so. Ich habe sogar seinen Geruch in der Nase, eine Mischung aus Zigarettenrauch, Zeitungspapier und Rasierwasser.«

»Bonn, den 20. November 1972«, las Pilar laut. *»Mein lieber Paul.«*

»Im ersten Teil geht es um die nukleare Bedrohung im Kalten Krieg«, erklärte Isabell. »Er glaubte nicht an Entspannung. Aber lies erst mal das hier.« Isabell tippte mit dem Finger auf einen Absatz in der Mitte und hielt das Blatt ein wenig höher.

»Du meinst, dass ich mir für mein Vermögen nichts mehr überlegen müsse, weil dies nach den neuesten Entwicklungen unnötig sei. Oh nein, Paul, davon bin ich alles andere als überzeugt. Allerdings habe ich noch keinen endgültigen Entschluss gefasst, außer dem, die Goldpreise zu studieren. Das ist zu wenig und meiner beruflichen Überlastung zuzuschreiben. Ich sollte bald Nägel mit Köpfen machen. Die Idee, die mich umtreibt, ist eine ganz klassische, tausendfach bewährte. Nur Du sollst davon erfahren, wenn es so weit ist.

Und du, Isa, hast es nie erfahren«, schloss Pilar, während ihre Augen bereits die nächsten Sätze überflogen.

»Es wurmt mich natürlich, dass Paul von seinem Geheimnis wissen durfte und ich nicht.«

»Die Frage ist, ob Paul es wirklich wusste. Möglicherweise hat dein Vater es ihm trotz der Ankündigung nicht mitgeteilt. Hast du seinen Brief aus dem Jahr 1974 zur Hand?«

Isabell zog das Blatt, das Pilar schon kannte, unter dem Strickzeug hervor – Pauls Brief von Ende August 1974.

»Als Paul das hier schrieb, wusste er offenbar schon Bescheid.«

»Nur so ungefähr«, wandte Pilar ein und nahm das Schreiben in die Hand. Die Stelle, die sie suchte, fand sie sofort. »Hier – mir springt ein Satz ins Auge: *Aber gut, von mir aus verhalte Dich wie ein Edelmann im Mittelalter …* Was er wohl damit gemeint hat? Weiter unten bittet er deinen Vater, genauere Angaben zu machen.«

»Wie ich Papa einschätze, hat er das getan.«

»Das weißt du nicht. Er kann Paul misstraut haben, oder es kann was dazwischengekommen sein. Schließlich ist dein Vater ein paar Wochen nach Erhalt dieses Briefes verschwunden. Und meinst du nicht, Paul hätte dich später von dem Geheimnis in Kenntnis gesetzt, wenn er etwas Genaueres gewusst hätte?«

»Vielleicht hat er es vergessen.«

»So was Wichtiges vergisst man nicht.«

»Und wenn er es nicht für wichtig hielt?«

»Möglich«, musste Pilar zugeben. »Paul kann es als Hirngespinst abgetan haben.«

Isabell erhob sich. »Aber ich will es für wichtig halten.«

Pilar nickte anerkennend.

»Und deshalb will ich diesen Paul aufsuchen. Mag sein, dass er nicht ganz so demenzkrank ist, wie sein Sohn mir weismachen will. Vielleicht fällt ihm etwas dazu ein. Man sagt doch, alte Leute leben mehr in der Vergangenheit als in der Gegenwart.«

»Mama ist allerdings im gleichen Alter und lebt nur im Hier und Jetzt«, warf Pilar ein.

»Gehen wir heute Nachmittag ins Martinsheim, was meinst du?«

»Soll deine Putzfrau dich etwa begleiten?«

»Ich hatte mehr an meine Schwester gedacht.«

»Mal schauen, wer von beiden mitkommt.«

***

Bis zum Martinsheim war es nicht weit – durch die Arndtstraße, über die Bahnschienen und weiter durch die Lessingstraße. Die Sonne schien durch das hellgrüne Laub der Baumkronen und ließ Erker, Balkone und Stuckelemente der alten Bürgerhäuser im Spiel von Licht und Schatten wie Filmkulissen wirken. Alles schien mit einem Mal leicht und heiter – der Anblick der Sonnenschirme des Cafés an der Ecke, der kleinen Vorgärten und des blitzblauen Himmels über dem Blättergrün und den hohen Ziergiebeln. Isabell summte eine Melodie, verstummte aber plötzlich, weil ihr vor einem Zaun mit pfeilartigen Spitzen einfiel, dass sie am Grunde ihres Herzens bedrückt war.

Am Ende der Lessingstraße bogen Isabell und Pilar in den geräuschvolleren Bonner Talweg ein.

»Hier ging man früher durch ein sumpfiges Tal, das von einem alten Rheinarm herrührte«, erklärte Pilar, die oft das Bedürfnis hatte, ihrer Schwester etwas über Bonn zu erzählen, um ihr Heimatgefühl zu stärken. »Die Gumme.«

»Komisches Wort«, wunderte sich Isabell. »Muss eine Weile her sein, dass der Rhein hier langgeflossen ist.«

»Eiszeit«, erwiderte Pilar. »Wir sind übrigens da.«

Sie standen vor dem Eingangsportal einer spätklassizistischen Villa, die mit einigen Anbauten in das Pflegeheim eines Wohlfahrtsverbandes umgewandelt worden war. Unter einem gemauerten Bogen öffnete sich eine Glastür und ließ sie eintreten. Isabell fragte an der Rezeption nach Herrn Paul Teckelberg.

»Zimmer 207«, lautete die Auskunft einer grauhaarigen Dame, die vor einem Bildschirm saß.

Als Isabell und Pilar im zweiten Stock vor der Tür mit dem Namensschild *Teckelberg* standen, klopften sie zweimal an, ohne eine Antwort zu bekommen.

»Der hört das nicht. Gehen Sie einfach rein!«, rief ihnen eine Pflegerin vom anderen Ende des Flurs zu.

Isabell öffnete die Tür. Der unverwechselbare Geruch von Urin stieg ihr in die Nase. Sie traten in einen kurzen Gang, der in ein helles Zimmer mündete. Linker Hand war die Tür zum Badezimmer geöffnet und gab den Blick auf einen Toilettenstuhl und ein Paket Windeln frei. Vor dem Bett stand ein hagerer alter Herr in Hut und Mantel, der sich auf einen Rollator stützte.

»Guten Tag, Herr Teckelberg«, sagte Isabell.

»Guten Abend, meine Damen.« Teckelberg lüftete kurz den braunen Filzhut. »Können Sie mir sagen, wann der Bus kommt?«

»In zehn Minuten«, antwortete Pilar. »Wir wollen auch damit fahren.«

Isabell stockte der Atem. Unglaublich, wie Pilar das hinkriegte! Sie wusste nicht, ob diese Methode die richtige war, hatte aber keine bessere Idee.

»Solange der Bus nicht da ist, können wir uns ein bisschen unterhalten«, schlug Pilar dem alten Herrn vor.

Er schüttelte den Kopf. »Nicht mit mir.«

»Warum nicht?«

»Alles dummes Geschwätz.«

Pilar ließ sich nicht beirren. »Wo wollen Sie hinfahren?«

»Zum Finanzamt.«

»Fahren Sie nicht zu Bernhard?«

Teckelberg sah Pilar erschrocken an. »Der ist zu weit weg.«

Seine Finger krallten sich fester um die Griffe des Rollators. Er kniff die Lippen zusammen und warf Pilar einen bösen Blick zu. Als ob er auf jemanden sauer wäre, dachte Isabell. Auf ihren Vater? Auf Pilar?

»Möchten Sie seine Tochter sprechen? Die ist hier.«

Die wässrigen kleinen Augen des alten Manns richteten sich auf Isabell. Sie nickte ihm zu.

»Erinnern Sie sich, dass Sie ihr was sagen wollten?«, fragte Pilar mit aufmunterndem Lächeln.

Die geht aber ran!, dachte Isabell. Hätte man nicht erst eine Vertrauensbasis schaffen müssen? Möglich, dass Pilar richtiglag mit diesem Tempo. Wenn eine Pflegerin hereinkäme, wäre die Gelegenheit, etwas zu erfahren, vorbei.

»Wann kommt der Bus?« Den alten Herrn durchlief ein Zittern.

»Der kommt gleich«, versicherte Isabell. Sie kam sich schäbig vor.

Pilar legte ihre Hand auf seinen Arm. »Hat Bernhard Ihnen geschrieben, was Sie seiner Tochter sagen sollen?«

Das Zittern verstärkte sich, der Rollator rollte ein Stück vorwärts. Pilar drückte die Bremsen herunter.

»Gar nichts! Gar nichts!« Teckelbergs Stimme war durchdringend und zugleich klagend. »Nichts! So ein dummes Nichts.«

Die Tür ging auf. »Was ist los?«, fragte eine Männerstimme.

Isabell und Pilar fuhren herum. Ein stämmiger Pfleger im weißen

Kittelhemd trat ein. Er trug ein Tablett, auf dem verschiedenfarbige kleine Plastikbecher mit Tabletten und Tropfen aufgereiht standen.

»Ulf!«, rief Isabell aus. Im Augenwinkel nahm sie Pilars erschrockene Miene wahr. »Du arbeitest hier?«

»Seit dem ersten April. Und was machst du hier? Ich hatte keine Ahnung, dass du Herrn Teckelberg kennst. Ich bringe seine Medikamente.«

»Er war ein Freund meines Vaters«, erwiderte Isabell.

»Ach! Das wusste ich nicht.« Ulfs Blick streifte Pilar.

Jetzt fragt er sich, warum die Putzfrau dabei ist, dachte Isabell.

Paul Teckelberg gab Geräusche von sich, die befürchten ließen, dass er sich übergeben müsse. Seine Augen traten vor, er rang nach Luft.

Isabell und Pilar wichen zurück, um Ulf Platz zu machen. Der griff Teckelberg mit routinierten Bewegungen unter die Arme, setzte ihn aufs Bett, stopfte ihm zwei Kissen in den Rücken und griff nach einem zur Hälfte gefüllten Wasserglas, das auf dem Nachttisch stand. Der alte Mann nahm ein paar Schlucke und schien sich zu beruhigen. Isabell atmete erleichtert auf.

»Ihr verabschiedet euch besser«, sagte Ulf zu Isabell. »Er darf sich nicht aufregen. Wir hatten das neulich schon einmal, als der Sohn da war.«

»Auf Wiedersehen, Herr Teckelberg«, sagte Isabell mit schlechtem Gewissen.

Der Alte reagierte nicht. Er starrte vor sich hin, während seine Unterlippe zitterte.

»Auf Wiedersehen«, sagte Pilar, die schon die Tür erreicht hatte.

Ulf reckte den Hals und sah an Isabell vorbei. »Übrigens, Gogo, nächstens bitte weniger von dem Pflegezeug, das ist mörderisch glatt auf den Stufen.«

»Kritisier sie bitte nicht«, raunte Isabell ihm zu. »Ich bin heilfroh, dass ich sie hab – sie ist billiger als die anderen.«

Als sie die Zimmertür hinter sich geschlossen hatten, sagte Isabell: »Flunkern kann ich auch, aber sonst war das ein Reinfall. Und obendrein gemein. Wir hätten das nicht tun dürfen.«

Pilar nickte. »Aber wir haben Denkanstöße erhalten«, meinte sie, während sie den Flur hinuntergingen. »Warum hat Paul Teckelberg sich aufgeregt? Gibt es im Hinblick auf Bernhard etwas Konkretes, das ihn belastet?«

»Möglich, dass mein Vater ihn nicht eingeweiht und damit verärgert hat. Oder Paul kennt das Geheimnis, darf aber nicht drüber reden.«

»Oder er weiß, dass etwas verdammt schiefgelaufen ist.«

»Wir werden es nicht herausfinden, Pilar. Die Krankheit ist zu weit fortgeschritten.«

»Und was hältst du von dem bemerkenswerten Zufall, dass dein Mieter den Freund deines Vaters ziemlich gut kennt?«

»Die Zahl der Bonner Pflegeheime ist begrenzt, und Ulf hat schon öfters seinen Arbeitsplatz gewechselt.«

»Trotzdem stellt sich eine Frage: Hat Paul ihm was von deinem Vater erzählt?«

Schweigend gingen sie den verkehrsreichen Bonner Talweg entlang und bogen in die Lessingstraße ein. Als die Bahnschranke bereits in Sicht war, meldete sich Pilars Handy mit ein paar Takten, die nach Kastagnetten klangen.

»Hallo, Freddy«, hörte Isabell die Schwester sagen.

Sie blickte Pilar von der Seite an. Deren tiefbraune Augen wurden groß und rund, während sie dem alten Freund zuhörte. Hinter der Schranke ratterte ein Güterzug vorüber.

»Danke, Freddy«, sagte Pilar nach einer Weile.

Isabell blieb stehen, obwohl die Schranke bereits hochging. »Was war?«

Pilar steckte ihr Handy weg. »Deine Freundin Sigrun hatte keine Schwester, Isa. Und Karin heißt Marion und ist mit Thomas Teckelberg verheiratet.«

Isabell fühlte, wie ihr das Blut aus dem Gesicht wich. Die Nachricht war ungeheuerlich. Während sie Pilar anstarrte, als hätte sie Mühe, deren Worte zu begreifen, rief sie sich ihr erstes Gespräch mit Karin ins Gedächtnis. Schlagartig wurde ihr klar, dass sie selbst den Namen Sigrun ins Spiel gebracht hatte. Karin hatte nur gesagt, ihre Schwester sei tot, und vermutlich darauf gesetzt, dass in Isabells Alter schon irgendwer gestorben sei und ein Name fallen werde. Mit einer Toten als Schwester konnte sie sich relativ sicher fühlen. Was für ein perfides Spiel!

»Wie hat sie das fertiggebracht? Derart schamlos zu lügen! Was hat sie bezweckt?«

Es war demütigend, so an der Nase herumgeführt zu werden. Aber noch schlimmer war der Zorn, den Isabell auf sich selbst empfand. Aus lauter Sehnsucht nach der Freundin ihrer Kindheit war sie allzu leichte Beute gewesen. Sträflich gutgläubig hatte sie diese Frau in ihr Haus gelassen, ihr arglos alles gezeigt und ihre Fragen beantwortet. Es war reine Dummheit gewesen.

Abrupt bog Isabell in die Schumannstraße ein. »Ich mach es zu Fuß.«

»Was?«

»Ich rück ihr auf die Pelle, ich sag ihr meine Meinung! Jetzt sofort. Ich mach sie zur Schnecke!«

Pilar nickte anerkennend. »Und denk dran: Nicht nur ihr Mann kennt den Pfleger Ulf, sondern sie vermutlich auch. Ihre Lügen und seine Lügen könnten zusammenhängen. Eine Art Komplott.«

Isabell schüttelte sich. Die Sache begann ihr über den Kopf zu wachsen. »Kommst du mit, Pilar?«

»Ich begleite dich nur ein Stück, ich muss zum Bahnhof und mit dem nächsten Bus nach Haus, der Hund ist allein. Und bitte frag deine Karin, ob die Erdbrösel auf der Kelleraußentreppe von ihr und ihrem Mann sind. Als Putzfrau hat man einen Blick dafür.«

Und dann sind da noch die Bröckchen vor der Gartentür, dachte Isabell. Aber die wird nichts sagen, vor allem nicht, wozu sie den Schwindel betrieben hat. Sie wird mich wieder belügen. Ich werde nichts erreichen, außer meinen Zorn zu verdoppeln. Diese Stadt ist ein schauriger Sumpf, eine einzige *Gumme*. Ich hätte nicht herkommen dürfen.

Dunkle Wolken hatten die Sonne verdrängt. Die schmale Straße mit ihren Bäumen und Stuckfassaden, den Erkern und Ziergiebeln wirkte jetzt düster.

»Wie ein Edelmann im Mittelalter …«, sagte Pilar neben ihr. »Ich glaub, ich ahne was.«

***

Thomas hatte sich beim Graben im Garten die linke Hand an der Kante des Spatens verletzt. Die Wunde sah nicht gut aus, es schien sich eine Entzündung darin auszubreiten. Dies sowie sein wachsendes Missbehagen, das zum einen auf Marions Verschlossenheit, zum anderen auf vermehrten Rüffeln seines Chefs gründete, vermittelten ihm das Gefühl, ernsthaft krank zu sein. Er suchte seinen Hausarzt auf, der die Wunde versorgte und ihn mit den Worten »Ruhen Sie sich mal richtig aus« für zwei Tage krankschrieb.

Als Marion mittags das Haus verließ, um ihrem Professor beim Umräumen seiner Praxis zu helfen, legte Thomas sich schlafen. Er war froh, dass sie fort war, es machte ihn fertig, dass sie nicht mit der Wahrheit herausrückte und sie kaum noch miteinander redeten. Einmal hörte er es klingeln, aber er stand nicht auf. Die Kinder konnten es nicht sein, sie waren mit Marions Mutter im Kino. Er fühlte sich erschöpft, und in der Wunde pochte es. Am späten Nachmittag kroch er endlich aus dem Bett und setzte Wasser für einen Tee auf. Als es erneut klingelte, überlegte er, ob er es ignorieren sollte, drückte dann aber doch auf den Türöffner.

Die Treppe herauf kam Isabell Troschert. Ihr schönes Gesicht war gerötet, ihr Gesichtsausdruck wirkte verbissen, ihr Haar schien in einen Sturm geraten zu sein.

»Ist Ihre Frau zu Hause?«, schleuderte sie ihm entgegen, bevor sie die letzten Stufen nahm.

»Marion? Nein.«

»Wann kommt sie?«

»Das weiß ich nicht.«

»Hat Sie Ihnen erzählt, dass sie mich kennt?« Sie stand jetzt unmittelbar vor ihm, ihr Blick schien ihn aufspießen zu wollen.

»Ja.«

»Sie hat sich mir als Karin vorgestellt.«

Es glückte ihm halbwegs, nicht erstaunt zu wirken. »Ach, so … so nennt sie sich gern. Ist ja ihr Zweitname.« Er fühlte sich unwohl, Notlügen lagen ihm nicht.

»Und fälschlicherweise als Schwester meiner verstorbenen Schulfreundin ausgegeben.«

Darauf fand er keine Erwiderung. In seinem Kopf arbeitete es, er sah Verknüpfungen, die alles noch schlimmer machten.

»Und Sie, Herr Teckelberg«, fuhr Isabell Troschert mit scharf geschliffener Stimme fort, »sind gestern zusammen mit Ihrer Frau vor meinem Haus gesehen worden. Warum waren Sie dort? Sie wollten mich wohl kaum besuchen. Ihre Frau wusste, dass ich nicht da war.«

Statt einer Antwort starrte Thomas sie stumm an. Hitze überflutete seinen Kopf, am Körper war ihm kalt. Woher wusste sie das? Die Putzfrau? Ulf? Es war gleichgültig. Entscheidend war, dass Frau Troschert Marion natürlich nicht erlaubt hatte, im Garten zu graben, sie hatte ihr nicht den Kellerschlüssel ausgehändigt, Marion hatte ihn geklaut. Und selbstverständlich lag nirgendwo Gold für den *kleinen Thomas*, sondern allenfalls Gold, das Marion stehlen wollte.

»Warum waren Sie da?«, wiederholte Isabell Troschert. »Waren Sie in meinem Keller, Herr Teckelberg? Dort sind Erdspuren. Waren Sie in meinem Garten? Dort hat einer herumgebuddelt.«

»Ich bitte um Verzeihung, für den Schaden kommen wir gern auf. Das Problem war unsere tote Schildkröte. Unsere Hilda. Die wollten wir an der Rheinpromenade beerdigen, aber da waren zu viele Leute.«

Die Tochter des alten Bernhard folgte seinen Erklärungen mit verächtlicher Miene. Als Lügner ist man eine arme Socke, dachte er, ich tu es nur für Mari, ich kann sie doch nicht bloßstellen.

»Also sind wir mit der Hilda im Rucksack rauf zur Adenauerallee, um zum Hofgarten zu gehen«, fuhr er fort, »und kamen zufällig an Ihrem Haus vorbei, das Marion ja kennt. Die Kellertür stand offen, und da dachten wir, der Garten ist so groß, dort fällt es nicht auf. Es war ein Notfall.«

Thomas schwitzte. Natürlich konnte sie das nicht glauben – kein Mensch beerdigt sein totes Tier am Rhein, wenn er ganz woanders wohnt.

»Die Tür war abgeschlossen, Herr Teckelberg. Jemand hat die Kellerschlüssel entwendet. War das Ihre Frau?«

Thomas schluckte. »Wir können die Hilda ja wieder ausgraben.«

»Hören Sie endlich auf mit Ihrer Hilda. Sie kennen sicher Ulf Racker, den Pfleger aus dem Martinsheim, der wohnt in meinem Haus im zweiten Stock. Er behauptet, dort einen toten Vogel begraben zu haben. Was halten Sie davon?«

Thomas brachte es nicht über sich, die Wahrheit zu sagen. Die Angelegenheit war kriminell. Aber Marion war seine Frau, er konnte sie nicht verraten, und er mochte sich nicht vorwerfen lassen, dass er ihre Lügen geglaubt hatte.

Isabell Troschert wandte sich abrupt um und eilte die Treppe hinunter. Die Haustür knallte ins Schloss. Die wird Konsequenzen ziehen, dachte Thomas. Vielleicht befand sie sich schon auf dem Weg zur Polizeiwache. Was war er für ein Idiot! Er hätte alles zugeben sollen. Wenn er ihr sofort hinterherliefe, wäre es immer noch möglich. Aber er stand da wie gelähmt und glotzte auf das abgestoßene Geländer der Treppe.

***

Schnellen Schrittes schlug Isabell den Weg zur Adenauerallee ein. Hell und heiß loderten in ihr die Flammen des Zorns, sie konnte sich kaum beruhigen. Alle drei hatten gelogen, Ulf, Thomas, Karin alias Marion, und sich nicht einmal die Mühe gemacht, sich abzusprechen! In ihrem Garten musste irgendwas von Bedeutung sein, und mindestens drei Leute hielten es vor ihr geheim. Mit der ollen Troschert konnte man es ja machen, die kam aus dem Ausland, die hatte keine Ahnung. Das sah nach einem Komplott aus, darin musste sie Pilar recht geben.

Isabell hätte den Bus nehmen können und anschließend die U-Bahn. Aber sie zog es vor, zu Fuß zu gehen. Man konnte dabei Dampf ablassen, nachdenken und telefonieren. Als sie die Nussallee erreichte, stellte sie fest, dass hier kaum Autos, sondern vor allem Fahrräder unterwegs waren. Die Rufe der Halsbandsittiche, deren grünes Gefieder zwischen den Baumkronen aufleuchtete, schienen hier die einzigen durchdringenden Geräusche. Es war ruhig genug für ein Gespräch am Handy.

Sie wählte Pilars Nummer. Während sie mit Blick auf alte und neuere Gebäude verschiedener Universitätsinstitute auf das Poppelsdorfer Schloss zuging, berichtete sie ihrer Schwester, was Thomas gesagt hatte, spürte aber deren Ungeduld und ahnte den Grund – Pilar wollte selbst etwas loswerden.

»Isa, dein Vater schreibt, er habe die Goldpreise studiert. Und in dem Brief, den du im Schreibtisch gefunden hast, schreibt Paul: *Von mir aus verhalte dich wie ein Edelmann im Mittelalter.* Das ist eindeutig. Wir sind nur nicht darauf gekommen.«

»Ich weiß nicht, was daran eindeutig sein soll.«

»Ein Edelmann war von gehobenem Stand, besaß mehr als das gemeine Volk, insbesondere Geld.«

Isabell sah sich nicht in der Lage, längeren Ausführungen zu folgen. »Pilar, ich muss erst einen Kaffee trinken.« Sie war an der Seite des Poppelsdorfer Schlosses angelangt und überlegte, wo sie einkehren könnte.

»Es ist nicht kompliziert«, erwiderte Pilar. »Im Mittelalter gab es keine Banken. Und was bot sich an, wenn ein Edelmann seine Barschaft für schlechte Zeiten sichern wollte? Ich hab es nachgelesen, Isa: Die bevorzugten Verstecke befanden sich unter dem Kellerboden. Aber auch die Gartenerde war beliebt.«

Isabell blieb stehen. *Die Idee, die mich umtreibt, ist eine ganz klassische, tausendfach bewährte*, hatte ihr Vater an Paul geschrieben.

»Wohlhabende Männer vergruben ihr Gold und Silber, vor allem wenn sie einen Krieg befürchteten«, fuhr Pilar fort.

»Kalter Krieg«, sagte Isabell monoton. Ein junger Mann, der an ihr vorüberging, warf ihr einen befremdeten Blick zu.

»Und manchmal verstarben sie, ohne dass jemand das Versteck kannte. So blieb der Schatz oft für Jahrhunderte verborgen, bis ihn jemand zufällig fand. Damit genau das nicht passiert, hat Paul deinem Vater dazu geraten, ihn einzuweihen.«

»Du meinst also, er hat sein ganzes Geld in Gold angelegt und das im Garten vergraben?« Isabell schüttelte unwillkürlich den Kopf.

»Zumindest hat er das überlegt.«

»Und Marion, Thomas und Ulf könnten davon Wind bekommen haben?«

»Da gibt es zwei Möglichkeiten: aus Bernhards Briefen oder über Paul.«

»Thomas Teckelberg besaß nur den Brief, den er mir gegeben hat, und daraus ergibt sich nichts Konkretes.«

»Isa, er ist als Lügner entlarvt. Er kann zehn oder hundert Briefe haben, aus denen sich die nötigen Informationen ergeben. Und wer weiß, ob Ulf nicht ein paar Einzelheiten von Paul erfahren hat – als

Pfleger hat er Übung darin, aus den Äußerungen Demenzkranker etwas Brauchbares herauszufiltern. Dann kam die Geschichte zwischen ihm, Thomas und Marion zur Sprache, worauf sie sich zusammengetan haben und die Beute teilen wollten. Die Frage ist nun: Haben sie den Zaster gefunden oder nicht? Möglich, dass sie weitersuchen müssen.«

Die Lust auf einen Kaffee war Isabell vergangen. Ihre freie Hand zu einer Faust geballt, ging sie die Poppelsdorfer Allee hinunter. Sie würdigte die prächtigen Fassaden, das satte Grün des Rasens, die blühenden Kastanien und die ganze Anlage, die die beiden kurfürstlichen Schlösser verband, kaum eines Blickes. Sie starrte auf den gelben Sand des Wegs, als bestünde die Gefahr, dass er unter ihren Füßen weggezogen würde.

»Mir will nicht in den Kopf, dass Papa, der so stolz darauf war, nach den schlechten Zeiten zu Geld gekommen zu sein, sich entschlossen hat, es im Garten zu vergraben«, sagte sie gedämpft, damit nicht wieder jemand sie schräg ansah. »Und dass mich gleich drei Personen hintergehen, macht mich fertig.«

»Wir sind auch drei«, meinte Pilar. »Du, Freddy und ich.«

»Sollen wir die Lügner ausquetschen?«

»Im Gegenteil: Du könntest ganz lieb mit Ulf sprechen und …«

»Wieso *lieb*?«

»Zur Tarnung. Sei bitte zuckersüß und frag ihn, ob er morgen oder übermorgen Zeit hat, den Garten umzugraben. Vielleicht findet sich was.«

»Das ist unmöglich, Pilar, das Grundstück ist viel zu groß.«

»Dein Vater wird seinen Schatz nicht dort vergraben haben, wo die alten Bäume mit ihren dicken Wurzeln stehen. Ich schätze, er hat eine Stelle ausgewählt, wo er selbst gut graben konnte, also da, wo er Beete angelegt hat, und das sind nur zwei. Vermutlich hatten unsere Lügner sich dasselbe überlegt.«

»Ulf wird sich weigern.«

»Hat er nicht etwas wiedergutzumachen? Das weiß er doch.«

»Ich müsste ihm einen plausiblen Grund für die Aktion nennen.«

»Ich hoffe, Ulf hat gärtnerisch nicht viel Ahnung?«

»Vermutlich nicht.«

»Dann bietet sich an, ihm die dringend notwendige Bodensanierung ans Herz zu legen, dazu hätte dir ein Fachmann geraten, und dafür müsste man tief ran. Erzähl ihm was von Anreicherung und Durchlüftung des Bodens, von Büschen mit riesigen Wurzelballen, die du schon bestellt hast, wozu du tiefe Pflanzlöcher brauchst, und zwar viele, und eilig ist es sowieso, weil es schon Mai ist. Und dass es ein schöner Dazuverdienst für ihn ist, betonst du natürlich auch. Aber setz alles daran, dass er nicht denkt, es ginge um was anderes. Wenn er zustimmt, ruf mich an. Aber vergiss nicht, zu sagen, dass du zu der Zeit außer Haus bist. Damit er sich unbeobachtet glaubt.«

»Sag mir jetzt genau, was du vorhast, Pilar.«

»Ich erklär's dir später. Frag ihn erst mal.«

Isabell ahnte, wie Pilar sich die Sache dachte. Alles in ihr sträubte sich dagegen. Das Unternehmen konnte kaum den erhofften Erfolg haben, die Chance war zu gering. Zum einen wussten sie nicht, ob ihr Vater sein Barvermögen wirklich im Garten vergraben hatte, zum anderen konnten Thomas, Ulf und Marion oder jemand anders es längst gefunden haben. Dennoch spürte sie, dass ihr Zorn weniger brannte. Es war gut, etwas zu tun. Wenn es nichts nützte, konnte es zumindest nicht schaden.

Sie ging schnurstracks nach Hause. Nach einigem Zögern stieg sie hinauf ins zweite Stockwerk.

Eine halbe Stunde später rief Isabell ihre Schwester noch einmal an.

»Er hat zugesagt. Morgen passt ihm, er hat frei. Seltsamerweise schien er sich nicht zu wundern. Er sagte, er habe das bereits selbst vorschlagen wollen. Gegen halb elf will er anfangen.«

»Okay, Freddy und ich werden da sein. Mit Tarnkappe.«

»Pilar … Die Vorstellung, dass mein Garten für nichts und wieder nichts umgekrempelt wird, liegt mir wie ein Stein im Magen, zumal ich Ulf dafür einiges an Stundenlohn zahlen muss. Sollen wir es nicht lieber lassen?«

»Wenn wir es nicht versuchen, wirst du dich später ärgern, nichts unternommen zu haben.«

Damit konnte sie recht haben. Isabells Einstellung schwankte. Mal fand sie die geplante Aktion überflüssig und lächerlich, mal plagte sie eine unbestimmte Furcht vor Gefahren, die damit verknüpft sein könnten. Aber wo sollten die in dem friedlichen Garten lauern? War Ulf zuzutrauen, ein paar Schlägertypen hinter den Bäumen zu postieren, um sich das Gold, wenn er es fände, zu sichern? Bei dieser Vorstellung musste Isabell lachen. Immerhin, dazu war sie wieder in der Lage.

ELF

»Keine Sorge«, sagte Isabell am nächsten Morgen leise zu Freddy. »Ulf kann dich nicht gesehen haben, er sitzt noch beim Frühstück mit Ei und Speck in der Küche, die auf der Gartenseite liegt. Ich war vor ein paar Minuten oben.«

Sie standen vor der Tür der Gästewohnung im Parterre. Isabell sperrte auf. Freddy nahm den grauen Filzhut vom Kopf, der ihm, wie Isabell bei der Begrüßung gemeint hatte, das Aussehen eines Versicherungsvertreters aus den sechziger Jahren verlieh. Er folgte ihr über das honigbraun glänzende Parkett des mit antiken Möbeln ausgestatteten Zimmers in einen geräumigen Wintergarten. Die kleinen bunten Scheiben, die die Fensterfront einrahmten, warfen aquarellartige Lichtflecke in Grün, Rot und Gelb auf die hellen Bodenfliesen.

»Von hier aus sieht man natürlich nur den vorderen Teil des Gartens. Ich hab heute früh ein paar Zweige vom Flieder abgeschnitten, damit du gute Sicht auf das Beet hast, in dem laut Ulf ein Vogel begraben liegt und laut Thomas eine Schildkröte.«

»Vor allem darf Ulf keine gute Sicht auf mich haben. Darauf muss ich achten.«

Freddy nahm den Camcorder aus seiner Umhängetasche. Es war ein älteres, ziemlich billiges Gerät, nichts Leistungsstarkes, aber es würde ausreichen, um ein brauchbares Video zu liefern, falls Ulf eine Schatzkiste zutage förderte. Freddy richtete das Objektiv auf das Beet, holte das Bild etwas heran und konnte auf dem Display erkennen, dass der Boden vor Kurzem bearbeitet worden war. Mehr als zwei Quadratmeter waren noch unberührt.

»Wo ist Pilar?«, fragte Isabell.

»Sie will das Risiko umgehen, von deinen Mietern gesehen zu werden.«

»Klettert sie durch den Schornstein? Zuzutrauen wäre es ihr.«

»Sie kommt aus der Arndtstraße. Über die Gartenmauern.«

»Das erinnert mich an meine Freundin Sigrun. Mit zehn oder elf Jahren war das kein Problem, ein paar Mauern zu überwinden. Aber Pilar ist …« Sie schien zu überlegen.

»Pilar schafft das auch mit neunundvierzig«, meinte Freddy. »Ist das Gartenhaus offen?«

»Ja, wie immer. Und ich hab Ulf gesagt, er soll zuerst das vordere Beet umgraben, und zwar noch mal richtig und über die gesamte Fläche.« Isabell wirkte so nervös, als hätte sie die Hauptlast des Observierens zu tragen.

»Verlass jetzt am besten das Haus«, sagte Freddy. »Es wird Zeit. Ulf soll sich absolut sicher fühlen.«

»Ja«, murmelte sie. »Ich geh dann mal.«

***

Pilar schloss ihr Fahrrad an einer Laterne an und sah sich um. Auf der nahen Adenauerallee rauschte der Verkehr vorüber, aber hier, in der Seitenstraße, war nichts los, es war niemand zu sehen. Alle Bewohner schienen im Job, in der Uni oder in der Schule zu sein, und alte Menschen, sofern es sie hier gab, konnten beim Arzt, beim Bridge oder im Ehrenamt weilen.

Durch eine Baulücke betrat Pilar einen Privatparkplatz, auf dem wenige Autos standen. Von hier aus blickte man auf die schmucklosen Hinterfronten der Reihe, zu der Isabells Haus gehörte. Als Pilar überlegte, wie sie am besten auf die erste Mauer käme, die sie vom vordersten Garten trennte, hörte sie das Quietschen einer sich öffnenden Tür.

»Suchen Sie was?«

Es klang so scharf, als hätte da jemand Mühe, höflich zu bleiben. Pilar wandte sich dem Haus am Rande des Parkplatzes zu, der früher mal sein Garten gewesen sein mochte. Ein junger Mann, ihrer Vorstellung nach ein angehender Jurist und Mitglied einer Studentenverbindung, trat hinaus auf die Veranda.

»Gartenbaubetrieb Gogo – ich muss für meinen Chef über die Mauern klettern«, erwiderte sie und deutete auf ihre Kleidung, als wäre dort das Firmenlogo abzulesen. Sie trug ein Hemd, eine Jacke und eine Cargohose in Khaki-Grün, dazu Schnürstiefel und ein Tuch um die Locken, damit sie nicht an einem Ast hängen blieben. Aus der großen Hosentasche am Oberschenkel lugte die Gartenschere.

»Ach ja?«, kam es ungläubig von der Veranda. »Wieso das denn?«

»Ich soll einen Baum schneiden.«

»Darf man im Mai nicht. Wegen der Vögel.«

»Es geht um einen abgestorbenen, da nisten keine.«

»Nebenan gibt es keinen toten Baum.«

Oje, dachte Pilar, wenn das so weitergeht, ist Ulf vor mir im Garten. Wie komm ich dann ungesehen hinein?

»Er steht ein paar Häuser weiter, bei Troschert. Die Frau ist nicht da und hat vergessen, uns den Schlüssel zu geben.«

»Das Einverständnis der Frau kann sich nur aufs eigene Grundstück beziehen. Durch die anderen Gärten dürfen Sie nicht. Das ist widerrechtliches Eindringen in befriedete Besitztümer, Paragraf 123 Strafgesetzbuch, Freiheitsstrafe bis zu einem Jahr oder Geldstrafe.«

»Wenn ich das heut nicht gebacken kriege, bin ich meinen Job los«, schloss Pilar die Diskussion.

Das schien dem Jung-Juristen, der vielleicht selbst einen Job hatte, halbwegs einzuleuchten. Doch seinen skeptischen Blick fühlte sie noch nadelspitz in ihrem Rücken, als sie sich an der Backsteinmauer hochzog und in den ersten Garten sprang. Vermutlich überlegte er, ob es nicht besser wäre, die Polizei anzurufen.

Aufrecht, als wäre es völlig in Ordnung, dass sie sich hier aufhielt, wandte Pilar sich nach links und folgte der Quermauer, vor der ein großes Trampolin stand, das ihr Sichtschutz bot. Die nächste Längsmauer war teils von Efeu, teils von Knöterich überwuchert, aber sie fand eine Stelle, die nicht schwer zu erklimmen war, und sprang von dort aus in den dahinterliegenden Garten. Sie sah prüfend auf die Häuserreihe. Nirgendwo öffnete sich ein Fenster.

Im Schutze ausladender Zweige erreichte sie die etwas höhere nächste Mauer und fand einen Baum, der genug Queräste aufwies, um ihr hinauf zu verhelfen. Oben angekommen, blickte sie auf die Rückseite von Isabells Haus. So gut wie geschafft! Allerdings lag der Garten wesentlich tiefer als die anderen, springen kam nicht in Frage. Doch schien es ohnehin ratsam, dass sie sich erst weiter vom Haus fortbewegte, ehe sie sich in den Garten hinabließ.

Vorsichtig kroch Pilar auf der schmalen Mauerkrone entlang und lauschte dem schwachen Geräusch, das der Stoff ihrer Hose auf dem rauen Untergrund verursachte. Plötzlich vernahm sie etwas anderes – Schritte. Auf den Platten im Hof.

Oh, verdammt. Ulf war im Anmarsch! Wenn er sie hier oben erblickte, würde er genau das Richtige vermuten – dass sie zum Spionieren kam. Sie duckte sich tiefer und beschleunigte das Tempo. Ihre Knie taten weh, ihr Herz klopfte bis zum Hals. Vom Hof klang deutlich ein Räuspern herüber. Im Geiste hörte sie schon Ulfs Stimme: *Gogo, du bist eine Perle, du putzt sogar die Gartenmauern.*

Sie erreichte den Schatten der Blutbuche, die ihre Äste weit zu ihr herüberbreitete. Jetzt nur nicht rascheln … Doch die Blätter waren frühlingsweich und ließen nicht einmal ein Knistern hören, als sie sich darunter vorwärtsschob. Was sie nun vor sich sah, ließ sie aufatmen: Ein Komposthaufen guter, alter Art, ganz breit und so hoch, dass er die Tiefe, in die sie geblickt hatte, um die Hälfte verkürzte. Sie ließ sich hinabgleiten.

Unter ihren Füßen knackte ein Ast. Erschrocken hielt sie an und spähte durch die herabhängenden Zweige. Ulf stand im Hof und begutachtete einen Spaten und ein anderes langes Werkzeug. Offenbar hatte er nichts gehört. Sie schlich hinter den Stamm der Buche. Von hier aus war sie vom vorderen Bereich aus bestimmt nicht zu sehen. Nach sechs, sieben Schritten in geduckter Haltung gelangte sie zum Gartenhäuschen.

Die Tür stand eine Handbreit offen. In dem Spalt erschien der Kopf einer Katze, grau wie Schiefer. Sie schoss an Pilars Beinen vorbei ins Freie und verschwand. Pilar trat ein und schloss die Tür, die leise quietschte. Die Glasscheibe des kleinen Fensters daneben war fleckig und stellenweise trüb.

Pilar setzte sich auf die Bank an der Rückwand. Im selben Moment klimperte ihr Handy. Sie erschrak – sie hatte vergessen, es lautlos zu stellen. Das konnte auch nur ihr passieren. Der Anruf kam von Rita.

»Hürens, Pilar …«

»Rita, es geht jetzt nicht, ich bin nicht zu Haus, ich …«

»Nu janz kurz, Pilar: Dä Zettel jeht mir net us de Kopp.«

»Mach dir nichts draus, Rita.«

»Datt wor net dä Freddy, nää, es jo Quatsch.«

»Meine ich auch.« Deshalb hättest du den Zettel wirklich nicht zerreißen müssen, ergänzte Pilar im Stillen.

»Ävve et es kurijos, Pilar. Överall, wo isch esu eröm setz …«

»Rita«, unterbrach Pilar. »Ich kann nicht länger …«

»… fällt mir datt Bildsche widde een«, fuhr Rita ungerührt fort. »Net wäje de Brill odde däm Schnäutze, nää, wäje däm sing spetze Visasch!«

»Die Zeichnung könnte auch als Karikatur gedacht …«

»Zum Beispiel em Theater«, fiel ihr Rita ins Wort. »Do hamme su ene Komödie jesenn, met de Dingens, wie heest se? Es janz bekannt.«

»Rita, ich muss Schluss machen!« Pilar sah angestrengt zwischen den Flecken der Fensterscheibe hindurch auf den schmalen Weg, der aus dem vorderen Teil des Gartens kam.

»On do hätt ene Käel met e janz kleene Roll och esu ene spetze Kinn«, berichtete Rita gemütlich. »Nää, sach isch zum Dieter, ben isch beklopp? Datt isch emme dä vedammbte Zettel em Kopp hann! Ävve datt Stöck konnste verjesse, Pilar, nää, knattschvedötsch, ene Huhzick, wo se …«

»Erzähl mir das später«, bremste Pilar. »Mach's gut, Rita.«

Sie legte auf und steckte ihr Handy in die Hosentasche. Das war allzu abrupt, gestand sie sich ein, die Freundin musste sich verletzt fühlen, aber längere Erklärungen wären riskant gewesen, die Bretterwand der Hütte war dünn. Ulf musste schon bei der Arbeit sein, sie meinte Spatenstiche zu hören.

Huhzick, hatte Rita gesagt. Hieß das Hochzeit? Gab es da nicht was, woran sie unbedingt hatte denken wollen? Was sie sich gestern vorgenommen hatte?

Kennenlerntag, dachte Pilar betroffen. Heute vor siebenundzwanzig Jahren waren sie und Richard sich das erste Mal begegnet. Das feierten sie sonst. Der Tag, an dem alles begann, war ihnen wichtiger als das Hochzeitsdatum. Diesmal jedoch war sie nicht strahlend und dankbar erwacht, sondern hatte sich von der ersten Sekunde an verbissen auf die bevorstehende Gartenaktion konzentriert und ihrem Mann nicht mal erzählt, was genau sie vorhatte. Keine Sekunde hatte sie an die Besonderheit des Tages gedacht. Das war ihr noch nie passiert. Und Richy? Hatte sie ein zärtliches

Lächeln, eine liebevolle Berührung nicht beachtet, einen herrlichen Blumenstrauß oder eine gigantische Pralinenschachtel übersehen? Hatte er deshalb so mürrisch *tschüss* gebrummt, als er zum Büro aufbrach?

Pilar vernahm ein Knirschen, erst noch unklar und entfernt, dann deutlicher und näher. Jemand kam den Weg entlang, auf dem dünn gestreuter Kies lag. Sie stand auf und blickte durch das Fensterchen. Es war nicht Ulf. Der Mann ging beschwingter als der behäbige Pfleger, es war Johann, der Schauspieler aus der Dachwohnung. Er wandte sich dem Komposthaufen zu und schien nach irgendwas Ausschau zu halten.

»Ulf!«, rief er. »Hier ist weit und breit kein Spaten! Wie soll ich dir denn helfen?«

»Muss nicht sein«, war aus dem vorderen Teil des Gartens zu hören. »Ich komm allein klar.«

»Ein bisschen Anstrengung tät mir aber gut.«

»Dann grab hinten. An der Quermauer.«

»Ohne Spaten?«

»Schau in der Hütte nach, da muss noch einer sein.«

»Ist sie offen?«

»Wie immer.«

Pilar sah sich hektisch um. Wo konnte sie sich verstecken? Neben der Bank stand eine Truhe, die Größe schien ausreichend. Sie klappte den Deckel auf und blickte auf karierte Kissen. Die Truhe war randvoll. Sie schloss den Deckel und sah zum Fenster.

Johann kam auf die Hütte zu, es schien alles zu spät. Zwei Schritte zur Wand gegenüber waren noch drin. Neben den Angeln, hinter dem Türblatt, würde er sie beim Öffnen nicht sehen. Wenn er aber ganz in den Raum träte, um den Spaten zu suchen, müsste er sie bemerken. Dann wäre alles vergebens. Er würde Ulf informieren, sodass man nie erführe, was gegen Isabell im Gange war.

Und war nicht alles viel schlimmer, durchfuhr es sie, konnte nicht ein Zusammenhang zwischen dem Mord an Evelyn und dem durchwühlten Beet bestehen? Auf den Tod einer falschen Putzfrau käme es dann gewiss nicht mehr an.

Schritte auf den Steinplatten. Auf dem Eisenrost vor der Tür. Pilar hielt den Atem an. Johann drückte die Klinke herunter. Es quietschte wie ein kleiner Alarm. Ein Luftzug drang herein. Das Türblatt kam auf sie zu.

»Ich hab ihn!«, ertönte Ulfs Stimme von Weitem. »Der andere Spaten war im Keller!«

Gerettet.

Johann wandte sich um, Pilar sah es durch die Ritze an der Türfüllung. Sie atmete vorsichtig aus. Wenn jetzt bloß nicht ihr Handy klingelte … Sie hatte wieder vergessen, es auszuschalten.

»Gibt es auch eine zweite Hacke?«, rief Johann in Ulfs Richtung.

»Ja! Keine Ahnung, wo.«

»In der Hütte?«

»Schau einfach nach.«

Nicht gerettet.

Die Tür öffnete sich weit. Pilar zog den Bauch ein. Der Schauspieler trat ein.

»Johann?«, kam es von Ulf, deutlicher als zuvor. »Nimm meine Hacke. Ich brauch keine.«

Anscheinend näherte er sich. Zugleich kehrte Johann um, vermutlich ging er Ulf entgegen. Mit einem klagenden Laut fiel die Tür zurück und blieb eine Handbreit offen stehen. Pilar schaltete mit zitternden Fingern ihr Handy aus.

Den Geräuschen nach schien Johann irgendwo hinter der Hütte beschäftigt zu sein, es hörte sich nach Spatenstichen an. Pilar bemerkte, dass an der Rückwand ein weiteres Fenster angebracht war, das durch ein senkrecht gestelltes Sitzpolster verdeckt war. Sie lüftete eine Ecke und erblickte Johann von der Seite.

Er arbeitete schnell und kraftvoll. Der kleine Erdhügel neben dem verwilderten Beet, in dem zwischen hohen Gräsern rote Mohnblüten leuchteten, wuchs schnell an. Die Hacke lag daneben. Johann musste mindestens sechzig Jahre alt sein, wenn er schon zu Bernhards Lebzeiten mit seiner Frau hier gewohnt hatte, aber auf Pilar wirkte er jünger. Sein Körper war schlank und muskulös, und in dem Gesicht, das sie im Profil sah, war kaum eine Falte zu sehen, auch das längliche Kinn und der Hals wirkten straff.

Spetze Visasch, durchfuhr es Pilar. Der Darsteller mit dem spitzen Kinn, den Rita im Theater gesehen hatte …

Soweit Pilar sich erinnerte, war das Kinn auf der Zeichnung

aus dem »Treppchen« ähnlich spitz wie das, das sie hier mit der Bewegung des Körpers auf und nieder gehen sah. Zwar trug Johann keine Brille und keinen Schnurrbart wie das gezeichnete Gesicht, aber laut Isabell ließ er sich öfters ein Bärtchen wachsen, und eine Brille besaßen die meisten Menschen um die sechzig ohnehin, zum Lesen oder Autofahren, je nachdem, woran es den Augen fehlte. Vielleicht war Evelyn dem Schauspieler im Haus begegnet und hatte ihn gezeichnet, weil sie sich erinnerte, ihn mal auf der Bühne erlebt zu haben. Vielleicht aber hatte sie ihn näher kennengelernt, sich mit ihm verabredet und ihn nach Mitternacht getroffen. In dem Fall konnte er einen Grund gehabt haben, ihre Rückkehr in Isabells Haus für immer zu verhindern.

Ein jähes Frösteln überfiel Pilar. Möglicherweise trennten sie nur wenige Meter von einem Mörder – der sich schneller als erwartet umdrehen und bemerken könnte, dass sich hinter dem Fenster die Ecke des Sitzpolsters bewegte.

***

Seine Position an der Glasfront des Wintergartens war nicht schlecht. Freddy saß mit der Kamera in einem Ohrensessel aus nachtblauem Samt mit Troddeln und Fransen. Hinter dem Oleander und den breit gefächerten Palmwedeln würde ihn der grabende Altenpfleger dort unten kaum bemerken können. Der andere Mann, wahrscheinlich der Schauspieler Johann, war im hinteren Teil des Gartens verschwunden, aber Freddy sollte ja nur Ulf und das vordere Beet ins Visier nehmen.

Spannend war das nicht gerade. Während er das Auf und Ab des stämmigen Körpers seiner Zielperson beobachtete, überkam ihn bleierne Müdigkeit. In der Nacht hatte er zu wenig geschlafen, weil Birgit ihn gegen drei wegen vorzeitiger Wehen geweckt hatte, ein falscher Alarm, wie sich Stunden später herausstellte. Nun klappten ihm immer wieder die Augen zu, und er fürchtete, vollends wegzusacken und die Kamera fallen zu lassen. Vorsichtshalber legte er sie auf die Fensterbank, er vermutete, dass sie nicht zum Einsatz käme. Pilars Idee hatte ihn nicht überzeugt, aber er hatte keine bessere gehabt.

Unten im Garten hielt Ulf Racker inne und stieß den Spaten in den Hügel neben der ausgehobenen Vertiefung. Jetzt macht er Pause, dachte Freddy, und für mich ist ein Schläfchen drin. Aber der Pfleger blieb vor der Grube stehen und beugte sich darüber. Nach einer Weile holte er den Spaten wieder heran und verbreiterte die Vertiefung mit einer Vorsicht, die er vorher nicht angewandt hatte. Er schien bei jedem Stich nur wenig abzugraben, als sei er besorgt, etwas zu zerstören.

Freddy erhob sich und nahm die Kamera von der Fensterbank, ohne den Blick von dem Pfleger abzuwenden.

Ulf legte den Spaten zur Seite. Er griff nach einer kleinen Schippe und kniete sich an den Rand des Loches. Freddy hatte den Eindruck, dass er darin herumkratzte. Jetzt erst fiel ihm auf, dass Racker bisher nur an der Stelle gearbeitet hatte, wo er angeblich einen Vogel beerdigt hatte. Dass nichts mit Federn zu sehen war, überraschte nicht, aber was war es, das ihn da beschäftigte? Hatte er das Gold gefunden? Konnte das wahr sein?

Die Haltung des Pflegers veränderte sich. Sein Rücken schien sich zu spannen. Er warf die Schippe beiseite. Mit einem Ruck sprang er auf die Füße und taumelte rückwärts, den Blick auf die Grube gerichtet. Ein lang gezogenes Brüllen drang herauf.

»Neiiin!« Heftiges Schütteln durchtobte seinen Körper, gefolgt von Verrenkungen, den Kopf warf er hin und her. Alles an ihm schien in Aufruhr.

Freddy holte das Bild der Grube näher heran. Er erkannte darin eine zerknautschte Folie, die teils grünlich schwarz, teils hell war. Außer ein paar aufgeworfenen Falten war nicht viel davon zu sehen. Dazwischen schaute irgendwas heraus.

Um einen besseren Sichtwinkel zu haben, trat er ein Stück nach links, wo keine Kübelpflanze stand. So war er ohne Deckung, wenn Ulf zum Wintergarten aufsah. Das war im Augenblick nicht zu erwarten. Er stand mit hängenden Schultern da und starrte still auf das Loch.

Freddy zoomte die Vertiefung noch näher heran. Der Winkel war auch hier nicht optimal, aber er sah, dass die Folie ein Stück von etwas Größerem, Länglichem war, das teilweise mit Erde bedeckt war. Obenauf lagen dicht beieinander zwei dünne weiße Stäbe. An ihrem einen Ende lagen Kiesel und eine Art Fächer mit feiner Gliederung. Es schien einiges verrutscht. Dennoch – die Form war unverkennbar.

Ein nie gekanntes Entsetzen ergriff Freddy. Gänsehaut überzog seinen Körper. Er vergaß, auf den Auslöser zu drücken, und hätte es auch nicht gewollt. Ulf trat einen Schritt vor. Das Display zeigte sein blaues T-Shirt und das Grün des Gartens.

Reglos verharrte Freddy an der Fensterfront, ohne die Kamera zu senken. In seinem Kopf war das, was er gesehen hatte, wie abgelichtet. In der Grube lagen die Knochen eines Arms und einer Hand. Dort unten ruhte ein Skelett.

***

Pilar hörte einen Aufschrei. Ein lang gezogenes, verzweifeltes »Neiiin« aus dem vorderen Teil des Gartens. Sie spähte an dem Polster vorbei durch das rückwärtige Fenster der Hütte. Johann, der gerade die Hacke benutzte, hielt in der Bewegung inne und blickte in die Richtung, aus der der Schrei gekommen war.

»Ulf?«, rief er. »Hast du dich verletzt?«

Eine Antwort blieb aus. Johann schien von Unruhe gepackt. Er legte die Hacke ab, ergriff sie wieder und eilte damit los.

»Warte, ich komme!«

Was war passiert? Pilar öffnete die Tür vollständig und beugte sich vor. Aber das reichte nicht, die Zweige der Eibe waren ihrem Blick im Weg. Sie musste die Hütte verlassen.

Beim ersten Schritt nach draußen vernahm sie Ulfs Stimme: »Schau dir das an, Johann.«

»Hast du es gefunden, Ulf?«

»Ich sag: Schau dir das an.«

»Du weißt, was ich meine – hast du es?«

Ulf stöhnte laut. »Mir dreht sich alles.«

Inzwischen war Pilar bis an die Eibe herangekommen.

»Verdammt, Ulf, da!«, schrie Johann in scharfem Ton. Er stand auf dem Weg und deutete zum Haus, er schien jetzt völlig außer sich. »Am Fenster steht einer! Das Arschloch filmt!«

Ulf reagierte nicht. Er torkelte über die Buchsbaumhecke hinweg und sank auf die Wiese nieder.

»Der muss weg! Weg!« Johanns Stimme war verzerrt, sie enthielt nichts von dem vollen, angenehmen Ton, den Pilar kannte, sie klang explosiv, signalisierte Unberechenbarkeit und Gefahr. »Das verdirbt mir keiner! Das nicht!«

Er stürzte los und raste in den Hof.

Pilar überlegte nicht, ob es klug war, sich zu zeigen. Mit dem Filmer konnte nur Freddy gemeint sein! Er sollte für seine Deckung sorgen, warum hatte er nicht aufgepasst?

Sie verließ den Schatten der Eibe und sah Johann den Hof überqueren. Trotz der langen Hacke, die an seiner Seite schwang, schien er unglaublich schnell. Als er im Kellereingang verschwand, begann Pilar zu rennen.

»He, Gogo!«, rief Ulf aus dem Gras. »Wo kommst du her?«

»Gartenhaus putzen. Schmutzig.«

Sie wollte an Ulf vorbeisausen und nicht zur Seite schauen, tat es dann aber doch. In der Grube lag faltige Plastikfolie. Was war das Helle? Sie stoppte. Knochen. Knochen! Reste eines vergrabenen Hundes. Wirklich? Elle und Speiche, kleinere Knochen in vertrauter Anordnung, wenn auch auseinandergefallen. Kein Hundebein. Eine Hand, ein Arm. Pilar überlief es kalt. Es drängte sie, länger stehen zu bleiben, irgendwas zu sagen. Aber noch stärker spürte sie, dass sie weiterlaufen musste.

»Komm mit, Ulf, schnell!« Sie rannte wieder los.

»Seid ihr alle verrückt geworden?«, rief er ihr nach. »Hier liegt ein Mensch begraben! Ist das für euch normal?«

Sie hätte es erklären müssen. Ulf verstand nicht, worum es ging. Doch mit Erklärungen hätte sie Zeit verloren. Sie spürte die Gefahr, die von dem Schauspieler ausging, als röche sie den Atem einer Raubkatze. Und Freddy ahnte nichts, konnte nur einen laufenden Mann mit Hacke gesehen haben. *Der muss weg* – das konnte er durchs geschlossene Fenster nicht gehört haben.

Da war die Eisentreppe, die direkt zum Wintergarten hinaufführte, wo Freddy sich befand. Pilar preschte die Stufen hoch. Sie versuchte, durch das spiegelnde Glas der Tür zu blicken, sah aber nur Blumenkübel, einen Ohrensessel und ein Tischchen mit geschwungenen Beinen. Sie drückte die Klinke herunter – vergeblich.

»Die ist abgeschlossen«, hörte sie Ulfs Stimme aus dem Garten. »Was willst du da, Gogo?«

Von drinnen vernahm sie ein Geräusch wie beim Holzhacken. Hoffentlich war es nicht Freddy, der dort zerhackt wurde, lieber Gott, bitte ... Pilar lief die Eisenstufen hinunter, stieß sich den Knöchel am Geländer und blieb mit der Tasche der Cargohose an einer schnörkeligen Strebe hängen, was sie zum Stehenbleiben zwang. Mit flatternden Fingern löste sie den Stoff. Kostbare Zeit verloren!

Am Fuß der Treppe angekommen, raste sie durch die offen stehende Tür in den Keller und zur grauen Holztreppe, bog im Hausflur um die Ecke, rammte sich am Garderobenständer den anderen Knöchel, lief weiter und riss die Tür der Gästewohnung auf.

Oh nein ... Sie wusste nicht, ob sie zurückweichen oder zu Hilfe eilen sollte, tat zwei Schritte in den Raum und blieb stehen.

Auf dem Parkettboden vor ihr lagen verstreute Kleinteile eines Handys und einer Brille. Der Tisch lag umgekippt auf seiner Längskante, und hinter der Platte, die ein paar Kerben aufwies, hockte Freddy. Von seiner Stirn rann Blut über sein kalkweißes Gesicht, die Schulterpartie seines Hemdes war tiefrot. Den Rest seines Körpers konnte sie nicht sehen.

»Freddy ...«

Pilar erkannte sofort ihren Fehler: Sie war zu weit in den Raum getreten. In ihrem Rücken flog die Tür ins Schloss. Johann hatte dahinter gelauert. Das Stahlblatt der Gartenhacke schoss auf ihren Kopf zu. Pilar machte einen Satz zur Seite. Die Hacke traf das Parkett, die Kante des Blatts fuhr ins Holz und blieb darin stecken.

Panisch sah Pilar sich um. Auf Freddy, der hinter den Tisch gesunken war, konnte sie nicht zählen. Sie hätte nicht hereinkommen dürfen. Sie hätte draußen bleiben und die 110 wählen müssen, den Notruf der Polizei. Ohne Waffe konnte sie nichts gegen den Angreifer ausrichten. Mit der langstieligen Hacke würde er sie überall erreichen.

Sie kannte sich hier nicht aus, alles schien in Unordnung. Dort war die Tür zum Nebenzimmer, von dem eine Kochnische abzweigte. Dahin, entschied sie. Jede Küche ist ein Arsenal an Spitzem,

Scharfem und Gezahntem, mit dem man sich verteidigen kann. Sie hechtete auf die Nische zu, übersah eine Falte der Perserbrücke und flog der Länge nach hin.

Johann hatte die Hacke aus dem Parkett gezogen. Er schwang sie in rasender Geschwindigkeit um sich herum. Pilar rollte sich über den Boden. Das Metall ging nieder, wo sie eben noch gelegen hatte.

Er hat Evelyn umgebracht, schoss es ihr durch den Kopf. So wie er uns umbringen will. Warum? Was treibt ihn? Worum geht es?

Sie rappelte sich auf. Vielleicht konnte sie doch noch … Ein Krachen hielt sie zurück. Die Hacke fuhr in die Bodenstanduhr. Der schmale hohe Kasten kippte in Pilars Richtung und landete schräg in der Türöffnung. Die Holzspäne richteten sich auf wie Stacheln.

Keine Chance, zum Waffenlager in der Küche zu gelangen. Sie hätte nicht einmal gewusst, ob sie ein Fleischmesser oder einen Grillspieß sicher führen konnte. Knie und Hände zitterten, ihr Herz schien zerspringen zu wollen. Gewalttätige Menschen hatte Pilar schon erlebt, aber dieser Mann war ein Rasender im Wahn einer fixen Idee.

Die Hacke schwang wieder heran. Glasscherben knirschten unter Johanns Schuhen. Pilar war in eine Enge geraten, rechts ein Sessel, links die Zimmerecke und die Vitrine, deren Glas in Splittern den Boden bedeckte, in ihrem Rücken die umgekippte Standuhr. Sie riss ein Ölbild von der Wand und hielt es als Schutzschild vor sich. Die Hacke würde die Rheinlandschaft zerteilen wie Pappe. Sie spähte am Rand des vergoldeten Stuckrahmens vorbei.

Freddy war hinter Johann aufgetaucht und stieß ihm die Spitze eines Schirms in die Seite. Johann brüllte auf und ließ die Hacke fallen.

Pilar schmiss das Ölbild hin, warf sich nach vorn, bekam den Stiel der Hacke zu fassen und hob sie an. Das alte Ding war schwerer, als sie gedacht hatte. Sie nahm den Stiel in beide Hände und schwang das Stahlblatt hoch. Freddy stand mit erhobener Schirmspitze auf Johanns anderer Seite. Jetzt konnten sie es schaffen. Sie mussten die Situation in den Griff kriegen.

Die Tür flog auf.

»Verdammte Kacke, was soll das?« Ulf blickte ungläubig auf das Schlachtfeld.

»Da hast du es, Ulf«, tobte Johann, »die wollen mich umbringen! Genau wie die Frau, die hier unten wohnte!«

Ein Satz, und Ulf hatte Pilar die Hacke entrissen. Sie taumelte und konnte sich nicht halten.

»Er lügt!«, rief Pilar, während sie stürzte. »Es ist andersherum!« Sie fühlte Glassplitter in die Haut ihres Unterarms eindringen.

Freddy ließ die Schirmspitze sinken. »Er hat mich …« Weiter kam er nicht.

Ulf hielt die Hacke über seinen Kopf, während Johann einen riesigen Messingleuchter ergriff, in dessen Mitte ein langer, spitzer Dorn saß.

»Noch ein Wort, und die geht runter.« Ulf ließ das Stahlblatt eine Handbreit tiefer sinken. »Das gilt auch für dich, Gogo. Nothilfe für meinen Freund.«

Pilar rührte sich nicht. Sie wagte kaum, zu atmen. Über ihr schwebte der Messingleuchter in Johanns Hand, bereit, ihr den Schädel zu zertrümmern.

***

Es hatte Thomas Beharrlichkeit und Kraft gekostet, aber er hatte sein Ziel erreicht: Widerstrebend hatte Marion alles zugegeben. Ja, sie habe sich bei Isabell als Schwester einer Schulfreundin ausgegeben, um Informationen aus ihr herauszuquetschen, Haus und Garten zu erforschen und an die Schlüssel zu gelangen, und nein, Bernhard habe Thomas nichts schenken wollen, sondern einen sicheren Ort für sein Vermögen gesucht, und Isabell hätte es nicht wehgetan, das Gold nicht zu bekommen, weil sie nichts davon wusste. »Wir bringen Frau Troschert die Schlüssel zurück«, hatte Thomas bestimmt. Auf Marions Erwiderung, sie habe sie verloren, hatte Thomas den Bund aus ihrer Handtasche gefischt und die Bemerkung, dass sie schon wieder lüge, heruntergeschluckt.

Nun waren sie unterwegs. Keine dreißig Meter vom Haus entfernt fanden sie einen Parkplatz. Doch auf dem Bürgersteig wurde Marion immer langsamer und blieb schließlich stehen.

»Wie soll ich es ihr erklären? Sie wird mich umbringen.«

»Es hat keinen Sinn, es aufzuschieben. Da müssen wir durch.«

Marion ging keinen Schritt weiter. Er legte eine Hand in ihren Rücken, um sie sanft vorwärtszuschieben.

»Und dann war da noch was«, sagte sie.

»Noch was«, wiederholte er monoton.

»Ich hab es dir nicht gesagt.«

»Du hast mir so manches nicht gesagt.«

»Es ist was anderes. Da liegt einer begraben.«

»Wo?«

»In dem Beet. Ich bin mit dem Spaten dagegengestoßen und hab gedacht, es wäre ein Stück Holz oder so was. Aber es waren Knochen. In einem kaputten Sack.«

Thomas schloss die Augen. Deshalb hatte sie die Grube so hektisch zugeschüttet. Und sie hatte kein Wort gesagt und ihn erneut belogen! Was bedeutete er ihr noch? Der Riss in ihrer Beziehung wurde tiefer und tiefer.

Er sah sie an. »Warum hast du nichts gesagt?«

»Ich konnte nicht. Es war gespenstisch.«

»Wir hätten es sofort der Polizei melden müssen.«

»Um der auf die Nase zu binden, dass ich die Schlüssel geklaut habe und scharf auf eine fremde Kiste Gold war? Nee, danke. Ich wäre vor Gericht gelandet, und mein Professor hätte mich gefeuert, der ist nur fürs Korrekte.«

»Mensch, Mari!«, fuhr Thomas sie an. »Wenn ein Toter im Garten liegt, geht es um Mord! Und du denkst an deinen Job!«

»Sei still – ich war völlig durch den Wind! Die zerbröckelte Hand ist mir nicht mehr aus dem Kopf gegangen. Das ist die Strafe, hab ich gedacht.«

Thomas seufzte. »Komm. Bring es hinter dich.«

»Nein. Nicht jetzt. Da steht einer. Vor ihrer Haustür. Und wenn sie Besuch hat, sag ich kein Wort. Und du sagst bitte auch nichts.«

Der Mann, der vor dem Haus stand, von dem sie nur noch wenige Meter trennten, war groß, hatte einen gewölbten Bauch, einen Bart und volles grauweißes Haar, das einmal dunkel gewesen sein mochte. Er trat von der Tür zurück und blickte zu den Fenstern des ersten Stocks empor. Dann sah er auf das Handy in seiner Hand und schüttelte den Kopf.

Marion setzte sich in Bewegung, sie wollte anscheinend rasch vorbeigehen. Thomas ergriff ihre Hand und zog sie zur Tür.

»Keiner da?«, fragte er.

»Jedenfalls macht niemand auf. Wollen Sie auch zu Isabell?«

»Nein«, sagte Marion.

»Ja«, sagte Thomas.

Die gegensätzlichen Antworten schienen den Mann nicht zu irritieren. »Ich bin Isabells Schwager, Richard Scholz. Meine Frau muss schon seit Stunden bei ihrer Schwester sein. Und hat ihr Handy ausgestellt, ich versteh das nicht. Die Nummer der Schwester hab ich nicht gespeichert. Haben Sie die?«

»Zu Hause irgendwo. Wir wollten jetzt nur die Schlüssel zurückbringen.« Thomas griff in seine Jackentasche. »Die können wir in den Briefkasten werfen.«

»Reicht ja«, meinte Marion. »Dann gehen wir.«

»Um einen Anruf und eine Entschuldigung kommen wir nicht herum«, sagte Thomas.

Scholz warf der alten Tür mit dem Schnitzwerk einen grimmigen Blick zu. »Und wofür hab ich im Büro so früh Schluss gemacht? Ich wollte mit meiner Frau Kaffee trinken und spazieren gehen, wir haben heute Kennenlerntag, das hat sie wohl vergessen.«

Thomas hob die Klappe des Briefkastenschlitzes an und schob den Schlüsselbund hindurch.

»Halt.« Scholz' Arm schnellte vor. »Geben Sie die mir.«

Thomas' Finger hatten sich bereits vom Ring gelöst. Mit einem doppelten Klickern fiel der Bund in den Kasten an der Innenseite der Tür.

»Tut mir leid. Wenn Sie das zwei Sekunden früher gesagt hätten …«

»Ich habe zu spät begriffen, dass es Schlüssel zu diesem Haus sind.«

»Nur die vom Keller.«

»Mit denen wäre ich immerhin reingekommen und hätte nachschauen können, ob meine Frau im Garten ist. Sie wollte dort irgendwas machen.« Scholz blickte auf die Messingklappe. »Ärgerlich.«

»Warten Sie. Ich bin gleich wieder da.« Plötzlich war es Thomas ungeheuer wichtig, dem Schwager der Frau Troschert zu helfen, damit er seinen Kennenlerntag noch feiern konnte. Er eilte zum Auto und öffnete den Kofferraum. Marion folgte ihm.

»Lass uns fahren«, raunte sie ihm zu.

»Die Zange und der Schraubenzieher sind zu kurz«, murmelte er, während er in der Werkzeugtasche kramte.

»Willst du ihm die Schlüssel aus dem Briefkasten fischen?«, zischte sie. »Du weißt nicht mal, ob es stimmt, dass er der Schwager ist. Oder Isabell hasst ihn wie die Pest und macht deshalb nicht auf. Halt dich da raus!«

»Ah, schon gut!«, hörte er die Bassstimme des Schwagers herüberschallen. »Ich hab was!«

Thomas schloss den Wagen und ging zurück zur Haustür.

»Gelobt seien die Platanen«, rief Richard Scholz. »Sogar auf einer blank gefegten Straße wie dieser liegt schon mal ein Stöckchen!«

Mit der einen Hand hielt er die Klappe hoch, mit der anderen führte er einen gekrümmten Zweig darunter her und stocherte im Briefkasten. Nach einer Weile zog er den Ast vorsichtig heraus. Es klimperte an der Einfassung des Schlitzes, und schon erschien der Ring mit den beiden Schlüsseln unter der Klappe. Scholz griff danach und lachte wie ein Kind beim Angelspiel.

»Na, dann wollen wir mal. Kommen Sie mit? Dann brauchen Sie Isabell nachher nicht anzurufen, Sie wollten sich doch für irgendwas entschuldigen.«

Der Blick aus den kleinen braunen Augen kam Thomas so spöttisch vor, dass er fast sicher war, dass der Mann über die peinliche Geschichte Bescheid wusste.

Marion, die wieder neben ihm stand, zupfte ihn am Ärmel. »Die Kinder kommen gleich nach Haus, Tommy.«

Scholz stieg die Kellertreppe hinunter und schloss die Eisentür auf. »Wo ist hier das Licht?«

Thomas eilte die Stufen hinunter. »Links an der Wand.« Er fand den Schalter schnell.

»Mensch, Tommy!«, nörgelte Marion von oben.

Thomas glaubte, im Haus ein Geräusch zu hören. »Irgendwer scheint da zu sein«, sagte er, vernahm aber nur noch das Klappern von Marions Absätzen. Leise motzend folgte sie ihnen durch den kleinen Flur, vorbei an der nach oben führenden Holztreppe, in den hellen Kellerraum an der Gartenseite. Die Tür mit dem querovalen Fenster stand offen.

»Sie sind noch draußen«, meinte Scholz.

Über ihren Köpfen polterte es. Sie erstarrten alle drei und sahen einander an. Eine brüllende Männerstimme jenseits der Decke. Ein rumpelndes Getöse, etwas Schweres fiel um.

Richard Scholz begriff als Erster.

»Rauf! Wir müssen da rauf!«

***

Vor nichts und niemandem hatte Freddy mehr Angst als vor Menschen, die der Wahnsinn trieb. Dass dieser Rasende nun auch noch einen anderen überzeugt hatte, ihm zu helfen, war das Schlimmste, und die Chance, an den beiden vorbei zur Tür zu kommen, um Hilfe zu holen, war gleich null.

Aber den Moment, in dem Ulf zu Pilar hinüberschaute, konnte Freddy nutzen. In zwei Sprüngen gelangte er zurück hinter den umgekippten Tisch.

»Keine Bewegung, hab ich gesagt!«, brüllte Ulf.

Er hechtete mit erhobener Hacke hinter Freddy her, ließ das Werkzeug fallen und packte ihn von hinten an den Schultern. Freddy wehrte sich mit einem Arm, der andere war nicht zu gebrauchen, er tat höllisch weh. Mit festem Griff zwang der Pfleger ihn in die Knie und presste ihn zu Boden.

Freddy stemmte sich gegen den Tisch. Der bot keinen Halt, gab nach und rutschte auf der Kante über das Parkett bis kurz vor die Tür. Fluchtweg endgültig abgeschnitten.

Ulf war noch über ihm und stieß ihm eine Faust in den Rücken. Japsend lag Freddy auf dem Bauch. Ulf schien abgelenkt, er zerrte einen langen Schal von einer Stuhllehne. Freddy kam wieder auf die Knie. Im Nu schlang sich die dünne Seide um seine Arme und seinen Oberkörper und band ihm die Ellenbogen an den Rippen fest. Dem Pfleger gelang das so schnell, als sei er das Fesseln gewohnt. Die Enden verknotete er zwischen der Tischplatte und dem kantigen Wulst eines Tischbeins, das Freddy schmerzhaft in die Seite drückte.

Was Freddy die Kehle zuschnürte, war aber etwas anderes, auch wenn er es ohne Brille unscharf sah: Pilar rührte sich nicht. Sie lag auf dem Bauch, das Gesicht am Boden. Vermutlich hatte sie der Leuchter getroffen.

»So!« Ulf hob die Hacke auf und lehnte sie an die Wand. »Jetzt rufen wir die Polizei.«

Johann schrie auf. »Bist du wahnsinnig?«

»Was denn sonst? Die zwei wollten dich umbringen.«

»Wehe, du rufst die Polizei!« Johann schnellte auf die Hacke zu und ergriff sie.

»Willst du Selbstjustiz üben? Ohne mich. Ich hab dir geholfen, dich zu retten, nun ist die Polizei dran.«

Johann hob die Hacke in Schulterhöhe an. »Lass das Handy stecken! Ich will den Schatz. Den bekomme ich.«

Ulf zog seine Hand von der Hosentasche zurück. »Stopp mal – wen willst du?«

»Jahrzehntelang hab ich gezahlt, bloß um hier wohnen zu dürfen. Und ich hab nicht nur gewohnt. Ich hab dem Bernhard den Rasen gemäht, alles repariert und fürs Haus gesorgt, wenn er verreist war. Für nichts hab ich das gemacht! Für nichts, hörst du? Und wir hatten immer wenig, Lore und ich. Jetzt hol ich mir den Lohn.«

Ulf runzelte die Stirn. »Welcher Bernhard?«

»Isabells Vater, der frühere Hausbesitzer. Hat sich vor einer Ewigkeit vom Acker gemacht. Aber jetzt ist Zahltag!«

»Und was ist das für ein Schatz, auf den du scharf bist?«

»Das Gold, das Bernhard im Garten vergraben hat.«

»Was hat der?«

»Ulf, das hab ich doch von dir gehört! Und du hast es von dem Alten im Martinsheim.«

»Oh Mann …« Ulf stöhnte, sein Gesicht lief rot an.

»Seit gestern hab ich auch den Plan dazu. Er war im Schreibtisch, wie du gesagt hast. Schwer zu finden, ich hab oft gesucht.«

»Nee, so was!« Ulf stieß ein bitteres Lachen aus. »Stell die Hacke weg, Johann. Mach schon, runter damit.«

Johann senkte das Stahlblatt auf den Boden, hielt den Stiel aber fest.

»Hör zu: Ich hab euch die Story erzählt, weil ich selten so einen Blödsinn gehört habe und es lustig fand. Mal was Spaßiges im grauen Alltag. Gold vergraben im 20. Jahrhundert, wer macht denn so was? Der alte Paul, aus dem das raussprudelte, ist wirr im Kopf und sieht zu viel fern. Verdammt, Johann, das konntest du doch nicht für bare Münze nehmen!«

Johann stieß einen zornigen Zischlaut aus. »So was sagt nur einer, der Bernhard nicht gekannt hat. Der hat niemandem vertraut, nicht den Banken, nicht der Politik, nicht den Amis, nur seinem Garten. So war er. Lore meint das auch. Sein Gold ist in der Erde, da kannst du Gift drauf nehmen. Uns war sofort klar, dass alles stimmt. Und die zwei da …«, Johann deutete erst auf Freddy, dann auf die am Boden liegende Pilar, »… die wissen es auch, die wollen es uns wegschnappen, diese angebliche Putzfrau und der …«

Er brach ab und fuhr zur Tür herum, Ulf ebenso. Draußen war jemand. Die Hacke schwang wieder hoch.

Auf dem Parkett knirschte es. Langsam öffnete sich die Tür. Stück für Stück drückte sie die Tischplatte vor sich her und schob Freddy mit. Wer diesen Kraftakt zustande brachte, konnte er nicht sehen.

»Oh Gott …«, raunte jemand auf der anderen Seite.

Johann näherte sich der Öffnung. Das breite Blatt der Hacke schien bereit, jeden Eindringling zu zerschmettern.

»Vorsicht!«, warnte Freddy.

Was sich durch den Türspalt schob und ihn allmählich verbreiterte, war für Freddys kurzsichtige Augen erst nach und nach erkennbar: eigenartig gekrümmte, wie eine Krone angeordnete Haken aus schwarzem Gusseisen drangen in den Raum. Sie schlugen die erhobene Hacke nieder und griffen nach Johanns Brust. Er wich zurück. Die Haken trieben ihn weiter auf die linke Zimmerecke zu.

Es war der Garderobenständer aus dem Hausflur. Dahinter tauchten Richard und ein jüngerer Mann auf. Sie hielten den Ständer wie einen Speer und trugen ihn unerbittlich vorwärts. Johann taumelte, stürzte und fiel rücklings zu Boden. Freddy sah von ihm nur die Faust, die in die Höhe schnellte.

»Das werdet ihr mir büßen!«

»Unsinn«, knurrte Richard. »Die Polizei muss gleich hier sein.«

Die Polizei. Ein fast vergessenes Zauberwort. Der umsichtige Richard! Zu einer Zeit, in der man ihn im Büro wähnte.

Aus großer Ferne waren die Sirenen der anrückenden Fahrzeuge zu hören. Doch Freddy konnte nicht befreit aufatmen. Er sah, dass es Richard offenbar genauso ging. Was war mit Pilar? Sie lag noch immer reglos am Boden.

***

Isabell saß in einem Café unter den Bäumen am Kaiserplatz. Es war ein Maitag, wie man ihn sich wünschte. Der Milchkaffee war hervorragend, und Isabell trank bereits die vierte Tasse. Vor ihr stand ihr Laptop. Sie arbeitete an dem Exposé für die Biografie der Witwe Walburga Überlinger. Das hatte lange Zeit gut geklappt, aber seit einigen Minuten war sie unruhig. Sie hatte sich sowohl Pilars als auch Freddys Handynummer geben lassen und schon zweimal versucht, sie zu erreichen, aber bei beiden schaltete sich nur die Mailbox ein. Auch wenn Isabell sich nicht viel von Pilars Idee versprach, wollte sie gern einen Zwischenstand erfahren, am liebsten die Nachricht: *Hier ist absolut nichts.* War sie zu ungeduldig? Würde es länger dauern, womöglich tagelang? Die Aktion störte sie, sie wollte ihren ruhigen Alltag zurückhaben.

Als die Kellnerin an ihrem Tisch vorbeikam, zahlte Isabell ihre Rechnung. Was sprach dagegen, nach Hause zu gehen? Zwar hatten sie verabredet, dass sie sich erst nach Pilars Anruf auf den Weg machen sollte, aber nachdem mehr als drei Stunden verstrichen waren, fand sie das aufgezwungene Warten unzumutbar. Und schließlich müsste der grabende Ulf nicht merken, dass sie heimkam, wenn sie sich rasch in ihr Arbeitszimmer zurückzöge.

Sie erhob sich und ging an der Rasenfläche des Platzes dem Rauschen entgegen, das den Lärm des Straßenverkehrs fast überdeckte und von einem Springbrunnen herrührte, dessen Wasser über drei flache Marmortische rann. Die Sonne ließ das vergoldete Gitter am Balkon des Residenzschlosses aufglänzen, und eine Tür stand offen, als wäre der Kurfürst eben erst hineingegangen, nachdem er die Aussicht über den leicht abfallenden Platz und die dahinter ansteigende Allee bis zu seinem Landschloss und dem Kreuzberg genossen hätte.

Isabell wandte sich um, als müsse auch sie sich wieder der Vollkommenheit der Anlage bewusst werden. Vor dem runden Kaiserbrunnen, an dem sie sich einst nach Schulschluss mit Freunden getroffen hatte, zog eine Touristengruppe vorüber, dahinter durchquerten die roten Waggons eines Zuges die grüne Kulisse.

Ihr Blick wanderte zum Bücher-Karren, dem Antiquariat im Freien. Früher waren es drei gewesen, und sie erinnerte sich daran, dass ihr Vater niemals über den Kaiserplatz gegangen war, ohne in den Holzkästen der Buden gestöbert zu haben; *nur zwei Minuten*, lautete seine Ankündigung, und nach einer Stunde trug er zufrieden einen Stapel Bücher nach Hause.

Isabell schlenderte halb um den Karren herum, nahm einen Roman aus einem der Kästen, blätterte und steckte ihn wieder zurück. Sie entdeckte noch andere Titel, die sie hätten interessieren können, aber sie konnte sich nicht darauf einlassen, sie war nicht in der richtigen Stimmung. Als sie aufschaute, um weiterzugehen, fiel ihr der dunkelblonde Haarschopf eines Mannes ins Auge, der sich über eine andere Bücherkiste beugte und seine eckige Brille zurechtrückte. Ein kleiner Blitz durchfuhr sie und lähmte sie sekundenlang.

Der Mann hob den Kopf.

»Hast du ›Tod und Teufel‹ gelesen?«

»Ich besitze das Buch«, antwortete sie, verblüfft, dass er so tat, als hätten sie sich eben noch gesehen und nicht vor knapp zwei Wochen. Als hätten sie niemals eine Meinungsverschiedenheit gehabt, die darin gipfelte, dass sie seine Sachen dem Sperrmüll zugeführt hatte …

»Kannst du mir das Buch leihen? Dann brauch ich es mir nicht zu kaufen.«

»Gern.«

»Wann kann ich vorbeikommen?«

Was für ein Trick! Sie fühlte ihr Herz bis zum Hals pochen und war um eine Antwort verlegen. Ihre mangelnde Coolness ärgerte sie. Womöglich hatte er sie schon eine Weile beobachtet und sich in aller Ruhe überlegt, wie er sie ansprechen könnte.

»Im Moment ist es etwas kompliziert«, erwiderte sie.

Er grinste sie an. Falls er überhaupt etwas von der Toten an der Reichsstraße wusste, schien ihm nicht bekannt zu sein, dass sie Isabells Hausgenossin gewesen war.

»Dann lieber, wenn es einfacher ist. Wann wäre das?«

»Komm, wenn es dir selbst gut passt.«

»Das könnte bald sein.« Er nickte ihr zu. »Ich freu mich.«

Sie fühlte sich überrumpelt und glücklich zugleich. Dieser Gunter! Verwirrt verließ sie den Kaiserplatz, ging am Hofgarten entlang und an der Kreuzkirche vorbei, die sie seit ihrer Konfirmation nicht mehr betreten hatte, folgte der Lennéstraße und bog dann in die Weberstraße ein. Beide gehörten früher zu ihrem Weg zur Schule, Jugendgruppe oder Eisdiele, und dennoch fühlte sie sich seltsam fremd hier. Die Menschen waren andere als früher, auch die Atmosphäre war verändert, heiterer, jünger, lebhafter, aber eben nicht wie früher.

Als Isabell auf der Adenauerallee ungefähr die Hälfte der Strecke zwischen der Kreuzung und ihrem Haus zurückgelegt hatte, bemerkte sie auf dem Bürgersteig Vorgänge, die ihren Atem schneller gehen ließen. Erst sah sie nur Blaulichter, dann erblickte sie Polizeiautos sowie einen Notarzt- und einen Rettungswagen, dessen Hecktüren geöffnet waren. Im ersten Moment dachte sie, es handele sich um einen Verkehrsunfall, aber im Näherkommen wurde ihr klar, dass das Unglück sich in einem der Häuser abgespielt haben musste. Auf die Entfernung konnte sie nicht sehen, welches Haus es war und ob die Gestalt, die die Sanitäter auf einer Trage in den Rettungswagen schoben, jemand war, den sie kannte.

Bitte nicht bei uns, schoss ihr durch den Kopf, während ihre Schritte schleppender wurden. Sie ahnte, dass die Bitte vergeblich war, sie sah bereits die weit offen stehenden Flügel der hohen Haustür und davor ein halbes Dutzend uniformierter Polizisten. Sie hatten einen schmalen Durchgang für Passanten gelassen. Ein Beamter winkte sie hindurch.

»Nein, ich muss … Ich muss in dieses Haus.« Der Kloß in ihrem Hals ließ kaum mehr als ein Flüstern zu.

»Das geht leider nicht. Kommen Sie später wieder«, entgegnete der Polizist.

Etwas Schreckliches musste passiert sein. Isabell versuchte, äußerlich ruhig zu bleiben.

»Aber ich wohne dort. Ich bin die Eigentümerin des Hauses.«

»Oje«, entfuhr es dem Polizisten. Er zog ein bekümmertes Gesicht, als hätte er eine Beileidserklärung auf den Lippen. »Warten Sie hier bei mir.« Er wandte sich an eine jüngere Kollegin. »Daniela, sagst du denen da drinnen Bescheid? Die Hauseigentümerin ist da.«

Die junge Frau verschwand im Hausflur. Isabell sah sich gezwungen, neben dem Polizisten stehen zu bleiben. Der Rettungswagen fuhr ab, ohne dass sie wusste, wer darin lag. Wahrscheinlich Lore. Hatte sie einen Selbstmordversuch unternommen? Isabell wusste, dass Lore es als junge Frau mit dem Gas des Küchenherds versucht hatte.

»Was ist passiert?«, brachte sie heiser hervor.

»Augenblick«, sagte der Polizist und hielt seinen Arm wie eine Sperre vor sie.

»Warum darf ich nicht rein?«

»Augenblick«, wiederholte er.

Isabell sah dem Rettungswagen nach, der in Richtung Bundeskanzlerplatz verschwand. Das Notarztauto folgte ihm. Aus dem Haus hallte aufgebrachtes Schimpfen. Sie wandte sich um. Zwischen zwei Uniformierten kam Johann durch die Tür. Er trug Handschellen, und sein Aussehen war grauenhaft. Die Haare standen nach allen Seiten ab, seine Augen quollen hervor, sein nass geschwitztes Hemd war aufgerissen und hing ihm aus der Hose.

Er hat Lore geschlagen, dachte Isabell. Oder versucht, sie zu töten. Ein Mann, der seine kranke Frau so rührend pflegte wie er, konnte irgendwann am Ende seiner Moral und seiner Kraft sein.

»Das sind Idioten!«, rief er Isabell entgegen. »Ich hab die Frau nicht abgemurkst, sie hat mich am Schreibtisch gesehen, und jetzt bin ich der Mörder, wie komm ich dazu? Weil die was auf einen Scheißzettel gekritzelt hat?«

»Schluss jetzt«, raunzte einer der Polizisten, der Johann mit Hilfe seines Kollegen mehr zog als führte.

Welche Frau, welcher Schreibtisch – der ihres Vaters? Was hatte er gesucht, was gefunden? Hatte Evelyn ihn ertappt, hatte er sie umgebracht? Kaum zu glauben, aber so, wie er jetzt aussah, immerhin denkbar.

Ein Polizeiauto fuhr mit Johann davon. Isabells Ungeduld wuchs. Ihr Haus war kaum noch ihr Haus, es war ein Tatort. Sie wollte es endlich genau wissen. Hinter sich hörte sie ein weiteres Fahrzeug auf den Bürgersteig rollen. Sie drehte sich um.

Auf das, was sie erblickte, war sie nicht gefasst. Sie schwankte, der Polizist neben ihr nahm ihren Arm. Ein paar Meter vor ihr hielt der schwarze Wagen eines Bestattungsinstituts.

***

Sie schienen überall zu sein. Im Parterre war man noch nicht fertig, ebenso wenig im Garten, wo Spurensicherer in weißen Schutzanzügen, eine Fotografin, uniformierte Polizisten und Beamte in Zivil rund um die Grube im alten Staudenbeet beschäftigt waren. Sicherlich war auch ein Rechtsmediziner dabei, so genau wusste man das hier oben im ersten Stock nicht, hier führten die Kriminalkommissare erste Gespräche.

Frau Ahrbrück informierte Isabell, die blass in der Sofaecke lehnte und leicht benommen wirkte, über das Vorgefallene. Eine junge Beamtin und ein älterer Kommissar hatten das Wohnzimmer verlassen, um Lore von Johanns vorläufiger Festnahme zu unterrichten. Für die Kranke sollte ein mobiler Pflegedienst beauftragt werden, weil man damit rechnete, dass ein richterlicher Haftbefehl erlassen und Johann nicht so bald zurückkehren würde. Ulf hatte sich bereit erklärt, einen Teil der Pflege zu übernehmen, soweit er freie Zeit habe, er kenne Lore Hochscheitel seit mehr als zwanzig Jahren.

In der Küche hatte Richard Kaffee und Tee gekocht. Marion trug das Tablett mit den gefüllten Tassen ins Wohnzimmer und schien bemüht, ihre Augen keinen Moment von der schwankenden Oberfläche der Getränke abzuwenden, um jeglichen Blickkontakt zu vermeiden. Sie verteilte die Tassen, ohne ein einziges Mal aufzusehen.

Thomas saß steif auf einem Jugendstilstuhl, als drückte ihn das gedrechselte Rankenwerk der Lehne im Rücken. Seine zusammengekniffenen Augen folgten den Bewegungen seiner Frau, bis sie wieder in der Küche verschwand.

Das sah nach Argwohn aus, sogar nach Abneigung, fand Pilar, die sich auf dem Sessel gegenüber niedergelassen hatte, erschöpft, aber bis auf ein paar Schrammen unversehrt. Sie hatte mehr Glück gehabt als Freddy, der mit dem Rettungswagen unterwegs ins Krankenhaus war, damit die Fleischwunde an seinem Arm medizinisch versorgt und genäht wurde. In Anbetracht der Umstände war auch er glimpflich davongekommen, nur seine Kamera, das Handy und die Brille waren hinüber. Ansonsten hatten vor allem das Parkett, die Wandvertäfelung und die Möbel Schaden gelitten.

Kommissar Möller rückte seinen Sessel näher an Pilars heran. Den Hergang des Geschehens hatte sie ihm und Frau Ahrbrück bereits geschildert und gleich zu Anfang die Geschichte von der Zeichnung auf dem gelben Zettel erwähnt. Sie hatte inzwischen vernommen, wie empört Johann darauf reagiert hatte.

»Die Frau Álvarez-Scholz hat es wieder geschafft, mit dem Schrecken davonzukommen«, spottete Möller und streckte seine langen Beine aus. »Verraten Sie mir Ihr Rezept.«

Pilar, die den Vorgeschmack des Todes noch auf den Lippen spürte, war für seine Witzelei nicht empfänglich.

»Ein Trick aus der Tierwelt«, erklärte sie. »Sich tot stellen.«

»Hoppla, das ist kreativ! Aber ein hübsches Risiko in der Menschenwelt, die für Perfektion bekannt ist.« Er pulte sich mit dem Zeigefinger ausgiebig im Ohr. »Ich habe Täter kennengelernt, die mit Wollust noch zehnmal draufhauten, obwohl ihnen klar war, dass ihr Opfer tot war. Das hätte Ihnen auch passieren können.«

Pilar musste ihm recht geben. Gut, dass Richard an den Kennenlerntag gedacht hatte! Ohne ihn hätte der Kampf nicht so bald ein Ende gefunden. Sie war dankbar und erleichtert und sogar zufrieden, weil mit dem rasenden Johann möglicherweise auch Evelyns Mörder gefasst war – man würde sehen.

»Ich hab dem Johann geglaubt, dass ihr ihn kaltmachen wolltet, und die Wut bekommen, tut mir leid«, schaltete sich Ulf ein. »Ich kenne ihn schon so lang, der war immer ein guter Kerl. Erst als er ausflippte, weil ich die Polizei rufen wollte, ging mir ein Licht auf. Man musste ja erst mal kapieren, dass es um das Gold ging.« Ulf lachte freudlos. »So viel Gewalt für was, das nur in seiner Einbildung existiert.«

»Warum bist du dir so sicher, dass es den Schatz nicht gibt?«, fragte Pilar.

»Gogo, der alte Teckelberg hat das nicht anders erzählt als die Filme, die ihn im Fernsehen aufregen. Die Story gefiel mir allerdings besser als der übliche Kram, und weil man oft nicht weiß, was man mit Lore reden soll, hab ich sie bei einem Bierchen zum Besten gegeben. Ohne den Namen Teckelberg zu erwähnen, versteht sich. Hab nur gesagt, dass der Typ, der seinen Zaster im Garten verbuddelt hat, angeblich Bernhard hieß und Angst vor Krieg hatte. Ich hab die Geschichte selbst noch ausgeschmückt, ein Schatzplan gehörte doch irgendwie dazu. Ich wäre nicht im Traum darauf gekommen, dass Johann hier zu wühlen anfängt. Was er gefunden hat, ist eher eine Skizze für die Gartengestaltung.«

»Mein Vater und Gold vergraben … Das kann ich mir einfach nicht vorstellen«, äußerte sich Isabell matt aus ihrer Sofaecke.

»Macht ja auch kein normaler Mensch«, meinte Möller. »Ihr Vater, Frau Troschert, war ein angesehener Journalist und ein gebildeter Mann, so einer vergräbt doch sein Vermögen nicht wie ein weltfremder Phantast. Das Geld kann in den Kassen organisierter Krimineller oder in Spionagekreisen gelandet sein. Oder er wurde erpresst. Wir wissen noch zu wenig. Aber wir arbeiten dran.«

Die Kommissarin warf ihrem Kollegen einen strengen Blick zu, vermutlich gingen ihr seine Äußerungen zu weit. »Frau Troschert«, sagte sie, »die Skizze, die Johann Hochscheitel im Schreibtisch Ihres Vaters gefunden hat und die möglicherweise als Lageplan gedacht war, ist auf der Rückseite eines Lederflickens aufgemalt. Wir haben ihn sichergestellt.«

Pilar unterdrückte ein Stöhnen. Linker Schreibtischblock, letzte Schublade. Die Nähsachen. Wahrscheinlich der Lederflicken mit den Kulistrichen, die sie für belangloses Gekritzel gehalten hatte. Obwohl sie doch wusste, dass Tierhäute im Mittelalter für alle möglichen Aufzeichnungen benutzt wurden … Sie hätte darauf kommen können. *Gestern*, hatte Johann gesagt, habe er den Plan gefunden. Sie hätte es verhindern können, wenn sie am Sonntag richtig hingeschaut hätte.

»Lageplan«, wiederholte Isabell. »Es fällt mir schon schwer, zu verstehen, dass er überhaupt mit dem Gedanken gespielt hat, sein Vermögen zu vergraben.«

Von der Küchentür her erklang dünnes Räuspern. »Den Bernhard versteht man, wenn man alle Briefe liest, die er an Paul geschrieben hat«, ertönte eine zaghafte Stimme.

Die Köpfe schwenkten herum, alle Blicke richteten sich auf Marion. Ihr Gesicht lief rot an. Die Äußerung musste sie einigen Mut gekostet haben.

»Siehst du, es waren noch mehr«, raunte Pilar ihrer Schwester über den Couchtisch zu.

»Aber die sind nun im Altpapier.« Die Äußerung kam von Thomas, der rasch zu Boden sah.

»Nein«, sagte Marion. »Sind sie nicht.«

Thomas hob seinen Blick, der Erstaunen, aber auch Verletztheit verriet. »Und wo sind sie?«

»In der Wohnung meiner Mutter.«

»Das wäre der letzte Ort, auf den ich gekommen wäre.«

»Eben«, erwiderte Marion trotzig.

Frau Ahrbrück winkte einen Kollegen heran. »Du und Udo, ihr begleitet sie bitte zu ihrer Mutter. Wir müssen die Briefe haben.«

Sie nickte Pilar, Richard, Thomas und Ulf zu. Sie sollten alle mit aufs Polizeipräsidium kommen, um ihre Aussagen zu Protokoll zu geben. Freddy konnte später nachkommen, sobald seine Wunden behandelt waren und er sich zur Zeugenaussage in der Lage fühlte.

Ein weißhaariger Beamter, der sich mit »Wolf« vorstellte und eher einem gut gefütterten Schaf glich, kam auf Isabell zu und fragte, ob sie vielleicht noch irgendwo eine Haarbürste ihres Vaters habe, ersatzweise einen Hut, eine Mütze. »Für den Abgleich der DNA-Profile.«

Isabell erhob sich aus der Sofaecke. »Ich schau nach.«

Wie ich sie kenne, hat sie das alles noch, dachte Pilar.

Eine große rotblonde Frau trat Isabell in den Weg. »Frau Troschert, wenn Sie mir noch mitteilen könnten, welchen Zahnarzt Ihr Vater besucht hat, bin ich hier fertig. Für die rechtsmedizinische Untersuchung brauchen wir sein Zahnschema.«

Es geht um die Feststellung der Identität des Toten im Beet, dachte Pilar. Sie wusste, dass der Vergleich des Gebisses mit dem Zahnschema ein schnelles Ergebnis lieferte, während ein DNA-Abgleich länger dauerte.

»Sein Zahnarzt war Dr. Schröck in der Weberstraße«, sagte Isabell. »Der müsste jetzt Anfang neunzig sein und praktiziert sicher nicht mehr. Aber sein Sohn …«

Mitten im Satz knickten ihr die Knie ein. Ihr Körper sackte dem Boden entgegen, ein halbes Dutzend Arme verhinderten einen harten Aufprall aufs Parkett. Vermutlich hatte sie erst jetzt in vollem Umfang begriffen, dass der Tote im Garten mit hoher Wahrscheinlichkeit ihr Vater war.

ZWÖLF

Wie es ihr möglich gewesen war, an diesem Abend in tiefen Schlaf zu fallen, nachdem die Polizeibeamten ihre Arbeit erledigt hatten, war Isabell ein Rätsel. Sie hatte sogar äußerst fest geschlafen und war am Morgen erst gegen acht Uhr aufgewacht, erschöpft, wie nach einer Krankheit, umnebelt, als hätte sie viel Alkohol getrunken.

Unablässig geisterten Fragen durch ihren Kopf. Die meisten würden ohne Antwort bleiben. Sie war nicht in der Lage, auf den Balkon zur Gartenseite zu treten und ins Grüne zu schauen, wie sie es sonst immer tat, um die Frische einzuatmen und die Temperatur zu prüfen, bevor sie sich anzog, und ebenso vermied sie einen Blick durchs Küchenfenster. Unten im Garten spannte sich unübersehbar das rot-weiße Absperrband, das die Polizei noch nicht entfernt hatte und das ihr ständig vor Augen führte, was gestern aus dem Beet zutage getreten war. Es kann ein Fremder sein, der im Chaos der Kriegs- und Nachkriegsjahre in den Garten geraten ist, redete sie sich ein, irgendein Mensch, der sich in unsicheren Zeiten versteckt gehalten hat, ein Toter, den hier niemand gekannt, ein Namenloser, an den niemand Erinnerungen hat.

Am frühen Nachmittag erschienen Hauptkommissarin Ahrbrück und Oberkommissar Möller. Wie eine Schlafwandlerin führte Isabell die beiden zur Sitzecke ihres Wohnzimmers und hoffte, dass die Knöpfe ihrer Hemdbluse in der richtigen Reihenfolge geschlossen waren, nirgendwo ein dicker Fleck saß und ihre Haare gebürstet waren, sie hatte versäumt, in den Spiegel zu schauen.

»Vermutlich ahnen Sie, warum wir Sie erneut aufsuchen«, sagte die Kommissarin, als sie um den Couchtisch saßen. »Zunächst darf ich Ihnen eine Kopie des von Ihrem Vater angefertigten Plans aushändigen, den der Beschuldigte bei sich führte. Das Original, den Lederflicken, bekommen Sie später zurück. Wenn Sie mal schauen wollen?«

Isabell beugte sich vor. Ihre Hände zitterten, als sie das Papier entgegennahm, auf dem das Oval des Flickens kopiert war. Die Zeichnung ließ erkennen, dass die langen Striche die Gartenmauern darstellten, ein Quadrat den Hof meinte und der blumenkohlartige Kreis die Buche.

»Die beiden Rechtecke dürften die angelegten Beete sein«, erklärte die Kommissarin. »Falls es tatsächlich ein Lageplan für Gold sein sollte, gehen wir davon aus, dass die Skizze unvollendet ist.«

»Wieso?«

»Es fehlt ein Kreuzchen oder ein Punkt für das Versteck. Sie sehen da nur diese leichten Kringel. Es sind zwei, und sie sind so blass gemalt, dass die Vermutung naheliegt, Ihr Vater habe sich noch nicht entschieden. Nach dem bisherigen Stand der Ermittlungen scheint im vorderen Beet nichts zu sein. Das hintere haben wir nicht untersucht.«

Isabell legte die Kopie vor sich auf den Tisch. Vielleicht bedeutete das ja, dass ihr Vater sein Vermögen nicht vergraben hatte. Und wenn doch, musste es längst gestohlen sein. Aber es war ihr gleichgültig. Sie war unruhig, denn sie wusste, dass noch etwas kommen musste.

»Jetzt zur Hauptsache«, sagte die Kommissarin. »Der Abgleich des Zahnschemas hat etwas ergeben. Dr. Schröck junior hatte noch die gesamten Patientenunterlagen aus der damaligen Zeit. Danach müssen wir davon ausgehen, dass der Tote Ihr Vater ist.«

Plong. Es war wie ein Gong in Isabells Kopf, ein trauriger, anhaltender Ton. Da war sie also, die Gewissheit, vor der sie solche Angst gehabt hatte. Zu ihrem Erstaunen war sie weniger schlimm als die bisherige Ungewissheit.

»Den endgültigen Beweis liefert uns der DNA-Abgleich. Das Ergebnis könnte im Laufe der nächsten Woche vorliegen. An dem Hut, den Sie uns überlassen haben, fand sich genug Material für den Vergleich mit der aus Zellen des Toten isolierten DNA.«

»Und die Obduktion?«

»Ist bereits erfolgt. Einzelheiten können wir Ihnen auf Wunsch später …«

»Nein«, unterbrach Isabell. »Ich möchte es sofort wissen. So genau wie möglich.«

Beide Kommissare blickten sie skeptisch an.

»Wir könnten Ihnen Auszüge aus dem rechtsmedizinischen Gutachten zukommen lassen, sobald es uns schriftlich vorliegt«, meinte Möller mit ungewohnter Sanftheit.

»Sagen Sie mir das Wichtigste jetzt. Bitte.«

Frau Ahrbrück schien kurz Luft zu holen. »Der Leichnam lag in einem Plastiksack, in dem sich mal Pflanzenerde befunden hatte. Durch den Luftabschluss hat nur eine Teilskelettierung stattgefunden, an den Armen und Beinen zum Beispiel.«

Während Frau Ahrbrück sprach, bemerkte Isabell, dass Möllers Blick durchs Zimmer schweifte und an der Wand über dem Schreibtisch haften blieb.

»In einigen Bereichen des Körpers hatte sich das Weichgewebe in Adipocire umgewandelt«, fuhr die Kommissarin fort.

»Was ist das?«, fragte Isabell. Einerseits konnte sie den sachlichen Bericht kaum ertragen, andererseits hörte sie mit distanziertem Interesse zu, als ob sie darüber einen Artikel schreiben müsste.

»Man sagt dazu auch Leichenlipid oder Fettwachs, den Ausdruck haben Sie vielleicht schon einmal gehört. Das ist eine konservierende Leichenerscheinung. Dadurch war der Schädel abschnittsweise gut erhalten, was den Rechtsmedizinern eine Diagnose hinsichtlich der Todesursache ermöglichte. Sie konnten die Folgen einer mechanischen Gewalteinwirkung auf den Schädel erkennen.«

»Es war also Mord«, sagte Isabell fast tonlos.

»Ein Kapitaldelikt«, korrigierte Kommissar Möller. »Das kann auch Totschlag oder Raub mit Todesfolge sein.«

»Das Gold«, sagte Isabell. »Deshalb musste er sterben. Das abgehobene Geld oder das davon gekaufte Gold musste sich hier irgendwo befunden haben, bevor er dazu kam, es zu vergraben. Sein Mörder wusste das.« Das Reden fiel ihr schwer, ihre Zunge fühlte sich bleiern an. Die Frage nach der Art der Gewaltanwendung mochte sie nicht stellen, nicht jetzt.

Die Kommissare schwiegen. Möller stand auf, trat an den Schreibtisch und betrachtete die exotischen Waffen, die an der Wand hingen. Ein indischer Stoßdolch mit zweischneidiger Klinge und reich verziertem Griff sowie ein persischer Dolch mit fein zulaufender, leicht nach oben gekrümmter Spitze schienen ihn besonders zu interessieren.

Die Waffen sind staubig, fiel Isabell auf. Sie hatte sie schon lange nicht mehr richtig angeschaut.

»Sieh mal, Sabine.« Möller warf seiner Kollegin einen blitzenden

Blick zu. »Ist das nicht ein traumhaftes Angebot für einen Bösewicht?«

Isabell verzog das Gesicht. Welches Feingefühl … Sie selbst hatte sich niemals Gedanken über die historischen Waffen gemacht und ihr Vater anscheinend auch nicht. Diesen Teil der Wand kannte sie nicht anders. Die Dolche gehörten seit jeher zur Dekoration. Ihr Großvater hatte sie vor dem Ersten Weltkrieg von seinen Reisen mitgebracht, und nach seinem Tod waren sie einfach hängen geblieben, Andenken aus alter Zeit. Und war nicht jedes Bratenmesser ebenso zum Morden geeignet? Ihre Großmutter, die eine begeisterte Hausfrau war und große Fleischportionen liebte, benutzte Messer mit den furchterregendsten Schneiden, Spitzen und Zacken, und sie lagen alle in der Küchenschublade.

Die Hauptkommissarin schenkte den Waffen an der Wand nur einen kurzen Blick und ging nicht auf Möllers Bemerkung ein. »Frau Troschert, Sie deuteten gestern an, dass das meiste in dieser Wohnung seit dem Verschwinden Ihres Vaters nahezu unverändert sei.«

Die Kommissare fanden das merkwürdig, das sah Isabell ihnen an. Wie sollten die beiden nachvollziehen, dass sie Hemmungen gehabt hatte, etwas zu verändern, und in dieser Hinsicht immer noch blockiert war?

»Ja, bis Mitte Dezember habe ich in Paris gelebt und war nur tageweise in Bonn. Für kurze Zeiträume wohnten Freunde hier, die bestimmt nichts umgeräumt haben, ebenso wenig wie die Putzfrau.«

»Gilt das auch für den Inhalt der Schränke und Kommoden?«

»Mit Ausnahme des Kleiderschranks in meinem Schlafzimmer.«

»Und für die Küche?«

»Auch – soweit es nicht Lebensmittel betrifft.«

Möller grinste. Vielleicht stellte er sich vierzig Jahre altes Knäckebrot und versteinerte Rosinen vor.

»Haben Sie etwas dagegen, wenn wir Ihre Räume gründlicher in Augenschein nehmen und auch Schubladen und Türen öffnen?«

Sie suchen die Tatwaffe, dachte Isabell, die Rechtsmediziner werden ihnen gesagt haben, wie sie beschaffen sein muss – anscheinend nicht wie ein indischer oder persischer Dolch. Selbstverständlich hatte sie nichts dagegen, aber die Vorstellung, das Werkzeug des Mörders könnte irgendwo in ihrer Wohnung liegen, machte sie fertig.

Die beiden Kommissare streiften sich Handschuhe über und öffneten behutsam Schranktüren, Schubfächer und Behältnisse. Am Schreibtisch ihres Vaters betrachteten sie den langen Brieföffner, auf den eine Blätterranke und der Name ihres Großvaters Eduard Troschert eingraviert waren. Sie baten darum, ihn eintüten und zur Untersuchung mitnehmen zu dürfen.

Isabell war elend zumute. Das schmale, recht stumpfe Briefmesser hatte sie in den letzten Monaten sicher hundertmal benutzt. Es durfte nicht wahr sein, dass es die Tatwaffe war.

Als die Kriminalbeamten hinüber in die Küche gingen, klingelte es an der Haustür. Isabell drückte auf den Summer und sah Pilar die Treppe heraufkommen.

»Und?«, fragte die Schwester.

»Mein Vater.«

Pilar drückte Isabell an sich. So standen sie eine Weile im Treppenhaus.

»Frau Troschert«, ertönte Möllers Stimme aus der Küche, »kommen Sie mal bitte?«

Isabell befreite sich aus Pilars Armen, sie gingen zusammen in die Küche. Möller stand vor einer geöffneten Schublade. Es war nicht die mit den Messern, sondern eine andere, in der sich die verschiedensten Haushaltsgegenstände wie Korkenzieher, Nussknacker, Schneebesen, Kartoffelstampfer, Pfannenheber und Käsereibe befanden, die nun ausgebreitet auf dem dunklen Granit der Arbeitsplatte lagen. Der Kommissar betrachtete die schlanken Stiele eines Salatbestecks aus Edelstahl, das Isabell nicht mochte, obwohl es praktisch war, weil seine enorme Länge ein Abrutschen in die Schüssel verhinderte. Frau Ahrbrück stand neben Möller und beschriftete zwei Klarsichttüten.

»Sind Sie auch einverstanden, dass wir das hier mitnehmen?«

»Natürlich.« Isabell fragte sich, wie sie auf die Idee kamen, dass jemand ihren Vater mit dem Salatbesteck ermordet haben könnte. Anscheinend suchten sie eine bestimmte Art von stumpfer Spitze, die zu der tödlichen Verletzung passte. Sie meinte, den Begriff *halbscharfe Gewalt* gehört zu haben.

»Und das?«

Der gerundete Metallstab, den der Kommissar in die Höhe hielt, kam Isabell fremd vor. Seine Länge mochte dreißig bis vierzig Zentimeter betragen, sein schwarzer Griff war mit Rillen verziert und erinnerte an den eines Dolches.

»Was ist das?«

Möller grinste. »Eine Hausfrau sollte wissen, was sich in ihrer Küchenschublade befindet. Womit schärfen Sie Ihre Messer?«

»Das hab ich noch nie getan. Scharfe Messer machen mir Angst.« In ihrem Kopf dämmerte eine Erinnerung herauf. Ach ja …

»Kaufen Sie neue, wenn die alten stumpf werden? Obwohl Sie so einen schönen Wetzstahl besitzen?«

»Wetzstahl …« Die Bezeichnung war ihr nicht geläufig. »Der stammt von meiner Großmutter, wie alles in der Schublade. Ich erinnere mich jetzt daran.«

Frau Ahrbrück hielt einen transparenten Beutel bereit. Möller ließ den Stab hineingleiten.

»Vielleicht hätten Sie ihn nicht mal auf Anhieb gefunden«, räumte er ein. »Die Schublade weist ganz hinten eine tiefe Ritze auf, da klemmte er drin. Kaum zu sehen, aber zu fühlen.« Er lächelte. »Mit so was kennen wir uns aus.«

»Am Ende hat er einen Ring«, stellte Frau Ahrbrück fest, als sie die Tüte verschloss. »Hing er mal an der Wand?« Sie deutete auf die Leiste mit den altertümlichen Metallhaken über der Arbeitsfläche.

Isabells Blick glitt über die kleinen quadratischen Kacheln. Braun, weiß, braun, weiß, immer abwechselnd. An den Haken hingen Topflappen, ein Suppen- und ein Schöpflöffel, das Haarsieb und die Küchenschere. Wie war das früher gewesen? Allmählich entstand ein Bild in ihrem Kopf. Sie versuchte, die verschwommene Szene, die zu verblassen drohte, festzuhalten. Sie war noch klein und saß am Küchentisch, ihre Füße baumelten über den Bodenfliesen. Ihre Mutter stand vor dem Schneidebrett, ein seltener Anblick und deshalb wahrscheinlich ein Sonntag. *Wieso sind die Messer so stumpf?* Die Armbewegung, die ihre Mutter daraufhin vollzog, war angsteinflößend. Es wirkte gefährlich, wie sie das Messer so kraftvoll über den Metallstab zog, dass man glaubte, es müssten Späne durch die Küche schießen. Die kleine Isabell hielt sich die Hände vor die Augen. Erst als sie den Klick vernahm, mit dem der Stab die Kacheln berührte, wusste sie, dass er wieder an seinem Platz hing und nichts mehr passieren konnte.

»Ja«, sagte Isabell. »In meiner Kindheit hing er an der Wand. Für mich hieß er Messerschärfer, für unsere spanische Putzfrau *esta cosa*. Als mein Vater verschwunden war, hat sie mir am Telefon mitgeteilt, dass sie die Sachen von der Hakenleiste in die Schublade geräumt habe, damit sie nicht einstauben.«

Leichter Schwindel befiel sie. Wenn die Waffe, die ihren Vater getötet hatte, aus dieser Wohnung stammte, kam als Täter jede Person in Betracht, die die Möglichkeit hatte, sie zu betreten. Die Türen wurden nur abgeschlossen, wenn man verreiste.

Die Kommissare räumten die Schublade wieder ein, packten noch eine Rolle Paketschnur in einen Klarsichtbeutel und verabschiedeten sich. Isabell und Pilar setzten sich im Wohnzimmer dicht nebeneinander aufs Sofa. Isabells Schädel schmerzte, sie war völlig erledigt. Die Nähe ihrer Schwester tat ihr gut.

»Der Brieföffner, die Stiele vom Salatbesteck, der Wetzstahl«, sagte sie kopfschüttelnd. »Bei allen ist die Spitze abgerundet. Warum hat der Mörder sich nicht einen der Dolche von der Wand genommen? Die sind fürs Töten gemacht.«

»Sie lassen sich nicht gut in der Kleidung verbergen«, gab Pilar zu bedenken. »Wenn der Mörder deinen Vater überraschen wollte, spielte das eine Rolle.«

Isabell entfuhr ein Stöhnen. »Wer hat das nur getan? Wer ist dieses Ekel?« Während sie noch sprach, durchzuckte es sie wie ein Stromschlag. Plötzlich war ihr klar, wer ihren Vater getötet haben musste.

»Johann ist verdächtig«, meinte Pilar.

»Ach was!«, rief Isabell. »Warum hätte er meinen Vater umbringen sollen? Von dem Gold kann er damals nichts gewusst haben. Die Miete war äußerst gering, und ich hab Papa oft sagen hören: *Johann, du musst nichts zahlen, wenn du knapp bist.* So einen gutherzigen Vermieter gab es nicht noch einmal. Man sägt doch nicht den Ast ab, auf dem man sitzt.«

»In der Gästewohnung hat er sich beklagt, dass seine Hilfstätigkeiten nicht belohnt wurden. Darüber kann es Streit gegeben haben.«

»Pilar, siehst du es nicht? Es liegt auf der Hand – denk an den Brief im Schreibtisch!«

»Paul Teckelberg?«

»Natürlich Paul. Ihm war das Wesentliche bekannt, und vielleicht wusste er, wann mein Vater das Gold im Haus hatte. Er ist hergekommen, hat Papa getötet und verscharrt und ist mit dem Gold auf und davon.«

Isabell forschte in dem Gesicht der Schwester und sah dort keine Zustimmung.

»Isa, dein Vater hat zu Paul sicher nicht gesagt: *Morgen hol ich die Goldbarren, und gegen Abend kommen sie in die Erde.* Nach allem, was ich von ihm gehört und gelesen habe, halte ich ihn für misstrauischer.«

»Paul kann ihm die Information irgendwie entlockt haben«, beharrte Isabell. »Er war sein einziger enger Freund.«

»Mal zurück zu Johann«, sagte Pilar. »Der könnte schließlich Evelyns Mörder sein, er hat zugegeben, dass sie ihn am Schreibtisch gesehen hat. Was hatte sie in deiner Etage zu suchen?«

Schlagartig wurde Isabell eiskalt. Sie hörte sich selbst, wie sie es zu Evelyn gesagt hatte, sie erinnerte sich sogar, dass es in der Gästewohnung gewesen war und sie sich, während sie sprach, gegen die Wandvertäfelung gelehnt hatte. »Wenn du irgendwas brauchst, kommst du einfach rauf und bedienst dich. Kannst auch kommen, wenn ich nicht da bin, die Türen sind offen«, wiederholte sie ihre eigenen Worte.

»Wie?«

»Das habe ich zu Evelyn gesagt. Wenn sie davon Gebrauch gemacht und in dem Moment die Tür geöffnet hat, als er nach dem Plan suchte, ist er vielleicht in Raserei geraten, weil er die Chance, das Gold zu finden, in Gefahr sah.« Isabell sprang auf und ging vor der Sitzecke hin und her, sie sah alles in quälender Deutlichkeit vor sich. »Meine offenen Türen waren Evelyns Todesurteil. Sie wäre sonst nicht hochgegangen.«

»Und Johann wäre nicht ohne Weiteres an den Schreibtisch gekommen«, ergänzte Pilar.

»Wenn er sie umgebracht hat, ist seine Gewalttätigkeit gegen dich und Freddy nicht verwunderlich. Wer einmal die Grenze überschritten hat …« Isabell hielt inne und blieb stehen. »Warum schaust du so skeptisch drein?«

»Es passt nicht, Isa. Du bist um elf nach Hause gekommen, und Evelyn saß bis Mitternacht im ›Treppchen‹. Deshalb muss sie Johann irgendwann vorher an Bernhards Schreibtisch überrascht haben. Wenn er in eine mörderische Raserei geraten wäre, weil sie ihn erwischt hat, hätte sie nicht stundenlang im Lokal sitzen können. Er scheint mir kein Planer zu sein, der seinem Opfer später auflauert, um es an einem geeigneten Ort zu töten.«

»Das spräche eher für Achim, Evelyns Mann.«

»Kann sein.« Pilar zuckte mit den Achseln. »Es gibt auch noch andere Möglichkeiten.«

Isabell schauderte. Wenn es nun Ulf war, von dem sie so wenig wusste … Oder Marion, die sie an der Nase herumgeführt hatte … Thomas, der ihr zwielichtig vorkam … Oder jemand Fremdes, Unsichtbares, der hier gelegentlich herumschlich …

Pilar erhob sich bald und erklärte, sie wolle noch kurz bei ihrer gemeinsamen Mutter vorbeischauen. Während die Schwester treppab ging, um das Haus zu verlassen, stieg Isabell hinauf in die Dachwohnung, um Johanns Frau zu besuchen. In der Hand hielt sie ihr Strickzeug, weil sie sich vorstellte, dass sie es länger an der Bettkante der Kranken aushielt, wenn sie mit etwas beschäftigt war.

Sie war schon gestern Abend eine halbe Stunde bei Lore gewesen und hatte sich vorgenommen, eine engere Beziehung zu ihr aufzubauen, auch wenn es ihr schwerfiel. Lore tat ihr leid, und nie zuvor hatte sie sich klargemacht, was es für sie bedeuten musste, durch ihre Krankheit zur Hilflosigkeit verurteilt und vom Einsatz ihres Mannes abhängig zu sein. Isabell wollte so bald wie möglich für den Einbau eines Aufzugs sorgen, mit dem man Lore problemlos im Rollstuhl nach unten befördern könnte, um Ausflüge ins Freie zu ermöglichen. Das Paar hatte sich zwar vehement gegen eine derartige Neuerung ausgesprochen, aber sicher befürchtete es nur eine Erhöhung der Miete. Über die Kosten würde Isabell bestimmt allein hinwegkommen, Hauptsache, die Denkmalschutzbehörde spielte mit. Unglaublich, dass Johann sich damit abgefunden hatte, seine Frau vom Dachgeschoss bis zur Haustür zu tragen oder sie

Schrittchen für Schrittchen die vielen Stufen hinabzuführen – kein Wunder, dass solche Unternehmungen selten stattfanden.

»Ach, grüß dich«, hauchte Lore, als Isabell, nachdem sie auf ihr Klopfen ein schwaches »Ja, bitte« vernommen hatte, das Zimmer betrat. »Wie lieb von dir, nach mir zu sehen.« Sie klappte den Laptop zu, der auf der Bettdecke stand, und schob ihn an die Wand.

Jedes Mal, wenn Isabell die Kranke hier oben aufsuchte, war sie aufs Neue erschüttert. Sie hatte noch das Bild aus der Zeit vor ihrem Aufbruch nach Paris im Kopf, das Bild einer jungen Lore von schlichter, ebenmäßiger, wenn auch in Isabells Augen sterbenslangweiliger Schönheit. Lore hatte Schauspielunterricht genommen und bereits eine winzige Rolle in einem Film gespielt. Erkrankt war sie erst später, wann genau, wusste Isabell nicht. Nun war Lores Haut bleich und teigig, ihr Haar dünn und strähnig, ihr Lebenstraum zerstört. Ein Segen, dass sie sich mit ihrem Laptop beschäftigen konnte und auf diese Weise mit der Welt in Kontakt blieb. Immerhin war sie gut versorgt: Am Morgen war der Pflegedienst hier gewesen, der auch am Abend kommen würde, und im Anschluss an seinen Frühdienst würde Ulf sich um sie kümmern und ihr eine warme Mahlzeit zubereiten.

»Kannst du mir Tee machen, Isabell? Es steht alles dort drüben. Ulf hat den Kocher heut Morgen frisch gefüllt.«

Isabell legte ihr Strickzeug auf den niedrigen runden Tisch, der unweit des Bettes als Ablage diente, und ging zur Anrichte hinüber. Neben dem Wasserkocher standen mehrere Packungen mit Teebeuteln.

»Den Assam bitte.« Lores Kopf sank in die Kissen.

Während Isabell das Wasser aufkochen ließ und den Tee aufbrühte, berichtete sie von der rechtsmedizinischen Untersuchung.

»Dein armer Vater«, meinte Lore. »Er war so auf Sicherheit bedacht. Er soll sogar drauf und dran gewesen sein, sich einen Atombunker zu bauen, aus Angst vor dem dritten Weltkrieg. Wie tragisch, dass ihn der Tod auf ganz andere Weise ereilt hat.«

Als der Tee lang genug gezogen hatte, nahm Isabell den Beutel heraus und trug die Tasse hinüber zu Lores Bett. Dabei stolperte sie über eine Metallstange am Boden. Ein paar Tropfen heißen Assams trafen ihre Hand, bevor sie ihr Gleichgewicht wiedererlangte.

»Oh, Johanns Hantel ist wieder nach vorn gerollt«, bemerkte Lore. »Schieb sie einfach unters Bett.«

Isabell stellte die Teetasse auf dem dreibeinigen Schemel neben der Bettkante ab und rollte die etwa vierzig Zentimeter lange Stange, an deren Enden je eine schwarze Scheibe befestigt war, mit dem Fuß unters Bett.

»Hast du was von Johann gehört, Lore?«

Die Kranke seufzte. »Ich glaube, in der Haftanstalt darf er nicht telefonieren. Hoffentlich schreibt er mal.«

»Meines Wissens wird der Briefverkehr überwacht. Es kann also dauern, bis dich eine Nachricht erreicht.«

»Glaubst du, dass Johann deinen Vater getötet hat?«

Isabell antwortete nicht sofort, sie wollte erst sitzen. Mit beiden Händen lenkte sie den Rollstuhl in eine Ecke und schob den Toilettenstuhl beiseite, den Lore wahrscheinlich benutzte, wenn niemand da war, der sie ins Badezimmer bringen konnte. Sie setzte sich auf den freien Streifen zwischen der Bettkante und der grünen Steppdecke. Ihr Blick fiel auf ihr Strickzeug auf dem runden Tisch. Wie unsinnig, es mitzunehmen, ihr war nicht nach Stricken.

»Glaubst du es?«, wiederholt Lore.

»Nein. Aber für seine Raserei muss er sich natürlich verantworten. Er hat meinen Freund Freddy verletzt, die Wunde musste genäht werden.«

»Ich komme nicht darüber hinweg, dass Johann so reagiert hat. Für ein bisschen Gold.«

»Er ging davon aus, dass es mehr als ein bisschen ist.«

»Aber wo ist es?«

»Vielleicht hat es jemand gestohlen. Derjenige, der meinen Vater umgebracht hat.«

»Den Menschen findet man nicht. Nach so vielen Jahren.« Lore richtete sich auf, beugte sich vor und griff nach der Teetasse.

Die Bewegung schien kraftvoll, Isabell freute sich für Lore. Möglich, dass es ein wenig bergauf ging mit ihr, das war, wie Ulf erzählt hatte, zwischendurch öfter mal der Fall gewesen, allerdings nie auf Dauer.

»Du hast recht«, sagte Isabell. »Es dürfte schwierig werden. Was hat die Polizei dich gefragt?«

»Ach, so vieles. Sie fragten nach der Frau in der Gästewohnung, und ich hab ihnen gesagt, dass wir die nie gesehen haben. Wir wussten nicht einmal, dass es sie gibt.« Lore nahm einen Schluck Tee und stellte die Tasse zurück auf den Schemel.

»Was den Tod dieser Frau angeht, hat Johann sicher ein Alibi, weil er bei dir war, Lore. Oder hast du geschlafen?«

Sie schüttelte den Kopf. »Er hatte eine Aufführung in Essen und hat dort bei einem Freund übernachtet. Er kam erst am nächsten Morgen zurück.«

»Das hat sein Freund sicher bestätigt.«

»Hoffentlich.« Lore lehnte sich zurück in ihre Kissen. »Ich komm da nicht mit: Da steht Johann in Essen auf der Bühne, legt sich schlafen und soll in derselben Nacht eine Frau in Bonn umgebracht haben? Und dass sie denken, er habe deinen Vater getötet, ist noch verrückter. Ich hab den Beamten gesagt, wie sehr er Bernhard mochte und bewunderte. Natürlich hatten wir keine Ahnung, dass er so viel Geld abgehoben hat und Gold kaufen wollte.«

»Aber irgendjemand hat es gewusst. Der Mörder.« Von Paul mochte Isabell nichts erzählen, vermutlich kannte Lore ihn nicht, zumindest ging sie der Briefwechsel der beiden Männer nichts an.

»Du sagst es«, stimmte die Kranke ihr zu. »Für mich ist die Sache klar.«

Isabell stutzte. »Wie meinst du das?«

Lore lachte krächzend. »Die Polizei wird schon drauf kommen.«

Isabell spürte ihren vertrauten Unwillen, allzu viel zu erfahren. Sie riss sich zusammen.

»Denkst du an jemand Bestimmtes?«

»An deine Mutter.«

»Mama?«, rief Isabell erstaunt. »Lore, meine Eltern waren geschieden! Die haben sich nicht mehr viel erzählt.«

Lore zog ihre Augen zu Schlitzen zusammen. »Er hat sie geliebt. Immer. Und der Person, die man liebt, vertraut man.«

»Woher weißt du, dass er sie noch geliebt hat?«

»Hast du das nicht gewusst?«

»Lore, ich bin seine Tochter. Aber wie hast du es erfahren? Er war niemand, der sein Herz auf der Zunge trug.«

»Man merkte es, irgendwie. Die meisten wussten es.«

Wieder hatte Isabell das Bild vor Augen: Mama, wie sie ein Messer mit dem Wetzstahl schärfte. Schön, kraftvoll und mit verhaltenem Zorn, als wäre das eine Ersatzhandlung für etwas anderes. In ihr glomm der Funke eines bösen Verdachts auf.

Lore hielt die Lider geschlossen. Isabell fühlte sich gleichwohl beobachtet.

»Mein Vater hätte meiner Mutter kein Geheimnis anvertraut, Lore. Er wusste, dass sie niemals etwas für sich behalten konnte.«

Lore öffnete ein Auge. »Und wenn sie es selbst herausgefunden hat?«

»Dazu besitzt sie kein Talent.«

»Sicher?«

»Ganz sicher«, erwiderte Isabell.

Aus dem Funken sollte keine Flamme werden, so weit durfte es nicht kommen, auch wenn ihr jetzt qualvoll einfiel, dass Mama im Laufe der siebziger Jahre zu Geld gekommen war, eine Weltreise unternommen und Aktien gekauft hatte, was das Erbe einer Cousine aus der Schweiz ermöglicht haben sollte.

Schlimm genug, wenn der Vater ein Mordopfer war, aber eine Mutter als Täterin wäre kaum noch zu verkraften.

***

Pilar unternahm den Weg von der Adenauerallee in die Argelanderstraße zu Fuß. Als sie das Haus, in dem sie aufgewachsen war, erreichte, bemerkte sie neben der kränkelnden Kastanie am Straßenrand den grünen Kleinlaster einer Gärtnerei. Die vergitterte Kellertür stand offen.

Anders als Isabells Haus verfügte dieser im Jahre 1908 errichtete Bau über eine lange Steintreppe, die neben einem kleinen Vorgarten zu einer Balustrade und zur Haustür hinaufführte. Die Fassade leuchtete in rötlichem Braunton, und die Ornamente waren im Zuckerbäckerstil weiß abgesetzt. Das Hochparterre, das ihre Mutter bewohnte, lag rund einen Meter achtzig über dem Niveau des Bürgersteigs. Vom Treppenhaus war ihre Wohnung durch eine Leichtbauwand und eine Glastür abgetrennt, in deren Rahmen die alte Dame stand, als Pilar über den Terrazzoboden ging, der dem in Isabells Haus ähnelte. Das rosige Gesicht über der fünfreihigen Perlenkette wirkte völlig verzweifelt.

»Stell dir vor, sie müssen die Wurzeln der Fichte ausgraben, weil sie nicht mit schwerem Gerät in den Garten kommen. Das haben sie für morgen geplant, aber ich weiß nicht, ob ich das noch erlebe, ich bin am Ende meiner Kräfte.«

»Nur vom Zuschauen?« Pilar trat durch den schmalen Flur ins Wohnzimmer, wo die Tür zur Veranda offen stand.

»Vor allem von der Kreissäge! Man hätte stocktaub sein müssen, um dabei nicht die Nerven zu verlieren.«

Pilar näherte sich dem verschnörkelten Eisengeländer der Veranda und blickte in den tiefer liegenden Garten. Er war überschaubar, der Größe nach höchstens ein Viertel von dem in der Adenauerallee, aber ähnlich wie jener von Ziegelmauern eingerahmt. Die Fichte war gefällt, und Pilars erster Eindruck war, dass der Garten erfreulich hell wirkte. Der Baum war für das Grundstück zu groß gewesen.

»Das könnte schön werden, Mama.« Sie nickte den beiden Gärtnern grüßend zu, dem älteren, der sein schulterlanges graues Haar im Nacken zusammengebunden hatte, und dem jungen, der vermutlich noch keine zwanzig war. Beide zogen ihre Handschuhe aus. Offenbar machten sie für heute Schluss. »Vielleicht wird es so wie damals, als Bernhard dir die Beete gepflegt hat.«

Ihre Mutter gab ein Stöhnen von sich. »Bis vor wenigen Minuten war auch die Polizei hier, das war zu viel für mein Alter. Auf eine fast Neunzigjährige müssten sie mehr Rücksicht nehmen, es ist ungehörig, sich vorher nicht anzumelden. Ende nächster Woche hätte es mir eventuell gepasst.«

»Wer von der Polizei war hier?«

»Ein Mann, der sich im Ohr pulte und im Sessel die Beine von sich streckte, und …«

»Oberkommissar Möller«, warf Pilar ein.

»Und eine junge Frau mit Pferdeschwanz, die an sich ganz reizend war. Ich frage mich, warum so eine nette Person zur Polizei gegangen ist, die hätte doch Empfangschefin in einem seriösen Hotel oder Krankenschwester werden …«

»Hauptkommissarin Ahrbrück«, unterbrach Pilar den Redefluss ihrer Mutter. »Was wollten die beiden wissen?«

»Alles Mögliche über Trrroscherrt.«

Wie immer bekam Pilar eine Gänsehaut bei der rasselnden Aussprache dieses Namens. Warum konnte ihre Mutter nicht *Bernhard* sagen wie alle anderen? Hatte sie ihn gehasst oder verachtet?

»Hast du der Polizei helfen können, Mama?«

»Selbstverständlich. Aber jetzt brauche ich erst mal einen Tee.«

Sie gingen zurück ins Haus. Pilar bereitete eine Kanne Earl Grey zu und ließ ihn lange ziehen, wie ihre Mutter es schätzte. Sie goss den Tee in zierliche Tassen aus dünnem, zart bemaltem Porzellan und stülpte der Teekanne eine geblümte, wattierte Mütze über, die sie seit ihrer Kindheit als *Kaffeewärmer* kannte und die für ihre Mutter unabdingbares Zubehör jedes anständigen Haushalts war.

»Ich habe den Polizeibeamten bestimmt hundert Leute, die Trrroscherrt gut kannten, namentlich nennen können.« Die alte Dame setzte sich an den Esstisch und reichte Pilar die Schale mit den Keksen. »Zeitungsredakteure und Leute von den Pressediensten, vom Rundfunk und vom Fernsehen, ausländische Korrespondenten und Diplomaten, vom Attaché bis zum Botschafter.«

»Alle Achtung.«

»Selbstverständlich auch namhafte Politiker. Weil Trrroscherrt nie ein Adressbuch führte, habe ich das umso sorgfältiger getan. Ich habe auch noch die Gästelisten unserer Cocktailpartys.«

»Toll. Das bringt die Ermittlungen sicher weiter.«

»Ich weiß nicht. Fast alle sind tot.«

Pilar verbrannte sich die Zunge am heißen Tee.

»Und meine Listen gehen nur bis Mai 1963. Danach war ich mit Álvarez zusammen.«

Pilar verstand. Das war das Ende der Cocktailpartys im Hause Troschert an der damaligen Koblenzer Straße. Die Frau des Gastgebers war mit einem Spanier durchgebrannt.

»Von den Freunden lebt nur noch Paul. Der ist jünger als Trrroscherrt, aber nicht mehr richtig im Kopf«, fuhr ihre Mutter fort. »Und dann wollten die Beamten noch wissen, wer zu Trrroscherrts Zeit im Haus gelebt hat. Dabei müssten sie das alles in den alten Akten haben. Aber wer weiß, was da überhaupt drinsteht. Alle dachten ja, er ist getürmt.«

»Hattest du von Anfang an Zweifel?«

»Ein bisschen schon, wegen der fünfzig Stiefmütterchen, die er in meine Kästen setzen wollte und die dann an der Kellertür verwelkten. Aber mein ganzer Bekanntenkreis versicherte mir, dass es auf unserem Erdenball Dinge gibt, von denen ein normaler Bürger keine Ahnung hat und die einen Menschen zwingen könnten, ganz plötzlich unterzutauchen, bevor er dazu kommt, irgendwelche Stiefmütterchen einzupflanzen.«

»Hast du Bernhards damalige Mieter gekannt?«

»Da war so eine dreiste junge Person um die dreißig, eine Sekretärin aus dem Auswärtigen Amt. Ihren Namen habe ich vergessen, ihr Mann schrieb unentwegt an einem Roman, ohne je zu Potte zu kommen. Sie sind irgendwann weggezogen. Na, und dann die Hochscheitels aus der Dachwohnung, die habe ich aber selten zu Gesicht bekommen. Sie sind Anfang der siebziger Jahre eingezogen, blutjung, frisch verheiratet und arm wie Kirchenmäuse. Bevor sie so unheilbar krank wurde, war Lore Hochscheitel eine ganz ansehnliche Person, lieb, aber gewöhnlich, keine gute Familie, dafür hab ich einen Blick.«

»Hat dich die Polizei auch gefragt, ob du etwas über das vergrabene Gold wüsstest?«

»Ja.« Mama lachte spöttisch auf. »Was für ein Unfug!«

»Bernhard hat es in seinen Briefen an Paul angedeutet«, wandte Pilar ein.

»Na ja …« Ihre Mutter nahm einen Schluck Tee. »Trrroscherrt hatte oft verrückte Ideen. Aber wenn überhaupt, hätte er das Gold im Kottenforst vergraben, statt im eigenen Beet, wo die Mieter etwas bemerken konnten. Die hatten alle Zugang zum Garten, und er war so misstrauisch.«

»Hatte Bernhard eine Geliebte, nachdem ihr auseinander wart?«

Ihre Mutter lächelte kokett und ordnete die fünf Reihen ihrer Perlenkette auf der Brust. »Das ist unwahrscheinlich. Nach mir hat er keine geliebt.«

»Es gibt auch Beziehungen ohne Liebe. Bettgeschichten.«

»Ausgeschlossen. So einer war er nicht.«

»Hast du der Polizei erzählt, dass du seine große Liebe warst?«

»Liebe Tochter«, erwiderte ihre Mutter sanft und setzte ihre Teetasse ab. »Das wäre mir peinlich gewesen.«

»Mama!« Pilars Ton war mehr als vorwurfsvoll, er war entrüstet. »Jede Einzelheit kann für die Ermittlungen von Bedeutung sein! Die Kriminalpolizei muss den Mord schließlich aufklären.«

»Warum muss sie das? Ich bitte dich, Trrroscherrts Tod ist ewig her. Hat die Polizei nichts Wichtigeres zu tun, als in alten Geschichten herumzuwühlen? Sie sollen sich darum kümmern, dass keine neuen Morde geschehen, das halte ich für sinnvoller.«

»Der Täter darf nicht ungestraft davonkommen.« Das klang nach einer leeren Floskel, die Pilars Mutter nicht überzeugen konnte.

»Dieser eine Tod ist vier Jahrzehnte her, und dreißig Jahre davor hatten wir Millionen von Toten, die auf grauenvolle Weise …« Die alte Dame betupfte ihre Augen mit einem Spitzentaschentuch.

Pilar fiel ein, was sie fast vergessen hatte: Als ihre Mutter jung war, hatte der Krieg ihr den Verlobten genommen, er hatte Stalingrad nicht überlebt. Und sie hatte weitere Weggefährten verloren, jüdische Nachbarn im Konzentrationslager und ihre beste Freundin beim Bombenangriff auf Bonn im Oktober 1944.

Schweigend tranken sie ihren Tee aus. Pilar schenkte nach, und sie schwiegen weiter, bis ihre Mutter leise stöhnte, ihre Arthrose sei heute unerträglich. Pilar riet ihr, sich hinzulegen, und ging auf die Suche nach den Tabletten.

***

Freddy rückte seine zwölf Jahre alte Brille, die er als Ersatz für die zertrümmerte hervorgeholt hatte, zum wiederholten Mal zurecht. Mit den schwächeren Gläsern war die Nachricht auf dem zerkratzten Display von Birgits Uralt-Handy anstrengend zu lesen, und sobald er ihm den Kopf entgegenneigte, rutschte das Gestell zur Mitte der Nase hinab, wenn er es nicht festhielt.

»Wohne in Pension Goethestr, Pol weiß das, bin krankgeschr, kannste kommen?«, las er laut ab, während Birgit den Verband wechselte, der sich von seiner Schulter zum Ellenbogen spannte. »Eine Nachricht von Achim.«

»Das Miststück«, war ihr Kommentar. »Warum hast du ihm meine Nummer gegeben?«

»Birgit …«

Die Wunde hatte genässt, und die Mullkompressen klebten auf der Naht und der umliegenden Haut. Freddy hatte sich darauf eingestellt, die Zähne zusammenzubeißen, aber *Schwester Birgit* mit ihrer zwanzigjährigen Erfahrung aus dem Malteser-Krankenhaus löste alles so behutsam ab, dass nur ein leichtes Ziepen zu spüren war. Freddys verkrampfte Haltung lockerte sich. Eine Krankenschwester als Ehefrau war einfach großartig – abgesehen von Birgits hundert anderen guten Eigenschaften, die ihn vergessen ließen, dass er früher der Überzeugung gewesen war, keine Frau halte es an seiner Seite länger als drei Wochen aus.

Mit neuem Verband unterm Hemd stand Freddy zwanzig Minuten später an der Bushaltestelle. Die Goethestraße befand sich in der Südstadt, in die er sich gern per Fahrrad begeben hätte, aber mit der frisch genähten Wunde schien das nicht ratsam. Was das Thema Achim betraf, so hatte er sich mit Birgit geeinigt, sich auf keinen Wortwechsel einzulassen, der auch nur die geringste Gefahr barg, den Freund in Rage zu bringen. Außerdem hatte er ihr hoch und heilig versprechen müssen, sie sofort anzurufen, wenn er bei Achim aus der Tür wäre, damit sie schnellstmöglich erführe, ob er überlebt habe.

Im Bus unterwegs zu sein, war ein Genuss, stellte Freddy fest, als er sich auf einem der hinteren Sitze gemütlich durch die Vororte von Haltestelle zu Haltestelle schuckeln ließ. Einzig ein Anruf von Isabell störte diese Idylle, ein Gespräch, das ihn gedanklich beschäftigte, bis er am Zentralen Omnibus-Bahnhof ausstieg.

Von dort aus hätte er die Straßenbahn nehmen können, zog es aber vor, zu Fuß zu gehen. Er überquerte die Bahnlinie an der Weberstraße und bog in die von Bäumen gesäumte Schumannstraße ein. Hier nahm er sich Zeit, um mal wieder die Fassaden der alten Bürgerhäuser zu betrachten, denn in diesem Wohnviertel aus der Kaiserzeit war er selten unterwegs. Die vielfältigen Formen der Treppenaufgänge, Balkone, Türen, Fenster und Gesimse sowie die unterschiedliche Mischung der baulichen Elemente vom Historismus bis zum Jugendstil machten ihm Spaß: hier mehr Säulen, Bögen, Erker und Vorsprünge, dort mehr Köpfe, stilisierte Pflanzen, Tiere, Schnecken- und Muschelornamente. Anscheinend ahnten die Erbauer nicht, dass sie bald andere Sorgen haben könnten als ihre standesgemäße Wohnkultur – der Erste Weltkrieg war nicht fern.

Freddy erblickte das Schild der Pension, nachdem er um die nächste Ecke gebogen war. Ein liebevoll bepflanzter Vorgarten hinter einem schmiedeeisernen Zaun, vorm Erker eine Holzbank, auf der sich eine Katze sonnte, darüber ein Balkon mit Säulenbrüstung. Ein paar Steinstufen führten zur Haustür, die Freddy aufdrückte, sobald der Summer ertönte. Der Terrazzoboden im Eingang erinnerte an Isabells Haus in der Adenauerallee, aber hier war alles kleiner, heller und gemütlicher.

Das wird ihm guttun, dachte Freddy, als er Achims möbliertes Apartment im zweiten Obergeschoss betrat. Die Fenster blickten nach Süden auf eine gepflegte Reihe Gründerzeithäuser mit ausgeprägten Ziergiebeln. Gelbe oder rote Klinker verstärkten die Wirkung des weißen Stucks. Über die Dächer lugte die Turmspitze der Elisabethkirche.

»Ein Südstadtraum«, stellte Freddy fest und strich mit den Fingerspitzen über das matt schimmernde Holz des antiken Schranks, der neben dem Fenster stand. »Und diesen Traum kannst du dir leisten?«

»Solange ich mir kein amtliches Zeugnis über meine Unschuld vor die Tür hängen kann, muss ich mir das leisten. Oder ich geh kaputt. Das vergisst du nicht, wenn dir die Nachbarn einen Berg stinkender Scheiße vor die Haustür schmeißen. Ich hab's nach Mitternacht weggemacht, damit sie mich nicht mit Dreck bewerfen. Ich will nie wieder zurück.«

»Warte ab, bis die Polizei die Ermittlungen gegen dich einstellt. Dann wird sich alles ändern.«

»Red keinen Käse. Moralisch bin ich für die Leute erledigt. In der Südstadt kennt mich keiner, du glaubst nicht, wie angenehm das ist. Hier kann ich neu anfangen.«

»Hast du mit eurer Tochter gesprochen?«

»Ich hab ihr nur erzählt, ihrer Mutter sei was zugestoßen. War furchtbar genug. Mehr ging am Telefon nicht. Ich hab ihr einen Flug für nächste Woche gebucht.«

Freddy setzte sich in einen Sessel und erzählte Achim, der im Schneidersitz auf dem Bett saß, von den Vorkommnissen des vergangenen Tages.

»Hier – fünfzehn Stiche.« Er deutete auf den Verband, der sich unter dem Hemd abzeichnete. »Dieser Johann sitzt in Untersuchungshaft.«

»Könnte er Evelyns Mörder sein?«

»Vielleicht ja, vielleicht nein. Eben hat mir Isabell berichtet, er sei in der fraglichen Nacht in Essen gewesen und erst vormittags nach Bonn zurückgekehrt. Wenn das stimmt, kann er es nicht gewesen sein.«

Achim blickte zum Fenster. »Wenn ich nur wüsste, ob man auch Valerie und ihre Alte verdächtigt ... Die Mutter hat mich gestern angerufen und beschimpft. Was kann ich dafür, dass die Polizei bei denen aufkreuzt? Und die Reporter hat Valerie sich selbst zuzuschreiben. Das Spatzenhirn musste am Wendehammer ja unbedingt erzählen, dass sie demnächst aus der Wohnung an der Kreuzkirche auszieht. Das hat sich wohl rumgesprochen.« Er lachte unfroh auf.

»Hast du noch was Neues von der Polizei gehört?«

Achim warf Freddy einen müden Blick zu. »Sie wurde erdrosselt, das haben sie mir jetzt klipp und klar gesagt, wollten wohl sehen, wie ich reagiere. Mit einer ordinären Kordel, wie Valeries Olle sie sicher noch für ihre Päckchen benutzt. Außerdem wurde sie gegen eine Zacke von einem Zaun gedrückt, der womöglich unter Denkmalschutz steht wie alles hier. Mit dem Ding im Nacken war sie schon schachmatt, und dann die Paketschnur. In den Anhänger und ab, im Innern waren Fussel von der Jacke und am Fundort das passende Reifenprofil. Ob die Leute aus der Arndtstraße aus dem Schneider sind oder in U-Haft – keine Ahnung. So sind die Kriminalisten, die verraten dir nichts, außer wenn es ihnen ermittlungstaktisch in den Kram passt.«

Freddy beschloss, Achim an seinen neueren Überlegungen teilhaben zu lassen.

»Ich finde es seltsam, dass Evelyn getötet wurde, nachdem sie in ein Haus eingezogen ist, in dem vor knapp vier Jahrzehnten der Eigentümer ermordet wurde.«

Achim zuckte mit den Schultern. »Gibt ja die dollsten Zufälle.«

»Die bei näherer Betrachtung nicht immer Zufälle sind. Ich meine, Evelyns Mörder könnte mit dem von Bernhard Troschert identisch sein.«

»Nach vierzig Jahren? Da müsste dein identischer Mörder jetzt ganz schön alt sein.«

»Nicht älter als Johann. Der hat bereits zu Bernhards Zeit im Haus gewohnt.«

»Mit so einem Alten wäre Evelyn locker fertig geworden.«

»Sechzigjährige sind keine Greise, und sie hatte einiges getrunken. Außerdem wird das Opfer schnell bewusstlos, wenn die Strangulation an der richtigen Stelle erfolgt.«

Achim warf eine zusammengefaltete Zeitung nach Freddy. »Lass das, ich will das nicht wissen. Aber sag mal, in dem Anhänger müssten sich doch auch Spuren des Täters finden? Haare, Textilfasern …«

»Da dürften noch hundert andere Spuren drin sein, von der Oma, die die Kinder reingesetzt hat, bis zu Nachbars Katze, die mal drin gepennt hat. Vielleicht auch Haare von dir, die an Evelyns Kleidung hafteten.«

»Hm …« Achim griff neben sich und zupfte am Spannbettlaken herum. »Die Polizei hat von mir zwei Paar Schuhe mitgenommen. Wenn da Erde von der Reichsstraße drunterklebt, hab ich schlechte Karten.«

»Du hast doch gesagt, du bist da nur entlanggefahren.«

»Ich hab mich geirrt.«

Freddy stöhnte auf.

»Es war nicht dieselbe Stelle. Aber wahrscheinlich ist die Beschaffenheit der Erde zwanzig Meter weiter nicht viel anders. Ich hab zum Pinkeln an der Reichsstraße angehalten, das hatte ich vergessen.«

»Wann?«

»In der Nacht, in der es passiert ist, nur etwas früher.«

»Hast du es der Polizei gesagt?«

»Quatsch. Natürlich nicht.«

Freddy erhob sich und begutachtete die Maserung des Schrankes. Achims Talent, sich verdächtig zu machen, verschlug ihm erneut die Sprache, er mochte ihm jetzt nicht ins Gesicht sehen. Es war unglaubhaft, dass er vergessen hatte, an der Reichsstraße ausgestiegen zu sein, das konnte ihm niemand abnehmen. Als Täter kam er nach wie vor in Frage, er log und verschwieg zu viel. Freddy sah seine These von der Täter-Identität ins Wanken geraten.

»He, du!«, hörte er Achims Stimme scharf im Rücken. Er meinte, im Augenwinkel eine geballte Faust zu sehen. »Glaubst du Kanaille etwa wieder …«

»Auf keinen Fall!«, beeilte sich Freddy zu versichern. »Ich bin überzeugt von deiner Unschuld, und das bleibt auch so.«

Feige Notlüge, dachte Freddy. Aber Achim gab sich damit zufrieden. Während er zum Kühlschrank ging, zwei Bierflaschen herausholte und nach dem Öffner kramte, stiegen in Freddys Kopf sonderbare Kombinationen auf, als wollten sie seine Beteuerung bestätigen: eine hasserfüllte, vor vier Jahrzehnten noch junge und nun gealterte Verwandte wollte aufgrund einer alten Familienfehde alle Troscherts beseitigen und hatte infolge ihrer Sehschwäche Evelyn erwischt … Die Mafia hatte Bernhard hingerichtet und in der Gästewohnung Dokumente deponiert, die Evelyn entdeckt hatte, worauf man ihr einen Killer auf den Hals schickte … Die Familie Teckelberg war hinter etwas her, das sich im Troschert'schen Haus befand, hatte dafür getötet und würde weitere Opfer in Kauf nehmen …

Schon die vage Möglichkeit solcher Alternativen versetzte Freddy in Unruhe. Was für Achim eine Chance wäre, konnte für Isabell eine Gefahr bedeuten. Eine noch andauernde, im Verborgenen schwelende Gefahr. Freddy schüttelte den Gedanken ab, prostete dem Freund zu und stürzte das kalte Bier hinunter.

DREIZEHN

Wenn man bedachte, dass dieser Tag ein Samstag war, hatte Marion die Wohnung ungewöhnlich früh verlassen. Sie müsse in der umgeräumten Praxis des Professors letzte Handgriffe anlegen, hatte sie erklärt. Ob dies der Wahrheit entsprach oder ob sie etwas Neues ausheckte, war Thomas mittlerweile beinahe gleichgültig. Auf seine Fragen zu ihrem Verhalten bezüglich der Briefe hatte sie nur patzig geantwortet, außerdem setzte sie den Flirt mit dem Polizisten, den sie in der Adenauerallee kennengelernt hatte, hemmungslos per Handy fort. Aber darüber wollte Thomas nicht länger nachdenken, er musste sich um die Kinder kümmern.

Um elf klingelte das Telefon. Es war seine Schwiegermutter.

»Was sagst du – Marion ist nicht da? So was Blödes!«

»Tut mir leid, Doris.«

»Aber ich muss mit jemandem reden, Thomas, sonst ist mir ein Magengeschwür sicher. Hast du ein Minütchen Zeit für deine Schwiegermutter? Sieh es als Erste-Hilfe-Leistung an.«

Thomas hatte vor, mit den Kindern in die Stadt zu gehen, um ein paar Fanartikel für die Fußballweltmeisterschaft zu kaufen. Simon und Sina hatten schon ihre Schuhe angezogen und standen wartend an der Tür. *Ein Minütchen?* Na gut.

»Du weißt ja, dass Marion mir diese Briefe anvertraut hat.«

»Und die Kriminalpolizei hat sie abgeholt.«

»Ja, aber einer enthielt etwas so ungeheuer Privates, den konnte ich ihnen nicht mitgeben. Ich hab ihn beim Frühstück noch einmal gelesen.«

»Versteh ich das richtig, Doris: Du hast einen zurückbehalten?«

»Was bist du so aufgebracht? Es ist doch nur einer! Mit der ganzen Kiste haben sie genug zu tun.«

»Das ist nicht in Ordnung, Doris, sie brauchen alle Briefe.«

»Thomas, ich hab meine Grundsätze. So was Intimes geht die Polizei nichts an.«

»Doris, die ermitteln in einem Mordfall! Vor allem Intimes kann wichtig sein, um den Täter zu finden.«

Die Kinder starrten ihn mit offenem Mund an. Thomas ging mit dem Telefon in die Küche, ließ die Tür aber offen.

»Dieser Bernhard ist mir so sympathisch, als wäre er mein Bruder. Ich hätte es gemein gefunden, ihn an einen Haufen Polizeibeamter zu verraten, die es an die Zeitung und ans Fernsehen weitergeben und vor Gericht verhackstücken! Und er wollte es doch geheim halten und hat es seinem Freund nur unter dem Siegel der Verschwiegenheit mitgeteilt.«

»Damals lebte er. Heute ist er tot. Das ist der Unterschied.«

»Auch Tote haben ein Recht auf Würde und Geheimnisse.«

Im Flur begannen Sina und Simon, sich gegenseitig zu boxen. Sie wurden ungeduldig.

»Sag mir endlich, um was es geht. Die Minute ist längst um, und wir wollen in die Stadt.«

»Er hatte eine Liebesgeschichte«, hauchte Doris mit offensichtlichem Genuss.

»Bernhard Troschert?«

»Wer sonst?«

»Lies vor.«

»Aber nur unter dem Siegel der Verschwiegen…«

»Quatsch nicht«, fiel er ihr ins Wort.

»Hör mal, wie redest du mit deiner Schwiegermutter?«

»Liest du es vor, oder soll ich erst der Polizei Bescheid sagen?«

»Jetzt bin ich nicht mehr in der Stimmung«, grummelte sie beleidigt.

Simon war inzwischen auf einen Stuhl gestiegen und angelte zwei Kleiderbügel von der Garderobe herunter.

»Doris, die Polizei braucht Anhaltspunkte, um den Mörder zu finden, was nach vierzig Jahren schwer genug ist.«

»Für einen Anhaltspunkt taugt es nun wirklich nicht.«

»Lies, bitte.«

»Also er … Diese Schrift ist übrigens eine Zumutung!«

»Als er das schrieb, hat er nicht an anspruchsvolle Leserinnen gedacht. Was steht da?«

Die Kinder fingen an, mit den Kleiderbügeln zu fechten. Thomas hoffte, dass es gut ginge.

Doris räusperte sich. »Ich fang einfach mittendrin an. *Und wundere dich nicht, lieber Freund, falls ich eines Tages aufgebrochen sein sollte, ohne mich verabschiedet zu haben. Wenn ich es für nötig befinde, die Stadt zu verlassen, geschieht es wegen einer heimlichen Geliebten, von der niemand wissen soll. Mach dir keine Sorgen, vor allem schick niemanden auf die Suche.* Ist das nicht süß, Thomas?«

»*Wegen einer heimlichen Geliebten …*«, wiederholte Thomas, während die Situation im Flur bedenklich eskalierte.

»Er ist mit ihr geflohen!«, flötete seine Schwiegermutter in sein Ohr. »In den Süden, auf eine Insel, zur Sonne, ins Glück!«

»Doris, er ist überhaupt nicht geflohen. Er lag tot in der Gartenerde.«

»Ach ja, stimmt. Schade.«

»Falls er mit ihr abhauen wollte, ist das verflixt schiefgelaufen. Ich muss dafür sorgen, dass Frau Troschert davon erfährt. Vielleicht weiß sie, wer die Geliebte war.«

Thomas hatte Hemmungen, Isabell Troschert anzurufen, und während er in den Flur stürzte, um den schreienden Kindern die Bügel zu entwinden, überlegte er, ob er den Privatdetektiv, den er in ihrem Haus kennengelernt hatte, dafür einspannen könnte.

»Sag mir bitte Bescheid, wenn du es weißt, Thomas«, tönte die Stimme seiner Schwiegermutter zwischen seinem Hals und seiner Schulter, weil er das Telefon dort eingeklemmt hatte, um beide Hände frei zu haben. »Ob ein eifersüchtiger Nebenbuhler den Mann umgebracht hat? Oder der Ehemann?«

Thomas entriss den Kämpfern ihre Waffen. Sina und Simon heulten auf.

»Was ist bei euch los?«, rief Doris. »Hörst du mir noch zu? Die Dame war verheiratet, sonst ergibt die Heimlichkeit keinen Sinn.«

Ja, dachte Thomas, hinter diesem Mord steht vielleicht nichts anderes als ein hässlicher kleiner Krieg aus Eifersucht und Leidenschaft.

***

Isabell lehnte sich auf dem Sofa zurück und blickte Freddy an, der auf dem Lieblingssessel ihres Großvaters vor der Bücherwand saß.

»Mein Vater und eine heimliche Beziehung … Darauf wäre ich

nie gekommen. Ich erfahre ständig neue Dinge über ihn. Es ist fast so, als hätte ich ihn nie richtig gekannt.«

Freddy war überraschend bei ihr aufgetaucht und hatte ihr berichtet, er habe einen Anruf von Thomas Teckelberg erhalten und anschließend einen Brief bei dessen Schwiegermutter abgeholt. Dieses Schreiben, das nun vor ihr auf dem Couchtisch lag, musste sie der Polizei übergeben, aber es widerstrebte Isabell, es sofort zu tun. Sie war müde geworden, nein, sie wollte nicht schon wieder einem Kriminalbeamten gegenübersitzen, sie war es so leid.

Es klingelte an der Haustür. Kurz darauf war ein leichter Schritt auf dem Terrazzo des Eingangs zu hören. Isabell spähte übers Geländer und sah den dunklen Lockenkopf ihrer Schwester.

»Freddy hat mich angerufen«, rief Pilar ihr entgegen. »Ich bin unterwegs zu Mama, will aber noch schnell einen Blick auf den Brief werfen.« Sie stürmte ins Zimmer und weiter zum Couchtisch.

»Ist er das?«

Freddy nickte. »Lies ihn ruhig laut.«

»Wenn ich es für nötig befinde, die Stadt zu verlassen, geschieht es wegen einer heimlichen Geliebten, von der niemand wissen soll. Mach dir keine Sorgen, vor allem schick niemanden auf die Suche.«

Pilar blickte auf. »Die Geliebte war verheiratet.«

»Vielleicht kam noch was dazu: Ihr Ehemann war in Bonn bekannt«, sagte Freddy.

»Die Gattin eines Botschafters, eines Ministers, eines Generals …«, schlug Isabell vor und setzte sich wieder aufs Sofa. »Da hätte die Polizei eine Menge zu tun. Die meisten dieser Frauen sind sicher nicht mehr in Bonn, eher in Berlin, und eine Diplomatengattin wäre längst wieder in Südamerika, Afrika oder wo sie eben herkam.«

»Die in Frage kommenden Damen haben etwas gemeinsam«, stellte Freddy fest. »Sie sind alle vierzig Jahre älter.«

»Die Geliebte wäre also sechzig, wenn sie damals eine Zwanzigjährige war«, sagte Pilar. »Und wenn sie älter war, ist sie jetzt siebzig, achtzig, neunzig oder hundert.«

»Ich hätte nicht für möglich gehalten, dass er überlegt, mit einer Frau abzuhauen.« Isabell seufzte. »Ohne mir etwas zu sagen.«

»Er hätte sich bald bei dir gemeldet, wenn es geklappt hätte«, meinte Freddy. »Aber es ist was dazwischengekommen. Sein Tod.«

»Für den der Ehemann gesorgt haben kann.«

»*Wegen einer heimlichen Geliebten …*«, wiederholte Pilar nachdenklich, während sie langsam durchs Zimmer ging. »*Wegen* – das scheint mir nicht eindeutig. Isa. Du gehst davon aus, dass er vorhatte, mit ihr zusammen fortzugehen. Aber ebenso gut kann es bedeuten, dass er ohne sie abhauen wollte, um einen Skandal zu vermeiden.«

Freddy ließ ein zustimmendes Grunzen hören. »Und bevor er die Flucht antreten konnte, ist der Gatte hinter die Affäre gekommen und hat den armen Bernhard umgelegt.«

»Oder umlegen lassen«, ergänzte Pilar, »falls es eine hochgestellte Persönlichkeit war.«

Sich in eine Liebesgeschichte ihres Vaters hineinzudenken, widerstrebte Isabell. Doch für einen Augenblick hatte sie etwas im Ohr, eine Szene, kurz und dunkel. Es war Nacht gewesen. Sie lag im Bett, hatte geschlafen und war aufgewacht. Im Nebenzimmer waren Stimmen, flüsternd, anschwellend, irgendwie bedrohlich. Ein Streit zwischen einem Mann und einer Frau. Die Worte konnte sie nicht verstehen, aber die Tonart war hässlich und aggressiv. Der Mann war ihr Vater. Und die Frau?

Isabell fing den forschenden Blick ihrer Schwester auf, die stehen geblieben war und sich gegen die Füllung der Flügeltür lehnte.

»Fällt dir dazu was ein, Isa?«

»Ich hab mich an streitende Stimmen erinnert. Solange Mama bei uns lebte, war das nichts Besonderes. Und ich weiß nicht, ob das, was mir eben einfiel, noch zu ihrer Zeit war oder wesentlich später. Ich kann es nicht einordnen.«

»Bitte, überleg! Manchmal fällt einem etwas ein, das man längst vergessen glaubte.«

»Dräng mich nicht. Sonst bilde ich mir vor lauter Kopfzerbrechen noch was ein, das nie gewesen ist.«

»Pilar, warst du nicht auch öfter mal hier im Haus?«, erkundigte sich Freddy.

»Ich kann mich nur an ein einziges Mal erinnern, da durfte ich mit Isas altem Kaufladen im Keller spielen und hab nur sie und Bernhard gesehen. Da war ich sechs oder sieben.«

»*Wegen* einer Geliebten«, murmelte Freddy. »Das kann man noch anders verstehen: dass er von ihr wegwollte, dass er befürchtete, die einzige Möglichkeit, ihr zu entfliehen, bestünde darin, unterzutauchen. Vielleicht war sie eine Frau, die sich nicht abschütteln ließ und ihm unentwegt Szenen machte. Einer meiner Freunde hatte so ein Problem.«

Pilar nickte. »Und so eine Frau könnte fähig sein, aus Wut zum Briefmesser zu greifen. Oder was soll es gewesen sein?«

»Es war der Wetzstahl«, erwiderte Isabell. »Auf meinen Wunsch hat die Kommissarin mir heute Mittag den genauen Befund der Rechtsmediziner mitgeteilt. Sie gehen aufgrund der noch gut erkennbaren Wundstruktur davon aus, dass das verdammte Ding mit hoher Wahrscheinlichkeit die Tatwaffe ist. Die Kriminaltechniker haben mittels einer chemischen Substanz sogar Rückstände von Blut daran nachweisen können. Was mich erstaunt, denn der Täter hat den Stab mit Sicherheit gespült.«

»Luminol mit Wasserstoffperoxid«, erläuterte Freddy, »macht geringste Blutspuren durch Emission von bläulichem Licht sichtbar, das klappt meistens trotz der Säuberung. Aber nach so vielen Jahren?«

»Den Wetzstahl hat niemand mehr benutzt, der lag nur in der Küchenschublade. Das war wohl entscheidend.«

»Wie kann man damit tödliche Verletzungen herbeiführen?«, wunderte sich Pilar. »Der sah nicht besonders spitz aus.«

»Es hat gereicht. Er wurde durch die Augenhöhle ins Gehirn gestoßen.«

Bis dahin hatte Isabell über alles sachlich reden können. Nun überkam sie das Entsetzen wie eine kalte schwarze Woge. So ein gezielter brutaler Akt … Womöglich war sie dem Ungeheuer, das ihn ausgeführt hatte, irgendwann schon begegnet und hatte es nichts ahnend und freundlich angelächelt. Sie schlug beide Hände vors Gesicht.

***

Sobald ihre Schwester sich gefasst hatte, machte Pilar sich auf den Weg in die Argelanderstraße, um nach ihrer Mutter zu schauen. Am Tag vorher hatte die fast Neunzigjährige einen sehr angestrengten Eindruck gemacht, und da der Gärtner und sein Gehilfe angekündigt hatten, ihre Arbeit heute fortzusetzen, befürchtete Pilar, ihrer Mutter könnte alles zu viel werden.

Durch die Augenhöhle ins Gehirn gestoßen … Das ging Pilar nicht aus dem Kopf, während sie den Weg Richtung Bahnschranke einschlug. Wer brachte so was fertig? Auf ein Auge zu zielen, das einen anblickte! Und wie gelangte der Stab ins Gehirn? Wenn sie das Skelett, das Damian vor Beginn seines Medizinstudiums bei eBay erstanden hatte, richtig im Gedächtnis hatte, befanden sich in der Augenhöhle Knochenplatten mit schmalen Spalten dazwischen. Passte die Spitze des Wetzstahls da hindurch?

Die Schranke vor der Lessingstraße war geschlossen. Pilar musste warten, da es an diesem Bahnübergang keine Unterführung für Fußgänger gab. Sie nutzte die Zeit, um Damian anzurufen. Er war sofort dran. Sie schilderte, was sie wissen wollte.

»Mutter.« Sie konnte sein Kopfschütteln beinahe vor sich sehen. »Ich kenne Stahlbeton, Topfstahl und Chirurgenstahl, aber was ist Wetzstahl?«

»Das ist ein Stab zum Messerschärfen. Länge dreißig Zentimeter oder mehr, Durchmesser schätzungsweise ein Zentimeter, vorn schmaler, aber die Spitze ist eher stumpf.«

»Die Knochenplatten der Orbita sind überwiegend recht dünn«, sagte Damian.

»Der was?«

»Das ist die Augenhöhle. Ich kenne einen, der hatte an der Stelle einen Bruch, als er mit dem Fahrrad auf die Fresse geknallt ist, ohne Helm, aber mit Alkohol. Ich denke, so ein Metallstab drückt diese Knochen einfach ein, wenn er fest da reingestoßen wird. Und bohrt sich dann ins Großhirn, das dahinterliegt.«

»Danke, Damian.«

Ein ICE brauste von Süd nach Nord vorbei.

»Ziehst du daraus irgendwelche Schlüsse, Mutter?«

»Ich stelle mir jemanden vor, der sich genau überlegt hat, dass er an der Stelle gut ins Gehirn kommt.«

Eine ältere Frau musterte sie von der Seite. Pilar schickte ein Lächeln in ihre Richtung. Das hier konnte ein Fachgespräch unter Neurochirurgen sein, die sich aus Zeitmangel an einem Samstag per Handy beraten mussten.

Ein zweiter Zug kam vom Bahnhof her.

»Jemand, der nicht aus plötzlicher Wut heraus agiert, sondern eiskalt geplant hat«, fuhr Pilar etwas leiser fort.

»Mit einer Pistole wäre es einfacher gewesen, das Gehirn zu treffen«, meinte Damian.

»Nicht in jedem Haushalt findet sich eine Schusswaffe.«

Die Waggons rauschten vorüber. Die Schranke klickte leise und stieg hoch. Die Frau neben Pilar entfernte sich rasch, anscheinend bemüht, sich schnell in Sicherheit zu bringen.

***

Nachdem Pilar gegangen war, hatte Isabell ihm vorgeschlagen, noch etwas zu bleiben und mit ihr eine Kleinigkeit zu essen, und Freddy hatte das Angebot gern angenommen, da Birgit mit Billy zu einer Freundin gefahren war und vermutlich erst gegen Abend zurückkehren würde. So konnte er mit Isabell noch länger über die rätselhafte Angelegenheit sprechen, während sie zusammen ein paar Toastscheiben mit Olivenöl, Tomaten, Knoblauch und Käse zubereiteten und sich bald darauf am Küchentisch niederließen, um die überbackenen Schnitten zu verzehren.

Isabell hatte eine Flasche Wein geöffnet, einen Beaujolais, den sie in zwei Keramikbecher goss. Das Wetter war schön, und es wäre warm genug gewesen, um draußen auf dem großen Balkon zu sitzen, aber sie hatte erklärt, den Anblick des Beetes, in dem die Leiche ihres Vater gelegen hatte, nicht einmal von Weitem ertragen zu können, der Küchentisch wäre ihr lieber. Dank des hohen, weit geöffneten Fensters zum Garten waren das Singen und Zwitschern der Vögel und der Duft der Blüten hier so gegenwärtig, als säßen sie in einem Baumhaus.

»Ich fasse mal zusammen, wer grundsätzlich als Mörder deines Vaters in Betracht käme«, sagte Freddy. »Erstens Johann …«

»Den kann ich mir nicht mit dem Wetzstahl vorstellen«, warf Isabell ein. »Eher mit der Axt.«

»Zweitens Bernhards Freund Paul.«

»Für mich der Hauptverdächtige. Aber wegen seiner geistigen Verfassung nicht mehr zur Verantwortung zu ziehen.«

»Drittens alle Verwandten, Bekannten, Freunde und Kollegen, die den Wetzstahl bei euch an der Wand gesehen haben, viertens die Putzfrau …«

»Maria José lebt wieder in Spanien. Ich weiß nicht mal, in welcher Provinz.«

»Fünftens der eifersüchtige Ehemann der Geliebten, sechstens die Geliebte selbst.«

»Deren Name uns völlig unbekannt ist.« Das klang so, als hätte Isabell nichts dagegen, wenn er unbekannt bliebe.

»Es müsste doch rauszukriegen sein, wer die Dame war.«

»Ich hab keine Ahnung, Freddy. Der Gedanke, mein Vater, der mir ziemlich alt vorkam, könnte eine Freundin haben, lag für mich meilenweit entfernt. Du kannst sicher sein, dass mir sämtliche Anzeichen dafür entgangen sind. Ich war mit mir und meiner Clique beschäftigt und hab auch oft außer Haus gepennt.«

»Hast du deinen Vater nie in Begleitung einer attraktiven Frau gesehen?«

»Nur auf dem einen oder anderen Foto. Das waren meistens Kolleginnen, Journalistinnen im korrekten Kostüm mit Aktentasche.«

»Hat er viele Fotos hinterlassen?«

»Nur ganz wenige. Und die meisten davon zeigen Mama, den Dackel meiner Großeltern oder mich, vom Baby- bis zum Teenageralter. Auf den restlichen sieht man seine Eltern, Freunde aus der Vorkriegszeit und seine erste Frau, die er im Krieg verloren hat.«

Die Haustürklingel ertönte. Durchdringend, scheppernd, eine Schelle alten Typs, wie Freddy sie aus seiner Kindheit kannte. Isabell stand auf, drückte den Knopf neben der Tür und trat ins Treppenhaus hinaus. Kurz darauf war von unten das Klappern von Absätzen auf dem Steinboden zu hören, Sekunden später ein dumpferes Stakkato auf den Holzstufen.

»Meine Liebe, ich bin erschüttert! Du Arme!«, drang eine helle Stimme herauf. »Wie scheußlich, wie widerwärtig, das kostbare Mobiliar, das wunderbare Parkett, du tust mir so leid!«

Das klang überspannt und theatralisch. Freddy drehte sich zur Tür um, neugierig, was für eine Person nun hereinschneien würde.

»Hallo, Beatrice«, vernahm er Isabells Stimme, die vergleichsweise spröde klang. »Komm in die Küche, ich habe einen Freund zu Besuch.«

»Ah, wundervoll, hochinteressant.«

Freddy erhob sich. Eine blondierte ältere Dame stöckelte durch die Küchentür. Ihre Haut hatte die Farbe knuspriger Grillhähnchen, als käme sie geradewegs von einem Mittelmeerstrand, ein Eindruck, der durch ihr türkisblaues, tief ausgeschnittenes Kleid betont wurde. Sie warf Freddy ihre rechte Hand entgegen, an der ein halbes Dutzend Ringe blinkten. In der anderen Hand hielt sie einen Strauß aus langstieligen Rosen, den sie auf den Tisch warf, ungeachtet der Teller mit den Käsetoasts, die unter den Blüten und Blättern verschwanden. Freddy rettete die Weinbecher vor dem Umkippen und nannte seinen Namen. Sie schien es nicht zu hören.

»Stell dir vor, Bella, die Polizei war schon bei mir, aber ich konnte denen nicht weiterhelfen, ich weiß ja rein gar nichts! Der arme Bernhard, nein, das ist wirklich furchtbar, das hat er nicht verdient, so verscharrt zu werden, es ist unfassbar, eine Tragödie.« Der Blick aus den akkurat geschminkten Augen glitt von Isabell zur Küchenzeile. »Und hier sieht es immer noch aus wie früher, als er … Unter diesen Umständen würde ich das nicht aushalten. Hast du nicht das Bedürfnis, alles gründlich zu verändern?«

Isabell zuckte müde mit den Schultern. »Danke für die Rosen. Ich hol eine Vase.«

»Nicht nötig.« Beatrice griff rasch nach dem Strauß. An einem der Stiele klebte der halbe Käsetoast von Freddys Teller und flog auf den Fußboden. »Die Blumen sind als Trost für die arme Lore gedacht, sie hat mich angerufen, sie war völlig aufgelöst. Die Polizei ist wohl übergeschnappt, Johann festzunehmen, nur weil er einen kleinen Wutanfall hatte. Er braucht einen Psychiater, aber keine Zelle!«

Freddy deutete auf den Verband unter seinem Hemd. »Sein kleiner Anfall zeugte von einer guten Portion krimineller Energie.«

Beatrice hatte sich bereits umgewandt und verschwand im Treppenhaus. Freddy bückte sich nach dem Toast und warf ihn in den Abfalleimer unter der Spüle. Isabell schien dem schwächer werdenden Geräusch der Absätze zu lauschen, bis es oben im Dachgeschoss verstummte.

»Die ist anstrengend«, meinte Freddy. »Woher kennt sie deinen Vater?«

»Sie war die Mieterin des zweiten Stockwerks, wo jetzt Ulf wohnt. Sie hat drüben im Auswärtigen Amt als Sekretärin gearbeitet. Ihr Mann war ein dünner, blasser Schriftsteller, von dem es meine ganze Jugend hindurch hieß, er schreibe einen Roman. Keine Ahnung, ob er inzwischen damit fertig ist.«

»Sie sieht ganz schick aus. Wie war das früher?«

»Du meinst …«

»Wenn ich mir die Frau vierzig Jahre jünger denke, kann ich sie mir hervorragend als Geliebte eines sehr viel älteren Mannes vorstellen. Wenn ihr Ehemann blass wirkte, war der gut aussehende Bernhard mit seinen grauen Schläfen sicher attraktiver. Sie hat ihn mit ihren Reizen umgarnt, war voller Leidenschaft, aber …«

»Ist gut, Freddy«, unterbrach Isabell ihn mit gerunzelter Stirn. »Warte.«

Sie ging in ihr Wohnzimmer hinüber. Durch die offene Tür sah Freddy von seinem Stuhl aus, dass sie an die Bücherwand trat, die fast bis zur Stuckleiste der Decke reichte. Sie langte in eines der unteren Fächer und nahm etwas heraus. Eine alte Zigarrenkiste, stellte Freddy fest, als Isabell zurückkam.

»Hier sind seine Fotos. Ich habe sie gestern Abend durchgeschaut, und keines davon schien mir bemerkenswert. Aber jetzt ist mir eingefallen, dass doch ein besonderes darunter ist.«

Isabell stellte die Kiste auf den Tisch und schlug den Deckel zurück. Nach einigem Suchen zog sie aus einem Packen Fotos unterschiedlichen Formats ein Schwarz-Weiß-Bild in Postkartengröße hervor und reichte es Freddy. Es zeigte eine üppige Blondine, die in einem kurzen Sommerkleid auf einem Waldweg stand. Beatrice als knackige junge Frau.

»Dreh es mal um«, sagte Isabell.

Quer über die Rückseite waren mit blauer Tinte und breiter Feder zwei Zeilen geschrieben: *Tausend Dank für die schönen Momente! Beatrice.*

»Hui«, entfuhr es Freddy. »Das ist eindeutig.«

»Das könnte man denken«, sagte Isabell. »Ich glaube aber nicht, dass mein Vater sie sonderlich mochte. Sie war immer so übertrieben, so entsetzlich schrill.«

»Vorhin hattest du Zweifel, ob du ihn richtig gekannt hast«, wandte Freddy ein.

»Die Erwähnung schöner Momente kann ebenso gut das alljährliche Gartenfest betreffen, zu dem mein Vater auch die Mieter eingeladen hat.«

»Und als Dank ein Foto von ihr selbst? Ist zumindest ungewöhnlich.«

»Andere Leute hätten eine Karte mit Blumenmotiv genommen, Beatrice hielt sich selbst für attraktiver.«

Über diese Frau sollte man doch ein bisschen mehr wissen, dachte Freddy. »Hattest du all die Jahre hindurch Kontakt zu ihr?«

»Nein, Freddy, darauf legte ich keinen Wert. Sie hat aber die Verbindung zu Lore aufrechterhalten und durch sie von meiner Rückkehr erfahren. Vor Kurzem erschien Beatrice hier und hat mir den Auftrag vermittelt, die Biografie einer Industriellenwitwe in Düsseldorf zu schreiben. Es war ihr wichtig, dass ich ihn übernahm.«

»Ach!«, rief Freddy aus.

Er warf das Foto zurück in die Kiste. Eine plötzliche Aufregung erfasste ihn, er sah Verbindungen zwischen den Einzelheiten. Die Theorie, dass beide Morde von ein und demselben Täter oder derselben Täterin begangen wurden, nahm Gestalt an.

»Isabell, du warst an dem Tag, als Evelyn ermordet wurde, in Düsseldorf, richtig?«

»Ja.«

»Wusste Beatrice von dem Termin, das heißt, wusste sie, dass du an dem Tag nicht zu Hause sein würdest?«

»Sie wird über jedes meiner Treffen mit der Witwe unterrichtet sein, die beiden sind befreundet.«

»Okay. Fangen wir vorn an, vor vierzig oder mehr Jahren. Beatrice hat deinen Vater verführt, war verrückt nach ihm und wollte nicht mehr von ihm lassen. Das kannst du dir sicher vorstellen, oder?«

»Ungern.« Isabell ließ sich auf einen Küchenstuhl sinken.

»Dein Vater bemühte sich vergeblich, das Verhältnis zu beenden, und traf Vorbereitungen, sich abzusetzen und irgendwo neu anzufangen. Sie kriegte das spitz und machte ihm eine fürchterliche Szene, in deren Verlauf sie den Wetzstahl nahm und ihm ins Auge stieß, ehe er begriff, was sie vorhatte.«

Isabell blickte auf die Zigarrenkiste. Freddy sah, wie sehr es ihr widerstrebte, seinen Überlegungen zu folgen. Langsam näherte sich ihre rechte Hand der Kiste und zog aus dem Stapel ein weiteres Foto, das sie Freddy reichte. Das kleine Schwarz-Weiß-Bild zeigte die Küche, in der sie saßen. Am Herd stand eine alte Frau in einer weißen Schürze, ihr Haar war am Hinterkopf zu einem straffen Knoten gebunden. Rechts von ihr war die gekachelte Wand mit den Küchenwerkzeugen zu erkennen, darunter ein Kartoffelstampfer, ein Schneebesen, ein Quirl – und der Wetzstahl. Der Blickwinkel war fast derselbe, den Freddy hatte, als er den Kopf hob, nur die Gegenstände waren andere.

»Warum der Wetzstahl?«, fragte Isabell. »Wer hat im Streit so ein Ding zur Hand? Da müssten sie sich in der Küche gestritten haben, ein Risiko in einem so hellhörigen Haus. Zusätzlich hätte die Frau das Problem gehabt, den toten Mann die Treppe hinunterzuschaffen.«

»Hm …« Freddy wollte nicht so schnell klein beigeben. »Der Rest passt aber ganz schön. Beatrice kann hier gewesen sein, als du in Düsseldorf warst. Da sie wusste, dass du jetzt auf Dauer hier wohnst, hat sie einen Schreck bekommen und sich alter Beweisstücke ihres Verhältnisses mit Bernhard erinnert, die möglichst schnell verschwinden mussten. Oder sie hat den Wetzstahl gesucht, du sagtest ja, er war in der Ritze schwer zu finden. Jedenfalls beobachtete Evelyn sie bei der Suche, und Beatrice fürchtete, sie würde sie verraten. So kam es zu einem weiteren Mord. Sie lauerte Evelyn auf, als sie aus dem Lokal kam.«

»Dann wäre Evelyn nicht nur Johann begegnet, sondern auch Beatrice? Am selben Tag?« Abrupt erhob sich Isabell vom Stuhl. »Hör auf, Freddy! Und was meinen Vater betrifft, kann Beatrice weder seine Geliebte noch seine Mörderin gewesen sein. Sie ist zu redselig und zu extrovertiert, um Heimlichkeiten zu haben. Und noch weniger ist sie der Typ für ausgeklügelte Tötungsakte.«

Freddy sah Isabell zweifelnd an. Sie schien sich in ihrem Urteil sehr sicher zu sein. Kannte sie die ehemalige Mieterin wirklich so gut? Er traute der Dame einiges zu, das die gradlinige, aufrichtige Isabell sich vermutlich nicht vorstellen konnte.

»Das Laute, Schrille kann aufgesetzt sein«, sagte er, »und tief in ihr schlummern dunkle Geheimnisse.«

Isabell legte das Küchenfoto in die Zigarrenkiste und gab dem Deckel einen Stoß, sodass er zufiel. Ihr reichte es, so viel war sicher.

»Es kann auch anders gelaufen sein.« Freddy konnte es sich nicht verkneifen, eine weitere Möglichkeit ins Feld zu führen. »Vielleicht waren sie ein liebendes Paar und wollten zusammen fortgehen, um ein gemeinsames Leben zu führen. Es hätte alles geklappt, wenn Beatrices Ehemann sie nicht zusammen erwischt und beschlossen hätte, Bernhard zu beseitigen. Als Schriftsteller bevorzugt er das Besondere, das Kreative. Er sieht sich im Haus um, findet die Dolche zu auffallend, das Bratenmesser zu banal, die Axt zu vulgär und entdeckt den Wetzstahl, mit dem man zwar nicht ins Herz, aber in die Augenhöhle kommt, und gerade das reizt ihn. Er steckt den Stab unter seine Jacke und sucht Bernhard irgendwo auf, wo die Umstände günstig sind, im Keller oder im Garten. Nach der Tat spült er den Wetzstahl ab und hängt ihn wieder an seinen Platz, sodass niemandem etwas auffällt.

Isabell schüttelte sich, als hätte Freddy ihr den Inhalt eines Horrorfilms erzählt.

»Beatrices Mann heißt Georg, jetzt fällt es mir ein«, sagte sie. »Er hätte nicht mal eine Fliege erschlagen. Beatrice hat sich oft darüber lustig gemacht, dass er jedes lästige Tierchen vorsichtig mit einem Glas einfing und ins Freie setzte. Während sie einfach draufhaute.«

»Fliegen sind unschuldig, der Liebhaber seiner Frau wäre es nicht. Und auch er kann den Wetzstahl und verräterische Beweise der Liebschaft gesucht haben, die auf ihn als eifersüchtigen Ehemann hingewiesen hätten, auch er kann Evelyn begegnet sein. Wie ist dieser Georg heute so?«

»Er scheint sich in einen sportlichen Rentner verwandelt zu haben, aber ich hab ihn schon ewig nicht mehr gesehen.« Isabell blickte zur Tür und schien zu horchen. »Still, Freddy, sie kommt die Treppe herunter.«

Die Tritte auf den Stufen, die Freddy vernahm, klangen wie das vorsichtige Aufsetzen hoher Absätze. Er stand auf und öffnete die Tür.

»Was hast du vor?«, hörte er Isabells Stimme in seinem Rücken.

»Ach, Verzeihung …«, raunte er so charmant, wie es ihm möglich war, ins Treppenhaus.

Beatrice blieb stehen und sah ihn zum ersten Mal richtig an.

»Irgendwer hat mir erzählt, Ihr Mann habe einen ausgezeichneten Roman geschrieben.«

Ihr perlendes Lachen hallte in dem hohen Hausflur wie in einer Kirche. »Geschrieben hat er ohne Ende. Das können Sie wörtlich nehmen. Er ist nie bis zum Ende gekommen.«

»Und nun ist er auf Sport umgestiegen.« Isabell trat neben Freddy.

Das Minutenlicht des Hausflurs erlosch. Isabell knipste es wieder an. Beatrices sonnenbraunes Gesicht war ernst geworden.

»Bella, Georg ist seit achtzehn Jahren tot. Der Sportler ist mein zweiter Mann, Ingo. Übrigens bin ich nur heruntergekommen, um dich zu fragen, ob du Filtertüten hast. Lore besitzt ja nicht mal eine gescheite Kaffeemaschine.«

Isabell öffnete einen Hängeschrank in der Küche und entnahm ihm ein paar weiße Papiertütchen. Freddy hatte den Eindruck, dass sie noch aus der Zeit des alten Bernhard stammten.

»Freddy«, sagte Isabell, als sie die Küchentür geschlossen hatte und die Stöckelschuhe nicht mehr zu hören waren. »Vergiss den Ehemann und alles andere. Es gibt nichts als Sackgassen. Nach so langer Zeit kann das nicht anders sein.«

»Na, mal sehen«, erwiderte er. »Vielleicht tut sich noch was.«

Obwohl nichts zueinander passen wollte, war ihm, als hätte er die richtige Witterung aufgenommen. Als wäre der Blick nur durch irgendetwas verstellt …

***

Als Pilar in der Argelanderstraße eintraf, führte ihre Mutter sie sofort durchs Wohnzimmer zur Veranda. Mit einer Geste der Verzweiflung deutete sie in den Garten hinunter, in dem die beiden Gärtner mit Spaten und Axt beschäftigt waren.

»Nun sieh dir das an, Pilar! Seit einer halben Stunde tun sie nichts anderes, als dieses Wurzelwerk zu beseitigen! Warum ist das nur so viel? Erinnerst du dich, wie klein das Bäumchen mal war? Es stammte aus einem von Trrroscherrts Balkonkästen in der Adenauerallee, es hatte sich dort angesät und war an sich ein Fall für den Grünmüll. Aber er konnte ja nichts wegwerfen. Deshalb kam er auf die Idee, das Pflänzchen, das kaum die Größe einer Primel hatte, in mein Beet zu setzen. Das sagte er mir dummerweise, als ich im Begriff war, auf eine Kaffeeeinladung zu gehen, und nicht länger drüber nachdenken konnte. Erst sehr viel später fiel mir auf, dass da ein Bäumchen heranwuchs.« Sie griff nach ihrer Brille, die an einer Kette auf ihrer Brust baumelte, und setzte sie auf. »Kannst du sehen, ob es da unten überhaupt vorwärtsgeht?«

Um den Baumstumpf von etwa einem Meter Höhe hatten die beiden Männer einen größeren Kreis ausgehoben. Der jüngere durchtrennte eine Wurzel mit der Axt, der Grauhaarige ruckelte an dem Stumpf.

»Er wackelt«, sagte Pilar. »Das dauert nicht mehr lang. Soll ich dir einen Tee machen?«

»Nein, danke. Es ist Zeit für meinen Mittagsschlaf.«

»Leg dich ruhig hin, ich bin ja da.«

»Nun steh ich schon so lange hier, jetzt will ich auch sehen, ob sie es schaffen.«

»Sie hacken noch ein paar dickere Wurzeln ab.«

»Der eine trinkt erst mal was.«

»Jetzt wackelt der Stumpf stärker.«

»Findest du es nicht unerhört, dass Trrroscherrt mich nicht gefragt hat, ob ich die Fichte überhaupt haben will? Er sagte nur: *Lass sie mal wachsen*.«

»Du hättest sie rausreißen können.«

»Ich hab ja nicht geahnt, was daraus wird.«

»Bei Bäumen ist das meistens absehbar.«

Pilars Mutter rückte ihre Brille zurecht. »Warum machen sie jetzt nicht weiter?«

»Sie haben ihn fast raus, der Stumpf steht ganz schräg.«

»Aber sie starren vor ihre Füße, was soll das denn?«

»Die verschnaufen nur«, meinte Pilar, hatte aber im nächsten Moment den Eindruck, dass es das nicht sein konnte.

Der Gärtner und sein Gehilfe schienen im Boden etwas entdeckt zu haben. Pilar durchfuhr ein Schreck. Hoffentlich nicht wieder … Sie blickte schnell weg.

»Vielleicht war es nur ein kleines Tier, sie machen weiter«, kommentierte ihre Mutter.

Pilar sah wieder hin. Das Bild, das sich ihr bot, erinnerte sie an das Ziehen eines Backenzahns, auch wenn die Zange fehlte. Knirschend brach der Wurzelteller der Fichte aus dem Boden. Die Männer schoben ihn beiseite und begutachteten das Loch. Der Gärtner wiegte seinen ergrauten Kopf hin und her, als ob er sich wunderte.

»Das versteh nun einer!«, beklagte sich die Mutter. »Sie sollen das Loch zuschütten, ihre komische Bodenverbesserung vornehmen und Blumen pflanzen! Ich bezahle sie doch nicht fürs Gucken!«

»Irgendwas ist dort, Mama.«

Der Gehilfe ging in die Hocke und griff in die Grube hinein. Der Meister reichte ihm eine kurze Schippe. Pilar vernahm ein metallisches Kratzen. Das musste sie aus der Nähe sehen! Sie lief die steile Eisentreppe hinunter.

Ihre Mutter blieb auf der Veranda stehen. »Was kann denn da sein? Doch wohl kein Blindgänger aus dem Krieg? Geh nicht so nah dran, Pilar!«

Sie hörte kaum, was ihre Mutter rief. Ihr Blick war auf den Gärtnergehilfen gerichtet, der etwas aus der Erde heraushob – ein dunkles, quaderförmiges Behältnis. Er nahm einen Lappen vom Boden auf und wischte rundherum Erde und Wurzelteile ab. Am Deckel befand sich ein stark verrosteter ovaler Griff.

Der junge Mann kam auf Pilar zu. »Schauen Sie mal. Das waren bestimmt Kinder.«

Der Kasten erinnerte an die Geldkassette, die Freddy an seinem Biostand benutzte, auch wenn die Oberfläche ramponiert und das Email zwischen den schwärzlichen und rostigen Flecken kaum noch erkennbar war. Pilar glaubte, diese Kassette schon einmal gesehen zu haben, an einem anderen Ort, zu einer anderen Zeit, glatt und glänzend, nicht so schmutzig. Eine Kindheitserinnerung.

»Vorsicht, der ist schwer«, warnte der junge Gärtner.

Pilar nahm den Kasten mit beiden Händen entgegen. Im Innern rappelte es.

»Da sind Steine drin«, sagte der Gehilfe. »Wir haben so was früher auch gemacht. Mit irgendeiner witzigen Botschaft an die Außerirdischen im Jahr 3000.«

»Es klingt, als wären es Metallstücke«, meinte Pilar. »Münzen oder …«

Der ältere Gärtner lachte so herzhaft, dass alles an ihm wackelte und der Ring am Ohrläppchen hin und her zuckte. »Denken Sie, hier hätte jemand einen Schatz vergraben? Davon träumen Tausende von Gartenbesitzern, das können Sie mir glauben!«

»Ich weiß es aber«, stieß Pilar heiser hervor. Sie war überwältigt. »Das ist ein Schatz.«

In ihrem Rücken hörte sie ihre Mutter mit vorsichtigen Schritten von der Veranda herunterkommen. Pilar ging ihr entgegen. Die Gärtner kümmerten sich wieder um den Baumstumpf.

Schweigend musterte die alte Dame die Kassette. Sie wackelte mit dem Kopf, als hätte sie es mit der unbegreiflichen Unart eines verzogenen Kindes zu tun. Sie ergriff den Kasten und schickte sich an, damit die Treppe hochzusteigen, ohne eine Hand fürs Geländer frei zu haben. Pilar folgte ihr, fasste sie am Arm und half ihr hinauf.

»Trrroscherrt …« Rau wie das Schaben von Sandpapier drang die Stimme ihrer Mutter durch den Schall der Tritte auf den Stufen. »Trrroscherrt, was machst du für Sachen? Deshalb hast du die Fichte gepflanzt. Jetzt weiß ich es. Nur deshalb.«

***

Freddy spürte deutlich, dass Isabell jedes weitere Spekulieren über die Geliebte und den Tod ihres Vaters zuwider war. Zugleich merkte er, dass auch sie nicht in der Lage war, das Thema gänzlich fallen zu lassen. Mit fahrigen Bewegungen und unruhigen Augen wischte sie mit einem nassen Lappen öfter als nötig über den Tisch, um die Spuren der Blumen und der Käseschnitten zu beseitigen, und als der Lappen auf den Boden klatschte, sagte sie:

»Lass liegen. Ich muss dir noch was sagen.«

Sie erzählte ihm von den drei großen Kartons, die, angefüllt mit

Papierkram ihres Vaters, im Keller lagerten. Fünf Minuten später standen sie beide davor.

»Hier, Freddy.« Sie deutete auf den vordersten Karton. »Als ich vor zwei Wochen in den Keller kam, schien mir der Knick obendrauf stärker geworden zu sein.«

»Hast du hineingeschaut?«

Isabell bog die Oberseiten aus Pappe auseinander. »Nein, aber es ist bestimmt nichts drin, was weiterhilft.«

»Interessanter wäre, ob was fehlt, das weitergeholfen hätte, wenn es noch da wäre.«

»Es ist auch möglich, dass jemand was gesucht und nicht gefunden hat. Mama sagte, hier befänden sich nur die Zeitungsartikel meines Vaters aus dreieinhalb Jahrzehnten, außerdem ein Packen Zeichnungen. Das lag früher alles im Wohnzimmer rum.«

»Zeichnungen«, wiederholte Freddy aufgewühlt.

Hier konnten sie etwas finden, das Aufschluss gab. Wenn Bernhard Beatrice porträtiert hätte, wäre das ein Indiz für eine Beziehung, falls er nicht auch eine andere Frau gezeichnet hatte. Eine Diplomatengattin auf dem Bett, eine leicht bekleidete Politikern unterm Apfelbaum … Womöglich hatte Bernhard nur Landschaften skizziert.

»Was hat er gezeichnet, Isabell?«

»Ich erinnere mich kaum noch. Schau selbst.« Sie hob zwei Aktenordner aus dem Karton, legte sie beiseite und zog dann eine große graue Mappe heraus, die sie aufklappte.

Freddy nahm das oberste Blatt in die Hand und stieß einen bewundernden Pfiff aus. »So möchte ich auch zeichnen können. Ist das eure Mutter, als sie jung war?«

Porträts der Mutter gab es viele, in Bleistift, Rötel und Kohle. Dazwischen lagen einige von Isabell als Kind und als Jugendliche. Es folgten Zeichnungen von Bäumen und Gartenansichten.

»Beatrice ist nicht dabei«, sagte Isabell. »Keine Frau außer Mama.«

»Und wenn sie ihr Porträt herausgeholt hat? Wenn sie es war, die sich an den Kisten zu schaffen gemacht hat?«

»In dem Fall hätte sie sicher auch das Foto für *die schönen Momente* an sich genommen«, konterte Isabell.

Das kann sie vergessen haben, dachte Freddy, war aber nicht überzeugt davon. Er fühlte sich ernüchtert. Die Grübelei brachte nichts, er sollte sie einstellen. Selbst wenn Beatrice ein paar kompromittierende Blätter aus der Mappe gefischt hätte, wären die inzwischen vernichtet; sie war bestimmt nicht so sentimental, sie als Andenken zu verwahren.

Er klappte die Mappe zu. Im selben Moment meldete sich seine Handymelodie »Suspicious Minds«.

Es war Pilar. Sie klang ungeduldig.

»Freddy, bist du noch bei Isabell? Sie geht nicht an ihr Handy.«

»Das liegt oben auf dem Küchentisch, wir sind im Keller.«

»Sag ihr, dass sie so schnell wie möglich in die Argelanderstraße kommen soll. Jetzt. Sofort.«

Isabell streckte die Hand nach dem Handy aus, und Freddy reichte es ihr.

***

War sie aufgewühlt durch die Nachricht, die ihr Pilar kurz und knapp überbracht hatte? Nein, was Isabell auf dem Weg in die Argelanderstraße fühlte, schien das Gegenteil zu sein. Ihr Empfinden war distanziert wie das der Zuschauerin eines Films, in dem die Hauptfigur einerseits verhängnisvolle Fehler begeht, andererseits auch Umsicht walten lässt. Über den kleinen Sieg ihres Vaters, sein Vermögen gerettet zu haben, musste sie sogar lächeln. Kaum jemand, der den Plan gefunden oder seine Briefe gelesen hätte, wäre darauf gekommen, das Gold ausgerechnet bei der Frau zu suchen, von der er seit Jahren geschieden war und die ihn harsch und lieblos *Trrroscherrt* nannte. Hatte er seinem Freund Paul misstraut? Hatte er befürchtet, dass seine Geliebte das Gold finden könnte? Zwei Meter vor der rechten Mauer, hatte Pilar gesagt. Insofern entsprach der Fundort dem vorderen Kringel auf dem Plan, nur dass es sich um einen anderen Garten handelte.

Während Isabell zu Fuß durch die samstäglich ruhigen Straßen eilte, kreisten ihre Gedanken um ihr Leben an der Adenauerallee vor vier Jahrzehnten. Sie hatte in ihrem Zimmer, das zur Straße hinausging, stundenlang laute Musik gehört, sogar wenn sie Hausaufgaben machte, hämmernde Rhythmen, grelle Stimmen, sie hatte oft mitgesungen und getanzt. Es hätte jemand die Treppe hinunterfallen können, sie hätte es nicht wahrgenommen, umso weniger eine Geliebte, die heimlich kam und ging.

Noch in Einzelheiten jener Zeit versunken, näherte sie sich dem Haus ihrer Mutter, dessen herausgeputzte Jugendstilfassade ihr heute allzu eitel und aufdringlich erschien. Pilar öffnete ihr die Tür. Isabell ging sofort weiter in das zur Straße gelegene Erkerzimmer, das ihre Mutter als *Salon* bezeichnete und nur benutzte, wenn sie Gäste empfing. Isabell wurde bewusst, dass sie lange nicht hier gewesen war.

Die alte Dame saß, elegant wie immer, auf dem mit gelber Seide bezogenen Zweisitzer unter dem Bildnis eines streng blickenden Vorfahren, dessen Augen Isabell von der Tür bis zum Biedermeiertisch zu folgen schienen. Neben ihrer Mutter beugte sich ein Herr mit leuchtend weißem Haar über die ovale Platte. Er erhob sich, als er Isabell bemerkte. Ihre Mutter stellte ihn ihr als den kundigsten Münzsammler vor, den man in Bonn und Umgebung finden könne, worauf er geschmeichelt lächelte und eine abwehrende Handbewegung machte.

»Nicht doch, gnädige Frau …«

»Auf meinen Anruf hin hat Herr Dr. Kern netterweise alles stehen und liegen lassen und ist sofort gekommen«, erläuterte ihre Mutter mit kokettem Seitenblick auf den schmalen Herrn, den Isabell auf Anfang neunzig schätzte. »Er ist mein Bridgepartner.«

Isabell vergaß, die ausgestreckte Hand des Mannes zu drücken, nicht einmal ein freundliches Nicken brachte sie zustande, ihr Blick war starr auf die Mitte der Spitzendecke gerichtet, die auf dem polierten Kirschbaumholz ausgebreitet lag. Denn dort stand fleckig, verkratzt und verbeult, als hätte man sie den Wirren einer schwierigen Zeit entrissen, die Geldkassette aus dem Kaufladen ihrer Kindheit. Ein graues Ding, das sie nicht gemocht hatte, weil es von hässlicher Farbe und außerdem zu groß für das schmale Brett ihrer Theke gewesen war, sodass es oft mit Getöse herunterfiel.

»Wir haben uns erlaubt, die Kassette zu öffnen.« Der Bridgepartner wies auf einen Schraubenzieher und eine aufgebogene Büroklammer. »Ein ganz einfaches Schloss.«

Mit einem verheißungsvollen Lächeln klappte ihre Mutter den Deckel zurück. »Ein Anblick wie im Märchen, nicht wahr?«

Der Kasten war gefüllt mit Geldstücken in ordentlichen Kolonnen. Sie waren kaum verschmutzt, glänzten tiefgelb und wiesen eine lesbare Prägung auf. Es waren unverkennbar Goldmünzen.

Isabell merkte, dass die beiden Alten und Pilar sie beobachteten, sie erwarteten einen Freudenschrei, einen Ausruf der Begeisterung. Sie brachte nichts über ihre Lippen.

Dr. Kern streifte sich hauchdünne Baumwollhandschuhe über. »Sie werden sie noch säubern müssen, aber damit Sie wissen, womit Sie es zu tun haben, will ich sie Ihnen kurz vorstellen.«

Er zog mit der rechten Hand eine Münze heraus und legte sie auf die Fläche seiner linken. »Das ist ein Schweizer Hundert-Franken-Gold-Vreneli von 1925. Die Prägemenge liegt bei nur fünftausend Stück. Wir haben es also mit einer recht seltenen Kostbarkeit zu tun. Sie können sich glücklich schätzen, dass Ihr Vater so viele davon erwerben konnte.«

Der alte Herr legte die Münze, die Isabell ziemlich groß vorkam, auf ihre Handfläche. Sie war weit davon entfernt, sich *glücklich zu schätzen*, sie war einfach nur verwirrt. Die Handlupe, die Dr. Kern ihr reichte, nahm sie wie in Trance entgegen. *Vreneli* – das mochte der Name der Frau auf der Vorderseite sein, deren Profil vor einer Bergkulisse abgebildet war. Darüber stand das Wort *Helvetia*. Dr. Kern bedeutete Isabell, die Münze umzudrehen. Ihre Rückseite zeigte das Schweizer Wappenkreuz in einem Strahlenkranz.

»Und die hier«, Dr. Kern nahm zwei zugleich aus dem Kasten, »zeigen Napoleon den Ersten. Sie sind 1807 und 1810 geprägt und hier ebenfalls in stattlicher Menge vertreten.« Er reichte Isabell diese etwas kleineren Münzen und griff erneut in die Kassette. »Die übrigen sind österreichische Dukaten. Schauen Sie, Kaiser Franz Joseph der Erste, *Austriae Imperator*, auf der Rückseite der Doppeladler von Österreich-Ungarn. Es sind Originalprägungen, die meisten von 1914. Das Geburtsjahr Ihres Vaters, wie mich Ihre Frau Mutter wissen ließ.«

Isabell fand sich in einem Strudel widerstreitender Gefühle wieder. Einerseits empfand sie zorniges Unverständnis, weil ihr Vater das Risiko eingegangen war, seine ahnungslose junge Tochter im

Falle seines Todes ohne Geld allein zurückzulassen, und stattdessen diese Münzen so sorgsam angekauft und versteckt hatte. Andererseits durchdrangen sie beim Anblick der goldenen Schweizer Franken, französischen Francs und österreichischen Dukaten, die er mit eigener Hand in ihre schäbige Kaufladenkassette eingeordnet hatte, Rührung und Trauer.

Ihre Mutter war praktischer veranlagt als sie. »Das erbt nun alles meine Isabell. Zum Glück, kann man sagen, denn sie musste einen hohen Kredit aufnehmen, um das Dach des Hauses in der Adenauerallee zu erneuern. Was mag das Ganze wert sein, lieber Freund?«

»Für eine genauere Auskunft sollten Sie sich an einen vereidigten Sachverständigen wenden. Ich selbst würde aufgrund der Anzahl vorsichtig schätzen, dass der Gesamtwert vierhunderttausend Euro übersteigt. Lassen Sie sich überraschen. Aber nicht von einem Einbrecher. Heute ist Samstag, die Banken sind geschlossen. Was halten Sie davon, wenn ich die Kassette bis Montag in meinem hauseigenen Tresor für Sie verwahre?«

Merkwürdigerweise blickte er bei diesem Vorschlag ausschließlich ihre Mutter an, als wäre Isabell noch nicht volljährig. Die Verärgerung löste in ihr eine sonderbare Vorstellung aus: Sie sah plötzlich vor sich, wie eine Vertraute des Münzsammlers den Tresor öffnete, den Kasten herausnahm und in ihrer geräumigen Handtasche verstaute. Und diese Person ähnelte Beatrice.

»Wir machen es anders«, sagte Isabell mit plötzlicher Bestimmtheit, als könnte ihr energischer Tonfall das Bild in ihrem Kopf löschen. »Wir sagen der Polizei Bescheid. Im Rahmen ihrer Ermittlungen müssen die Kommissare ohnehin von dem Fund erfahren, und in polizeilicher Obhut wäre der Münzschatz am sichersten.«

»Da möchte ich Möllers Gesicht sehen.« Pilar, die bisher geschwiegen hatte, grinste. »Der hat keine Sekunde geglaubt, dass es den Schatz wirklich gibt.«

VIERZEHN

Am Sonntagmittag brach Pilar zur Bushaltestelle auf, um sich noch einmal mit Isabell zu treffen. Der übliche Nachmittagsbesuch bei ihrer Mutter fiel aus, weil die alte Dame den Münzsammler zum Mittagessen zu Gast hatte. Am vorherigen Abend hatte sie eine Nachbarin als Köchin engagieren können, die ihr ein kleines Fünf-Gänge-Menü zaubern sollte, ganz wie in früheren Zeiten, als man noch *Personal* hatte.

Während Pilar die Straße hinunterging, stellte sie fest, dass ihr Nachbar Winter ihr mit wenigen Schritten Abstand folgte. Er sah auf seine Armbanduhr, zückte seinen Geldbeutel und zählte das Kleingeld darin. Ganz offensichtlich hatte er denselben Weg wie sie. Dass auch er den Bus nehmen wollte, erstaunte Pilar. Bisher hatte sie ihn nur in seinem Mercedes kommen und abfahren sehen.

»Treffen mit Corpsbrüdern im Stiftungshaus der *Ubia Bonnensia*«, erklärte Winter. »Man will ja was trinken können.«

Damit meinte er wohl kaum Tee, Kaffee oder Cola. Pilar lächelte ihn verständnisvoll an.

»Und Ihnen sehe ich an, dass Sie auf Jagd sind. Auf heißer Spur.«

Ach du Schreck, sah man ihr das an? »Nein, nein«, wehrte Pilar ab. Ihre blauen Flecken unter der Kleidung konnte er schließlich nicht sehen, und die Kratzer am Hals und am Unterarm konnten von den Krallen ihres Katers oder den Heckenrosen im Garten herrühren.

»Aber Sie grübeln doch.« Winter sah sie von der Seite an. »Die Tote von der Reichsstraße? Ich hab davon in der Zeitung gelesen.«

Das Gespräch driftete in eine Richtung, die Pilar nicht behagte. Sie war froh, dass der Bus vorfuhr. Winter hatte keine Mehrfahrten-Karte wie sie, er musste beim Fahrer bezahlen, also konnte sie hinten einsteigen und sich auf die letzte Bank setzen, bis zu der sich ihr Nachbar bestimmt nicht durchhangeln würde, wenn sich gleichzeitig der Bus in Bewegung setzte. Sie wollte gern in Ruhe nachdenken, zu viel ging in ihrem Kopf herum. Bernhards heimliche Geliebte musste doch wenigstens eine kleine, versteckte Spur hinterlassen haben. Was Freddy ihr von dem Foto der ehemaligen

Mieterin Beatrice berichtet hatte, taugte dafür nicht. *Tausend Dank für die schönen Momente* – das war nicht eindeutig, wenn sie Gast auf Bernhards Gartenfesten war, von denen ihre Mutter sagte, sie seien ungewöhnlich stimmungsvoll gewesen. Wenn keine weiteren Fotos oder Liebesbriefe auffindbar waren und kein Taschenkalender existierte, musste man sich fragen, wonach man sonst noch suchen konnte.

Mit einem Ruck fuhr der Bus an. Christoph Winter hatte seine Fahrkarte gelöst, aber noch keinen Sitzplatz ausgewählt. Sein Blick wanderte suchend durch die überwiegend leeren Reihen. Ein Lächeln überzog sein Gesicht. Er hatte Pilar auf der letzten Bank entdeckt und eilte schwankend und ab und zu nach einer Haltestange greifend vorwärts. Ein letzter Schwung in der Kurve zur Reichsstraße beförderte ihn auf das Polster neben ihr.

Pilar beschloss, die Situation zu nutzen.

»Herr Winter, tun Sie mir einen Gefallen?«

»Selbstverständlich.« Er deutete nach links zum Fenster. »Da irgendwo war der Mord.«

»Es geht nur um eine Frage. Stellen Sie sich bitte vor, Sie lernen eine Frau kennen, und bald stellt sich heraus, dass die Dame Sie abgöttisch liebt.«

»Mich?« Seine glatten, runden Wangen färbten sich rot. »Mich liebt nur Eva.« Es klang nach leichtem Bedauern.

»Ich meine das rein theoretisch.«

»Bei Eva ist es auch mehr theoretisch.«

»Es geht um eine Hypothese, die ich für die Lösung eines Falles aufstellen muss, Herr Winter. Also, nehmen wir mal an, es gäbe eine solche Frau. Sie schiebt Liebesbriefe zwischen Ihre Akten, schenkt Ihnen Fotos und Schokoladenherzen.«

Winters Oberkörper begann zu beben, schließlich lachte er laut. »Genau so war es! So eine gab es wirklich mal.« Er senkte die Stimme. »Eine Referendarin, die bei uns in der Kanzlei arbeitete und mich ein paarmal zu Gerichtsverhandlungen begleitet hat. Sie himmelte mich an.« Ein Strahlen glitt über sein Gesicht. »Das ist lang her. Aber da lief selbstverständlich nichts.«

»Die Briefchen haben Sie vernichtet und ein beiliegendes Foto auch?«

»Genau. Alles. Was glauben Sie, was meine Frau dazu gesagt hätte?«

»Ist vielleicht irgendetwas übrig geblieben? Etwas Nettes, das die Referendarin Ihnen geschenkt hat und das ganz unverfänglich war?«

Er schien zu überlegen. Pilar wartete ab und sah aus dem Fenster, um sein Nachdenken nicht zu stören. Der Bus rollte die Lengsdorfer Lingsgasse hinunter. Als er um die Ecke bog, vernahm Pilar ein Glucksen neben sich.

»Also doch?«, fragte Pilar.

»Wird Ihnen wohl kaum was nützen. Sie hat mir ein Buch geschenkt. Das habe ich nicht gelesen, so was lese ich grundsätzlich nicht. Aber es steht noch im Regal.«

»Herz und Schmerz?«

Er nickte. »Ich lese nur Sachbücher.«

»Hat sie etwas hineingeschrieben?«

»Das nicht. Aber auf der ersten Seite hatte sie die Namen der Hauptfiguren unterstrichen, weil sie exakt so heißen wie sie und ich: Christoph und Marlene – äh, jetzt hab ich was verraten.«

»Keine Sorge«, sagte Pilar. »Das vergesse ich ganz schnell. Danke für Ihre Auskunft.«

»Sie behandeln sie doch vertraulich?«

»Klar. Ich brauche nur gedankliche Anregungen, das ist alles.«

»Hat es was mit der Toten in der Reichsstraße zu tun?«, flüsterte er.

»Eher mit dem Toten in der Gartenerde.«

Winter zuckte zusammen. »Bei Ihnen? Sagen Sie, dass es nicht wahr ist! Wir wohnen schließlich nebenan.«

Pilar wartete mit ihrer Antwort, bis der Bus die nächste Haltestelle passiert hatte.

Kaum war sie in Isabells Wohnung eingetroffen, konfrontierte Pilar ihre Schwester mit einer neuen Idee.

Isabell runzelte die Stirn. »Nach Büchern sollten wir suchen? Pilar, sieh dich um. In dieser Wohnung stehen ein paar tausend Bände. In drei Sprachen übrigens, Latein nicht mitgezählt.«

»Wir müssen sie nur aufschlagen, Isa. Vielleicht steht irgendwo:

In Liebe B mit einem Punkt dahinter. Bei Romanen schauen wir, wie die Hauptfiguren heißen. Und wenn ein Buch den Titel *Bernhard und Beatrice* trägt, dürfte sie ihm das geschenkt haben, was die Vermutung nahelegt, dass sie die Frau ist, die wir suchen.«

Isabells Blick war mehr als skeptisch. »Beatrice und Bücher? Das passt nicht. Damals im Liegestuhl hatte sie nur Interesse an Zeitschriften mit Bildreportagen über die europäischen Fürstenhäuser.«

»Trotzdem kann sie deinem Vater ein Buch geschenkt haben, weil sie wusste, dass er liest. Außerdem könnten wir auf andere Damen stoßen. Wenn ein Titel *Bernhard und …* sagen wir: *Monika* lautet, wäre das ein möglicher Hinweis.«

»Und *Bernhard und Bianca* wäre verdächtig, weil mein Vater niemals Comics in die Hand nahm.«

»Die Mäusepolizei.« Pilar lachte und wandte sich den Regalen zu. »Das hier liegt mir auf jeden Fall mehr als das Putzen des Treppenhauses.«

Isabell verschwand in der Küche. Als sie mit zwei vollen Kaffeetassen zurückkehrte, hatte Pilar drei Regalbretter leer geräumt und bereits zwei Stapel durchgesehen.

»Schau, wie flott das geht«, sagte sie. »Holst du bitte ein Staubtuch? Die Mentalität einer Putzfrau kann ich so schnell nicht ablegen. Wer weiß, wann so eine günstige Gelegenheit zum Staubwischen wiederkommt.«

Pilar klappte das nächste Buch auf, das in fleckiges Leinen eingebunden war. *Köln 1938.* Darüber ein handgeschriebener Eintrag in Sütterlinschrift, von der Pilar nur wusste, dass das *E* einem lateinischen *N* ähnelte. Den Rest musste sie erraten.

»In inniger Liebe Luise«, entzifferte sie. »Wer ist Luise?«

»Seine erste Frau. In Köln mit dem einjährigen Sohn in den Bomben umgekommen.«

Pilar legte Luises Buch weg und sah ein paar Taschenbücher durch. *»Viel Spaß, Dein Hasilein, Herbst 1966«*, las sie. »Agatha Christie, nur englische Namen. Und wer ist Hasilein?«

»Beatrice jedenfalls nicht, die kam erst nach meiner Konfirmation ins Haus.«

»1966 ist für unsere Frage bestimmt zu früh. Und das hier auch: *Alles Liebe, alter Brummbär, Deine Franzi, Juli 1968 … Herzliche*

Glückwünsche, Liebster! Alice, Mai 1970, die kommt schon eher in Frage. Dieser Bernhard ... Einen Haufen Verehrerinnen.«

»Ich kenne keine von ihnen«, sagte Isabell, die inzwischen zwei Tücher geholt hatte.

Pilar schob den Stapel beiseite. Ihre Schwester widmete sich dem Staubwischen, reichte ihr die entstaubten Bücher an und stellte durchgesehene zurück auf die abgewischten Regalbretter. So arbeiteten sie eine Weile Hand in Hand.

»Das kann noch dauern«, murmelte Pilar. »Hoffentlich geht Richy mit dem Hund.«

»Hör einfach auf«, sagte Isabell. »Nicht dass du denkst, du müsstest das meinetwegen tun.«

»Die Sachbücher lassen wir weg. Ich tippe auf einen Roman.«

»Ich tippe auf eine fixe Idee.«

Pilar betrachtete eine Reihe vergilbter weißer Einbände, die sich nur durch die Titel unterschieden. Der Name des Autors war auf allen derselbe: Johann Wolfgang Goethe. Es handelte sich um eine Gesamtausgabe seiner Werke. Isabell besaß noch eine zweite, sehr alte, in Leder gebundene, die weiter oben stand und offenbar weniger zum Gebrauch bestimmt war. Pilar ging die Titel der neueren Ausgabe durch und zog einen Band heraus.

»Isa, darf ich mal in Goethes ›West-östlichen Divan‹ hineinschauen? Dazu hat ihn der persische Dichter Hafis inspiriert, dessen Gedichte wir in der Buchhandlung führen.«

»Kennst du noch nicht alles von Goethe? Du hast doch Literatur studiert.«

»Zu lang her, und ich hab keine eigene Ausgabe.« Pilar zog sich einen Sessel heran, setzte sich und schlug den Band auf. »Nur ganz kurz.«

»Von mir aus auch lang. Hier ist genug Staub, um bis Mitternacht beschäftigt zu sein.«

Pilar blätterte, überflog jeweils ein paar Zeilen auf einmal und hielt an einer Überschrift inne.

»*An Hafis*«, las sie laut.

»Was alle wollen, weißt du schon
Und hast es wohl verstanden:

Denn Sehnsucht hält, von Staub zu Thron,
Uns all in strengen Banden …«

»Sei bitte still«, unterbrach Isabell. »Ich hab keine Lust auf Goethe.«

»Schade, ich find das wunderschön.«

Pilar las die nächsten Zeilen des Gedichts für sich, doch von der dritten Versstrophe an fiel ihr etwas Seltsames auf. Es waren kleine, unscheinbare Zeichen. Sie konnten keine Markierungen für die Betonung sein, dazu waren sie zu unregelmäßig, auch für die exakte Aussprache beim Vorlesen konnten sie kaum eine Bedeutung haben. Unter einigen Buchstaben, Vokalen wie Konsonanten, befanden sich kleine Punkte, die jemand mit spitzem Bleistift dorthin gesetzt hatte.

Ihr Blick flog weiter. In zwei der mittleren Strophen dieses Gedichts gab es keine Punkte, aber in den letzten Versen waren einige Buchstaben durch kurze Unterstriche gekennzeichnet. Sie reichte Isabell den aufgeschlagenen Band.

»Fällt dir was auf?«

»Die Punkte unter den Buchstaben.«

»Und weiter unten?«

»Kurze Striche«, stellte Isabell fest und blätterte weiter. »*Soll ich von Smaragden reden* … Dort sind wieder Punkte.« Sie schlug die nächste Seite um. »*Da kamen Nachtgespenster* … Wieder Striche.« Sie sah auf und schüttelte mehrmals hintereinander den Kopf. »Das ist unglaublich.« Ihre Stimme klang belegt.

Wir haben was gefunden, dachte Pilar. Sie blickte der Schwester forschend ins Gesicht.

»Sagt dir das was?«

»Aber ja. Das war die Methode, mit der Sigrun und ich uns Botschaften übermittelt haben. Sie benutzte die Punkte, ich die Striche. Wenn man die gekennzeichneten Buchstaben aneinanderreihte, hatte man die Nachricht. Mit der Zeit waren wir ziemlich fix darin.«

»Ein Ersatz für eine Geheimschrift.«

»Es kam uns wesentlich geheimer vor.«

Nichts gefunden also. Das Spiel kleiner Mädchen. Pilar lehnte den Kopf gegen die Sessellehne und schloss die Augen. Sie hörte

Isabell mit den Buchseiten rascheln und fühlte sich müde. Ihr Einfall war blödsinnig gewesen. *Eine fixe Idee*, so ging es ihr ja oft.

»Diese Art der Verständigung haben wir nur in der Schule gebraucht«, sagte Isabell. »Dafür mussten unsere Schulbücher herhalten. Den Goethe meines Vaters hätten wir niemals angerührt.«

Pilar riss die Augen auf und schnellte hoch.

»Was willst du damit sagen, Isa?«

»Das hier waren wir nicht.«

»Die Punkte und Striche sind nicht von euch? Aber sonst war doch kein Kind im Haus, und Erwachsene brauchen ja keine …«

Sie blickten einander an. Wahrscheinlich dachten sie beide dasselbe.

Pilar griff nach dem Notizblock und dem Kugelschreiber auf dem Couchtisch. »Los, Isa, fangen wir an! Diktier mir, damit es schneller geht.«

Isabell setzte sich auf die Armlehne des Sofas, blätterte ein paar Seiten zurück und nannte die gekennzeichneten Buchstaben, während Pilar sie aufschrieb. »M, O, R, G, E, N, U, M, Z, E, H, N.«

»Morgen um zehn! Isa, ein Tusch für Winter, dass er mich auf die Bücher gebracht hat! Das sind wirklich Botschaften, und was hätten sie für einen Sinn, wenn es sich nicht um etwas Geheimes handelte? Ein Liebesverhältnis zum Beispiel?«

»Du meinst, es war mein Vater.« Isabell stöhnte auf, es war deutlich, wie unangenehm es ihr war, seinen Heimlichkeiten nachzuspüren.

»Und seine Geliebte«, ergänzte Pilar. »Einer von ihnen benutzte die Punkte, der andere die Striche.«

»Aber wie mögen sie das durchgeführt haben? Es wäre nicht sehr praktisch gewesen, das Buch irgendwo zu deponieren …« Isabell verstummte. Ihr Blick wirkte plötzlich starr, wie eingefroren.

Pilar ahnte, was die Schwester dachte, und sah auch selbst keine andere Möglichkeit. Sie sprach es laut aus: »Die Geliebte muss eine Frau aus dem Haus gewesen sein. Eure Zimmer wurden nicht abgeschlossen, sie konnte ungehindert eintreten, sobald die Luft rein war. Das Buch lag vermutlich an einem Platz, wo sie es immer fand.«

»Also doch Beatrice.« Isabell seufzte. »Oder unsere Putzfrau Maria José, die zweimal die Woche kam. Sie war drall und hübsch, aber ich kann mir nicht vorstellen, dass sie sich mit Buchstaben in einem Goethegedicht abgemüht hat.«

»Und Lore? Die war zu der Zeit noch nicht krank. Mama hat gesagt, sie sei ganz *ansehnlich* gewesen.«

Isabell zuckte mit den Schultern. »Ich habe damals keine zehn Sätze mit ihr gewechselt, sie kam einfach nicht in Frage. Johann betonte immer, sie habe enormes Talent und mache Fortschritte beim Schauspielunterricht, aber auf mich wirkte sie, als ob sie nur Interesse am Bügeln und streifenfreien Fensterputzen hätte.«

»Las sie Bücher?«

»Das weiß ich nicht. Beatrice legte ihr die ausgelesenen Illustrierten auf die Treppe. Jede Woche einen ganzen Packen.«

»Isa ...« Pilar wurde ganz kribbelig. »Wenn Lore die Geliebte war, könnte Johann das bemerkt und Bernhard aus Eifersucht umgebracht haben! Da hätten wir ein klares Motiv. Diese Tat könnte der wahre Grund für sein Ausrasten gewesen sein. Vielleicht hat er nur vorgegeben, er habe geglaubt, Freddy und ich wären hinter dem Gold her, und in Wirklichkeit wollte er davon ablenken, dass er Bernhards Mörder und Totengräber war. Das würde auch erklären, warum er an der offenen Grube vorbeigerannt ist, ohne einen Blick hineinzuwerfen, das war seltsam genug.«

Sie blickte die Schwester erwartungsvoll an und sah in deren Gesicht nur Zweifel.

»Johann, der meinem Vater den Wetzstahl ins Auge sticht ... Das glaube ich erst, wenn er es mir selbst erzählt.«

Der rasende Johann mit der Hacke ... Hinter Pilars Stirn spulte sich die erlebte Szene ab. Nein, Präzision mochte nicht seine Stärke sein. Aber vor vierzig Jahren konnte das anders gewesen sein.

»Möglich, dass der Name der Geliebten noch auftaucht«, meinte Pilar. »Nehmen wir uns weitere markierte Verse vor.«

Mürrisch erklärte Isabell sich einverstanden. Nach einer Stunde hatten sie eine ganze Liste zusammen – einunddreißig Kurzbotschaften mit dem einzigen Zweck, Verabredungen zu treffen oder abzusagen. Aus keiner der Nachrichten ergab sich ein Name.

»Lass uns aufhören, Pilar.« Isabell verließ die Armlehne. Der Goetheband glitt aus ihrer Hand und landete auf dem Eichenparkett, nicht weit von Pilars Füßen.

Pilar beugte sich vor und hob das Buch auf. Einige der dünnen Seiten waren eingeknickt. Sie bemühte sich, sie mit der Hand zu glätten. *»Buch des Unmuts«*, las sie über den Zeilen.

»Wo hast du das genommen?
Wie konnt es zu dir kommen?
Wie aus dem Lebensplunder
Erwarbst du diesen Zunder …«

»Ist gut, jetzt!«, fuhr Isabell sie an. »Mir reicht es.«

»Hast du den Rhythmus bemerkt? Da ist richtig Tempo drin!«

Pilar überflog die nächsten Zeilen. Aber sie sah nicht mehr des großen Meisters feinsinnigen Ausdruck, sie sah nur die Bleistiftpunkte unter den Buchstaben. Inzwischen hatte sie so viel Übung, dass sie die Botschaft in wenigen Sekunden erfasste: *Schluss … End…gültig.*

»Isa«, flüsterte Pilar. »Hier sind Punkte. Er wollte Schluss machen.«

Die Schwester blickte ihr über die Schulter. »Wieso *er*? Wir wissen nicht, ob die Punkte von ihm oder von ihr stammen.«

»Stimmt. Es könnte umgekehrt sein: Sie wollte mit ihm Schluss machen. *Wegen einer heimlichen Geliebten* hieße dann, dass er fortwollte, um sie zu vergessen. An diese Möglichkeit haben wir noch nicht gedacht.«

Isabell gähnte. »Pilar, ich kann nicht mehr. Ich bin Morgen mit dem Fotografen bei der Industriellen-Gattin verabredet und muss noch was vorbereiten.«

»Bist du wieder in Düsseldorf?«

»Genau.«

Pilar blickte auf die Uhr. »Und ich muss nach Haus.«

Betroffen nahm sie wahr, wie ein plötzliches Schaudern durch Isabells Körper lief.

»Ist dir kalt?«

»Ich dachte wieder an die schwachen Geräusche, die ich manchmal höre, wenn ich nachts wach werde. Das Tappen und Knarren auf der Treppe, das jedes Mal ein Irrtum zu sein scheint, wenn ich nachschaue. Ich finde einfach keine Erklärung dafür.«

»Altes Holz knarrt schon, wenn nur eine Spinne drüberläuft«, meinte Pilar.

»Eine Spinne tappt nicht. Und Mama wohnt in einem ähnlichen Haus und klagt nicht über derartige Geräusche.«

»Was nichts heißt, weil sie schwerhörig ist.«

»Pilar!«, rief Isabell in gereiztem Ton. »Warum leugnest du die Möglichkeit, dass sich hier eine Person verbirgt, von der wir nicht die geringste Ahnung haben?«

»Selbst wenn es so wäre, Isa, was sollte die Person von dir wollen? Jetzt, wo Bernhards Gold gefunden und sichergestellt ist?«

»Solange nicht geklärt ist, weshalb Evelyn sterben musste, ist manches möglich.« Isabell strich fahrig über den Samt des Sofas. »Wenn Johann nicht dahintersteckt, läuft ihr Mörder frei herum.«

Diese Ängste sind nicht gut für sie, dachte Pilar, während sie sich erhob und ihre Umhängetasche von der Sessellehne nahm.

»Meine Phantasie reicht nicht aus, um mir noch irgendwas Bedrohliches vorzustellen«, sagte sie hilflos.

»Genau das macht mir Angst, Pilar: dass hier etwas vor sich geht, das wir uns nicht vorstellen können.«

***

Freddys Wundschmerzen waren am Sonntag deutlich schwächer. Er konnte wieder Brotscheiben abschneiden, ohne die Zähne zusammenzubeißen, und ein kräftiger Händedruck brachte ihn nicht außer Fassung. Mit dem besseren Befinden aber verstärkte sich sein Gefühl, sich um Achim kümmern zu müssen. Nach einem Nachmittagsspaziergang mit Birgit und seinem Beagle-Mix raffte er sich auf und sandte Achim eine Nachricht mit der Frage, ob er noch einmal vorbeikommen solle.

»Wenn du unbedingt willst«, war die Antwort.

Als Freddy eine Stunde später das kleine Apartment in der Goethestraße betrat, schien es ihm so hell, warm und freundlich wie bei seinem ersten Besuch, doch das graue, ausdruckslose Gesicht des Freundes stand in erschreckendem Gegensatz dazu. Seine Hand fühlte sich kalt an, der Körperhaltung nach schien er zu frösteln.

»Bist du krank?«

»Sehe ich etwa gesund aus? Die Fragerei hat mich krank gemacht.« Er trat mit dem Fuß gegen einen herumliegenden Schuh und schoss ihn quer durchs Zimmer. »Und nun muss ich die Beisetzung organisieren, das ist das Schlimmste. Jeder denkt natürlich, das muss dem Schwein eine wahre Freude sein, die Frau unter die Erde zu bringen.«

»Beiß dich nicht fest daran. Das macht dich noch kränker.«

Achim starrte auf sein unordentliches Bett. »Wenn ich nur wüsste, was die bei der Kripo so denken! Ob morgen ein Trupp Uniformierter vor der Tür steht und mich in Handschellen abführt oder was sonst draus wird. Inzwischen kenne ich sogar die Arndtstraße, ist ja nicht weit. Und von dort soll ich mit einem fremden Damenfahrrad bis zur Reichsstraße gestrampelt sein, mit einer Leiche von achtundvierzig Kilo im Anhänger? Also echt, Freddy, das ist so bescheuert! Die Mühe hat sich der Täter nur gemacht, weil er wusste, dass der Ehemann nicht weit entfernt wohnt und der Verdacht auf ihn fallen muss.«

»Meinst du, es war jemand, der dich kennt?«

»Das hab ich zuerst gedacht. Aber dann hab ich erfahren, dass Evelyn ihre Visitenkarte in der Jeans hatte. Deshalb kann der Mörder ebenso gut ein Fremder gewesen sein, der den Verdacht auf Angehörige und Bekannte seines Opfers lenken wollte.«

Auch auf Isabells Küchentisch hatte eines der hellblauen Kärtchen gelegen, erinnerte sich Freddy. Jeder, der im Haus war, hätte es dort liegen sehen können.

»Achim, für die Polizei zählt sicher auch, dass du dich fragwürdig verhalten hast, indem du ein falsches Alibi genannt ...«

»Dass das aufgeflogen ist, hab ich dir zu verdanken«, knurrte Achim.

»... und diesen Brief präsentiert hast, den du nachträglich verfasst hast.«

»Mann, Freddy, du hast null Ahnung, wie das ist!«, brauste Achim auf und schoss einen zweiten Schuh durchs Zimmer, der auf dem Schreibtisch landete. »Sie hatten mich von der ersten Sekunde an im Fokus, das traf mich auf dem falschen Fuß, ich bin durchgedreht. Ich konnte nichts anderes denken als: Jetzt kriegt mich so ein gemeiner Staatsanwalt in die Fänge, bequatscht das Gericht, und ruckizucki sitz ich hinter Gittern.«

»Als Jurist weißt du, dass es nicht ruckizucki geht.«

»Komm mir nicht mit dem Rechtsstaat!« Achim verzog das Gesicht zu einer säuerlichen Fratze. »Der Vorsitzende der Schwurgerichtskammer ist mein ehemaliger Ausbilder, der mich gehasst hat, und einer der Staatsanwälte für Kapitalverbrechen ist Valeries Exfreund, der mir noch weniger grün ist.« Er stieß eine Faust in die Luft. »Warum hab ich so einen Mist gebaut? Hätte ich doch die Finger von der gelassen!« In seinen Augen glitzerten Tränen.

»Wenn ich etwas für dich tun kann …«, sagte Freddy lahm.

Achim trat ans Fenster und blickte auf die Giebel der Häuserreihe gegenüber. »Als wenn du das ernst meinen würdest …« Er lachte rau und bitter auf. »Ist ja auch scheißegal, ich bleib sowieso der einzige Verdächtige. Die Umstände sind gegen mich.«

»Hast du was von Valerie gehört?«

»Der geht's blendend.« Achim trommelte mit beiden Fäusten gegen den antiken Schrank. »Sie hat einen neuen Lover und ist plötzlich nicht mehr schwanger. War alles Theater. Wenn mich wirklich mal die Mordlust überfällt, ist die als Erste dran.«

***

Als Pilar sich von ihrer Schwester verabschiedete, klingelte es an der Haustür. Isabell hob die Hand zum Schalter, drückte ihn aber nicht. Von unten drangen die scharfen Geräusche vorbeifahrender Autos herauf, anscheinend war die Eingangstür bereits offen. Pilar sah, dass Isabell die Stirn runzelte. Vom Sofa klang eine Handymelodie herüber.

»Das wird Walburga Überlinger sein – wegen des morgigen Termins«, sagte Isabell und eilte ins Wohnzimmer.

Pilar ging zur Treppe. Unten schlug die Tür zu und schloss den Lärm der Straße aus. Doch statt der Stille, die Pilar erwartet hatte, hallten zwei unterschiedliche Stimmen durch den hohen Hausflur, eine helle, durchdringende und eine ruhige, tiefere. Die helle gehörte zu ihrer Mutter, die andere war Ulfs. Pilar blieb auf der obersten Stufe stehen.

»Herr Racker, Sie ahnen nicht, was gestern in meinem Garten los war!«

Ungläubig riss Pilar den Mund auf. Sie musste sie am Weiterreden hindern! Aber es war sinnlos, von hier oben hinunterzubrüllen, ihre schwerhörige Mutter würde nicht die Hälfte verstehen. Pilar sauste los.

»Einen Schatz haben wir gefunden, Herr Racker!«

Zu spät, ärgerte sich Pilar. Sie hatte noch nicht mal den Treppenabsatz erreicht.

»Ein ganzes Vermögen aus wertvollen Goldmünzen! Die hat mein erster Ehemann vergraben, das sieht ihm ähnlich. Ist das nicht aufregend?«

Pilar konnte keine Antwort hören. Die Nachricht musste dem Pfleger die Sprache verschlagen haben. Sie ging die letzten Stufen hinunter.

»Der Kasten steht natürlich nicht bei mir zu Hause«, fuhr ihre Mutter fort und nickte Pilar grüßend zu. »Das wäre viel zu gefährlich.«

»Hey, wer kommt da? Gogo am heiligen Sonntag! Ist das in Spanien so üblich, dass man am Tag des Herrn putzen geht?« Ulf grinste breit.

»Herr Racker, meine jüngere Tochter ist Literaturwissenschaftlerin«, bemerkte ihre Mutter spitz.

Ulf zwinkerte Pilar zu. »Literatur und Schauspiel gehören ja praktisch zusammen.«

Pilar fiel keine Erwiderung ein. Sie hoffte, dass er taktvoll genug war, nicht auch noch die Kampfszene zu erwähnen, die sie zusammen durchlebt hatten. Mama würde sich so aufregen, dass man den Notarzt rufen müsste.

Während ihre Mutter dem Pfleger anvertraute, dass sie selbst nicht viel vom Literaturstudium halte, weil es weder zum Geldverdienen noch für eine Karriere tauge, und die Intelligenz ihrer Tochter allemal für ein Medizinstudium gereicht und ihre Begabung sie in den Rang einer Universitätsprofessorin mit glänzenden Aussichten gehoben hätte, stieg Pilar langsam wieder die Treppe hinauf.

***

Nachdem Isabell die Tür hinter sich geschlossen hatte, verstummte ihr Handy. Walburga hatte offenbar nicht die nötige Geduld aufgebracht. Die ersten beiden Sätze aus dem Hausflur hatte Isabell noch vernommen, und mehr wollte sie nicht hören. Der Mitteilungsdrang ihrer Mutter war ihr seit jeher auf die Nerven gegangen, und in diesem Fall machte er sie zornig. Warum konnte sie die Geschichte nicht für sich behalten? Womöglich hatte sie bereits Stunden am Telefon verbracht, um ihren gesamten Bekanntenkreis davon in Kenntnis zu setzen. Und auch das Gespräch im Hausflur würde dauern.

Aber die Zeit ließ sich nutzen. Isabell wählte die Nummer, die ihr die Kommissarin gegeben hatte. Von den Hinweisen auf eine Geliebte sollte die Kriminalpolizei erfahren. Vielleicht wurde eine Spur daraus.

Isabell wusste, dass die Mitglieder der Mordkommission an diesem Wochenende zumindest zum Teil arbeiteten, sie hatte am Samstag mit Frau Ahrbrück wegen der Münzen gesprochen. Auch diesmal hatte sie Glück: Kommissar Möller war in seinem Büro und sofort am Apparat. Sie schilderte kurz und knapp, was sie und Pilar entdeckt hatten.

»Fleißig«, lobte Möller. »Ich hab es notiert. Aber überlegen Sie mal.«

Ich überlege pausenlos, dachte Isabell verärgert.

»Das, was Sie da in Ihrem Schiller haben …«

»Goethe«, korrigierte Isabell.

»Sieht das nicht eher nach einem Überbleibsel aus Ihrer Jugend aus? Sie sagen ja selbst, dass die Punkte und Striche unter den Buchstaben der geheimen Verständigung mit Ihrer Freundin dienten.«

»Das geschah aber in der Schule, das heißt, wir haben ausschließlich Schulbücher benutzt. Solche Texte wie den ›West-östlichen Divan‹ hatten wir nicht im Ranzen.«

»Frau Troschert, Ihr Engagement ist lobenswert, aber wir haben hier eine ungeheure Menge ernst zu nehmender Hinweise, denen wir nachgehen müssen. Ihr Vater hatte mit hochkarätigen Leuten aus Politik und Diplomatie Kontakt, wir haben uns an das Bundeskriminalamt gewandt, die Kopien der damaligen Akten haben wir jetzt. Was glauben Sie, was zu der Zeit los war in Bonn! Hier wurde regiert und spioniert, da gab es rätselhaftere Vorgänge als den kindlichen Geheimcode, mit dem Sie mir nun kommen. Und verzeihen Sie, Frau Troschert, in Begleitung einer Dame wurde Ihr Vater ziemlich oft gesehen.«

»Aufgrund von Markierungen in dem Buch gehen wir davon aus, dass er hier im Haus eine Beziehung hatte, die zu Ende ging.«

»Ihr Haus und alle, die dort ein und aus gegangen sind, haben wir im Blick«, erklärte Möller. »Wir suchen aber nicht nach Punkten und Strichen in Schillers Gedichten.«

»Goethes«, fauchte Isabell.

»Nehmen wir beispielsweise die Abendgesellschaft Ihres Vaters Mitte Oktober 1974. Nach Bekanntwerden seines Verschwindens wurde die Party im Nachhinein als verkapptes Abschiedsfest gewertet, und einige von den Gästen, die jünger waren als Ihr Vater, leben noch. Da zum Beispiel haken wir nach, und Sie können sich denken, was das an Arbeitsstunden bedeutet. Schönen Abend noch.«

Wütend warf Isabell sich in einen Sessel und schleuderte das Handy quer über den Couchtisch in die Sofaecke. Der verächtliche Ton dieses Mannes! Als wenn sie nicht wüsste, was in der Bundeshauptstadt los gewesen war! Vermutlich wusste sie es besser als der arrogante Polizeischnösel, der zwanzig Jahre jünger war als sie.

An der Tür klopfte es. Isabell achtete nicht darauf. Ihre Wut setzte plötzlich aus und machte einer kühlen Erkenntnis Platz: Der Kommissar hatte recht. Die Punkte und Striche waren bedeutungslos. Man wusste nicht, aus welcher Zeit sie stammten. Wieso hatten sie angenommen, sie müssten kurz vor dem Verschwinden ihres Vaters entstanden sein? Sie konnten viel älter sein. Die Goethebände waren im Jahr 1961 erschienen, und als ihre 1970 verstorbenen Großeltern noch lebten, waren im Haus oft für Wochen Studenten aus dem Ausland zu Gast.

Die Stimmen aus dem Treppenhaus schienen plötzlich lauter, und Isabell spürte einen Luftzug im Rücken. Jemand hatte die Tür geöffnet, ohne dass sie es bemerkt hatte. Sie fuhr herum und blickte über die Sessellehne.

»Ich hab dreimal geklopft«, sagte Pilar und trat ein.

»Hast du was vergessen?«

»Mama plaudert mit Ulf – von den Goldmünzen im Garten bis zu meinem Literaturstudium.« Sie schloss die Tür und kam näher.

Isabell hob die Schultern und ließ sie wieder sinken. »Ich hab mit Möller telefoniert. Sie brauchen unsere Markierungen nicht, sie haben einen Haufen anderer Hinweise. Siehst du, Pilar, das ist es, was mich fertigmacht, dieses ganz und gar Ungewisse! Wer weiß, ob demnächst nicht einer kommt, der etwas völlig anderes sucht als einen Schatz? Zum Beispiel geheime Dokumente, von denen ich nichts ahne? Er kann längst im Haus sein. Irgendein Wahnsinniger, dem seine Idee eine weitere Leiche wert ist.«

»Mir fällt dazu nichts ein. Außer dass dir ein bisschen Stricken guttäte«, erwidert Pilar in bemühter Sanftheit.

Isabell stampfte mit der Hacke auf den Boden, sodass der fadenscheinige Buchara Falten schlug. »Ich hab mein Strickzeug bei Lore vergessen und werde es jetzt bestimmt nicht holen, und gleich darf ich Mama empfangen, wozu ich keine Lust hab, und eine Schwester, die mich nicht versteht, gibt mir den Rest.«

Das war boshaft und ungerecht, gestand sie sich ein. Sie wich Pilars Blick aus. Es war eine Weile still im Raum. Nur von fern, aus dem Hausflur, klang die Stimme ihrer Mutter herauf wie das aufgeregte Spiel einer verstimmten Sopranflöte.

»Die Bemerkung mit dem Stricken war blöd«, gab Pilar zu. »Lass mich mal telefonieren.«

»Nicht mit der Polizei, bitte.«

»Mit Richy. Wenn er mir verspricht, mit dem Hund rauszugehen, bleibe ich heut Nacht hier, damit du gut schläfst, und morgen sehen wir weiter. Ich fahre im Laufe des Vormittags nach Haus.«

»Wenn hier alles ruhig ist.«

»Das ist das Wahrscheinlichste, würde Richy sagen.«

Isabell rang sich ein Lächeln ab. Wenn es Pilar in den Kram passte, bediente sie sich gern der Redewendungen ihres Mannes. Und der musste sie für närrisch halten, wenn schon Pilar sie nicht verstand. In dieser Hinsicht ähnelte er Gunter.

Sie durchfuhr ein Stich. Gunter! Während sie ihre Schwester

dankbar umarmte, dachte sie, dass er längst vergessen haben musste, bei ihr vorbeizuschauen. Wenn er es überhaupt ernsthaft gewollt und nicht nur so dahergesagt hatte … Seine Worte hatten kaum anders geklungen als die gängige Floskel *Ich komm mal vorbei.* Und wer von denen, die sie benutzten, kam wirklich?

FÜNFZEHN

Es musste mitten in der Nacht sein. Sie war aufgewacht, weil sie Durst hatte, auf die Toilette musste oder etwas Beunruhigendes geträumt hatte – das jedenfalls war ihr erster Eindruck. Vor dem Einschlafen hatte sie sich bemüht, lange wach zu bleiben, um zu horchen, hatte aber nichts gehört außer Ulfs Schritten auf der Etage drüber, dem Klacken verschiedener Türen und dem Rumpeln und Rauschen der gealterten Toilettenspülung. Als es vollkommen still im Haus war, hatte der Schlaf sie übermannt.

Auch jetzt war alles ruhig. Pilar lauschte, vernahm aber nichts. Sie ließ die Augen wieder zufallen. Trinken und Toilettengang schienen nicht dringend. Sie rollte sich herum, um auf ihrer anderen Seite zu liegen. Das große, breite Sofa mit dem roten Samtbezug war erstaunlich bequem, obwohl es bereits drei Generationen zum Sitzen gedient hatte. Allerdings knarrte der Holzrahmen unter den Polstern jedes Mal bedenklich, wenn sie sich umdrehte und aufs Neue zurechtlegte, sogar noch danach, wie sie jetzt feststellte.

Nein!, durchfuhr es sie. Was sie zuletzt gehört hatte, war nicht vom Sofa gekommen, es musste draußen an der Tür gewesen sein. Sie horchte mit angehaltenem Atem. Nichts mehr. Sie versuchte, sich einzureden, sie hätte sich getäuscht, und wusste zugleich, dass es bestimmt keine Täuschung war.

Eine Weile vermied sie jede kleine Bewegung. Ihr Herz pochte so stark, dass sie befürchtete, es könnte das schwache Geräusch übertönen, wenn es sich wiederholte. Sie lag mit dem Gesicht zur Rückenlehne, sie musste sich umdrehen, um die Tür im Blick zu haben. Die hatte sie zwar abgeschlossen, aber sie traute den alten Schlössern in dem hundertdreißigjährigen Holz nicht.

Zentimeter für Zentimeter rollte sie ihren Körper herum, bis sie ihn nahezu lautlos gedreht hatte. Angestrengt starrte sie in die Dunkelheit, von der sich die Tür als helles Rechteck abhob. Sie sah keinen Lichtschein am Boden, keinen Hinweis auf den Strahl einer Taschenlampe oder die Flamme eines Feuerzeugs.

Da! Es begann als Kratzen am unteren Rand des Türblatts. Mehrmals kurz hintereinander. Wurde stärker. Hörte auf. Fing wieder an.

Versuchte da jemand, die Tür mit einem feinen Werkzeug aufzuhebeln? War das eine besonders raffinierte, geräuscharme Methode?

Pilar hielt es nicht mehr auf dem Sofa aus. Angriff ist die beste Verteidigung, sagte sie sich, egal, wer da herumwerkelt. Sie tastete nach ihrer Jeans, schlüpfte hinein und streifte ihren Pulli über. In der Hand die leere Weinflasche vom Couchtisch, schlich sie zur Tür.

Das Kratzen verstummte.

Sie lugte durchs Schlüsselloch und sah nichts als Schwärze. Beherzt drehte sie den Schlüssel um. Mit der linken Hand riss sie die Tür auf, mit der rechten hob sie die Flasche und ... Statt zuzuschlagen, hielt sie inne. Vom Oberlicht im Dach fiel ein Hauch Morgenlicht ins Treppenhaus, sie sah, dass niemand vor ihr stand. Nur etwas Kleines, Dunkles schoss an ihrem Bein vorbei ins Wohnzimmer. Eine Ratte?

Das Tier huschte unter den Schreibtisch, sauste an der Flügeltür und der Bücherwand entlang, sprang auf die Sofalehne. Pilar erkannte die Silhouette, den eleganten Bogen des Rückens, die spitzen Dreiecke. Langsam schloss sie die Tür, als brauchte sie Zeit, um aus bösen Träumen zu erwachen. Sie hätte es merken können – was da gekratzt hatte, waren die Krallen einer Katze, die Einlass begehrte.

Pilar machte Licht, stellte die Flasche ab und besah sich das Tier. Es war die kleine Graue, die ihr am Gartenhaus begegnet war. Sie wirkte sehr mager, und an einem Ohr klebte eingetrocknetes Blut. Pilar befühlte ihren schnurrenden Körper, der Narben aufwies, und kam zu dem Schluss, dass sie noch jung war und vermutlich kein Zuhause hatte. Sie musste durch die Haustür oder eine der äußeren Kellertüren hereingeschlüpft sein. Aber wer hatte die mitten in der Nacht geöffnet? Hatte Ulf das Haus verlassen und war spät zurückgekehrt? War tatsächlich der befürchtete Fremde gekommen, war ihr das Tappen eines Menschen, der unentdeckt bleiben wollte, entgangen? Pilar schüttelte unwillig den Kopf. Ihr Verstand weigerte sich, den Gedanken fortzuführen, es schien mühevoll und sinnlos.

Gefolgt von der Katze, ging Pilar in die Küche. Sie füllte ein Schälchen mit Wasser und ein weiteres mit klein geschnittenem Kochschinken, den die Katze gierig vertilgte. Ein paar Minuten später lag Pilar wieder auf dem Sofa. Glücklich, ein bedürftiges Lebewesen gesättigt zu haben, überließ sie sich aufs Neue dem Schlaf. Die kleine Graue hatte sich neben ihr zusammengerollt und war schon vor ihr eingeschlafen.

Wie durch Watte drang die Stimme an ihr Ohr:

»Tschüss, Pilar, wir telefonieren!«

Schritte auf dem Parkett, das Klacken der Zimmertür, davoneilende Absätze auf den Holzstufen der Treppe. Pilar kam langsam zu sich. Das musste Isabell gewesen sein, die nach Düsseldorf aufbrach. Ein Hauch ihres Parfums hing in der Luft und verflüchtigte sich. Als es Pilar gelang, ihre Augen zu öffnen, fiel unten bereits die Haustür ins Schloss.

Sie richtete sich auf und sah auf die Digitalanzeige ihres Handys. Fünf nach acht. Die schweren, dunklen Vorhänge vor der Balkontür und den Fenstern ließen nur wenig Helligkeit herein und vermittelten den Eindruck, es sei drei Stunden früher. Ihre Augen fielen wieder zu. Warum nicht noch ein wenig pennen? Die Katze neben ihr schlief auch noch.

Es war ein wohliges Gefühl, nach und nach in den Schlaf zu sinken wie in ein weiches Federbett, und Pilar genoss es. Doch ehe sie vollständig versank, drang etwas an ihr Ohr. Es kam jemand die Treppe herauf. Dem leichten Tritt nach eine Frau. Sie ging an den Türen vorbei und stieg weiter hinauf. Vermutlich die Angestellte des Pflegedienstes, die morgens und abends zu Lore kam und über einen Schlüssel verfügte.

Und wenn es nun eine falsche Mitarbeiterin war, die sich beim Pflegedienst eingeschlichen hatte, um problemlos ins Haus zu gelangen? Pilar fuhr hoch, sie war hellwach.

Aber nein, beruhigte sie sich, das ist unwahrscheinlich. Obwohl ähnliche Fälle natürlich schon vorgekommen waren … Die falsche Pflegerin konnte davon ausgehen, dass die wehrlose Lore allein im Haus war, sie wusste vielleicht, dass Ulf Frühdienst im Martinsheim hatte und auch Isabell fort war – aber nicht, dass Pilar im Haus weilte. Obwohl, doch, wer gestern das Haus beobachtet hatte, konnte Bescheid wissen und längst eine Falle für sie gebaut haben. Pilar entfuhr ein Stöhnen. Ihre Phantasie war auf Abwegen, Isabell hatte sie angesteckt. Aber solange man nicht wusste, wer Evelyn umgebracht hatte und warum …

Schluss jetzt! Ihr Denken musste sich wieder auf normalen Bahnen bewegen. Sie hatte für die angefangene Woche einen Berg an Erledigungen vor sich, den sie nicht bewältigen konnte, wenn sie hier weiter die Detektivin spielte: Die Buchhandlung plante einen umfangreichen literarischen Abend, den Pilar vorbereiten musste, außerdem hatte Richard am kommenden Freitag Geburtstag, wozu sie jede Menge Leute eingeladen hatten, und das hieß einkaufen, kochen, backen, das Haus auf Hochglanz bringen, umräumen, Stühle beschaffen, ganz abgesehen davon, dass ihr immer noch nichts Nettes eingefallen war, womit sie ihn überraschen könnte.

Aber was konnte es schaden, mal kurz ins Treppenhaus zu horchen? Pilar erhob sich vom Sofa und öffnete leise die Zimmertür. Sie schlich auf Socken bis zu den aufwärtsführenden Stufen und lauschte. Im Dachgeschoss schien Wasser für ein Bad einzulaufen. Falls die Pflegerin Lore nicht darin ertränken wollte, war alles in Ordnung, und das war das Wahrscheinlichste. Nein, es gab keinen Anlass, nach oben zu gehen, sie konnte jetzt Kaffee trinken und eine Schale Müsli essen.

Pilar hatte ihr Frühstück gerade beendet, als sie jemanden von oben herunterkommen hörte. Diese Pflegerin schau ich mir an, beschloss sie. Sie hatte bereits die Hand an der Klinke, hielt aber im letzten Moment inne. Wenn sie die Tür jetzt öffnete, musste sie der Pflegerin einen guten Morgen wünschen, was auch jeder andere im Haus hören konnte. War es nicht besser, ihre Anwesenheit blieb geheim? Besser für was?, fragte sie sich im nächsten Moment. Glaubte sie etwa, dass sie auf den mysteriösen Unbekannten stieß, wenn sie sich nur ruhig verhielte? Sie lugte durchs Schlüsselloch und sah blauen Stoff vorbeiziehen. Kurz darauf fiel im Parterre die Haustür zu.

An Pilars Beinen strich etwas Weiches entlang. Die Katze! Natürlich musste sie jetzt endlich ins Freie, von dem sie etliche Barrieren trennten. Pilar nahm die Kellerschlüssel vom Brett, drückte sachte die Klinke herunter und ging vorsichtig die Treppe hinab. Die meisten Stufen schienen am Rand weniger zu knarzen als in der Mitte, nur das Geländer musste sie meiden. Die kleine Graue überholte sie leichtfüßig und wartete vor der Tür, die auf die innere Kellertreppe führte. Aha, dort war sie also hergekommen.

Pilar folgte dem Tier über die grau lackierten Holzstufen hinunter. Es setzte in Galoppsprüngen auf die Gartentür zu. Demnach musste es hier hereingeschlüpft sein. Mitten in der Nacht. Pilar schloss auf, ließ die Katze hinaus, sperrte ab und blickte sich um.

Der helle Kellerraum sah aus wie immer – bis auf das grüne Blatt am Boden. Der Form nach stammte es vom Flieder. Es wirkte nicht übermäßig welk, eher so, als habe es den Strauch vor kurzer Zeit verlassen, vor wenigen Stunden. Es mochte an einem Ärmel hängen geblieben und abgerissen worden sein. Hatte Ulf einen nächtlichen Ausflug unternommen? Oder Isabell, die den Garten sicher nicht ohne Pilar betreten hätte? Lore, von der es hieß, dass sie den Weg zur Toilette kaum schaffte? Oder eben doch ein Fremder?

Leise stieg Pilar zurück in den ersten Stock. Sie setzte sich in den Großvatersessel vor den Regalen im Wohnzimmer und ließ ihren Blick über die Bücher gleiten. Sie musste sich entscheiden: Wenn sie Isabells Ängste nicht für aus der Luft gegriffen hielt, sollte sie sich überlegen, was sie in den nächsten Stunden und Tagen in dieser Sache tun könnte, und müsste ihre anderen Vorhaben vernachlässigen. Wenn sie Isabells Befürchtungen aber nicht ernst nähme, bekäme sie die anderen Dinge prima geregelt und müsste nur dafür sorgen, dass sich die Schwester beruhigte.

John le Carré, »Eine kleine Stadt in Deutschland«, las sie von einem der Buchrücken ab. Von dem in Bonn spielenden Politthriller aus den sechziger Jahren hatte sie schon oft gehört. Sie zog das schmale Bändchen, eine Taschenbuchausgabe von 1972, aus der Reihe und schlug es auf. Den Stil fand sie auf Anhieb angenehm, und die Charakterisierung der Bundeshauptstadt belustigte sie. Aber die eng bedruckten Seiten und die kleinen Buchstaben machten das Lesen anstrengend. Pilar fielen die Augen zu, und als es zum zweiten Mal geschah, ließ sie die Lider geschlossen und lehnte den Kopf zurück. Seit dem schrecklichen Donnerstag war sie unentwegt müde.

Irgendwo im Treppenhaus knarrte es. Sie schlug die Augen auf. War es von oben oder von unten gekommen? Spielte das überhaupt eine Rolle, hatte sie nicht behauptet, es müsse am Alter des Hauses liegen? Sie schloss erneut die Augen. Aber vergeblich, sie waren sofort wieder offen. Was sie gehört hatte, war das entfernte Knarzen einer Diele, die belastet wurde.

Sie stand auf, zog behutsam die Tür auf und horchte. Nichts. Langsam schob sie das Türblatt zu. Und hielt es kurz vor dem Schließen an. Da war wieder ein Knarren, diesmal deutlicher. Es kam aus dem Dachgeschoss. Dort gab ein Fußbodenbrett nach, wenn man drauftrat, das war ihr aufgefallen, als sie zum Putzen oben war. Ging da jemand herum? Hatte Lore sich vom Pflegedienst in ihren Rollstuhl setzen lassen und kurvte nun von Zimmer zu Zimmer? Klänge das nicht anders?

Pilar schlich zur nach oben führenden Treppe. Auf der zweiten Stufe machte sie halt, um zu horchen. Aus der Dachwohnung waren Schritte zu hören, die ganz normal klangen, weder schleppend noch unregelmäßig. Die konnten nicht von einer Behinderten herrühren, die kaum selbstständig aus dem Bett kam. Lore musste Besuch haben. Warum auch nicht? War das so erstaunlich, dass Pilar hier stehen und lauschen musste? Zwar hatte sie nach dem Pflegedienst niemanden mehr auf der Treppe gehört, aber schließlich hatte sie das Wasser und die Kaffeemaschine laufen lassen und war im Badezimmer gewesen, wo man kaum etwas aus dem Treppenhaus wahrnahm.

Lores Besuch ging hin und her, blieb stehen und ging erneut hin und her. War das der Schritt einer Frau? War es Beatrice? Pilar hatte die ehemalige Mieterin nie gesehen, hatte aber aus Isabells und Freddys Beschreibungen den Eindruck gewonnen, eine Frau wie Beatrice müsse temperamentvoller auftreten und vor allem andere Schuhe tragen. Da oben ging jemand mit flachen Absätzen, und es war kein leichter Schritt.

Also nicht Beatrice. Eine andere Frau oder ein Mann. Isabell hatte zwar gesagt, dass Lore so gut wie nie Besuch bekomme, doch gab es sicher Ausnahmen, insbesondere konnte jemand aus ihrer Verwandtschaft zum Aushelfen angereist sein, eine Schwester oder Cousine, ein Bruder oder Vetter, das wäre normal, so ging es in den meisten Familien zu.

Und deshalb war es ungerechtfertigt, dass Pilar jetzt zu Ulfs Etage hinaufstieg, bemüht, jeden verräterischen Laut zu vermeiden, und jede Stufe testete, bevor sie einen Fuß draufsetzte. Hatte es nicht etwas Zwanghaftes, dass sie glaubte, sie müsse überprüfen, wer bei Lore war?

Pilar beantwortete sich die Frage nicht, sie schlich vorwärts, als zöge von oben ein Magnet.

Um ihr Gewicht besser zu verteilen, bewegte sie sich oberhalb des Treppenabsatzes auf allen vieren vorwärts. Ab und zu knarrte das Holz gleichwohl, aber der Mensch, der bei Lore weilte, schien es nicht zu hören, er unterbrach kein einziges Mal sein Hin und Her.

Pilar kroch weiter, die Treppe zum Dachgeschoss hinauf. Merkwürdig, dass man keine Stimmen hörte. Was machte der Kerl, während er umherging, warum redete er nicht mit Lore?

Das Gefühl, es sei etwas faul, schien wieder berechtigt. Pilar hatte keine genaue Vorstellung davon, fürchtete aber, die hilflose Lore könnte in Gefahr sein. Isabell hatte recht – man konnte nicht wissen, was im Haus vorging, solange nicht geklärt war, weshalb Evelyn sterben musste.

Von Stufe zu Stufe wurde Pilar ein bisschen mulmiger zumute. Womöglich war es unvernünftig, stetig weiter hinaufzusteigen, sie sollte umkehren. Ihr schwante, dass es genau das war, was zu Evelyns Tod geführt hatte – vielleicht hatte auch sie ihren Wahrnehmungen auf den Grund gehen wollen.

Du übertreibst, Pilar, hörte sie Richard sagen. Natürlich, das Harmlose und Normale war immer das Wahrscheinlichste. Der Besuch konnte mit Aufräumen beschäftigt sein, während die Kranke friedlich schlief. Wenn es ein Verwandter war, leuchtete das ein. Und schließlich ließ sich das problemlos klären. Sie würde klopfen und vorgeben, das Strickzeug, das Isabell bei Lore vergessen hatte, holen zu wollen. Das würde ganz natürlich wirken, sie wäre sogar willkommen, weil das Knäuel mit den langen Nadeln ein wenig stören dürfte.

Auf der vorletzten Stufe richtete Pilar sich auf. Wenn sie ihr Kommen nicht durch Geräusche ankündigen wollte, musste sie die knarrende Diele meiden, die man normalerweise berührte, wenn man sich dem vorderen Zimmer näherte, in dem Lores Bett stand. Pilar beschloss, die Tür dieses Raums in einem Bogen anzusteuern.

Die Überlegung war richtig, der Boden blieb ruhig. Und nun? Aus dem hintersten Raum des kleinen Flurs drang ein schabendes Geräusch, als würde die Schublade eines verzogenen alten Möbelstücks geöffnet. Gleichgültig, wer sich dort zu schaffen machte – sie sollte jetzt sofort nach Lore sehen.

Pilar tippte mit den Fingern gegen das Holz, es musste so eben bis zum Bett zu hören sein. Als von drinnen keine Antwort kam, drückte sie langsam die Klinke herunter. Sie öffnete die Tür ein Stück und sah ins Zimmer.

Die braunen Vorhänge vor dem Dachfenster waren zugezogen bis auf einen Schlitz in der Mitte. Der Sonnenstreifen, der hindurchfiel, teilte den Raum in zwei dämmrige Hälften. Um zum Bett schauen zu können, vergrößerte Pilar den Spalt und schob den Kopf hinein.

Was sie erblickte, ließ sie zusammenzucken. Hier schien ein Kampf getobt zu haben. Ein Kopfkissen hing über die Bettkante, ein zweites lag auf dem Boden, die Steppdecke war zu einem Berg aufgetürmt, das Laken zerwühlt und teilweise von der Matratze gezogen.

Von Lore war nichts zu sehen.

***

Freddy ordnete die Waren seines Biostandes noch einmal neu. Die Lücke, die der Verkauf von zwanzig Grünkernfrikadellen in die erste Reihe der Auslage gerissen hatte, füllte er mit dem letzten Laib Schwarzbrot und einigen Vollkornbrötchen. Nachdem er einen ganzen Pulk Käufer und Käuferinnen bedient hatte, war es nun ruhig vor seiner Theke. Kein Fußgänger näherte sich, kein Auto hielt am Straßenrand. Eine Viertelstunde vorher hatte sich sein Handy gemeldet, nun konnte er endlich nachsehen, wer angerufen hatte. Es war Achim.

Freddy rief zurück. »Gibt es was Neues?«

»Ich weiß nicht, ob das was ändert. Ob das nun bedeutet, dass sie die Ermittlungen gegen mich einstellen. Die Polizei hat Jörg als meinem Rechtsbeistand Evelyns Sachen ausgehändigt, die Jacke und was sie bei sich hatte, darunter die Schlüssel aus der Adenauerallee. Jörg kennt die Hausbesitzerin von einer Reportage über den Anwaltsberuf. Sie hat ihm gesagt, er könne die restlichen Sachen jederzeit abholen, sie befänden sich am Garderobenständer im Eingang, gegenüber der Haustür, sie sei heute in Düsseldorf, aber er könne trotzdem kommen, sie brauche nämlich die Schlüssel, die solle er in den Briefkasten werfen.«

»Das regt dich anscheinend auf«, bemerkte Freddy.

»Jörg sagt, für so was hat er keine Zeit, das ist nicht seine Aufgabe als Verteidiger, und deshalb soll ich die Schlüssel in seiner Kanzlei abholen und selbst in die Adenauerallee gehen.«

»Gut.«

»*Gut* nennst du das? Freddy, ich kann nicht!«

»Achim, die Anwaltskanzlei ist bei dir um die Ecke, und von der Adenauerallee wohnst du keine zehn Minuten entfernt.«

»Mann, kapier doch! Ich will nicht sehen, wo sie zuletzt gewohnt hat. Ich kann psychisch nicht. Könntest du nicht, Freddy?«

»Ich kann faktisch nicht. Ich muss noch zwei Stunden Biofood verkaufen.«

»Und danach?«

»Ist der Hund dran.«

»Pass auf: Ich hol die Schlüssel bei Jörg ab und bring sie dir zum Stand, und wenn du fertig bist, fährst du in die Adenauerallee und bist noch früh genug beim Hund.«

Freddy hasste es, etwas aufgedrängt zu bekommen, das er selbst nicht einsah. Und heute hasste er es besonders, weil seine Wunde wieder stärker schmerzte. Er war der Meinung, Achim sollte sich für die letzten Tage im Leben seiner Frau interessieren und den Anblick ihrer letzten Wohnstätte ertragen. War das von einem Mann, der von Schuldgefühlen gebeutelt wurde, zu viel verlangt?

»Vergiss es, Achim. Es passt mir heute nicht.«

»Du musst es ja nicht heute tun. Morgen oder übermorgen reicht, ganz wie du willst.«

»Ich will überhaupt nicht, Achim.«

***

Ich kann mich irren, dachte Pilar, während sie das leere Bett anstarrte. Möglich, dass Lores Körper unter dem langen, dicken Wulst aus Wolldecken an der Wand verborgen war.

Pilar trat ein Stück ins Zimmer hinein, um das Bett genauer zu betrachten. Der Wulst war schmaler, als es von der Tür aus den Anschein hatte, es lag niemand darunter. Pilar sah sich um. Offensichtlich war sie der einzige Mensch im Raum. Musste man wirklich davon ausgehen, dass es einen Kampf gegeben hatte? *Du übertreibst, Pilar.* Möglicherweise saßen Lore und ihr Besuch ganz gemütlich im Nebenzimmer. Aber warum war keine Unterhaltung zu hören? Pilar wusste nicht, was sie glauben sollte.

Der Rollstuhl stand vor der Anrichte, der Rollator in der Ecke beim Fenster. Daneben lehnte ein Paar Krücken. Lore war also ohne Gehhilfen unterwegs, ihr Besuch hatte sie gestützt – falls sie nicht doch überwältigt worden war und bereits irgendwie entsorgt wurde, beispielsweise in dem großen schwarzen Koffer, der auf dem Cordsamtsofa lag.

Pilar überlegte nicht lange. Nur kurz hineinsehen, beschloss sie, zwei, drei Sekunden, und ich bin weg. Sie ging auf den Koffer zu. Es war ein altmodisches Modell, aus Leder, mit abgestoßenen Ecken. Der Deckel war heruntergeklappt, die Schlösser standen offen. Sie holte tief Luft und hob den Deckel an.

Gemusterte Blusen. Ein gestreifter Kulturbeutel. Braune Stricksachen, der Duft von Lavendel. Pilar stöhnte über sich selbst – der Gedanke an Kampf und Überwältigung war ein Hirngespinst gewesen. Diese Sachen mussten der Person gehören, die zu Besuch gekommen war, natürlich wollte sie hierbleiben und der armen Lore Gesellschaft leisten. Und nun glotzte so eine unverschämte Person in ihren Koffer hinein! Pilar kam sich schäbig vor, sie klappte den Deckel herunter. Dabei stieß ihr kleiner Finger an eine flache Kante im Einsteckfach des Taftfutters. Egal, was drin ist, mach zu!, befahl sie sich.

Sie schloss den Deckel. Und hob ihn sofort wieder an. Man konnte nicht wissen, ob das Fach nicht etwas enthielt, das … Den Gedanken brachte sie nur flüchtig zu Ende, sie musste jetzt schnell sein. Sie schob die Hand unter den Gummizug des seidigen Stoffs und ertastete zwei übereinanderliegende Pappen. Sie holte sie vorsichtig hervor, hielt den Kofferdeckel höher und legte sie auf die Blusen. Behutsam hob sie die obere Pappe ab. Darunter lag ein Blatt Papier.

Pilars Atem stockte. Es war eine Rötelzeichnung. Ein Frauenkopf im Profil. Ihr fiel die Signatur in der rechten unteren Ecke auf: *BT*. Bernhard Troschert? Links unten entdeckte sie einen einzelnen Buchstaben – *L*. Wie Luise, seine erste Frau. Oder Lore. Hinter dem Blatt befand sich ein zweites. Rechts *BT*, links kein Buchstabe. Es zeigte einen Frauenkopf von vorn, er schien derselbe zu sein wie auf dem anderen Papier. Ein junges, breites Gesicht, das an die Kranke in dem nun leeren Bett erinnerte. Nur der intensive Blick und der zärtliche Ausdruck schienen zu einer anderen Frau zu gehören.

Die Geliebte … Lore? Und der Mörder … Johann? Der dem Nebenbuhler den Wetzstahl in das Auge stieß, das der auf seine Frau geworfen hatte? Eifersucht – seit Menschengedenken wurde aus diesem Grund mit allen erdenklichen Mitteln getötet.

Schnelle Schritte.

Knarren des Bodens.

Die Tür flog auf.

Pilar ließ den Kofferdeckel fallen und fuhr herum. Zum Abhauen war es zu spät. Die Frau stand bereits im Zimmer. Sie war größer und breiter als Pilar, hatte fahles, ungepflegtes Haar und zerfurchte, blässliche Gesichtszüge.

Das Gesicht von der Zeichnung, vierzig Jahre später.

Lores gesunde Zwillingsschwester.

Oder Lore selbst.

Mutmaßungen und Folgerungen schossen wie Jagdgeschwader durch Pilars Kopf, während sie dem Blick der anderen standhielt. Das Siechtum hatte sie vorgetäuscht, so schnell konnte sich niemand erholen. Die Geräusche, die Isabell nachts gehört hatte – das konnte Lore gewesen sein, die sich mit Hantel und Heimtrainer fit machte, während sie das Haus schlafend wähnte. Das nächtliche Tappen im Treppenhaus, das Eindringen der Katze, das Blatt im Keller – das alles konnte von Lore herrühren, die im Garten unterwegs gewesen war. Und gewiss hatte sie die Gegend erkundet, die sie von Ausflügen im Rollstuhl und im Auto sowie vom Bildschirm ihres Laptops kannte.

Das Schweigen zwischen ihnen war wie ein straff gespanntes Drahtseil. Mit ihrer aufrechten Haltung, dem wirren Haar und diesem Blick, der ein Blutopfer zu fordern schien, glich Lore einer nordischen Göttin. Ihre steingrünen Augen verlangten eine Erklärung für das unbefugte Eindringen.

Pilar fand nicht die richtigen Worte. Ihr Kopf war mit anderem beschäftigt, dort hallten ständig Fragen: Wie war das möglich? Was stand dahinter?

»Wetzstahl«, entfuhr es ihr.

Es war ein Fehler, sie wusste es, als das Wort ihre Lippen verließ. Sie hätte es hinunterschlucken müssen. Außer ihr, Isabell, Freddy und der Polizei kannte nur der Täter die Tatwaffe – oder die Täterin. *Wetzstahl.* Das Wort musste Lore verraten haben, was Pilar dachte. Und jetzt gab es kein Zurück.

Doch Lore beachtete es so wenig, als hätte Pilar *großer Gott* oder *ach du lieber Himmel* gesagt.

»Lassen Sie mich an meinen Koffer«, sagte sie in ruhigem Ton. »Ich muss meine Tante besuchen.«

Pilar trat zur Seite und strich mit einer minimalen Bewegung ihres Daumens unmerklich, wie sie meinte, über ihre Hüfte, um zu ertasten, ob sich ihr Handy in der Tasche ihrer Jeans befand. Dass die plötzlich genesene Lore verreisen wollte, musste die Polizei schnellstens erfahren. Doch das Handy lag zwei Etagen tiefer auf dem Couchtisch.

Um Lores Augen zuckte es. Ohne den kalten, hoheitsvollen Blick von Pilar abzuwenden, warf sie die Tür hinter sich zu, drehte den Schlüssel um und steckte ihn in die Tasche ihrer weiten grauen Jacke. Es geschah in einer einzigen fließenden Armbewegung.

Schlagartig sah Pilar alles vor sich: Diese Frau hatte Bernhard fasziniert, später wies er sie zurück. Ihre Liebe schlug in Hass um. Sie wollte ihn vernichten, plante punktgenau und überrumpelte ihn, als er allein war. Einzig die Tatsache, dass sie die Zeichnungen nicht vernichtet hatte, ließ Pilar zweifeln, ob sie richtig vermutete. Aber hatten nicht auch die härtesten Täter irgendwo eine weiche Stelle?

»Schließen Sie wieder auf«, sagte Pilar, um eine feste Stimme und eine gewisse Würde bemüht. Bloß keine Schwäche zeigen, auch wenn sie sich fühlte, als ob sie schrumpfte. »Fahren Sie zu Ihrer Tante. Ich gehe.«

Lores schmale Lippen umspielte ein spöttisches Lächeln, das Pilar stärker beunruhigte als die verschlossene Tür. Es war idiotisch gewesen, den Koffer zu öffnen und dann noch den Wetzstahl zu erwähnen. Die geplante Ausrede, Isabells Strickzeug holen zu wollen, wäre jetzt sinnlos.

Evelyn, schoss es Pilar durch den Kopf, Evelyn hatte etwas gesehen, das sie nicht sehen sollte, und mit dem Tod bezahlt. Und Pilar sah etwas, das sie ebenso wenig sehen sollte – dass die angebliche Kranke gesund war und sich aus dem Staub machte. Wenn Lore nicht nur Bernhard, sondern auch Evelyn getötet hatte, stand es schlecht um Pilar.

»Schließen Sie bitte die Tür auf.« Pilar meinte, die aufsteigende Panik schon im Ton ihrer Stimme zu hören. »Ich sag niemandem, dass Sie wegfahren.«

Lores Lächeln war verschwunden, ihr Gesicht wie aus Stein gemeißelt. Sie tat einen Schritt seitwärts und griff in ein Fach in der Mitte der Anrichte. Pilar konnte nicht sehen, was die langen weißen Finger umspannten. Es schien ein biegsames schwarzes Bündel zu sein, matt glänzend wie Lakritz. Lores Hand verschwand damit unter der locker sitzenden Jacke.

»Wetzstahl«, wiederholte Pilar.

Das war der helle Wahnsinn. Ihr Drang, dieser Frau ihre Geschichte zu entlocken, war sekundenlang stärker gewesen als ihre Vernunft. Sie hatte davon gehört, dass manche Täter das Bedürfnis hatten, den Hergang ihres Verbrechens zu schildern, sich dadurch erleichterten und anschließend bereit waren, sich der Polizei zu stellen. Ob Lore dazugehörte, konnte man nicht wissen, aber die Chance, an die Wahrheit heranzukommen, war womöglich für immer vertan, wenn sie jetzt entkam, ohne etwas preiszugeben.

Die graugrünen Augen musterten Pilar. Die Hand unter der Jacke bewegte sich.

»Er hat es verdient«, sagte Lore. »Warum erniedrigte er seine Liebste, warum? Er nahm sie nicht ernst, er hatte Geheimnisse und schloss sie aus. Obwohl sie, wie er wusste, alles für ihn hingegeben hätte. Alles. Sie wollte nur ihn.« Lore lächelte wehmütig. »Warum hat er das zerstört? Es war so schön, so heimlich. Nur Goethe war Zeuge.«

Was für ein Schmarrn, dachte Pilar und quälte sich eine verständnisvolle Miene ab.

»Er war dabei, ihre Seele zu töten. Dem musste sie zuvorkommen. Denn ohne Seele bist du nichts mehr. Das war wie Notwehr.«

»Warum die Augenhöhle?«, fragte Pilar, als reduziere sich das Problem auf die medizinische Seite. Die sachliche Frage half ihr, ruhig zu bleiben.

»Es war sein Blick, der ihr sagte: *Lass mich in Ruh. Geh weg.* Man darf das nicht mit den Augen sagen.«

Pilar nickte, als wäre es völlig einleuchtend. Ihr Hirn war wie leer gefegt, ihr kam nicht die kleinste Idee einer brauchbaren Strategie. Was verbarg die Frau unter der Jacke?

»Es war im Garten«, fuhr Lore fort. »Kein Gerangel, kein Kampf. Nur Konzentration. Das Ziel anpeilen. *Schluss, endgültig,* wie er es gewollt hatte.«

Das »Buch des Unmuts«, erinnerte sich Pilar, die letzten Punkte, die sie gefunden hatte, waren also seine. *Schluss, endgültig.*

»Er hat ihr nicht zugetraut, dass sie es fertigbringt.« Das Lächeln wurde bitter. »So wenig kannte er sie.«

Pilar fiel ein Roman ein, in dem der Mörder einem Polizisten an einem einsamen Ort alles gestand und ihn danach erschoss. Im wirklichen Leben riskierte eine Mörderin, die sich absetzen wollte, das bestimmt nicht. Hoffentlich nicht.

»Sie hielt sich gut, auch wenn sie zum Graben zwei halbe Tage brauchte.« Lores Augen leuchteten auf. »Sie war klug. Sie zerschnitt seine Ausweise, sein Notizbuch und jagte die Schnipsel durchs Klo. Sie warf seine Schlüssel, sein Rasierzeug und seine Aktentasche in den Rhein und gab seinen Mantel in die Sammlung für Katastrophengebiete. Und der Wetzstahl hing brav am Haken wie immer.« In das Lächeln mischte sich Triumph.

Pilar gab einen Ton der Bewunderung von sich. Es half ihr bestimmt nichts, sie musste hier raus!

Lores Stirn legte sich in Falten. »Bald danach wurde sie krank. Chronische Borreliose in heftiger Form. Je länger sich die Sache hinzog, umso mehr faszinierte sie die Ratlosigkeit der Ärzte mit ihrem Hochmut. Was wussten sie schon?« Lore stieß einen verächtlichen Zischlaut aus.

Pilar schossen Johanns Worte durch den Kopf: *tückische Krankheit ... manches noch unerforscht.*

»Bernhards Liebste dichtete den zahlreichen Folgen einige hinzu. Niemand merkte es. Als die echten Symptome schwanden, war das Kranksein nur noch ihr eigenes Spiel, auf das alle hereinfielen.«

»Grandios«, murmelte Pilar und dachte zugleich: pervers.

Lore stieß ein kehliges Lachen aus. »Ja, es war ihr Spiel, und ihre Puppen tanzten. Man verwöhnte sie, nahm Rücksicht, und immer durfte sie ruhen. Weder ihr Mann noch irgendwer bemerkte, dass sie ihren Körper zu stählen begann, an den Geräten, nachts im Garten, auf der Treppe und außer Haus. Wer so lange krank ist, den schaut niemand richtig an.«

Pilar überlegte fieberhaft, was sie tun könnte. Der Raum hatte nur eine Tür, zwei Meter davor stand Lore, mit der Hand unter der Jacke. Es war aussichtslos, der Frau, die viel größer war als sie, den Schlüssel zu entringen und an ihr vorbeizukommen.

»Dann kam die Botschaft des Schicksals!« Lores Stimme war jetzt laut und feierlich, als setze sie zum großen Finale an. »Ihr war, als hätte sie all die Jahre nur auf diesen Tag gewartet. Tief im Innern hatte sie immer geahnt, dass es so kommen würde: Bernhards Geheimnisse sollten ihr noch zugutekommen! Für die erlittene Schmach darf sie kassieren, das Gold steht ihr zu. Das ist Gerechtigkeit.«

Sie weiß nicht, dass es für sie verloren ist, dachte Pilar.

»Was das Gold betraf, erfand Bernhards Liebste für ihren Mann eine hübsche, unverfängliche Geschichte. Sie machten Pläne, entwarfen eine Villa mit Blick aufs Meer und sahen all das, wovon sie ihr Leben lang geträumt hatten, zum Greifen nah. Der Mann war bereit, er wollte hier raus. Wann immer es möglich war, suchte er die Lageskizze. Als er nah dran war, sie zu finden, kam die dumme Gans herein.«

»Evelyn Korbmacher«, stellte Pilar fest, nur um etwas zu sagen. Zeit gewinnen, Zeit gewinnen, hämmerte es in ihrem Kopf.

»Bernhards Liebste stand auf der Treppe, als die Person erklärte, dass sie dasselbe suche. Ein Abgrund tat sich auf, ein schwarzes

Loch, die wusste Bescheid, die wollte ihr zuvorkommen! Was hatte die mit Bernhard zu schaffen? Ohne sein Gold war für die Liebste kein Weiterleben denkbar. Tausend Stimmen flüsterten ihr zu: *Lore, jetzt bist du dran! Hol es dir. Sieh zu, dass keiner schneller ist.*«

»Tausend Stimmen?«, warf Pilar ein, weil ihr nichts anderes einfiel.

Lore machte eine Handbewegung, als wolle sie sich nicht aufhalten lassen, als sei sie nun erpicht darauf, ihre Erzählung rasch zu Ende zu bringen. »Mit einer Kordel aus dem Keller folgte sie der Fremden. Als die Gans beim Wein saß, ging Bernhards Liebste spazieren und bemerkte, dass das Schicksal ihr ein Fahrrad mit Anhänger bereitgestellt hatte. Sie fuhr damit zum Lokal und wartete. Um Mitternacht kam das Luder heraus, dann war es so weit. Wie hilfreich die alten Zäune sind, und wie leicht es mit einer Schnur geht! Haben Sie das mal versucht?«

Pilar ahnte, wie die Worte gemeint waren. Alles an ihr wurde starr, mit Ausnahme ihres Herzens, das entsetzte Sprünge machte.

»Der Gans fiel die Kinnlade runter, als sie sah, dass kein Mann vor ihr stand. Doch zum Staunen blieb ihr wenig Zeit. Ihre letzte Fahrt ging in die Gegend, aus der sie kam und wo sie hätte bleiben sollen.«

»Und wenn die Polizei Spuren an Ihrer Kleidung entdeckt hätte?« Zeit gewinnen! Es war egal, was sie fragte, solange die Frau antwortete.

Lore stieß einen verächtlichen Laut aus. »Das waren Klamotten aus der Altkleidertüte im ehemaligen Kohlenkeller. Es war einfach, sie loszuwerden. Ein paar Stunden später kam die Müllabfuhr. Auf so was ist in Bonn Verlass.«

»Weiß Johann von Ihren Taten?«

»Wäre das Risiko nicht zu hoch gewesen? Und jetzt halten Sie den Mund. Ich muss los.«

Lores Geschichte war zu Ende. Pilar sah keine Möglichkeit, das Gespräch aufrechtzuerhalten. Gedanken und Panik vermischten sich zu einem wirren Knäuel. Diese Frau würde ihr keine Gelegenheit geben, die Sache auszuplaudern. *Das Risiko war zu hoch.*

»Nur so viel noch.« Lores Miene hatte sich verändert, ihr Ton war schneidend kalt. »Jemand ist dem Schicksal in den Arm gefallen, jemand hat das Gold genommen und woanders versteckt. Ich hab die Person gesehen. Sie kroch über die Mauer, mit großen Taschen an der Hose. Sie schlich sich hinten in den Garten.« Lore trat einen Schritt näher. »Das waren Sie.«

Pilar wich zurück.

»Unsinn, das …« Sie verstummte. Statt zu reden, sollte sie höllisch aufpassen. Zwischen ihnen lag nur ein Meter. Lores Blick schien Maß zu nehmen. Sie tat einen weiteren Schritt.

Pilar konnte nicht zurückweichen, in ihre Kniekehlen drückte die Kante eines Schemels. Im Augenwinkel sah sie ein blaues Leuchten auf einem niedrigen Tisch, Isabells Strickzeug. Eine der langen Holznadeln steckte im Wollknäuel, die andere hing lose im Gestrickten. Die einzige Chance, etwas zur Verteidigung in die Hand zu bekommen.

Den Blick weiter auf Lore gerichtet, neigte Pilar sich dem Tisch zu. »Das gehört meiner Schwester, ich muss …«

Lores Bein schnellte vor. Ihr Schuh traf Pilars Zehen in der dünnen Socke, dann ihr Schienbein. Gleichzeitig flog Lores Hand aus der Jacke.

Pilar schrie auf vor Schmerz. Ihr Bein knickte ein, ihre Finger verfehlten die Stricknadel, die vom Tisch rollte und die Wolle und die zweite Nadel mit sich riss.

Mit einem Schritt war Lore neben Pilar, stieß mit dem Fuß den Schemel weg, war hinter ihr. Pilar misslang der Satz nach vorn, über ihren Kopf glitt eine Schlinge. Sie warf das Kinn hin und her, trat um sich. Ihre Hände fuhren zur Kehle, den Hals umspannte ein dünnes Kabel. Es zog sich zu, eine Fingerkuppe blieb drunter. Jetzt wusste Pilar, was unter Lores Jacke verborgen war.

Verzweifelt wand sie sich und rang nach Luft. Lores Arme drückten auf ihre Schultern, pressten sie zusammen, schlangen die Schnur um ein Handgelenk, dann ums andere, um Oberarme und Brustkorb. Der Fluch der Kleinheit – Lore beherrschte Pilar, als schnürte sie in Eile eine Teppichrolle. Blitzschnell hatte sie alles festgezurrt.

Überrumpelt und hilflos stand Pilar da, die Hände unterm Hals fixiert. Schon die kleinste Bewegung schien die Fessel enger zu ziehen. Wenn nur der Finger darunter nicht wegrutschte … Er sorgte dafür, dass ein bisschen Luft zum Atmen durchkam. Aber vielleicht auch nicht. Das Kabel wurde strammer, die Fingerspitze drückte tief in die Haut.

Lore stand am Bettpfosten, band die schwarze Schnur daran fest. Mit dem anderen Ende wandte sie sich dem Vertiko zu, dessen Messingbeschläge unter der Dachschräge schimmerten. Sie rückte das anderthalb Meter hohe Möbel ein Stück von der Wand ab, trat hinter das Kopfteil des Bettes und beugte sich zum Boden hinunter. In der einen Hand hielt sie das Kabel, mit der anderen hob sie eine Kurzhantel auf und stemmte sie auf die Deckplatte des Vertikos. An jedem Ende der verchromten Stange steckte eine kleine Scheibe aus schwarzem Gusseisen, in der Mitte befestigte Lore das Kabel.

Pilar spürte einen Zug am Hals, ihr brach der Schweiß aus. Nun ist es aus, dachte sie. Nächste Sekunde. Jetzt.

Doch Lore bückte sich erneut und hob eine Scheibe von der Größe eines Tellers auf. Sie schraubte sie an die Stange, wuchtete ein weiteres dieser Gewichte vom Boden hoch und bestückte die Hantel damit. Zweimal noch wiederholte sich der Vorgang, dann rollte Lore das schwarz-silberne Monstrum mit beiden Armen über die rückwärtige Kante der Deckplatte.

Es fällt runter!, durchfuhr es Pilar. Noch schwebte das Ding in der Lücke zwischen Vertiko und Wand. Musste es nicht jeden Moment abstürzen? Pilar wusste, was das bedeutete. Ihr schossen Tränen in die Augen.

»So.« Lore besah ihr Werk. »Wenn du dich bewegst, fällt die Hantel runter. Dreißig Kilo, die an deinem Genick zerren. Das müsste reichen.«

Durch den Nebel ihrer Tränen sah Pilar sie zum Sofa schreiten. Stolz lag in ihrem Gang. Sie schloss den Koffer, nahm ihn vom Sofa, ging damit zur Zimmertür und sperrte sie auf. Pilar wagte nicht, den Kopf zu drehen.

Lore schien sich noch einmal nach ihr umzuwenden. »Wenn die Tür mit Schwung ins Schloss fällt, kann es natürlich auch passieren.«

Pilar hörte sie in den Hausflur treten.

Die Tür flog zu.

***

Sein Telefongespräch mit Achim war schon eine Weile her, und immer noch hallten in Freddys Kopf seine eigenen Worte nach. Er kam nicht dagegen an, ihn zwickte sein schlechtes Gewissen. Als er sich zum wiederholten Mal sagte, dass die Absage völlig in Ordnung gewesen sei und man auch mal Nein sagen dürfe, erschien ein rotblond gelocktes Mädchen am Stand. Sie trug einen Minirock und einen knappen apfelgrünen Pulli. Nach Freddys Einschätzung war sie höchstens siebzehn Jahre alt. Sie grinste ihn breit an.

»Ich bin die Mia.«

»Ah ja«, sagte Freddy freundlich. »Und was möchtest du?«

Sie prustete vor Lachen. »Ich bin die Ablösung.«

»Ach so, die Neue, ja, natürlich. Aber du bist zu früh. Ablösung ist in zwei Stunden.«

»Echt?«

»Ich bin sicher.«

Sie stampfte mit dem Fuß auf. »Soll ich etwa wieder nach Haus fahren? Ich wohne in Auerberg!«

»Das ist ja am anderen Ende der Stadt. Dann bleib eben hier.«

»Ich guck dir einfach zu. Vielleicht lern ich noch was von dir.«

»Nee, du kannst übernehmen. Ich geh lieber. Da freut sich mein Hund.«

»Einen Hund hätt ich auch gern.«

»Ist wirklich nett.« Freddy war mit seinen Gedanken schon woanders. Ihm war etwas eingefallen, woran er bisher nicht gedacht hatte, er wurde schlagartig nervös. Vielleicht war es albern, vielleicht auch nicht. Man konnte es nicht wissen. Nicht in so einem Fall.

»Ich muss mal telefonieren.« Freddy räumte seinen Platz hinter dem Tisch, trat etwas abseits und wählte Achims Nummer, während er zugleich überlegte, ob er seiner Ablösung noch irgendwas erklären musste.

Der Freund meldete sich sofort.

»Achim, hast du Evelyns Schlüssel schon abgeholt?«

»Komme gerade aus Jörgs Laden.«

»Hast du vorhin gesagt, die Hausbesitzerin sei in Düsseldorf?«

»Exakt, aber …«

»Ich nehme den nächsten Bus, Achim, der muss jeden Moment

kommen. Bring mir die Schlüssel zur U-Bahn am Hauptbahnhof, von dort fahr ich weiter zur Adenauerallee.«

»Ist ja toll, danke. Passt es dir jetzt plötzlich? Aber warum bist du so hektisch?«

Freddy vernahm das vertraute Motorgeräusch. »Der Bus ist gleich da.«

»Ich hab dich was gefragt.«

»Jedes Mal, wenn Isabell Troschert in Düsseldorf war, ist etwas passiert.«

»Bist du abergläubisch?«

»Nur vorsichtig. Möglich, dass jemand über ihre Abwesenheit Bescheid weiß und das gezielt ausnutzt.«

»Versteh ich jetzt nicht.«

»Mia, angele mir bitte schnell den Rucksack aus der Ecke.«

»Welche Ecke?«, fragte das Mädchen.

»Hä?«, kam Achims Stimme aus dem Handy. »Was ist los?«

»Ach da, okay.« Mia reichte den Rucksack über den Tisch.

»Geh einfach direkt zur U-Bahn, Achim.« Freddy ergriff den Rucksack und rannte zur Haltestelle, wo die Linie 601 bereits vorgefahren war und nur wenige Leute einstiegen. »Tschö, Mia.«

»Tschüss, du komischer Kauz!«, hörte er sie rufen.

Im selben Moment fuhr der Bus los. Ohne Freddy. Er winkte verzweifelt, aber der Fahrer schien es nicht zu sehen.

***

Die Hantel schwebte noch zwischen Wand und Vertiko. Warum hatte Lore sie nicht erdrosselt wie Evelyn, weshalb die sadistische Konstruktion? Demonstration ihrer Macht. Rache. Frust. Sie schloss die Augen. Nicht bewegen … Dreißig Kilo, die in die Tiefe fielen und an ihrem Hals zerrten, waren kaum zu überleben.

Vor der Tür knarrte der Fußboden. Pilar hörte Lore hin und her gehen und im Flur mit irgendwas herumwursteln. Es klang nach dem Rascheln von Papier, das zusammengeknüllt wurde.

Irgendwo im Haus ertönte die scheppernde Haustürschelle, wahrscheinlich auf Isabells Etage. Wenn das nun Richard wäre …

Keine Chance, er hatte bis zum Nachmittag in Berlin zu tun. Nicht versuchen zu schreien, es war zwecklos. Nur hoffen.

Die Atemluft reichte so eben aus. Das Kabel durfte sich nicht straffer ziehen. Sobald das Blut im Kopf sich staute, würde sie ohnmächtig werden. Und nichts mehr spüren. Nicht einmal Angst. Auch ein Vorteil.

Sie war seltsam ruhig. Als hätte sie seit langer Zeit geahnt, dass es einmal so weit kommen müsste. Richy, die Söhne, Mama, der Hund, der Kater, dachte sie wehmütig. Ihr fiel ein, dass sie Isabell die kleine graue Katze ans Herz legen wollte. Sie brauchte jemanden. Die Katze. Und Isabell auch. Es gab noch so viel zu sagen und zu tun. Nein, sie durfte nicht aufgeben. In drei, vier Stunden würde Ulf hier auftauchen und sie retten. Falls sie es so lange in dieser Stellung aushielte und nicht vorher umkippte. Und sich auf diesem Wege selbst erdrosselte.

Pilar hörte, wie Lore treppab ging. Ihr Koffer stieß ab und zu ans Holz der Stufen oder des Geländers. Die Schelle ertönte nochmals. Lore schien auf dem Treppenabsatz stehen zu bleiben und den Koffer abzusetzen. Natürlich wollte sie dem Menschen, der da unten vor der Haustür stand, nicht begegnen. Oder sie überlegte, ob sie zurückkommen und die Tür noch einmal feste zuknallen sollte, damit die Hantel herunterfiel.

Lores Schritte näherten sich. Erst auf der Treppe, dann vor der Tür. Nun war alles aus. Pilar rann der Schweiß von der Stirn.

Ein Schlüssel drehte sich im Schloss. Lore war gekommen, um sie einzusperren. Befürchtete sie, dass Pilar sich befreien könnte? Den Schlüssel würde sie in den Rhein werfen, und wenn man Pilars Leiche fände, behaupten, es müsse ein Fremder da gewesen sein, die Tür sei, wie in diesem Haus üblich, unverschlossen gewesen, als sie es verlassen hatte.

Die Schritte entfernten sich. Weiter unten verstummten sie. Wieder schien Lore stehen zu bleiben.

Ein feiner Geruch stieg Pilar in die Nase. Er kam vom Flur her. Im ersten Moment wusste sie nicht, was es war. Es erinnerte sie an eine Berghütte in Tirol, an den offenen Kamin, an sein Knistern – oh nein … Es war Brandgeruch. Und er nahm zu. Vor der Tür brannte es.

Es gab keine Hoffnung. Jetzt bitte ohnmächtig werden. Und nichts mehr spüren.

***

Freddy hatte den nächsten Bus genommen, der ein paar Minuten später gekommen war. Doch als er auf dem Perron der U-Bahn-Station Hauptbahnhof eintraf, konnte er den Freund nirgendwo entdecken. Seine Unruhe wuchs. Er ließ eine Bahn durchfahren und wählte Achims Nummer.

»Hey, was hast du? Ich bin doch da«, drang es an sein Ohr. Nicht vom Handy – Achim kam durch die Menschenmenge auf ihn zu. »Ich hab nur einen Kaffee getrunken. Zu viel Hektik ist ungesund.«

Freddy entfuhr ein Stöhnen. Weshalb er so ein Nervenbündel war, verstand er selbst nicht. Die vage Vorstellung, es könnte irgendwas passieren, weil Isabell in Düsseldorf weilte, schien ihm jetzt absurd. Und im nächsten Moment auch wieder nicht …

Achim übergab Freddy zwei Schlüssel und klopfte ihm auf die Schulter, zum Glück auf die unverletzte. »Wir sehen uns. Und noch mal danke.«

Die Bahn Richtung Godesberg fuhr ein. Wenige Minuten später stieg Freddy an der Station »Bundesrechnungshof/Auswärtiges Amt« aus und eilte die Treppe zur Adenauerallee hoch. Isabells spätklassizistisches Haus blickte ruhig und ehrbar aus seiner Reihe.

Ein paar Meter weiter stand jemand auf dem Bürgersteig. Es war ein kräftiger, sonnengebräunter Mann mit eckiger Brille, dem Alter nach in den Fünfzigern. Als Freddy sich näherte und die Schlüssel aus der Tasche zog, kam der Mann auf ihn zu.

»Kann ich Ihnen helfen?«, fragte Freddy. Er musste zu dem anderen aufschauen, was immerhin den Vorteil hatte, dass die Ersatzbrille in die bestmögliche Position rutschte.

»Ich möchte zu Isabell Troschert, aber ich hab Pech.«

»Sind Sie ein Freund von ihr?«

Der Mann lachte auf, was ein bisschen unglücklich klang. »Vier Monate lang war ich ihr engster Freund. Madame hat mich vor die Tür gesetzt.« Er verzog das Gesicht und blickte zu den Fenstern im ersten Stock hinauf.

»Sie ist heute in Düsseldorf«, sagte Freddy.

»Sind Sie mein Nachfolger, dass Sie so genau Bescheid wissen?« Er deutete auf die Schlüssel. »Der blaue war mal meiner.«

»Ich bin nur ein Bekannter. Freddy Stieger, Privatdetektiv. Ich hole ein paar Sachen ab.« Er reichte dem anderen die Hand.

»Gunter Koch, Deutschlehrer. Haben Sie was dagegen, wenn ich mit reinkomme? Ich setze mich oben aufs Sofa und überrasche sie.«

»Das wird nichts. Isabell schließt ihre Türen jetzt immer ab.«

»Ach?«, wunderte sich Koch. »Dann setze ich mich auf die Treppe.«

Ob das in Isabells Sinne war, wusste Freddy nicht, aber ihm fiel nicht ein, wie er es verhindern konnte, ohne unhöflich zu sein. Mit einigem Unbehagen trat er auf die Tür zu, schloss auf und ging als Erster hinein.

Er fuhr zusammen. Im Halbdunkel auf der Treppe stand eine Gestalt. Eine blasse Frau in einem altmodischen braunen Tuchmantel, um den Kopf ein gemustertes Tuch und im Gesicht eine dunkle Brille. Ihre leicht gedrehte Körperhaltung ließ vermuten, dass sie überlegt hatte, umzukehren. Auf der Stufe über ihr stand ein Koffer.

Der Lehrer war inzwischen eingetreten. Freddy ließ die Tür hinter sich zufallen. Die Frau kam ihnen mit dem Gepäck entgegen, die schwarzen Augengläser auf die Haustür gerichtet.

Freddy überlegte hastig, was zu tun sei. Diese Person gehörte augenscheinlich nicht ins Haus, und der Koffer könnte voll Diebesgut sein. Andererseits konnte man sie nicht einfach verdächtigen, wenn man nicht wusste, wer hier gelegentlich als Verwandte, Bekannte oder Putzfrau ein und aus ging.

Ratlos blickte er zu Gunter Koch. Auf dessen Gesicht breitete sich ein Lächeln aus, das erfreut, aber vor allem maßlos erstaunt wirkte.

»Lore! Es geht Ihnen ja um Welten besser!«

Lore? Wie konnte das sein?

Die Frau lächelte kühl und, wie es schien, angestrengt.

»Ich muss zur Kur.«

»Aber so schnell … ich meine … ich wusste nichts von Ihrer Genesung.«

Ich auch nicht, dachte Freddy. Das hätte mir Isabell erzählen müssen.

»Ihr Arzt muss ein wahres Wundermittel gefunden haben!« Der Lehrer konnte sich kaum beruhigen.

»Entschuldigen Sie, mein Taxi wartet.«

Lore war Freddy immer als hoffnungslos bettlägerig geschildert worden. Da musste eine sagenhafte Arznei im Spiel sein. Oder etwas ganz anderes. Denn Wunder gab es nun mal nicht. Dem sollte er auf den Grund gehen. Dazu brauchte er ein bisschen Zeit. Er lehnte sich gegen die Haustür.

»Wohin geht es denn?«, fragte er. »In dieses berühmte Bad … Na, wie heißt es? Das mit dem schönen Kurhaus und dem grünen Park und …«

»Lassen Sie mich durch«, schnitt ihm Lore das Wort ab. »Ich darf meinen Zug nicht verpassen.«

Freddy fühlte es, noch ehe sich der Gedanke formte: Sie war auf der Flucht. Und sie hatte Grund dazu. Er rückte keinen Zentimeter von der Tür weg.

»Ich kann's nicht glauben: Sie gehen einfach zur Kur, während Ihr Mann in Untersuchungshaft sitzt? Sie müssen ihm doch Beistand leisten.«

Gunter Koch zog ein erschrockenes Gesicht. Offenbar wusste er nicht, was in diesem Haus vorgefallen war.

»Was wird Johann denn vorgeworfen?«

»Unter anderem Mord«, erwiderte Freddy. Er registrierte, dass Lore die Lippen aufeinanderpresste. »Da kann sie doch nicht einfach zur Kur fahren, Herr Koch! Was halten Sie davon?«

»Das ist allein Frau Hochscheitels Sache, Herr Stieger. Sie können die Dame nicht daran hindern, aus dem Haus zu gehen.«

Freddy trat dem Lehrer kräftig auf den Fuß, damit er kapierte, dass es ratsam war, sie nicht wegzulassen.

»Aua«, sagte Gunter Koch. »Was soll das?«

Himmel, war der Mann begriffsstutzig! »Johann ist unschuldig«, fuhr Freddy fort. »Er kann jeden Tag aus der Haft entlassen werden. Da muss sie zu Hause sein und ihm was Schönes kochen oder was man sonst so tut, wenn der Gatte aus dem Gefängnis kommt!«

Er trat dem Lehrer noch einmal auf die Zehen und warf ihm

einen lodernden Blick zu. Koch verzog das Gesicht vor Schmerz, schien aber ins Grübeln zu kommen.

»Machen Sie mir die Tür auf, Gunter«, forderte Lore. »Helfen Sie mir.«

Gunter Koch runzelte die Stirn.

»Über Johann sollten wir Genaueres wissen«, rief Freddy. »Fragen wir einfach die Polizei. Herr Koch, könnten Sie mal schnell? Die 110! Ich sag immer: Besser einmal mehr fragen …«

Lore holte mit dem Fuß aus und zielte Freddy zwischen die Beine. Er hob blitzschnell sein Knie. Ihr Stiefel traf hart seinen Oberschenkel. Freddy taumelte und verlor die Position vor dem Türgriff. Lores Arm schnellte vor, seine Hand kam zu spät. Lore riss die Tür auf. Freddy packte ihren Arm, stellte sein Bein vor den Koffer. Mit der freien Hand versuchte er, die Tür wieder zuzudrücken. Er ärgerte sich über den Lehrer, der nichts kapierte und ihm nicht half, sondern zur Treppe blickte.

»Schnuppern Sie mal, Herr Privatdetektiv. Hat da jemand vergessen, das Bügeleisen auszustellen?«

Freddy nahm nur den Geruch der Straße wahr. Lores Stiefel traf sein Schienbein. Er wankte und packte sie fester. Jetzt roch er es auch. Da brannte mehr als ein Bügelbrett. Er ließ Lore los und stürmte die Stufen hinauf.

***

Es musste ein paar Minuten her sein, seit Lore die Zimmertür abgeschlossen hatte und hinuntergegangen war. *Minuten*, dachte Pilar, die spielten bald keine Rolle mehr.

Hinter der Tür knisterte es leise, aber unentwegt. Der Brandgeruch wurde stärker. Die zunehmende Wärme meinte sie schon zu spüren. Am Rand des Türblatts drangen dünne Fahnen grauen Qualms herein. Sie wusste, dass die meisten Brandopfer nicht in den Flammen starben, sondern vorher an den giftigen Rauchgasen.

Draußen knackte es, als zerfräße das gierige Feuer die Bohlen und das Geländer mit gesteigerter Leidenschaft. Holzstücke lösten sich und polterten herab. Oder waren das … Schritte?

Pilar presste einen heiseren Schrei heraus.

Jemand rüttelte an der Türklinke. »Ist da wer?« Es folgte ein Husten.

»Vorsicht!«, versuchte sie zu rufen. Aber es war zu schwach, der da draußen machte zu viel Krach.

»Wir müssen die Tür aufbrechen!«, schallte seine Stimme durchs Treppenhaus. »Sie ist abgeschlossen und jemand dahinter.«

Das war Freddy! Wie kam …? Ach egal. Die Tränen rannen ihr über die Wangen. Er schien irgendwohin zu laufen. Sie meinte, Wasser fließen zu hören, ein Pladdern, als ob sich ein Eimer füllte, ein Platschen und Zischen vor der Tür. Offenbar löschte er das Feuer. Die paar Sekunden würde sie noch aushalten.

Dann der furchtbare Gedanke: Das gewaltsame Aufbrechen der Tür würde die Dielen mehr schwingen lassen als zuvor, die Erschütterung musste die Hantel in Gang setzen.

Wieder ein Poltern, das von unten heraufkam. Männerschritte, halb springend. Warum machten sie so einen Radau?

»Komm, los!«, rief Freddy. »Eins, zwei …«

Oh Gott, sie nahmen Anlauf!

»Nein!« Ihr Krächzen war zu schwach. Sie starrte zum Vertiko.

»Völlig unnötig«, vernahm sie eine Stimme, die nach unerschütterlichem Gleichmut klang. Sie konnte nur einem gehören – Isabells Exfreund Gunter.

Freddy stieß einen Laut aus, den Pilar nicht deuten konnte. Empörung? Entsetzen?

»Das hier hab ich ihr abgeknöpft.« Wieder Gunter. »Dafür hab ich jetzt den Schnitt in der Hand.«

Ein Schlüssel rumorte im Schloss. Ein Luftzug von irgendwoher, vermischt mit Qualm. Die Tür schien sich zu öffnen.

»Langsam«, mahnte Gunter. »Wir wissen nicht, was dahinter ist.«

Pilar drehte den Kopf vorsichtig so weit, dass sie die Tür im Blick hatte. Wie in Zeitlupe schoben sich zwei Männerköpfe durch den Spalt. Vier Brillengläser schimmerten im Halbdunkel des Zimmers. Die Gesichter erstarrten zu Masken.

Wenn sie nur alles richtig sahen … Pilar rollte ihre Augen auffällig in Richtung Vertiko. Hoffentlich verstanden sie!

Die beiden schoben die Tür vollständig auf. Bedächtig traten sie nacheinander ein, vorneweg Freddy, dann Gunter, von dessen Hand Blut tropfte. Beide schienen die Lage zu erfassen.

»Auf der Anrichte liegt eine Schere«, flüsterte Gunter, als ob schon die Lautstärke Pilar gefährden könnte.

Sie schloss die Augen. Wartete darauf, dass Freddy die Schnur durchschnitt. Ein Gefühl unfassbaren Glücks stieg in ihr auf. Es würde alles gut gehen. Sie spürte Freddys Hände, vernahm das kleine Geräusch, einmal, zweimal. Der Druck am Hals ließ nach, die Fessel lockerte sich. Pilar atmete tief durch. Eine Rückkehr ins Leben.

Ein dumpfes Krachen ließ sie zusammenfahren. Sie riss die Augen auf, sie wusste, was es war.

Gunter stand neben dem Vertiko. »Die Hantel.« Er wirkte bestürzt. »Sieht aus, als hätte ein Zapfen an der Rückseite sie gestützt. Der ist jetzt abgebrochen.«

Der Tod hatte sie um wenige Sekunden verpasst. Nie wieder, schwor sich Pilar, nein, nie wieder würde sie so viel riskieren! Von jetzt an wollte sie jedem dunklen Geheimnis aus dem Weg gehen. Das musste sie Richard sagen, damit er sie täglich daran erinnerte.

Freddy löste die Schlingen von ihrem Hals und ihren Händen, die sie kaum anzusehen wagte. Geschwollen, bläulich, mit tiefen Striemen … Sie sank auf den Teppich. Niemals zuvor war sie so erledigt gewesen. Das Kabel lag unter ihr, es war ihr gleichgültig. Vielleicht würde sie es behalten, wie manche Leute die Fischgräte aufbewahrten, an der sie beinahe erstickt wären.

Sie hörte, wie Gunter das Dachfenster aufklappte. Frische Luft strömte herein. Der Hauch eines Frühlingswindes. Das Flöten einer Amsel auf dem Dach.

»Das wäre Lores dritter Mord gewesen«, murmelte Pilar.

Freddy beugte sich zu ihr hinunter und legte einen Arm um ihre Schultern. »Bist du okay?« Er fuhr mit dem Finger behutsam über ihren Hals. »Oh weh.«

»Lasst mich einfach in Ruh.«

Freddy blickte zu Gunter auf. »Ich hoffe, du hast Lore an eine Platane gefesselt.«

»Ich hab nur den Schlüssel erwischt, sie selbst leider nicht.« Gunter zog ein Handy aus der Tasche seines Sakkos.

Pilar nahm erneute Rauchentwicklung wahr. Das Feuer war nicht restlos gelöscht. Sie mussten hier weg.

Freddy rannte hinaus. »Noch mal Wasser!«

»Vor allem die Feuerwehr.« Gunter wählte bereits die Nummer.

»Und die Polizei!«, rief Freddy aus dem Badezimmer. »Die wird Lore schnappen. Die Stadt ist ja klein.«

Pilar erhob sich vom Boden. »Groß genug, um sich darin zu verbergen. Die Frau hat das so lange geschafft, die kriegt es auch jetzt hin.«

***

Isabell verließ die U-Bahn und schlenderte gemächlich zur Treppe, um zur Adenauerallee hinaufzusteigen. Sie freute sich, dass sie nur noch ein kurzes Stück Weg von ihrem Haus und ihrem Sofa trennte. Der Fototermin mit Walburga Überlinger war nicht lang, aber anstrengend gewesen. Die alte Dame hatte alle Viertelstunde nach einer Tasse Tee und einem Keks verlangt, bis sie die Sitzung vorzeitig abgebrochen und sich darauf geeinigt hatten, in der nächsten Woche weiterzumachen.

Die Bahn fuhr Richtung Süden weiter. Isabell sah über die leeren Gleise zum Bahnsteig der Gegenrichtung hinüber. Die Bonner U-Bahn-Stationen waren so ganz anders als die Pariser und natürlich viel jünger. Sie erinnerte sich an die gigantische Baustelle während ihrer Schulzeit, als sie in einen Abgrund statt auf eine Straße blickte. Wochen oder Monate hatte die Ramme vor ihrem Fenster gestanden und von morgens bis abends in ohrenbetäubendem Takt die riesigen vertikalen Eisenteile in den Boden getrieben. Sie hatte den Bau gehasst. Und nun gefielen ihr die Stationen, von denen jede eine andere Kennfarbe hatte, sehr gut.

Vor der orangegelben Kachelwand auf der anderen Seite der Gleise saß eine Frau mit einem Koffer. Sie trug einen braunen Tuchmantel, ihre Haare bedeckte ein gemustertes Kopftuch. *Eine Frau aus dem Osten*, hätte ihre Mutter gesagt. *Vom Land.* Aber das Gesicht unter der Sonnenbrille …

Lore, wollte Isabell schon rufen, beherrschte sich aber. Ihre Augen waren für die Fernsicht nicht die besten. Sie öffnete ihre

Handtasche und kramte die Brille heraus, die sie sich vor Jahren zum Autofahren angeschafft hatte und jetzt selten benutzte. Währenddessen ging sie langsam weiter, damit ihre Neugierde nicht so auffiel. Als sie die Brille aufsetzte, stellte sie betroffen fest, dass die Ähnlichkeit frappierend war. Aber das konnte Lore nicht sein! Mit einem Koffer hätte sie niemals von der Dachwohnung bis hierhin gelangen können.

Aus dem Tunnel vernahm Isabell das Dröhnen einer einfahrenden Bahn. Sie wandte sich ab, stieg die Treppe hinauf und hörte die Bahn Richtung Hauptbahnhof abfahren. Mitten auf den Stufen blieb sie stehen. Und wenn es nun doch Lore war? Ihr wurde bewusst, dass sie die Kranke bisher fast nur im Bett oder Rollstuhl gesehen hatte, Unterkörper und Beine von einer Decke bedeckt, nur zwei oder drei Mal hatte sie Lore an einem ihrer guten Tage mit Johann Schrittchen für Schrittchen auf der Treppe erblickt.

Wie unter Zwang ging Isabell zurück, bis sie die Kunststoffsitze an der Kachelwand erneut im Blick hatte. Natürlich waren sie inzwischen leer. Die Frau war in die Bahn eingestiegen. Es war sinnlos, darüber zu spekulieren, ob es Lore war oder nicht.

Isabell ging die Treppe wieder hoch. Sie benutzte nie die Rolltreppe, sie wollte sich bewegen. Als sie die Straße fast erreicht hatte, kamen ihr eilige Schritte entgegen. Erstaunt blieb sie stehen. Gunter! Sein Gesicht wirkte gehetzt, seine rechte Hand war mit einem Taschentuch umwickelt, das tiefrot von frischem Blut war.

»Hast du sie gesehen?«, keuchte er.

Isabell begriff. »Lore? Richtung Stadt.«

Von der Straße her waren Polizeisirenen zu hören. Gunter eilte die Treppe hinunter. Von oben stürmten mehrere Polizisten heran und rasten an Isabell vorbei. Sie sah ihnen nach und versuchte, sich alles zusammenzureimen.

Gunter kam zurück. »Die Polizei wird die Bahn anhalten. Du ahnst nicht …«

Er sah sie an. Sie fielen sich in die Arme. Oh doch, Isabell ahnte nun die ganze Geschichte, ohne die neuen Einzelheiten zu kennen.

»Es wird alles gut werden«, brummelte Gunter.

»Und meine Schwester?«, flüsterte sie an seiner Hemdbrust.

»Ist wohlauf. Soweit man das nach einer mörderischen Attacke sein kann. Die ist hart im Nehmen. Und sagt auch noch, sie sei selbst schuld und bedauere, dass dein Haus wieder Schaden gelitten hat.«

»Dieses Haus …«

»Wenn du möchtest, können wir woanders hinziehen.«

Sie hob den Kopf. »Wir?«

»Ich dachte, wir könnten es noch einmal miteinander versuchen.«

Sie sah ihn aufmerksam an. Das vertraute Gesicht mit den hellbraunen Augen hinter den Brillengläsern blieb vollkommen ernst.

»Ich hab mir eine neue Trommel bestellt. Soll ich sie gleich in die Adenauerallee schicken lassen?«

Er hatte ihr also verziehen. Und es gab keinen Grund, ihm böse zu sein. Das, was zwischen ihnen gestanden hatte, war erledigt. Es war wirklich *vorbei*.

»Wir sollten dem alten Haus noch eine Chance geben«, erwiderte sie. »Meinen Vater hätte das gefreut.«

Arm in Arm gingen sie die letzten Stufen zur Adenauerallee hinauf. Isabell erzählte Gunter in wenigen Sätzen, was in der Zeit ihrer Trennung geschehen war. Bis der Anblick, der sich ihr bot, sie verstummen ließ.

Der breite Bürgersteig war angefüllt mit Fahrzeugen der Feuerwehr und der Polizei, ein Notarztwagen fuhr gerade ab. Einige Schaulustige hatten sich versammelt und reckten die Hälse, um durch die offene Tür blicken zu können, durch die eben Kommissar Möller heraustrat. Hinter ihm erschien Pilar, die zerzaust und erschöpft wirkte.

Isabell löste sich von Gunter und bahnte sich hinter den Wagen einen Weg am Nachbarhaus vorbei. Als sie unter dem Absperrband hindurchschlüpfte, hörte sie, was Möller zu Pilar sagte:

»Ich hasse es, zu einem Tatort gerufen zu werden und zu hören, dass Frau Álvarez-Scholz schon da ist.«

»Es ging nicht anders«, erwiderte Pilar. »Ich war das Opfer. Die Täterin dürfen Sie gern allein jagen.«

Isabells Blick fiel auf den Hals der Schwester. Diese rote Spur … »Pilar, was …?«, flüsterte sie erschrocken.

»Ich erklär's dir später.«

Damit wollte sie sich nicht abspeisen lassen, diesmal nicht. »Nein, Pilar …«

In diesem Moment erklang eine Melodie. Möller zog sein Handy aus der Tasche.

»Gleich, Isa«, raunte Pilar ihr zu.

Der Bericht des Anrufers war ziemlich lang. Möller bedankte sich bei ihm und wandte sich wieder an Pilar.

»Die Kollegen haben die Frau an der Station ›Universität/Markt‹ aufgegriffen. Sie hatte sich gerade in eine Muslimin im schwarzen Tschador verwandelt.«

»So was hab ich mir gedacht«, meinte Pilar.

»Natürlich«, spottete der Kommissar. »Aber die Aufklärung von Kapitalverbrechen überlassen Sie in Zukunft bitte uns.«

Über Pilars Gesicht flog ein Lächeln. »Hätten Sie die Schritte im Dachgeschoss bis ins Polizeipräsidium gehört?«

Möller verzog säuerlich das Gesicht. »Wir hätten ihre Flucht bemerkt.«

»Wenn sie in Brasilien untergetaucht wäre.«

»In Hildesheim.«

Pilar riss die Augen auf. »Wie bitte?«

»Sie hat ein Zugticket nach Hildesheim«, erklärte der Kommissar. »Dort wohnt ihre Tante.«

»Und wie hätten Sie erfahren, dass die Frau eine zweifache Mörderin ist?«

»Darin können wir uns ohnehin nicht sicher sein. Sie behauptet, sie sei von Ihnen unter Druck gesetzt und angegriffen worden. In ihrer Not habe sie die Geschichte erfunden.«

Pilar blähte die Backen auf. Zornesröte stieg ihr ins Gesicht. »Der werde ich es zeigen, wenn ich als Zeugin vor Gericht stehe!«

»Ich bitte darum«, entgegnete Möller. »Wir zählen auf Sie.«

Einige Monate später

Lore Hochscheitel wurde wegen Mordes in zwei Fällen und versuchten Mordes in Tateinheit mit besonders schwerer Brandstiftung vom Landgericht Bonn zu lebenslanger Freiheitsstrafe verurteilt. Während des Strafverfahrens versuchte sie mehrfach, eine Verzögerung durch Krankheit zu erreichen, was ihr aber nicht gelang, da die Ärzte ihr volle Verhandlungsfähigkeit bescheinigten. Lores Verteidiger hat Revision beim Bundesgerichtshof eingelegt, über die noch nicht entschieden ist. Sie befindet sich in der Justizvollzugsanstalt Köln-Ossendorf.

Johann Hochscheitel wurde aus der Untersuchungshaft entlassen und wegen gefährlicher Körperverletzung und versuchter gefährlicher Körperverletzung vom Landgericht Bonn zu einer Freiheitsstrafe von zweiundzwanzig Monaten verurteilt, die zur Bewährung ausgesetzt wurde. Er verließ Bonn und bezog eine Wohnung in Essen.

Und die anderen?

Thomas und Marion haben sich getrennt. Marion ist zu dem Polizisten gezogen, den sie in der Adenauerallee kennengelernt hat, und Thomas hat Isabells Angebot angenommen, mit den Kindern in die untere Etage ihres Hauses zu ziehen. Da der Bundesverband das Interesse an den zur Straße gelegenen Räumen verloren hat, kann die dreiköpfige Familie das gesamte Parterre nutzen – einschließlich des gusseisernen Garderobenständers, an dem nun bunte Kinderanoraks und Schulranzen hängen.

Achim hat sein Reihenhaus verkauft, lebt mit seiner Tochter in einer Drei-Zimmer-Wohnung in der Südstadt und ist bemüht, seelisch mit sich ins Reine zu kommen.

Isabell hat die Einrichtung ihres Hauses verändert und modernisiert. Sie lebt dort mit Gunter und der kleinen grauen Katze, die auch nicht mehr allein sein mochte. Wenn Pilar und Richard sowie Freddy und Birgit mit ihrem Baby zu Besuch weilen, gehen sie oft zusammen in den Garten und bleiben an dem Beet vor der Mauer stehen. Zwischen üppigen jungen Stauden liegt dort ein heller Findling. Isabell war zunächst unentschlossen, was sie in seine Oberfläche eingravieren lassen sollte, schließlich handelte es sich nicht um einen Grabstein, sondern um einen Gedenkstein. Sie entschied sich für folgende Inschrift:

Meinem Vater zum 100. Geburtstag.

Das war der Tag, an dem alles ins Rollen kam.

Anmerkungen der Autorin

Das Haus der Familie Troschert in der Bonner Adenauerallee existiert in der geschilderten Art nicht, hat aber ein paar Gemeinsamkeiten mit einem Bürgerhaus, in dem ich meine Kindheit verbracht habe.

Auch das Martinsheim gibt es in Wirklichkeit nicht.

Mit Ausnahme der zeitgeschichtlichen Fakten sind alle Personen und Ereignisse in diesem Buch meiner Phantasie entsprungen, eventuelle Ähnlichkeiten können nur zufällig sein.

Mein herzlicher Dank gilt

allen, die mir freundlich und engagiert Antwort auf meine Fragen gegeben haben,

Reinhard für seine wertvollen Ratschläge und sein Verständnis,

Steffi für die unverzichtbare medizinische Beratung,

Herrn Dr. Frank Glenewinkel vom Rechtsmedizinischen Institut der Universität Köln für die Auskünfte auf seinem Fachgebiet,

Herrn Georg Prüfling, Erster Kriminalhauptkommissar a. D., für die schnelle Beantwortung eiliger Fragen,

Susanne und Jörg Beinert, die mir ermöglichten, nach langer Zeit wieder ein Haus und einen Garten in der Adenauerallee zu betreten,

Michèle Lichte und Dr. Jeanette Lorth für Einblicke in inspirierende Bonner Südstadthäuser

sowie meiner Lektorin Susann Säuberlich für ihre einfühlsame Kritik, ihre klugen Anmerkungen und die gute Zusammenarbeit, die mir viel Freude gemacht hat.

An dieser Stelle möchte ich auch den reich bebilderten Band »Die Bonner Südstadt« von Horst Kreutzmann (Bonn 2011) nennen – er war mir eine große Hilfe.

Die Hafis-Zitate stammen aus dem Buch »Ghaselen des Diwan« in der deutschen Übertragung von Friedrich Rückert, herausgegeben von Jalal Rostami Gooran, Goethe & Hafis Verlag Bonn 2008.

Die Zeilen von Johann Wolfgang von Goethe sind dem Buch »West-östlicher Divan« – Band 5 der dtv-Gesamtausgabe (München, November 1961) – entnommen.

Die unterschiedliche Schreibweise von Diwan/Divan beruht auf den hier verwendeten literarischen Texten.